《诗经》学论稿

王长华 著

人民出版社

作者简介 >>>

　　王长华，华侨大学特聘教授。河北师范大学教授，博士研究生导师。中国诗经学会会长，中国古代文学理论学会副会长。国家社会科学基金学科规划评审组专家，《文学遗产》编委。已出版学术著作《春秋战国士人与政治》《孔子答客问》《诗论与子论》《诗论与赋论》《〈毛诗〉与中国文化精神》（与易卫华合作）、《津门诗钞点校》《河北文学通史》（主编）、《河北古代文学史》（主编）等。主持国家社科基金重大招标项目、一般项目多项。获省部级优秀成果奖特别奖一项，一等奖二项，二等奖二项。

目　　录

· 三曹研究

· 经学与古文论研究

· 诗歌创作与研究

· 主编文学作品集及其他

第一章　春秋时代的歌《诗》

春秋时代，作为已经大体定型的前代语言文化文本，"诗三百"在当时社会的各个方面都得到广泛流传，引《诗》用《诗》成为时尚。正是有鉴于此，以倡实用反文饰著称的墨子才对"诵《诗》三百，弦《诗》三百，歌《诗》三百，舞《诗》三百"（《墨子·公孟》），没完没了地搬演《诗经》深表不满。一个时代有一个时代的时尚，应该说，整个春秋时期，除了战争兼并之政治时尚外，最为人所知的就是引《诗》用《诗》这一文化时尚了。春秋时代《诗经》被广泛使用，以今人眼光视之，大体不外乎赋、诵、引、歌这样几种基本方式。关于春秋时代如何赋《诗》、诵《诗》和引《诗》，此前学术界已经发表过很多很好的研究成果，可以说事实已基本澄清。但于春秋时代的歌《诗》情况，似尚未得到充分的讨论。笔者拟对这一问题略陈管见，以就正于方家。

众所周知，《诗》三百篇原本都是乐歌，其中有的是祭祀之歌，有的是燕乐之歌。在春秋以及春秋之前的周代，这些诗篇在祭祀或燕乐的时候，都被当作一种典礼节目来演奏。关于春秋朝聘燕享时的歌《诗》，《左传·襄公四年》曾有这样的记载：

> 穆叔如晋，报知武子之聘也。晋侯享之，金奏《肆夏》之三，不拜。工歌《文王》之三，又不拜。歌《鹿鸣》之三，三拜。韩献子使行人子员问之，曰："子以君命辱于敝邑，先君之礼，藉之以乐，以辱吾子。吾子舍其大，而重拜其细。敢问何礼也？"对曰："《三夏》，天子所以享元侯也，使臣弗敢与闻。《文王》，两君相见之乐也，使臣不敢及。《鹿鸣》，君所以嘉寡君也，敢不拜嘉？《四牡》，君所以劳使臣也，敢不重拜？《皇皇者华》，君教使臣曰：'必谘于周。'臣闻之：

'访问于善为咨，咨亲为询，咨礼为度，咨事为诹，咨难为谋。'臣获五善，敢不重拜?"

由此一记载可以知道，春秋朝聘燕享时所用歌诗不是随随便便地即兴拈来，而是很有讲究，所歌的每首诗都是具有其各自不同的文化意义和文化功能的。

先说燕享时的歌诗。这方面，在记录着春秋时代典礼仪节的《仪礼》中的《乡饮酒礼》、《燕礼》、《成乡射礼》、《大射礼》以及《礼记》中的《射仪》、《投壶》等篇中，都保存着有关乐工歌诗的记载。有关这方面的材料，就其时间断限而言，虽说它不仅限于春秋，但在春秋时期，这种典礼得到其他时代所无法比拟的最为完整的保存则是可以断言的。《仪礼·乡饮酒礼》载云：

> 设席于堂廉，东上。工四人，二瑟，瑟先。相者二人，皆左何瑟，后首，挎越，内弦，右手相。乐正先升，立于西阶东。工入，升自西阶。北面坐。相者东面坐，遂授瑟，乃降。工歌《鹿鸣》、《四牡》、《皇皇者华》。卒歌，主人献工。工左瑟，一人拜，不兴，授爵。……笙入堂下磬南，北面立。乐《南陔》《白华》《华黍》。……乃间歌《鱼丽》，笙《由庚》；歌《南有嘉鱼》，笙《崇丘》；歌《南山有台》，笙《由仪》。乃合乐《周南》：《关雎》、《葛覃》、《卷耳》，《召南》：《鹊巢》、《采蘩》、《采蘋》。工告于乐工曰："正歌备。"乐正告于宾，乃降。

郑玄注《礼记·乡饮酒义》曰："《乡饮酒义》者，以其记乡大夫饮宾于庠序之礼，尊贤养老之义也。"又《礼记·射义》云："卿、大夫、士之射也，必先行乡饮酒之礼。故燕礼者，所以明君臣之义也。乡饮酒之礼者，所以明长幼之序也。"由此可见，乡饮酒礼乃是乡大夫于射前所行之尊贤养老、明长幼之序的燕享大礼。其时"六十者坐，五十者立侍，以听政役，所以明尊长也。六十者三豆，七十者四豆，八十者五豆，九十者六豆，所以明养老也。民知尊长养老，而后乃能入孝弟。民入孝弟，出尊长养老。而后成教，成教而后国可安也。"（《礼记·乡饮酒义》）在这样明确的政治教化目的要求之下，此时的歌诗所选形式有笙歌，有间歌，有合乐；其常见所歌之诗，有《鹿鸣》、《四牡》、《皇皇者华》、《南陔》、《白华》、《华黍》、《鱼丽》、《由庚》、《南有嘉鱼》、《崇丘》、《南山有台》、《由仪》、《关雎》、《葛覃》、《卷耳》、《鹊巢》、《采蘩》、《采蘩》，等等。

对于所选歌《诗》的内在文化意义，郑玄以为：

> 笙，吹笙者也，以笙吹此诗以为乐也。
>
> 间，代也，谓一歌则一吹。
>
> 合乐谓歌，乐与众声俱作。

他又进一步解释具体诗篇的文化内涵说：

> 《鹿鸣》，君与臣下及四方之宾燕，讲道修政之乐歌也。此采其已有旨酒，以招嘉宾，嘉宾既来，示我以善道。又乐嘉宾有孔昭之明德，可则效也。《四牡》，君劳使臣来之乐歌也。此采其勤苦王事，念将父母，怀归伤悲，忠孝之至，以劳宾也。《皇皇者华》，君遣使臣之乐歌也。此采其更是劳苦，自以为不及，欲谘谋于贤知而以自光明也。……《鱼丽》，言太平年丰物多也。此采其物多酒旨，所以优宾也。《南有嘉鱼》，言太平君子有酒乐与贤者共之也。此采其能以礼下贤者，贤者累蔓而归之，与之燕乐也。《南山有台》，言太平之治以贤者为本，此采其爱友贤者，为邦家之基，民之父母，既欲其身之寿考，又欲其名德之长也。……《周南》、《召南》，《国风》篇也，王后、国君夫人房中之乐歌也。《关雎》言后妃之德，《葛覃》言后妃之职，《卷耳》言后妃之志，《鹊巢》言国君夫人之德，《采蘩》言国君夫人不失职，《采蘩》言卿大夫之妻能修其法度。……夫妇之道，生民之本，王政之端，此六篇者，其教之原也。故国君与其臣下及四方之宾燕，用之合乐也。

由此看来，歌《诗》方式与歌《诗》内容的选择，都是相当考究的，歌哪一首诗和怎样歌并不是一件随随便便就可以决定的事情。我们再看《礼记·乡饮酒义》的记载：

工入，升歌三终，主人献之。笙入三终，主人献之。间歌三终，合乐三终，工告乐备，遂出。

对此，孔颖达疏云：

"工入，升歌三终"者，谓升堂歌《鹿鸣》、《四牡》、《皇皇者华》，每一篇而一终也。"主人献之，笙人三终"者，谓吹笙之人，入于堂下，奏《南陔》、《白华》、《华黍》，每一篇一终也。"主人献之"者，谓献笙入也。"间歌三终"者，间，代也。谓笙歌已竟，而堂上与堂下更代而作也。堂上人先歌《鱼丽》，则堂下笙《由庚》，此为一终。又堂上歌《南有嘉鱼》，则堂下笙《崇丘》，此为二终也。又堂上歌《南山有台》，则堂下笙《由仪》，此为三终也。……"合乐三终"者，谓堂上下歌瑟及笙并作也。若工歌《关雎》，则笙吹《鹊巢》合之。若工歌《葛覃》，则笙吹《采蘩》合之。若工歌《卷耳》，则笙吹《采蘋》合之。

这一说法正可以与《仪礼·乡饮酒礼》的记载相互印证。

由上面的讨论可以看出，在春秋时代，卿大夫之间在行燕享时，其典礼中是有歌《诗》这项必备节目的。不仅如此，即使君臣之间在行燕享时，歌《诗》的情形也同卿大夫行燕享时一样存在。我们来看《仪礼·燕礼》的记载：

小臣纳工，工四人，二瑟。小臣左何瑟，面鼓，执越，内弦，右手相。入，升自西阶，北面东上坐。小臣坐授瑟，乃降。工歌《鹿鸣》、《四牡》、《皇皇者华》。卒歌，主人洗，升献工。工不兴，左瑟，一人拜受爵。……笙入，立于县中，奏《南陔》、《白华》、《华黍》。……乃间歌《鱼丽》，笙《由庚》；歌《南有嘉鱼》，笙《崇丘》；歌《南山有台》，笙《由仪》。遂歌乡乐《周南》：《关雎》、《葛覃》、《卷耳》，《召南》：《鹊巢》、《采蘩》、《采蘋》。大师告于乐正曰："正歌备。"乐正由楹内、东楹之东，告于公，乃降复位。

汉人郑玄在注《礼记·燕义》时说："名《燕义》者，以记君与臣燕饮之礼，上下相报之义也。"另外《礼记·射义》也说："古者诸侯之射也，必先行燕礼。……故燕礼者，所以明君臣之义也。"可见燕礼乃是天子与诸侯在射前所行的表示上下相报以明君臣之义的燕享大礼，此项典礼进行的时候，史书中记载说是"席：小卿次上卿，大夫次小卿，士、庶子以次就位于下。献君，君举旅行酬，而后献卿。卿举旅行酬，而后献大夫。大夫举旅行酬，而后献士。士举旅行酬，而后献庶子。俎豆、牲体、荐羞，皆有等差，所以明贵贱也。"（《礼记·燕义》）这种场合下的歌诗，也有笙歌、间歌与合乐；所歌之诗也有《鹿鸣》、《四牡》、《皇皇者华》，等等。其歌《诗》之方式、歌《诗》的种类及取义，也都与卿大夫之间所行的乡饮酒礼完全相同。

春秋时代朝聘燕享的时候固然需要歌《诗》，而在会射的时候也需要歌《诗》，《仪礼·乡射礼》即有这方面的记载：

> 工四人，二瑟，瑟先。相者皆左何瑟，面鼓，执越，内弦，右手相。入，升自西阶，北面东上。工坐，相者坐。授瑟，乃降。笙入，立于县中，西面。乃合乐《周南》：《关雎》、《葛覃》、《卷耳》，《召南》：《鹊巢》、《采蘩》、《采蘋》。工不兴，告于乐正曰："正歌备。"乐正告于宾，乃降。

《仪礼·大射礼》中也记载说：

> 小臣纳工，工六人，四瑟。仆人正徒相大师，仆人师相少师，仆人士相上工。相者皆左何瑟，后首，内弦，挎越，右手相。后者徒相入。小乐正从之。升自西阶，北面东上。坐授瑟，乃降。小乐正立于西阶东。乃歌《鹿鸣》三终。主人洗升实爵，献工。工不兴，左瑟。……上射揖，司射退反位。乐正命大师曰："奏《貍首》，间若一。"大师不兴，许诺。乐正反位，奏《貍首》以射。

郑玄对此注释说："乡射者，州长春秋以礼会民，而射于州序之礼。谓之乡者，州、乡之属，乡大夫或在焉，不改其礼。"又说："名曰大射者，诸侯将有祭祀之事，与其群臣射以观其礼，数中者，得与于祭；不数中者，不与于祭。"由此可见，乡射就是乡大夫之射，大射就是诸侯之射，这两种会射进行时均设有歌《诗》一项内容，而所歌之《诗》，乡射中有《关雎》、《葛覃》、《卷耳》、《鹊巢》、《采蘩》、《采蘋》，大射中则有《鹿鸣》和逸诗《貍首》。《礼记·射义》中说"故射者，进退周还必中礼。内志正，外体直，然后持弓矢审固。然后可以言"中"。此可以观德行矣。其节，天子以《驺虞》为节，诸侯以《貍首》为节，卿大夫以《采蘋》为节，士以《采蘩》为节。《驺虞》者，乐官备也。《貍首》者，乐会时也。《采蘋》者，乐循法也。《采蘩》者，乐不失职也。是故天子以备官为节，诸侯以时会天子为节，卿大夫以循法为节，士以不失职为节。故明乎其节之志，以不失其事，则功成而德行立。德行立，则无暴乱之祸矣，功成则国安，故曰射者，所以观盛德也。"《礼记·投壶》也说："司射进度壶，间以二矢半。反位，设中，东面，执八算兴。……命弦者曰：'请奏《貍首》，间若一。'大师曰：'诺。'左右告矢具，请拾投。"《周礼·春官》也记载说："凡射，王奏《驺虞》，诸侯奏《貍首》，卿大夫奏《采蘋》，士奏《采蘩》。"由此可见，会射时不但像朝聘燕享时一样歌《诗》，而且所歌之《诗》也是很有讲究的。

春秋时代的歌《诗》，其涉及的范围实在很广，不仅朝聘燕享及会射要歌《诗》，就是在农事方面，歌《诗》的例子也很常见。《周礼·春官》中曾有这样的记载：

> 籥章掌土鼓豳籥。中春，昼击土鼓。龡《豳诗》以逆暑。中秋夜迎寒，亦如之。凡国祈年于田祖，龡《豳雅》，击土鼓，以乐田畯。国祭蜡，则龡豳颂，击土鼓，以息老物。

郑玄对此的解释是："豳诗，《豳风·七月》也。吹之者，以籥为之声。《七月》言寒暑之事，迎气歌其类也。""豳雅，亦《七月》也。《七月》又有'于耜举趾'、'馌彼南亩'之事，是亦歌其类。谓之雅者，以其言男女之正。""豳颂，亦《七月》也，《七月》又有获稻作酒、'跻彼公堂'、'称彼兕觥'、'万寿无疆'之事，是亦歌其类也。谓之颂者，以其言岁终人功之成。"郑玄在他的这番解释中，以为"豳诗"、"豳雅"、"豳颂"均指《七月》，似乎是不准确的。我们以为，豳诗指《七月》没有问题，而所谓"豳雅"则似乎是指"小雅"中的《楚茨》、《南山》、《甫田》、《大田》诸篇，

"豳颂"则似指"周颂"中《思文》、《臣工》、《噫嘻》、《载芟》和《良耜》等篇，理由是这些作品的内容都是记述农事的。因此我们知道，周代在农事方面的歌《诗》也是相当多的，这种农事歌《诗》的风气在春秋时代也一定程度地仍旧保留着。但是，歌《诗》的风气也仅仅保留到春秋为止，一进入战国，因有新的音乐所谓"世俗之乐"的出现，遂使雅乐败坏，歌《诗》的风气就渐渐地消亡了。

综上可见，春秋时代，《诗》携带着它自身特有的音乐特性，每每在朝聘燕享时被当作一种必不可少的节目，不断演奏着、流行着。当然，从春秋朝聘燕享的歌《诗》情形，我们足以看出《诗经》在春秋时代流行之广，还有春秋时代人们对《诗经》的重视。

（原载《社会科学战线》2002 年第 1 期）

第二章 《鲁颂》产生时代新考

《鲁颂》在颂诗中的数量最少，只有四篇。根据《毛诗序》的说法，四篇诗都是歌颂鲁僖公的。其第一篇《駉》序中有一个总括性说明，曰：

> 僖公能遵伯禽之法，俭以足用，宽以爱民，务农重谷，牧于坰野，鲁人尊之，于是季孙行父请命于周，而史克作是颂。

韩诗的说法和毛诗不同，薛汉《韩诗章句》在解释《閟宫》"新庙奕奕，奚斯所作"二句时说："奚斯，鲁公子也。言其新庙奕奕然盛，是诗公子奚斯所作也。"（《文选·两都赋序》注引）按照毛诗的说法，《鲁颂》为史克所作，而按韩诗的说法，《鲁颂》的作者是奚斯。如果认定《鲁颂》为史克所作，其创作时间一定是在僖公死后。原因是史克的名字在文公十八年时第一次出现于《左传》，直到襄公六年史克故去；而从襄公六年上溯至僖公时代，约有近百年时间。那么史克在僖公时代还是个婴儿，绝不可能写出颂诗。如按照《鲁颂》为奚斯所作的说法，其创作时间一定是在僖公生前，因为奚斯曾亲事庄公和闵公，到僖公时代已为朝中老臣，老臣作颂诗的可能性是最大的。因《鲁颂》作者向来说法不同，那么《鲁颂》产生的时代也自然随之产生不同的说法。事实上两种不同的说法都有其追随者。汉代以后，信《毛诗》者首推郑玄，郑玄在其《诗谱》中说：

> 自后政衰，国事多废。十九世至僖公，当周惠王、襄王时，而遵伯禽之法，养四种之马，牧于坰野。尊贤禄士，修泮宫，崇礼教。僖十六年冬，会诸侯于淮上，谋东略，公遂伐淮夷。僖二十年，新作南门，又修姜嫄之庙。至于复鲁旧制，未遍而薨。国人美其功，季孙行父请命于周，而作其颂。

孔颖达疏释其义云："既言'未遍而薨'，乃云'请周作颂'，则此颂之作，在僖公薨后。……文六年行父始见于经，十八年史克名见于传，则史克于文公之时为史官矣。然则此诗之作，当在文公之世，其年月不可得而知也。"王肃也说："当文公时，鲁贤臣季孙行父请于周，而令史克作颂四篇以祀。"（见孔颖达疏引）这些都是肯定《鲁颂》为史克于文公之世所作，乃依《毛序》之说而又略加圆通后的观点。与此相对应，而信从韩诗以《鲁颂》为奚斯所作的学者更多，我们略举例于下：

> 扬雄《法言》："公子奚斯尝睎正考父矣。"
>
> 班固《两都赋序》："皋陶歌虞，奚斯颂鲁。"
>
> 王延寿《灵光殿赋序》："奚斯颂鲁，歌其路寝。"
>
> 曹植《承露盘铭序》："奚斯颂鲁。"
>
> 鲍照《清河颂》："藻彼歌颂，则奚斯吉甫之徒。"
>
> 《荡阴令张君表颂》："奚斯赞鲁。"
>
> 《太尉杨震碑》："颂有《清庙》，故感慕奚斯之追述。"
>
> 《刺史度尚碑》："于是故吏感《清庙》之颂，叹斯父之诗。

此外，魏源《诗古微》和皮锡瑞《经学通论》，也都认为《鲁颂》为奚斯而非史克所作。可见支持这种意见的人实在不少。

除以上两种说法之外，还有调和色彩浓厚的第三种说法。比如段玉裁在《经韵楼集》中就曾说《閟宫》"此章自'徂来之松'至'新庙奕奕'七句，言鲁修造之事。下'奚斯所作'三句，自陈奚斯作此《閟宫》一篇，其辞甚长，且甚大，万民皆谓之顺也。"段氏又说："而诗篇义'史克作是颂'系之'牧于坰野'之下，则'是'者，是《駉》篇也，安见可为四篇所共乎？"按段氏之意，《閟宫》为奚斯所作，《駉》为史克所作。陈奂《诗毛氏传疏》也主张这一说法，认为：

> 奚斯，公子奚斯，即鲁大夫公子鱼也。……郑意鲁颂四篇皆史克所作，故解"奚斯所作"为暨作新庙，与毛韩异。不知史克作《駉》，奚斯作《閟宫》。

近世学者信从段、陈二氏看法的不在其少，而陆侃如先生在《中国诗史》中更将《鲁颂》四篇分为两组：一组是《駉》和《有駜》，认为是史克作；另一组是《泮水》和《閟宫》，认为是奚斯作。

以下我们对上述三种说法逐一进行检讨，以得出一个更符合事实、更令人信服的结论。

首先，我们认为《毛诗序》的说法是不可靠的。因为如《駉》序所说，请命作颂的原因是"僖公能遵伯禽之法，俭以足用，宽以爱民，务农重谷，牧于坰野。"既如此，那么诗中就应该提到这方面的内容才是，但事实上却不然。我们就《鲁颂》第一篇《駉》内容来看，可以说它写的只是一篇马颂。其中根本没有提到"务农重谷"和"俭以足用，宽以爱民'之类的话，其余三篇就更不用说了，这是《毛诗序》最明显不过的不能自圆其说的地方。其次，"季孙行父请命于周"的话非常靠不住，魏源的《诗古微》曾对此有过批评，他说：

> 且僖薨之后，文公元年至八年，如京师者，一为叔孙得臣，一为公孙敖，皆无行父也。二年大事于太庙跻僖公，孔子责臧孙辰及夏父弗忌，不及行父也。行父果有请命于周之事，夫子既存之于《颂》，岂容独没其文于《春秋》？

汪琬《尧峰文钞》也曾论及此事：

> 鲁之郊久矣，郊则乐工必歌颂诗。使请之周而后敢作，然则僖公以前，将僭歌周颂乎？抑遂不歌乎？不歌，则废乐也；僭歌周颂，则非其地，非其人，是诬先公以自诬也。鲁君臣虽愚，其不为此也明矣。且行父之使，又不见于《春秋》。春秋之时，天王之使于鲁者十有八，鲁大夫之如周者六，如而不至者一。孔子莫不具载，而顾独遗此，此其为臆说无疑也。

季孙行父请命于周的事实既不存在，那么史克作颂的说法当然也就发生了动摇。根据一个大致合理的推测，我们认为《毛诗序》这一说法的来源，很可能是先在地认为鲁作颂一定要请命于周，同时又认为凡颂一定是为死人而作的。由此一前提出发，便认定《鲁颂》的产生一定是在文公之世。既在文公之世，那么文公之世鲁国最活跃、最著名的外交家便只有季孙行父无疑（季孙行父即季文子，《春秋》对之记载颇多）。因此，这"请命于周"的使命就非他莫属了。又因史克是文公的太史，所以这作颂的任务也就只好落在史克的头上了。

其次，韩诗"奚斯作颂"的说法也是错的。这个根据不用费力去找，只要稍微细心查看诗文本身即可明白。《閟宫》最后一章是这样写的：

> 徂来之松，新甫之柏。是断是度，是寻是尺。松桷有舄，路寝孔硕。新庙奕奕，奚斯所作。孔曼且硕，万民是若。

从这章诗的行文看，全章凡十句，两两相排，"新庙奕奕，奚斯所作"恰正是两个排句。从上下文义看，很显然是说奚斯作庙，而非作颂。所以《毛传》在解释这两句时说："新庙，閟公庙也。有大夫公子奚斯者，作是庙也。"这样理解是完全正确的。奚斯曾做过閟公大夫，在僖公之世建閟公庙，命一个曾亲事过閟公的老臣去监督负责建庙工作是极有可能的。所以郑笺云："奚斯作者，教护属功课章程也。"孔疏亦曰："又解'奚斯所作'之意，正谓为之主帅，主帅教令工匠，监护其事，属付功役，课其章程而已，非亲执斧斤而为之也。"而韩诗以为"奚斯所作"为作诗，实在是缺乏对诗本文的理解。范处义说："是诗曰：新庙奕奕，奚斯所作。是奚斯作新庙，非作鲁颂也。韩诗之传授妄矣。"（《韩诗说》）此说和我们的看法是一致的。段玉裁认为"新庙奕奕"以上七句是一组，说的是鲁国修庙之事；"奚斯所作"以下三句是一组，说的是奚斯作此《閟宫》十三章百二十一字，在"三百篇"中文最长，所以用"孔曼且硕"加以赞颂，正如"吉甫作诵，其诗孔硕"一样。现在看来这些说法未免都是舍近求远，不能解而强为之解而产生的误解。

我们虽然不承认奚斯为《鲁颂》的作者，但我们却承认《鲁颂》（尤其是《閟宫》和《泮水》）是僖公生前的作品。这两者其实一点也不矛盾。因为僖公生前，除了奚斯之外，擅长诗文写作者恐不止一人，只是我们现在无法确指作诗者究竟是哪一位而已。事实上《诗经》中有百分之九十以上的作品至今无法判定作者。这一点是大家所公认的。魏源之所以强作解人，肯定奚斯是《鲁颂》的作者，其中一个重要原因就是认为《鲁颂》乃僖公生前作品，而史克不可能成为作者。殊不知《鲁颂》非史克作并不一定就必须是奚斯作,《鲁颂》是否为僖公生前作品,与其是否为奚斯所作,两者之间并不存在必然的因果关系。

我们认定《鲁颂》为僖公生前作品,其实是通过诗歌本身考察出来的,而且我们认为这个根据相当可靠。我们先看《閟宫》,这首诗很显然是僖公生前其臣子为之祝颂的乐歌。我们之所以这样说,是因为诗中有"周公之孙,庄公之子"的诗句。按庄公有二子,一个是闵公,此人仅在位两年即为庆父所杀;另一个就是僖公,在位共计三十三年,所以我们认定这里的"庄公之子"肯定就是僖公。我们又认为此诗作于僖公生前,是因为诗中有"俾尔昌而炽,俾尔寿而富,黄发台背,寿胥与试。俾尔昌而大,俾尔耆而艾,万有千岁,眉寿无有害。"这很明显是祝寿的话,如果不是在僖公生前,这样的话就无从说起,试设想世上哪有向一个已经死去的人祝寿的道理?此外,我们这里还有一个旁证,也可证明《閟宫》一诗产生于僖公生前而不是身后。《左传·文公二年》载:

> 秋八月,丁卯,大事于大庙,跻僖公,逆祀也。于是夏父弗忌为宗伯,尊僖公,且明见曰:"吾见新鬼大,故鬼小。……是以《鲁颂》曰:'春秋匪解,享祀不忒,皇皇后帝,皇祖后稷'。"

夏父弗忌所引"春秋匪解"以下四句就是《閟宫》篇中的文字。《閟宫》如果不是作于僖公在世时而作于文公之世,夏父弗忌绝对不会在文公二年就引它的。诗中又有"戎狄是膺,荆舒是惩,则莫我敢承"之句,这与《商颂》中"奋伐荆楚"之句暗合。"舒是惩"是指召陵攘楚而言。召陵攘楚的时间当在僖公四年,由此我们推断此诗必定作于僖公四年以后。诗篇中又有"至于海邦,淮夷来同,莫不率从,鲁侯之功。"照《春秋》和《左传》的记载,僖公于十六年伐淮夷,因此我们知道此诗之作肯定在十六年以后。又按,《春秋》所载,僖公二十年新建南门,诗中所谓"路寝孔硕,新庙奕奕"之"路寝"、"新庙",恐怕也是二十年时与南门一起建造的。从诗本文看,《閟宫》一定是在"路寝"、"新庙"建成之后,僖公臣子一方面贺庙之成,一方面颂僖公之功而作的颂诗。所以我们断定《閟宫》产生的时间应该在僖公二十年,即公元前 649 年。

下面再看《泮水》。《泮水》是鲁人伐淮夷获胜,在泮宫献俘庆功时所作的颂歌。诗中说："既作泮宫，淮夷攸服。矫矫虎臣。在泮献馘。淑问如皋陶，在泮献囚。"还有"既克淮夷，孔淑不逆。式固尔犹，淮夷卒获。"这些都是伐淮夷获胜庆功献囚的明证。

史载僖公十六年，鲁人伐淮夷凯旋，其史实与此诗反映的内容正相符合。所以我们认为，《泮水》为僖公十六年所作之诗，其产生时间比《閟宫》约早四年。

其余两篇，《駉》是篇马颂，《有駜》是一篇燕饮兼祝颂的诗。两诗均没有可资断定时间的文句，其产生时代实在无法确断。不过就其排列的先后顺序看，我们认为这两篇恐怕比《泮水》、《閟宫》产生的时间要早，大概是僖公初年的作品。那种以这两篇为史克作并且断定其产生时间在文公以后的调和说，其可靠性也是很差的。

总之，根据我们目前的考证推测，我们认为《鲁颂》四篇作品都产生于僖公时代，其时间大约在公元前7世纪初中叶之交。

（原载《诗经研究丛刊》第二辑）

第三章　从《诗经》看先秦理性精神的
发展和演变

　　朝代更替，在中国历史上曾频繁发生，一般意义上的易代无非是你方唱罢我登台，鲜有值得人们拿出来思之再三的变化，久而久之人们对待易代就像时下看待工人换工作一样习以为常、见怪不怪了。但是，周朝对殷商的替代却与后来的朝代更替不甚相同，王国维先生曾说："中国政治与文化之变革，莫剧于殷周之际。"（《殷周制度论》，见《观堂集林》卷十）这句几乎可以看作是为研究先秦史定性的断语的确具有高度的涵盖力。应该说，由殷至周所带来的变化不仅包括硬件的王朝易姓，更主要的则是软件方面，比如政治思想、文化心理、道德观念、审美倾向，尤其是思维方式和行为方式方面实在是大得惊人。本文所要讨论的所谓先秦理性精神的发展演变主要侧重于后者。

　　我们认为，《诗经》作为殷周易代后最具代表性最为重要的历史文本之一，它不仅记录了那个时代人们的日常生活，抒发了那个时代普通人的情感，而且还扮演着记录那个时代整体变化和变革的重要历史文献角色。也就是说，伴随殷周易代所产生的观念和价值变化在《诗经》中是有明显表现的。这种变化简而言之就是神性的消退和理性的滋生。纵观《诗经》，我们不难从中看出先秦理性精神从朦胧到明晰、从萌芽到成熟的发展与演变过程和脉络。本文将结合《诗经》具体作品，并在学界普遍认可的《诗经》作品产生的先后顺序的基础上，以展示先秦理性精神发展和演变的轨迹。实际上，这仍然是一次以诗证史的尝试。

一

要讨论《诗经》对先秦理性精神的呈现，我们很有必要首先对下面的问题先行予以学院式界定，这些问题包括什么是"理性"，什么是"理性精神"，以及《诗经》三百零五篇作品产生的大致时间和先后顺序。

现代学理意义上的"理性"是指建立在功利基础上的一种价值取向，它以感性为基础和手段，但它在本质意义上又超越感性，从而显示出是以秩序和意义的方式把握世界。从认识论上讲，它是指人们认识事物本质和内在必然性、统一性的抽象思维方式和思维能力。从人性的意义上看，它是指人的抽象能力所支配的人的理智自觉性能力和存在属性。所谓"理性精神"，是指自觉地运用理性，在理性的指导下分析、把握事物的本质，探索事物运动变化规律的一种"求真"精神。

一定时期理性的产生和发展总是和当时的社会历史文化环境相关，它依赖于人类按照其既有的必然性进行活动和"实践"，在表现形式上呈现出一种由低级到高级的发展形态，即由神性到人性，由非理性到理性。当然这种发展和演变的走向并非是直线上升的，它常常伴随着回旋和曲折。上起西周初年，下至春秋中叶，历时五百余年的《诗经》中的三百余篇作品，正反映、包涵和承载着先秦人这样一种认识、了解和把握眼前世界的过程。具体地说它主要包括三方面内容：首先是人对"天"和"天命"的认识；其次是人对祖先的认识；第三是人对人自身的认识。这三者既先后为序，又彼此支撑、相互联系，从而构成先秦理性精神的基本骨架。

此外，为了使以诗证史获得更加可靠的支持和认同，我们还有必要重申《诗经》三百零五篇作品产生的先后顺序，我们在下面的讨论过程中将尽可能严格地遵照这一顺序有选择地使用《诗经》中的材料。关于《诗经》各诗篇产生的年代，根据目前学界通行的观点，认为现存的《诗经》分为风、雅、颂三大类。风包括周南、召南、邶、鄘、卫、王、郑、齐、魏等十五国风，其中豳风全部是西周作品，其他除少数产生于西周外，大部分是东周时期的作品；雅分大雅和小雅，大雅大部分作于西周初期，小部分作于西周末年，小雅除少数篇目可能是东周作品外，其余大都是西周晚期作品；颂分周颂、鲁颂、商颂三部分，其中周颂是西周初年的诗，鲁颂是春秋中叶的诗，商颂大约是殷商后期的诗。按照作品产生的先后排列，其大致顺序应是：商颂、周颂、大雅、小雅（加上豳风）、十四国风和鲁颂。

二

众所周知，以淫祀著称和由神性占统治地位的殷商王朝，宗教成为奴隶主阶级进行专政统治的重要精神工具，这时的宗教已基本上由自然宗教演变成表达奴隶社会奴隶主意志的宗教。随着地上王权的出现，天上也对应地出现了一个至上神，一个高居于一切之上的人间主宰，人们把它称为"帝"或"上帝"，后来又称之为"天"。它决定和支配着人类生存的一切，比如它可以号令风雨，甚至包括是否发动战争等。事实上卜辞中就有这样的记载："帝令雨足年，帝令雨弗其足年?"（《卜辞通纂》三六三）"伐昌方，帝受（授）我又（佑）?"（同上，三六九）与此同时，商朝的奴隶主贵族更进一步坚定地认为，所谓"上帝"就是他们的血脉祖先，他们自己就是"上帝"的子孙，"天命玄鸟，降而生商"（《商颂·玄鸟》），"有娀方将，帝立子生商"（《商颂·长发》）。很显然这是商朝先祖与"上帝"合一的一元神观念的反映。在这种观念的支配下，重祀神、轻人事是商朝宗教和意识形态的主要特征，无论是国家大事，还是日常生活，殷商统治者大都采用"卜"的方式以征询"上帝"的意见，然后把决定取舍的神圣权力也一律拱手交给了"上帝"。"上帝"主宰自然界和社会中的一切，"上帝"的命令被称为"天命"，对于活着的人来说，只有取悦"上帝"、求助于"上帝"，由"上帝"来作出安排，你才能免遭灾难、平安生存。人在"上帝"面前显然是微不足道的。这是前《诗经》时代人们对于"天"和"天命"的普遍的认识。

进入周代，准确地说是从西周初年到西周中期，即《诗经》中"颂"和"大雅"产生的时代，人们头脑中的宗教意识和宗教观念，特别是关于"天"和"天命"思想发生了明显的改变。据统计，在全部《诗经》中，"天"一共出现了 166 次（见王洲明《先秦两汉文化与文学》），其中对

"天"的描述主要分为两类,一类是"自然之天",如"匪鹑匪鸢,翰飞戾天"(《小雅·四月》),"溥天之下,莫非王土"(《小雅·北山》),"鸢飞戾天,鱼跃于渊"(《大雅·旱麓》),"倬彼云汉,昭回于天"(《大雅·云汉》),等等,这种对"天"的认识和定位与殷商统治者眼中的自然之"天"基本上显示不出什么差别。然而,进入周代,就总体情形而言,周人"心中之天"则具有了丰富的感情色彩,也就是说他们所描绘的"天"与此前相比显得更富有人道和人性色彩。这种人性和感情包括,他们认为"天"可以化育万物,可以监察四方,"天生烝民,有物有则","天监有周,昭假于下"(《大雅·烝民》);可以号令风雨、保佑丰年,"明昭上帝,迄用康年"(《周颂·臣工》);可以赐福赐禄、佑官佑民,"既有淫威,降福孔夷"(《周颂·有客》),"天保定尔,亦孔之固","天保定尔,俾尔戬穀","天保定尔,以莫不兴"(《小雅·天保》),"君子乐胥,受天之祜"(《小雅·桑扈》);更可以降灾祸、惩罚世人,"天方荐瘥,丧乱弘多","昊天不傭,降此鞠讻","不吊昊天,乱靡有定","昊天不平,我王不宁"(《小雅·节南山》)。可见,周人的"天"比商人的"天"更具体、更鲜活、更丰富,人性的意志品格也更加突出。

值得注意的是,周人虽然和商人一样也有自己的宗教观念,也宣称秉承"天命",但周人宗教观念中的"上帝"并未像商人那样将其奉为掌管人间一切的主宰,人只是被动地接受"天命"的安排,而是把"天命"与人事既联系在一起又自觉地予以疏离,因此在周人看来,"天命"不再仅仅是上帝的单方面意志,它还需要参考人事的选择来进行决断,所谓"民之所欲,天必从之"。在周人的思想里,人和国家的命运除了由"上帝"来决定外,还在很大程度上由人自己来支配和决定。这样一来,我们可以看到,易代之后,人们头脑中的神治色彩开始减弱,而人治色彩则在逐渐增强。

人治色彩逐渐增强的最显著特征,是周人在"天命"中引入了"德"的观念。据考证,在甲骨卜辞和商代铭文中没有发现"德"字,而在周代的铭文中才开始有"德"字出现。《商书》中伪古文之外,虽然有些地方也提到了"德",但还没有把"德"字当成一个中心题目。而对"德"予以特别强调的是周人,在现存的周代文献中,凡是表达"天帝"、"天命"

思想的地方，一般都会伴有"德"字出现。这表明，凡有"天命"的出现，也同时就有敬德思想的存在。在今文《尚书》中的《周书》19篇中，我们看到，它始终是以"德"为克配上帝而受民受土的依据的，像"惟乃丕显考文王，克明德慎罚。……闻于上帝，帝休。"（《康诰》）"肆王惟德用，……用怿先王受命。"（《梓材》）"肆惟王其疾敬德，王其德之用，祈天永命。"（《召诰》）等等，这些无疑都是很有说服力的例子。

与《尚书》相比，周人敬"德"思想在《诗经》中的《周颂》和《大雅》的一些篇章中有着更加充分的表现。在颂诗中，自然不乏对周王德行的赞美之辞，比如像"维天之命，於穆不已，於乎不显，文王之德之纯。"（《周颂·维天之命》）"不显维德，百辟其刑之。"（《周颂·烈文》）等等。同样，在《大雅》中的一些史诗性作品里，也对周王及其先祖德行多有歌颂和赞美，如"乃及王季，维德之行……维此文王，小心翼翼；昭事上帝，聿怀多福。厥德不回，以受方国"（《大雅·大明》）；"维此王季，帝度其心；貊其德音，其德克明……比于文王，其德靡悔；既受帝祉，施于孙子。"（《大雅·皇矣》）当然，这里列举的仅仅是其中的很少几个例子，但由这几个例子所表现出来的观念却具有很大的代表性。

从上面的初步讨论可以看出，周人的宗教和"天命"观念与殷商人存在着明显的不同。商周之间之所以存在上述区别，其原因也许是很复杂的，但我们认为其中最主要的应该和当时社会的剧烈变革密切相关。我们知道，商人普遍认为商王朝是秉承"天命"而建立的，商纣王曾宣称"我生不有命在天"（《尚书·商书·西伯戡黎》）就是一个典型的例子。但是后来周人却仅以一个附庸小国的身份就摧枯拉朽般地推翻了强大、不可一世的殷商王朝。这个事实虽然显示了明确的历史必然的一面，但对于当时的人们来说，这个事实所带来的首先是人们一夜之间产生的巨大的信仰危机。为了使人们突然崩溃的精神重新崛起，为了恢复和建立新的信仰，以便使其统治能够长治久安，代殷商而起的周王朝统治者于是便想到了在"天命"中引入"德"的观念。"皇天无亲，惟德是辅"（《尚书·周书·蔡仲之命》）遂成为一种新的提倡。因为在他们看来，周部族的崛起和周王朝的建立，不仅仅来源于"天命"的佑护，更重要的是由于周王品德的高尚所致。在这里，"德"的观念不仅是对"天命"观念的重要补充，而且它几乎取"天命"代之而成为周王朝意识形态的核心；它不仅成为周部族推翻商人统治的理论依据，而且可以说它同时就是周朝维护统治的思想基础和理论基础。这种变化虽然表面看来包含着鲜明的功利目的，但事实上它也同时反映出周人对历史变革和历史规律的理性思考。剧烈变动的历史现实使周人认识到"天命靡常"，他们通过对历史和现实、殷纣王与周文王的统治实践和人格对比，真切地体会到了"德"对取得政权和巩固统治的决定作用。虽然上天在人们眼中是不可测的，但通过历史实践的反复证明，周人在迷茫之余渐渐找到了本部族可遵循的东西，那就是人格、人的修养和人的自觉努力。人在面对历史变故和历史选择的时候，总是有希望、有可能找到"天"、"人"一致的契合点，这样人在历史前进、历史变化中的作用就逐渐被突出出来了。特别是自己亲身经过的周人灭殷的历史事实，更使他们清楚地认识到究竟是什么力量在对历史的兴亡发挥决定性作用。虽然他们不会、也没有能力否认"天"的力量的存在，但在一定程度上、一定前提下只是将其视为一种非直接性、不可把捉的信仰，而现实中真正起决定作用的，决定历史发展进程和方向的还是"人"本身。

这种由"天"到"人"理性思考的确立在宗教观念上的表现结果是，商人祭祀中"天帝"的独尊局面被打破，取而代之的是"天帝"与祖先共享人间祭祀的二元神格局。我们看到，周人在祭祀的时候，已开始把祖先提升到与"天帝"大体相同的位置，"天帝"和祖先既分置又相互配合。"思文后稷，克配彼天。立我烝民，莫匪尔极。贻我来牟，帝命率育。无此疆尔界，陈常于时夏"（《周颂·思文》）。不仅如此，随之而来的是周人在天帝崇拜中，已开始有意无意地对祖先神予以更多的关注和重视。这样一来，事实上"天"也就逐渐被"人"悬置得更高，因此"天"也就变得离"人"更远了。

适与此相佐证，我们看到，产生于此一时期的《诗经》大小雅中的一些诗篇，记载最多的是对祖先的崇拜和追忆，像我们所熟知的、带有史诗性质的《公刘》、《绵》、《生民》、《皇矣》等诗无疑堪称这方面的典范。即使是在名义上用以祭祀"天"的诗中，也明显掺进了对祖先的崇拜和颂扬。至于在那些专门祭祀祖先的诗中，此一特点则更加突出，而且在数量上这些颂祖诗也远远超出了祭"天"诗。

对"天"的崇拜在这里已转化为对祖先的崇拜，由此表明，人对自身能力和人神关系方面已经有了初步的理性认识。祖先最初不过是本族的一员，把一个先民上升为同天神相等同的地位，这在"天""人"关系上无疑是对"人"的升格。尽管此时此地的祖先只是作为一个特殊的代表而并非具有抽象和普遍意义的"人"，但无论如何，这一现象的出现所意味着的只能是神的地位的下降，在"天"与"人"的对应关系中，它事实上为人的觉醒和主体能力的解放创造了条件。所以，《诗经》颂雅时代的人们对自己祖先的颂赞远多于对天神的崇拜，这说明他们对现实人事的理智注重似乎已高于对神的盲目崇敬了。

当然，此时人们并非完全放弃尊"天"，但是值得注意的是，即使在一些表现"天"崇拜的诗中，诗人对"天"的描述实际上表达的只是广大人民愿望的反映，不过是借"天"以明人愿而已。如"帝谓文王，无然畔援，无然歆羡……帝谓文王，予怀明德，不大声以色，不长夏以革……帝谓文王，询尔仇方，同尔兄弟。"（《大雅·皇矣》）很显然，在这里上帝的意志同人民的愿望几乎完全一致，"天"代"人"言。这种情况较之殷商时代盲目迷信"天"的权力和意志来说，无疑是一个巨大的变化，它实际上反映了当时人们对自身面对的现实世界的一种清醒的理性精神。

三

周人的理性是不断发展着的，随着这种理性精神的发展，我们发现在《诗经》的二雅作品中逐渐开始出现疑"天"和责"天"的倾向。人们对"天"的崇拜是为了取得现实生活的安乐、富庶，消除现实灾难。如果得不到"天"的帮助，他们则会直接表示一定程度的、有节制的不满。如《大雅·云汉》写旱灾给人民带来灾难和痛苦，人们通过祭祀以祈求"天"的帮助而不得的情况下，居然对"天"的能力产生了不满和怀疑，"天降丧乱，饥馑荐臻。靡神不举，靡爱斯牲。圭璧既卒，宁莫我听！……昊天上帝，则不我遗。……群公先正，则不我闻。昊天上帝，宁俾我遯。……昊天上帝，则不我虞？"对于人们虔诚的祭祀，"天"却无动于衷，在关系到百姓生死存亡的关键时刻，"天"却一点也没有表现帮助人民摆脱灾害的意思。

如果说《云汉》对"天"还只是持一种温和的不满与怀疑的话，那么《小雅·雨无正》则对"天"的不分好坏、不辨是非，简直就是强烈的指斥了："浩浩昊天，不骏其德。降丧饥馑，斩伐四国。旻天疾威，弗虑弗图。舍彼有罪，既伏其辜。若此无罪，沦胥以铺。"不言而喻，诗人这种对"天"的否定实际上包含着对现实统治的否定。或者可以说，正是由于深切感受到的是现实统治当局给人们带来的深重灾难，在痛斥现实政治而不足以表达其情感的情况下，才借以把批评的矛头指向了"天"。但是，这种否定以对"天"的否定形式出现，此一倾向在表达周人理性精神发展演变过程中的积极意义恐怕是不能低估的。

到了西周后期，即大小雅中的"变雅"产生的时代，《诗经》中的作品除了由对现实政治的不满而对"天"进行否定外，更多的则是对现实政治的直接指责。如《大雅·抑》表现一位忠贞的老臣对世风日下、国将不国的时势的忧虑。国家原来是"有觉德行，四国顺之"，如今国君却"颠覆厥德，荒湛于酒"。诗中充满了忠告："天方艰难，曰丧厥国。取譬不远，昊天不忒。回遹其德，俾民大棘！"全诗塑造了一位忠心耿耿的王朝老臣形象，其劝诫、针贬的用意是显而易见的。

《大雅·民劳》集中反映了劳役繁重，人民不堪重负，要求周厉王勤政爱民，体恤民情，减免税役，休养生息，以确保国家稳定，人民安居乐业。这首诗在批评中更多的是寄予期望。相比较而言，《大雅·荡》的怨刺，在其思想的尖锐和情绪的激烈程度方面远远超过了同类作品中的其他各篇。诗中写道："荡荡上帝，下民之辟。疾威上帝，其命多辟。"其矛头直指人们一向敬畏的"上帝"。诗人在诗中巧借文王之口，历数殷商之过，这种表达意见的方式实际上是醉翁之意不在酒，篇末"殷鉴不远，在夏后之世"表达的题旨再清楚不过地显示了诗人的批判倾向和理性意识。

此外，《小雅·何草不黄》谓："哀我征夫，独为匪民"，"哀我征夫，朝夕不暇"，愤懑之情跃然纸上。《小雅·鸿雁》指斥"维彼愚人，谓我宣骄"，表现出人们已经不堪忍受徭役之苦，更难觅置身生存之地。这种怒不可遏的愤懑，所透示出的正是民不聊生、民怨沸腾的社会历史现实。由此不难看出，"变雅"中基于对历史和现实进行理性思考的作品，其直接性和深刻程度，已远远超过了《颂》和《大雅》中的作品。

四

从西周末年到春秋时期，由于时代的动荡和变乱，理性精神和价值观念呈现多元发展格局，而有关对"天"的尊重意识也逐渐远离了人们的视野。当时的人们由对"天"的怀疑、不满、诅咒到对"天"完全失去信心，从而开始放弃对"天"的关注，转而全力关心人本身的问题。从"变雅"开始，诗歌中以抒发个人情感为主的创作倾向得到了一定程度的体现。《国风》中的诗歌多以抒发个人感受和感情为主，这是《诗经》表达个体生命意识觉醒的一个重要标志。

不过，在"变雅"及《国风》中的早期诗歌里，理性认识并不是着意表现人的鲜明个性追求，也并不一味凸现强烈的主体意识，而是将情感抒发与理性精神自然融合，构成情理和谐的有机整体。诗中表现的还不只是诗人的个性，而是社会普遍遵守的伦理，因此道德成为情感的核心和情感表达的规范。比如在一些爱情诗中，无论是深挚的爱恋，刻骨的相思，还是苦苦的追求，几乎每一次情感流露，都有成熟的道德要求相伴随。像人们耳熟能详的《周南·关雎》和《秦风·蒹葭》，诗中既没有狂热的感情冲动和绝望的情绪萎靡，也没有由于理智过分压抑情感而造成的身心苦闷，一切都显得那么平静和冷静，它绝不给人以丝毫情感超出理智控制之外的精神迷狂，而展现在读者面前更多的是理智与情感的稳定与和谐。"发乎情，止乎礼义"（《毛诗序》），"乐而不淫，哀而不伤"（《论语·八佾》），在这里确确实实是落到了实处的。

同样，在众多的弃妇诗中，抒情主人公无论是在表达不幸被弃的哀伤之情，还是发泄自己人生不幸的怨艾和不满；无论是指责丈夫负心背德，还是感叹自己的命运不济，都理性自觉地体现出一种道德力量，而不是毫无节制的个性情感的情绪化发泄。"静言思之，躬自悼矣……信誓旦旦，不思其反。反是不思，亦已焉哉"（《卫风·氓》）；"黾勉同心，不宜有怒。采葑采菲，无以下体。德音莫违，及尔同死"（《邶风·谷风》）；"嘅其叹矣，遇人之艰难矣……遇人之不淑矣"（《王风·中谷有蓷》）。这里既有理智的自我反思，又有作为反思基础和前提的道德呈现。这种"温柔敦厚"的道德展现，我们是不能不认真加以注意的。

情感之外，在表达政治立场和政治观点方面，这种怨而不怒、出言有度的特点也表现得十分明显。比如著名的讽喻诗《邶风·新台》，众所周知此诗讽喻的事实是卫宣公占儿媳为己有。可以说卫宣公的这种作为是再典型不过的不合德礼之举了，那么表达"思无邪"立场的诗人对此毫无疑问是深恶痛绝的。但是我们看到，诗中对是非的判断和情感倾向的表达并不是深恶痛绝的指责，而是在义愤填膺中表现得言语极为平和，诗人在诗中只是采用反差极大的比喻，反复表达红颜与白发的不般配，青春年少和年老体衰的不相称，美如仙子与丑如蛤蟆的不合情，却始终没有超过"不般配"这个度。其实，我们细细想来，正是通过对这个"不般配"的度的限定和把握，才真正表现出了诗人的理性水平。

还有《豳风·七月》一诗。这是一首大家所熟知的劳作之歌，它真实而细致地展现了农民长年累月的辛劳悲苦和贵族的奢侈排场。诗中一一再现农人们的耕作、养蚕、织帛、狩猎、凿冰，一年不停，却只能瓜菜充饥，破屋栖身，无衣无褐，苦度时光。而这一切所带来的最终收获都统统归贵族所有。对于如此明确的不公平，诗人采取的态度却是宽容平和地承担这一切、忍受这一切。这里反映出的其实也是那个时代所普遍具有的"乐而不淫，哀而不伤"的理性认知。

《国风》中所表现出的理性精神是多方面的，而理性精神在那个时代的表现也不是中一的和静止的，在"发乎情，止乎礼义"的主体框架内，《诗经》中也曾出现过由理性向超理性发展的倾向。比如《国风》中的部分爱情诗就是对这种情理统一的理情精神的超越。其主要表现是情感性的成分增多，个体自由意志增强，个性与伦理、感情与道德的冲突激烈了，对社会性的服从和认可逐渐被对个性自由的肯定所代替，自由意识和生命意识开始萌发了。由于对此一方面问题的讨论涉及的东西与本论题的宗旨似有所偏离，我们在这里只是略加提及，而不作深论。

总的来说，《诗经》作为先秦时代的历史文化文本，它尽管不是以历史叙述的方式，而是以合乐、咏唱的诗歌形式展示先秦时代精神的片段和面影，但是先秦时代特有的理性精神在其中依然得到了可靠的展现。上述讨论很可能挂一漏万，不周不妥之处肯定在所难免，敬请方家不吝赐教。

（原载《河北师范大学学报（哲社版)》2002 年第 6 期，与易卫华、杨克飞合作)

第四章　墨子的《诗经》观

　　讨论《诗经》与先秦思想家的关系，儒家学者不容忽视。特别是《诗经》与儒家创始人孔子，可以说两者有着千丝万缕的联系，以致于至今学界研究孔子必涉及《诗经》，研究《诗经》也必涉及孔子。但是，当我们面对《诗经》与墨家关系问题时，判断的态度就很难旗帜鲜明了。照常识推断，《诗经》与儒家关系密切，而且日后又确实成为儒家重要经典，《诗经》不会在反儒的墨子那里找到市场，不会引起墨子的关注。而事实上，墨子不但对《诗经》极为熟悉，而且还经常引《诗》和论《诗》。《诗经》为墨子熟悉的文献典籍当无疑问，但是墨子究竟是怎样看待《诗经》的？墨子反儒而不非《诗》具有怎样的文化意义？这一问题仍有必要进一步深入研究和讨论。

一

　　从现存《墨子》一书看，其中引《诗》共11处（包括逸诗3篇），论《诗》5处。这个数字不仅多于同时或稍后的法家著作《商君书》、《管子》和《韩非子》，而且也远多于《庄子》。① 引《诗》论《诗》的次数多少虽不能尽见墨子对《诗经》的态度，但多少也能看出墨子对《诗经》的某种倾向。

　　作为儒家孔子的反对派，墨子在他的著作中并不反对《诗经》，这是没有什么疑问的②。但是人们一向蔽于墨子的非儒而因此将墨子非儒而不非《诗》的态度忽略了。事实上，墨子非儒只是非毁反对儒家孔子推崇的礼、乐。如果将这一点讨论清楚，那么墨子非儒主要是非礼、乐的问题自然就能弄清，墨子

---

　　① 　各书引《诗》数字参见董治安《先秦文献与先秦文学》，齐鲁书社1994年版，第83—86页。
　　② 　参见陆晓光《墨子非儒不非〈诗〉论》，载《中州学刊》1990年第3期。

与《诗经》保有一种正常联系的事实也就自然凸现出来了。

考察墨子反对儒家及儒学的事实，当然首先需要注意的是《墨子·非儒》一文。在这篇文章中，墨子对儒家孔子的批判主要集中在这样几个问题上。首先是《礼》，以丧礼为例；其次是"有命"论；还有乐以及"循而不作"、"胜不逐奔"、"君子若钟"等观点。墨子批判儒家孔子的思想观点可谓多矣。比如关于"有命"论，他说：

> 儒之道……又以命为有，贫富寿夭、治乱安危有极矣，不可损益也。为上者行之，必不听治矣；为下者行之，必不从事矣，此足以丧天下。（《公孟》）

这种做法在《墨子》一书的许多篇章中都可以看到，而且涉及的问题相当广泛。然而，对具体对象的批评和否定，墨子的限定却比较严格。我们看到，墨子在批评儒家学派之外，涉及的批评对象主要是"礼"和"乐"。即使在作为批评纲领的《非儒》中，墨子所深为不满的也主要针对"礼"、"乐"。比如篇中在指斥重礼和"强执有命"之后，墨子总结说："且夫繁饰礼乐以淫人，久丧伪哀以谩亲，立命缓贫而高浩居，倍本弃事而安怠傲。"这种东西只能导致人"贪于饮食，惰于作务，陷于饥寒，危于冻馁。"另外，在《节葬》、《节用》、《非乐》、《兼爱》等篇中，墨子更重点非毁当时流行和儒家提倡的礼、乐。比如他在《节葬下》中说：

> 今逮至昔者三代圣王既没，天下失义，后世之君子，或以厚葬久丧以为仁也，义也，孝子之事也……意亦使法其言，用其谋，厚葬久丧实不可以富贫众寡、安危理乱乎？此非仁非义，非孝子之事也，为人谋者不可不沮也。仁者将求除之天下，相废而使民非之，终身勿为。

可见，这是墨子对"礼"的激烈批评和反对。对于"乐"，墨子在《非乐上》中说：

> 今惟毋在乎王公大人说乐而听之，即必不能蚤朝晏退，听狱治政，是故国家乱而社稷危矣。今惟毋在乎士君子说乐而听之，即必不

能竭股肱之力，亶其思虑之智，内治官府，外收敛关市、山林、泽梁之利，以实仓廪府库，是故仓廪府库不实。今惟毋在乎农夫说乐而听之，即必不能早出暮入，耕稼树艺，多聚叔粟，是故叔粟不足。

因此，"为乐非也"。这里，尽管墨子反对礼、乐的理由是从"利"出发的，这一点常为后人所诟病，但墨子非儒，其矛头所指为非毁礼、乐却是不争的事实。

墨子反儒非毁礼、乐是否就全未涉及《诗经》？事实上也不尽然，不过墨子的有些意见需认真辨析。据《墨子·公孟》载，公孟子曾提出"孔子博于《诗》、《书》，察于礼乐，详于万物。若使孔子当圣王，则岂不以孔子为天子"的问题，结果遭到墨子的反对。墨子认为"孔子博于《诗》、《书》，察于礼乐，详于万物"与孔子"可以为天子"并无必然联系。这里墨子显然反对"博于《诗》、《书》"成为"可以为天子"的理由，但并没有非毁《诗》、《书》本身，道理甚明。还有，同篇载：

> 子墨子谓公孟子曰："丧礼，君与父母、妻、后子死，三年丧服，伯父、叔父、兄弟期，族人五月，姑、姊、舅、甥皆有数月之丧。或以不丧之间，诵《诗》三百，弦《诗》三百，歌《诗》三百，舞《诗》三百。若用子之言，则君子何日以听治？庶人何日以从事？"

这段话很容易被人误解为墨子非《诗经》的证据。实际上，从墨子话的上下文即可看出，他仍然是在批评礼，因为周礼中常常用《诗》，乐又和《诗》密切相关，墨子反礼、乐，当然也就要反对用《诗》。而墨子所真要反对和非毁的只是礼、乐。所以，在紧接着下面的公孟子与墨子的对话中就呈现出了这一点。

> 公孟子曰："国乱则治之，国治则为礼乐。国贫则从事，国富则为礼乐。"子墨子曰："国之治，治之故治也。治之废，则国之治亦废。国之富也，从事，故富也。从事废，则国之富亦废。故虽治国，劝之无厌，然后可也。今子曰'国治则为礼乐，乱则治之'，是譬犹喷而穿井也，死而求医也。"

可见墨子所反对和非毁的只有礼、乐。由上面的讨论不难看出，墨子非儒是因为儒家崇礼、乐。或者也可以反过来说，正是因为墨子激烈地反对礼、乐，才连带非毁死死抱住礼、乐不放的儒家。至于《诗经》，特别是作为表情达意的语言文本的《诗经》，并没有真正受到墨子的批判和攻击。

二

正因为墨子将《诗经》和礼、乐予以区别对待，非礼、非乐而不非毁《诗经》，所以在墨子的笔下，才出现了为数不算太少的论《诗》和引《诗》。下面依次略作分析。

先说论《诗》。墨子论《诗》，全书共计 5 处。前面已经说到《公孟篇》中的 2 处，此处不再赘述。其余 3 处为：《非命中》云："在于商、夏之《诗》、《书》曰：'命者，暴王作之'。"这里引《诗》、《书》语，说明有命论的荒谬性，这不但不是非毁，而是将《诗经》作为古代权威典籍视之，以增加驳论的力量。《三辩》中云：

> 汤放桀于大水，环天下自立以为王，事成功立，无大后患，因先王之乐，又自作乐，命曰《护》，又修《九招》；武王胜殷杀纣，环天下自立以为王，事成功立，无大后患，因先王之乐，又自作乐，命曰《象》；周成王因先王之乐，又自作乐，命曰《驺虞》。

《驺虞》为《诗·召南》中的一篇。春秋以前，凡诗皆可入乐。墨子这里也主要从"乐"的角度来陈述事实，不涉及《诗》中文字内容，更不包含对《诗》的价值判断。关于《象》，现存《诗经》中无此篇，《诗序》谓《周颂·维清》奏《象》舞。《象》舞也好，《象》乐也罢，总之都不是针对诗篇本身。这是《墨子》书中涉及的 3 处论《诗》的情形。

《墨子》引《诗》共 11 处，其中 3 处今本不见。如《尚贤中》载：

> 《周颂》道之曰："圣人之德，若天之高，若地之普，其有昭于天下也。若地之固，若山之承，不坼不崩。若日之光，若月之明，与天地同常。"

　　所引此篇当为《诗·周颂》中逸诗。另外，《所染》引诗"必择所堪，必谨所堪"，《非攻中》引诗"鱼水不务，陆将何及乎"，也可大体断定为《诗经》逸篇。其余 8 处为《尚同中》引《小雅·皇皇者华》，《兼爱下》引《小雅·大东》，《明鬼下》引《大雅·文王》，《天志中》和《天志下》两次引《大雅·皇矣》，《兼爱下》引《大雅·抑》，《尚贤中》引《大雅·桑柔》，《尚同中》引《周颂·载见》。

　　《墨子》引《诗》主要有这样几个特点：

　　首先，《墨子》引《诗》只引《雅》、《颂》作品，而不引《风》诗。除 3 处逸诗外，《墨子》8 处引《诗》中涉及作品有《小雅》2 处，《大雅》5 处，《颂》1 处。这种情况不仅与儒家的孔、孟、荀不同，《论语》、《孟子》、《荀子》中的引《诗》均涉及了《风》诗，而引《风》诗又以《荀子》为最多（约 11 处）；而且与其他派别思想家也不相同，比如《晏子春秋》、《管子》及《吕氏春秋》中引诗都有引用《诗经·国风》的情形。倒是法家的韩非与墨子差可比肩，《韩非子》一书的引《诗》全部集中在《小雅》。钱穆先生说："道家之论，实源于墨。"[1] 而法家的韩非又与道家老子关系密切。那么，在对待《诗经》的态度一致性方面，我们似乎也找到了墨与法之间关系的一些蛛丝马迹。而这一现象中不会不蕴含更深刻的东西，只是我们暂时还难以说清楚而已。

　　其次，《墨子》引《诗》与今本《毛诗》文字多有差异。如《尚同中》引《周颂·载见》为"载来见彼王，聿求厥章。"今本《毛诗》原句为"载见辟王，曰求厥章。"《兼爱下》引《小雅·大东》将《尚书·洪范》中四句掺入后为："其直若矢，其易若底。君子之所履，小人之所视。"《明鬼下》引《大雅·文王》将现行《毛诗》第一章与第二章前两句连引，"穆穆文王，令闻不已"。《毛诗》中原句为："亹亹文王，令闻不已。"《天志中》和《天志下》两次引《大雅·皇矣》第七章诗句，前者所引与今本《毛诗》完全相同，而后者所引为："帝谓文王，予怀而明德，毋大声以色，毋长夏以革。不识不知，顺帝之则。"今本《毛诗》原句为："帝谓文王，予怀明德，不大声以色，不长夏以革。不识不知，顺

---

　　① 《国学概论》，商务印书馆 1997 年版，第 47 页。

帝之则。"两者小有差异。《兼爱下》引《大雅·抑》为："无言而不雠，无德而不报。投我以桃，报之以李。"在今本《毛诗》中，四句话不连属，前二句在第六章，为"无言不雠，无德不报。"后二句在第八章，原诗与墨子所引完全相同。《尚贤中》引《大雅·桑柔》为："告女忧恤，诲女序爵。孰能执热，鲜不用濯。"今本《毛诗》原句为："告尔忧恤，诲而序爵。谁能执热，逝不以濯"。综上可见，《墨子》引《诗》与今本《毛诗》常存差异，差异一般只表现在个别字词方面，而对原诗的理解并无妨碍。

再次，墨子引《诗》基本符合诗句原意。我们知道，战国以前诸侯各国在外交场合常常赋诗言志，引用《诗经》中的诗的最大特点是各取所需，断章取义。进入战国，外交场合中的赋诗现象绝迹①，而思想家们在提出自己政治见解时不时引《诗》的现象却相当普遍。诸子引《诗》，除庄周恶作剧般地贬排捉弄儒家的引《诗》属个别情况外（见《庄子·外物》），多数思想家引诗或继承春秋外交赋诗的传统而断章取义、任情引申，或忠实原作、把《诗经》原句视作论证过程中的论据。这其中，墨子应属于后者，而儒家的孟子则属于前者。比如《尚贤中》载：

> 爵位不高则民不敬也，蓄禄不厚则民不信也，政令不断则民不畏也。故古圣王高予之爵，重予之禄，任之以事，断予之令，夫岂为臣赐哉，欲其事之成也。《诗》曰："告女忧恤，诲女序爵。孰能执热，鲜不用濯。"则此语古者国君、诸侯之不可以不执善承嗣辅佐也，譬之犹执热之有濯也，将休其手焉。

前面已经说到，墨子此引《大雅·桑柔》四句诗与今本《毛诗》稍异，但不影响对原诗的理解。四句诗的意思是说：告诫你，对下人要优加怜恤，要把官爵封给族人，有谁能够苦于炎热却不用冷水洗濯？原诗前两句陈述主张，后两句用作比喻，意指用贤臣治乱救国就像用冷水消热一样。从墨子引《诗》的上下文看，墨子对原诗意思的理解是较为准确的，可以说已经相当忠于原诗了。巧合得很，孟子也曾援引此诗，但只引此四句的后两句。《离娄上》载："今也欲无敌于天下而不以仁，是犹执热而不

---

① 参见顾炎武《日知录·周末风俗》。

以濯也。《诗》云:'谁能执热,逝不以濯?'"孟子引《诗》,仅就这两句看可以说也是符合原诗诗意的。但如果将此诗的上下文与孟子这段话的上下文加以对照,孟子断章取义的引《诗》特点便一清二楚了。孟子强调仁政的重要与原诗强调用贤人的重要毕竟还是有不小差距的。尽可能少地引用原诗诗句,以争取引申义的最大自由度和最大灵活性,这是断章引诗者所深谙的,而墨子却没有这样做。

墨子引《诗》证史,又以史来证明自己思想的正确,这一考虑可以说在相当大的程度上保证了他引《诗》而不歪曲原诗。如《尚同中》载墨子曰:"故古者圣人之所以济事成功,垂名于后世者,无他故异物焉,曰:唯能以尚同为政者也。"然后墨子先引《周颂·载见》"载来见彼王,聿求厥章。"认为"则此语古者国君诸侯之以春秋来朝聘天子之廷,受天子之严教。退而治国,政之所加,莫敢不宾。"之后又引《小雅·皇皇者华》中的三、四两章,以印证"当此之时,本无有敢纷天子之教者。"关于《载见》,《毛传》认为是写"君遣使臣也。"古今注《诗》者也大体这样认定。细研诗意,应该说墨子的理解也是没有问题的。引诗是为证史,如果还原诗意不出问题,史实即可得到证明。史实得到证明以后,由史实以证明自己的主张的可行性当然也就顺理成章了。除此以外,墨子在《天志中》和《天志下》两次引《大雅·皇矣》中"不识不知,顺帝之则"句,以说明上帝意志的存在;《明鬼下》引《大雅·文王》中"文王陟降,在帝左右"句,以说明鬼神的存在,可以说都是在引《诗》证史,通过还原历史以阐明自己理论主张的范例①。值得注意的是,墨子的这些引《诗》和对诗意的引申都是本着求是态度而最终颇得诗本意的。这一做法与大体同时代的许多思想家都有所不同。

三

通过上面的讨论,我们不难看出,墨子不仅非儒、反礼乐而不非

---

① 关于墨子看待历史的态度,详见拙著《春秋战国士人与政治·墨家士人与政治》,上海人民出版社 1997 年版。

《诗》（包括《尚书》），而且对《诗经》采取一种谨慎、实事求是的解析态度。应当如何理解墨子同《诗经》的具体关系？墨子为什么能够在非儒的同时又能较多地正面引《诗》和言《诗》？关于这个问题，董治安先生曾提出两条理由："其一，这或许同墨子本人与孔子的师承联系有关"。因为墨子虽然是墨家学派的创始人，但他早年却曾亲聆孔子之教。《淮南子·要略》篇载："孔子修成康之道，述周公之训，以教七十子，使服其衣冠，修其篇籍，故儒者之学生焉。"而墨子"学儒者之业，受孔子之术，以为其礼烦扰而不说，厚葬靡财而贫民，久服伤生而害事，故背周道而用夏政"。不仅孔子与墨子存在师承关系，而且墨子对孔子的学说也未全盘否定。"程子曰：'非儒，何故称于孔子也？'子墨子曰：'是亦当而不易者也。'"（《公孟》）可见墨子对孔子的某种尊重并非偶然，是有一定根据的。"那么，墨子较多正面引《诗》、言《诗》可能就是由于所受孔子的特殊影响了。""其二，墨子时代较早。"根据《史记·孟子荀卿列传》的记载："盖墨翟，宋之大夫，善守御，为节用。或曰并孔子时，或曰在其后。"钱穆先生根据《墨子·公输》篇记述的墨子"止楚攻宋"故事，推定墨子的生年"当在周敬王之末年"。他说："谓墨子年事较晚于子夏则可，谓墨子在七十子后则非也。"[①] 董治安先生认为："据此，则墨子的主要活动，当在战国初年。战国之初春秋普遍盛行于上层社会的赋《诗》、称《诗》之风，并未完全成为过去，而三百篇'由诗向经'的演化，也仅处于初始阶段，还要经历一段时间过程。就此而论，墨子'非儒'而未如庄、商、韩那样绝对化地排斥三百篇，适足表明，战国之初诗的儒学化一时尚未发展到其后那样严重的程度。"[②] 这样解释墨子与《诗经》关系相对比较密切这一事实，可以说在学界不仅有首倡之功，而且持论平稳，有相当的说服力。不过，在我看来，对于墨子非儒而不非《诗》的原因，似可在此基础上更往深入推进一步。比如孔墨之间可能存在师承关系，如果说墨子因为对孔子保有某种程度的尊重而致使他较多地正面引《诗》言《诗》，那么这个说法恐怕还经不起认真推敲。倘若我们对此提出这样的问

[①] 《先秦诸子系年》，中华书局1985年版，第90页。

[②] 《先秦文献与先秦文学》，第60页。

题：既然墨子考虑到孔子是自己的老师，为什么还会从总体上反对、否定儒家（特别是《非儒》篇最后那种不留情面地揭老底式的非议）？为什么他不遗余力地反对否定的只是礼、乐而不包括《诗》、《书》？要回答这样的问题，恐怕还得再进一步认真考虑合适的理由。

我们认为，墨子在非儒的旗号下所非毁的只是礼、乐。这在本文的第一部分已分析讨论过。特别是通过分析《非儒》篇更可见墨子用心之所在。《淮南子·要略》篇说导致墨子背周用夏的理由也只是"以为其礼烦扰而不说"，所谓"厚葬靡财而贫民，久服伤生而害事"也无非是因为遵礼的结果，并没有提及其他原因。墨子为什么如此痛恨礼、乐？要回答这个问题，似必须从了解墨子的整体思想入手。我们知道，墨子在先秦思想史上的与众不同之处，即他最有意义之处，是再建天帝鬼神权威，并以世俗的实际利益为最终落脚点。① 由于把世俗的实际利益当做检验一切理论和实践的唯一标准，所以才把繁礼淫乐视为非毁的对象。在墨子看来，"仁人之所以为事者，必务求兴天下之利，除天下之害……利人乎，即为；不利人乎，即止。"（《非乐上》）而遵三年之丧礼，"撞巨钟，击鸣鼓"，都导致人们"贪于饮食，惰于作务"，最终"陷于饥寒，危于冻馁"（《非儒》）。由此出发，墨子对消费性和文饰性的东西当然采取排斥态度。而礼、乐就属于这种消费性、文饰性产品，其遭到墨子的反对那是在情理之中的。

钱穆先生讨论孔子与六经的关系时曾认为，在先秦时代，事实上"《诗》、《书》言其体，'礼乐'言其用"。这个说法对我们理解墨子对待《诗经》的态度很有启发性。应该说《诗》、《书》是孔子之前就已大体完整存在并广为流传的古代典籍。它们本身代表和表达着上一个时代的历史，这是无法改变的。而如何看待和使用它们，则不同时代有不同的做法。从这个意义上说，"《书》即'礼'也，《诗》即'乐'也。"② 《书》载先例之礼，说《书》即礼、《书》为体"礼"为用，可以理解。而《诗》与"乐"之关系，《诗》体"乐"用，则更

---

① 各书引《诗》数字参见董治安《先秦文献与先秦文学》，齐鲁书社1994年版，第83—86页。

② 《国学概论》，第22页。

易明白。所以，墨子非"礼乐"而不非《诗》、《书》（《墨子》大量引《书》，有据可查，历历在目，因不属于本论题范围，故从略），正表明墨子对"用"的重视和选择（荀子谓墨子"蔽于用而不知文"，正指此）。《公孟》篇载墨子反对没完没了地用各种形式搬演《诗经》，"诵《诗》三百，弦《诗》三百，歌《诗》三百，舞《诗》三百"，可见反对的并非《诗经》本身，而是对《诗经》不恰当的过分使用，因为这样会使君子无法"听治"，"庶人"无法"从事"。这实际上又等于为钱穆所谓"体"、"用"之说提供了一个旁证。墨子引《诗》仅及雅、颂而不及风诗，也和雅、颂内容多具实用价值①，而墨子又对实用特别关注有关。

另外，人们在考虑墨子非儒而不非《诗》问题时，常常不知不觉地先在地预设了孔子和《诗经》的密切关系，这样无形中就给墨子非儒而不非《诗》的讨论带来了困难，结论也就不免难以下得斩截和深切。事实上，《诗经》早于孔子而结集，它只是孔子喜读爱读的前代典籍之一种而已，因此可以说《诗经》和孔子在当时并没有特别的关系。至于说到孔子与六经，那更是后起之事。查诸史籍，不仅《论语》、《孟子》中不曾言"经"，就是荀子也没有把《诗》与"经"联系起来。因此，崔述《古文尚书辨伪》说经典之"经"，"汉以前无一人语及"。也就是说，从《诗经》的结集行世言，它早于孔子，可以说与孔无关；从《诗经》神圣而成为经典言，那又是孔子身后之事，也与孔子无碍。这样，与孔子大体同时而稍后的墨子非儒反孔而不非《诗》反《诗》就没什么不好理解的。既然如此，那么不管墨子受不受此前上层社会赋《诗》称《诗》的影响，他都可以在一边非毁儒家，非毁礼、乐的同时，一边严肃认真地引《诗》和言《诗》。这是我们对墨子与《诗经》关系的一个基本判断。

（原载《文艺理论研究》2000 年第 2 期，收入《第四届诗经国际学术研讨会论文集》）

---

① 《先秦文献与先秦文学》，第 31—32 页。

第五章　《毛诗》与汉代文化精神

在汉代经学阵营中，齐、鲁、韩、毛四家《诗》是重要的方面军，它们之间树门立派、此起彼伏，构成了两汉今古文经学斗争极具代表性的缩影。而作为古文经的《毛诗》，从它诞生的那一天起，由于学统上的鲜明归宿，虽然起初未受青睐以致于长时间沉潜民间，但无争的民间传授却使它积蓄了强劲的发展潜力，这对《毛诗》无疑是一件不幸中的大幸事。随着汉代社会和学术的发展，《毛诗》在与三家《诗》学的斗争中逐渐显现出明显的优势，并最终后来居上，压倒三家《诗》而达至一家独尊。《毛诗》先抑后扬的命运从一般学术史的角度看显然已表现为一个显性层面的问题，而事实上《毛诗》隐性层面的内涵恐怕才是它最终占据汉代意识形态制高点的主因。隐性层面的原因需要我们深入到《毛诗》内部去寻绎、去发现。

我们知道，《毛诗》是由《诗序》和《故训传》两部分构成的。《毛诗》每篇都有《序》，先以一句话冠于《毛诗》每首诗之前做提纲挈领的简短说明，带有题解性质，然后再加以具体申述。《诗序》又有"小序"和"大序"之分，所谓"小序"是每篇前的一小段解释诗文主要内容的文字，如，"《关雎》，后妃之德也"、"《卷耳》，后妃之志也"等。"大序"是指《关雎》篇"小序"之后一段较长的文字，这段文字系统阐述了诗歌的特征、内容、分类、表现方法和社会作用等问题，文中对教化说、美刺说、风雅正变说等儒家的诗教观念都做了明确的阐述和规定，是儒家《诗》学理论的代表性著作，对后世《诗经》研究产生了深远影响。《毛诗故训传》简称《毛传》，传为鲁人毛亨所作，"荀子说《诗》传毛亨，毛亨再传鲁人。"① 因而，《毛传》当产生于汉初，书之题为《毛诗故训传》，则始于班固。《汉书·艺文志》云："《毛诗》二十九卷，《毛诗故训传》三十卷。"《毛诗》同时又是我国现存最早最完整的一部训诂学著作。它继承和总结先秦训诂学成果，形成了一套较为完备、严密的训释方法。清代陈奂在《诗毛氏传疏·叙录》中说："故读《诗》不读《序》，无本之教也；读《诗》与《序》而不读《传》，失守之学也。文简而义赡，语正而道精，洵乎为小学之津梁，群书之钤键也。"② 这个评论恰当而客观地概括了《序》、《传》在《诗经》研究史上的重要价值。

比较毛诗《序》、《传》，我们发现两者解说《诗经》相应的地方比较普遍，而矛盾之处寥寥可数，可见"相应一致，彼此配合"③ 是二者的主导倾向，说明《序》、《传》在整体上有着基本相同的指导思想，虽然其中可能经过了后人的某些增益，但二者体现出的那种融涵古今、开创新说的集大成特征，以及由此反映出的汉代盛世文化精神都是非常鲜明的。具体说来，《序》、《传》在理论上的体系化追求，既是对先秦《诗》学理论的自觉吸收和整合，也与汉代全盛期的文化和文学思想有着诸多的共同性。而从文化学的角度来说，这无疑又是政治、文化大一统的文化精神在汉代《诗》学中的具体体现。《毛诗》《序》、《传》以尊孔崇儒的去取标准确立了儒家诗学价值观的正宗地位，使独尊儒术的文化思想在诗学中得到了真正的落实，并且《毛诗》标"兴"及其对"兴"诗的阐释，体现出的由具体物象通向包含特定王道内容的主观情志特点，也表现出盛世文化乐观、自信、进取的精神。

《毛诗》解诗理论体系化与汉代"大一统"文化精神

先秦时期儒家《诗》说是非常丰富的，从孔子最早提出的"《诗》三百，一言以蔽之，曰：思无邪。"④，以及"诗，可以兴，可以观，可以群，

---

① 综合陆德明《经典释文·叙录》、陆玑《毛诗草木鸟兽虫鱼疏》二书相关观点。
② （清）陈奂《诗毛氏传疏·叙录》，商务印书馆1933年版，第2页。
③ （清）朱彝尊《曝书亭集》卷59《诗论二》，《四部丛刊》本，第337—338页。
④ 《论语·为政》，杨伯峻《论语译注》，中华书局1980年版，第11页。

可以怨。迩之事父，远之事君；多识于鸟兽草木之名。"①，到孟子提出的
"知人论世"、"以意逆志"② 说，再到荀子的"明道"、"征圣"、"宗经"，
等等，可以说早期儒家学者确实为后世《诗经》研究确立了一些最为基本
的观念和范畴，而这些观念和范畴甚至在相当长的时段内都或隐或显地框
定着中国文学批评发展的大方向。但是，仅有方向还不能决定全部细节，
此情此境下遗憾和缺失就不可避免，他们在看待和处理《诗经》方面实际
上并没有形成一个真正学理意义上的体系化理论。个中原因恐怕和先秦学
术思想注重宏观框架描绘而忽视具体经书理论体系的深入发掘有关。另外
先秦时代普遍流行的对《诗经》"断章取义"的实用主义倾向也驱使人们
更多地关注《诗经》的应用价值，而对逻辑和思辨的理论建构缺乏必要的
热情。到了汉代，《毛诗》"序"、"传"在先秦《诗》说的基础上基本实
现了融会贯通，理论思维方面也日益显示出非常明确的体系化追求。

从现存《毛序》来看，作者显然是在认真清理和疏通先秦以来儒家
《诗》论的基础上，以一种最为简明的形式，将其系统化和经典化，并以
与新时代意识形态相契合的新儒家形态呈现在大家面前的。尤其是《诗大
序》的出现，更具有承前启后、继往开来的特征。一方面，它沿袭了先秦
以来诗歌抒情、言志的传统，系统地总结了诗歌的艺术表现手法，并有所
创新和发展，这是儒家学术思想、文学思想在汉代之初最为系统的概括和
总结；另一方面，它的出现也于无意间吹响了汉代文化专制的号角，为新
政权实行"独尊儒术"铺设了一条文化道路，从而以"美刺"包罗一切、
涵咏一切的释《诗》，成为"贤良"和"文学"都愿意接受和承认的文学
理论正宗。

首先，《诗大序》对诗的本质特点——"志"与"情"的统一的论
述，是对先秦诗论所反映出的诗歌中"情"、"志"关系的系统总结。中国
古代文学理论的"开山纲领"，即《尚书·尧典》中最早提出的所谓"诗
言志，歌永言，声依永，律和声"之说。据闻一多先生解释，"诗言志"

---

① 《论语·阳货》，杨伯峻《论语译注》，中华书局1980年版，第185页。

② 《孟子·万章下》、《万章上》，杨伯峻《孟子译注》，中华书局1960年版，第215、251页。

之"志"既指记诵在心，又指抒发情感。① 然而我们发现，在先秦时代，"志"主要是指人的志向和思想，如孔子就说过"士志于道"，时常要求弟子们"各言其志"等等。可见在当时，诗的抒情性并没有被特别强调，所以诗歌在实践上的抒情特征也并不特别突出，因此我们可以说，从理论上讲，此一时期的文学尚未涉及文学最本质的东西——情感。直到荀子学派所作《乐记》的出现，它在发表对"乐"的本质的看法时，情感因素和情感的作用才开始逐渐被提出并获得确认，所谓"乐者，乐也，人情之所必不免也"，认为音乐"其感人也深"、"其化人也速"，明确显示出文学的情感导向。而《诗大序》正是继承了《乐记》的这一基本思想，并把它切实运用到对《诗经》的诗篇解释方面来，因此也就有了对"诗言志"作出的新解释，这就是它在肯定"诗者，志之所之也"之后，接着便强调"在心为志，发言为诗，情动于中而形于言"，既肯定"志"与"情"的统一，同时又指出两者并不相同，个人的情感蕴藏于心是为"志"，用语言表达出来即为"诗"，"情"与"志"结合为一，然后通过适当的语言予以完美呈现，就形成为真正的艺术作品。《诗大序》的这一理论推动，既是对前代儒家《诗》论的丰富和发展，同时也对日后汉人思想中普遍重视情感在艺术创作中的重要性倾向具有筚路蓝缕之功。唐人孔颖达在《左传正义·昭公二十五年》中说："在己为情，情动为志，情、志一也。"即认为诗歌以情感为本质，成型的诗歌是诗人内在情感的外在表现，在具体的诗篇中，情和志是合一、不可区分的。这一思想明显是对《诗大序》的进一步引申和发挥。

第二，在《诗大序》中，作者不厌其烦地论述了诗歌的政教功用，即自上而下的教化作用和自下而上的"美刺"作用。如《大序》曰："风，风也，教也，风以动之，教以化之"。"上以风化下，下以风刺上，主文而谲谏，言之者无罪，闻之者足以戒"。又说："故正得失，动天地，感鬼神，莫近于诗。先王以是经夫妇，成孝敬，厚人伦，美教化，移风俗。"《关雎》"小序"则谓："《关雎》，后妃之德也，风之始也，所以风天下而正夫妇也"等等。这些对诗歌政教功用的阐释和强调同样是对先秦儒家诗

---

① 闻一多《神话与诗》，《闻一多全集》第 1 卷，三联书店 1982 年版，第 339—367 页。

说的总结和进一步发展。

孔子认为《诗》"可以兴，可以观，可以群，可以怨"，其本义是针对学《诗》的效用而言的，但不可否认其中也充分肯定了《诗》的教化作用，这主要体现在其"劝善惩恶"观上。孔子说《诗》"可以怨"，"怨"即为"惩恶"；又说，《诗》可以"迩之事父，远之事君"，这两"事"无疑又是在"劝善"。但在孔子，这种"劝善惩恶"观还仅仅表现为对诗歌的美刺作用一种隐约、不明确的认识，似乎还没有形成有系统的关于诗歌"美刺"功用的理论。而到了汉儒的经说中，尤其是到了《毛诗序》中，这一理论才最终确立并形成。对于《毛诗序》中的"美刺"说，朱自清先生曾认为："《序》主要的意念是美刺，风雅各篇序中明言'美'的二十八，明言'刺'的一百二十九，两共一百五十七，占风雅诗全数百分之五十九强……美刺并不限于比兴，只一般的是诗的作用，所谓'诗言志'最初的意义是讽与颂，就是后来美刺的意思"。① 也就是说，所谓"美"是指作者对生活的歌颂态度，所谓"刺"则是作者对现实所采取的暴露批判态度。但无论"美"还是"刺"，用《诗大序》的说法则都要"主文而谲谏"，即用含蓄的言辞予以表达，而不是直言，也就是要绕着弯子说话，而不是直白表露。这才是诗，才是文学所要做到的。受《诗大序》影响，东汉郑玄在《诗谱序》中把"美刺"的社会作用发挥得更加淋漓尽致，他说："论功颂德，所以将顺其美，刺过讥失，所以匡救其恶。各于其党，则为法者彰显，为戒者著明。"诗歌中这样的"美刺"，一方面可以引导读者了解诗歌创作的时代背景及创作动机，把诗歌的内容同实际的社会生活密切联系起来，如对《魏风·硕鼠》，《毛诗序》说："刺重敛也。国人刺其君重敛，蚕食其民，不修其政，食而畏人，若大鼠也。"虽然在《硕鼠》全诗中，通篇并未见何"君"如何"重敛"的任何暴露性字眼，但《诗序》还是告诉人们，这是一首"刺"诗。这样，在《诗序》作者看来这篇诗的深层意蕴才得到了明确揭橥。由此可见，汉儒《诗》论中的"美"与"刺"，实际上倡导的就是文学的歌颂与暴露，其共同目标就是实现

---

① 朱自清《诗言志辨·比兴·兴义渊源》，载《朱自清古典文学论文集》，上海古籍出版社1981年版，第254页。

"讽谏"价值，完成"讽谏"任务。

另一方面，《序》、《传》常常根据自己的主观想象释《诗》。对此，朱熹《诗序辨说》就曾一针见血地指出："大率古人作诗，与今人作诗一般，其间自有感物道情，吟咏情性。几时尽是讥刺作他人？只缘序者立例，篇篇要作美刺说，将诗人意思尽穿凿坏了……今人不以《诗》说《诗》，却以《序》说《诗》，是以委曲牵合，必须如序者之意，宁失诗人之本意不恤也，此是序者大害处。"《毛诗》的此一倾向实在严重，最为明显的例子莫过于《关雎》一诗。仅从诗篇表现的内容看，是诗明明写的是抒情主人公对河边采摘荇菜的美丽姑娘的恋歌，《诗序》却偏偏曲解为"美后妃之德"，说它"忧在进贤，不淫其色，哀窈窕，思贤才，而无伤善之心。"显然，这样的解释是牵强附会、无法自圆的。但我们想，如此明显的问题，《诗序》作者不会完全没有觉察，而只能是有意为之。细究根源，我们认为汉人其实始终是把文学艺术作为政治教化的工具来看待的，在他们看来，作为正统文学代表的诗歌，它首先应该表现作者的政治理想和道德理想，而不能把表达只是作为一己之私的个人情感放在重要位置，故汉儒断言"正得失，动天地，感鬼神，莫近于诗"。也就是说，通过文学的美刺讽谕作用，以达到"移风易俗"的社会政治目的，是汉儒也是汉代政治所首先要考虑的，借《诗经》之木而移栽政治之花正是汉代文化建设的一个重要组成部分。

由上可见，《毛诗》"序"、"传"在解《诗》方面已经具有了一套较为完整的理论体系，而这种体系化的追求与汉代大一统政治格局和大一统文化精神是有着密切关系的。与诸侯混战的先秦时期不同，汉朝已真正进入"普天之下，莫非王土；率土之滨，莫非王臣"的时代，政治上的大一统必然要求意识形态和思想观念的大一统：对以往各种思想观念有意识地进行全面清理，并在全面清理的基础上予以有机整合，以培育和建立一个有利于政权长治久安的完整统一的思想文化体系。特别是自汉武帝开始，汉王朝更加强了思想大一统的努力，提出"罢黜百家，独尊儒术"的口号，不仅为经学之士大开利禄之门，也为此后两千余年的中国集权制社会开了以儒家思想为正统的先河。纵观汉代各种文学艺术形式的发展，均体现出受政治、思想大一统带来的明显影响。以最能代表这个时代文化气象的汉大赋为例，它们的作者都无一例外地在自己的创作中对各种事物作淋漓尽致的渲染和描写。以往研究者多把汉赋这一特点形成的原因归结为战国纵横家文风的影响，其实汉赋的繁盛和汉赋描写的繁复正与汉代大一统蒸蒸日上的盛世文化气象相契合，也就是说汉代欣欣向荣的政治文化气象才是汉赋此一风格形成的真正原因。与此相一致，儒家学者们也纷纷从自己的研究对象出发，积极建构宏大完整的理论体系来为大一统的时代政治需要服务，同时展现身处时代的宏大文化精神气象。《毛诗》在汉初虽然未能立学官，但这并未影响和妨碍它积极谋求为现实政治充当思想文化先锋的努力。相反，这种不被重视的地位反倒一定程度上强化了它的入世倾向。《毛诗》学者自觉整合先秦《诗》说，并将其进一步系统、发展和深化，从而形成一套结构完整、逻辑严密，与新时代思想文化建构既丝丝入扣又不乏超越意义的解《诗》说《诗》理论体系。毫无疑问，他们自觉将理论建构打上时代"大一统"印记的时候，也恰恰表明了他们对这个时代建设的参与和贡献。《毛诗》正为我们提供了进行上述问题研究的一个极好的范本。

"六义"说与"经世致用"的汉代文化精神

在长时间剧烈动荡、战争频仍的废墟上建立起来的汉王朝，对维持持久的社会稳定抱有极大的期待，于是在搭建意识形态平台时常常以"暴秦"为镜鉴，表现出浓厚的人文色彩：以务实、致用为基本目的和政治底色，以有利于休养生息和稳定发展为具体操作半径，为此思索如何完善社会机制，如何建构一个平衡、稳定、协调的社会秩序。在这种氛围下，儒家思想中紧贴现实的实用特色表现出明显的优势，她之所以能够最终战胜百家而获得独尊是有着充分理由的。同时，汉代这种对一个时代整体政治文化的设计也使得"经世致用"、用人文润饰事功、用事功确立人文的导向和氛围，又反过来成为了《毛诗》"序"、"传"确立方向、构建体系的深层动因。解《诗》意在用《诗》，通过《序》、《传》揭示《诗》的写作背景和寓意，借古喻今，使《诗》能够更好地参与到时代当下的政治和文化建设之中。在这样的时代情境下，《毛诗》的诗学建构从基本理论表述到具体诗篇阐释则完全以先秦儒家思想为起点，以先秦儒家经典为理论依据，努力发掘《诗》中蕴涵的儒家理论之光和讽诵之义。《诗大序》开宗明义就说："故正得失，动天地，感鬼神，莫近于诗。先王以是经夫妇，成孝敬，厚人伦，美教化，移风俗。"这看似简单而实际内涵相当丰富的一段话正奠定了《毛诗》解诗重伦理、重教化的基调。在具体的解诗过程中，《诗序》和《毛传》同样显现出这种鲜明的政治性和鲜明的功利色彩。如"小序"解《魏风·硕鼠》："刺重敛也"；解《大雅·公刘》："召康公戒成王也，成王将涖政，戒以民事，美公刘之厚于民，而献是诗也"。由此一斑可见，《诗序》是完全站在时代政治文化的角度来倡导讽谏、美刺诗学主张的，正风、正雅是"上以风化下"；变风、变雅则是"下以风刺上"。事实上这一认识将由上而下的"化俗"与由下而上的"讽谏"相连接，拓开了朝野上下交流沟通的渠道和空间，显示出言天下之事、形四方之风的功利政治的文化弹性。关于这一点，我们可以进一步从《诗大序》关于"六义"的解释中获得更多的信息。

《毛诗》之前的先秦典籍中有关"六义"的最早记载是《周礼·春官》之"六诗"说："（大师）教六诗：曰'风'、曰'赋'、曰'比'、曰'兴'、曰'雅'、曰'颂'，以六德为之本，以六律为之音。"它的名称与排列顺序与我们后来看到的《诗大序》之"六义"完全相同。后来《大序》出现，前之"六诗"与后之"六义"便混而为一了。关于《诗》之"六义"的含义，在后来的众多解释中以唐人孔颖达之说影响为最大，《毛诗正义》云："风、雅、颂者，诗篇之异体；赋、比、兴者，诗文之异辞耳。大小不同，而得并为六义者，赋、比、兴是《诗》之所用，风、雅、颂是《诗》之成形，用彼三事，成此三事，是故同称为'义'。"后来朱熹又据此发挥，称风、雅、颂为"三经"，是"做诗底骨子"；赋、比、兴"却是里面横串底"，是"三纬。"[①]"三经三纬"之说，其影响一直相沿至今。在这里，孔、朱二氏都把"风、雅、颂"释为《诗》之三体，而把"赋、比、兴"看作三种不同的创作方法。然而，尽管孔、朱之说风靡千年之久，却并未把《诗大序》本来的意思说清楚，联系上下文意

---

① （宋）黎靖德编，王星贤点校《朱子语类》，中华书局1986年版，第2070页。

细加分析就会发现，实际上《诗大序》不仅认为赋、比、兴是诗歌创作的艺术手法，而且风、雅、颂也与前三者一样都属于诗歌创作的艺术手法。当我们把《诗大序》的"六义"说放在它产生的具体历史情境中作还原性阐释的时候，便可以发现，是这一时代特定的思想文化风尚给"六义"说的实用主义创作理论提供了出台的契机和可能。"上以风化下，下以风刺上"的教化思想在当时确实是一种潮流一种时尚。不讨论文体论而专注于创作论是"六义"说的最大特色，当然如此重视创作论而忽视其他也不可能只是序《诗》者的一厢情愿，它与时代需求有着息息相关的血脉联系，有着不得不如此的深厚的思想文化背景。早在春秋之际，管仲就曾实施"紫衣之谏"，这说明在历史发展的不断链条上，"教化"根植深厚，其思想由来已久。但由于彼时诸侯割据，统一局面未成，还不可能成为遍布华夏的时代风尚。至汉王朝建立，稳定的天下一统局面既成，守成的汉儒们不仅理性地选择"教化"做旗帜，而且企图通过自己的文化普及工作更把它推广、落实为日常生活中的一般常识。史载："武帝时，征北海太守诣行在所……太守来，望见王先生。王先生曰：'天子即问君何以治北海令无盗贼，君对曰何哉？'对曰：'选择贤材，各任之以其能，赏异等，罚不肖。'王先生曰：'对如是，是自誉自伐功，不可也。愿君对言，非臣之力，尽陛下神灵威武所变化也'。[①] 按照最高统治者的意愿，把北海所以治归功于当今皇上的神灵威武所带来的变化，这与《毛诗序》中认为周公、召公统治区域内民风淳朴是受二公德行所化的思想简直如出一辙。因此，可以说《毛诗序》中"教以化之"和"是以一国之事，系一人之本，谓之风"等等对"风"的表述和阐释，无疑是汉代高扬"经世致用"大纛下具体而实在的文学和文化结晶，而不是查无实据的空穴来风。

很显然，汉代注重和强调"经世致用"的文化结果使《诗》成了"经"，使《诗》成了让后儒"仰之弥高，钻之弥深"的政治、道德圣谕。而圣化后的《毛诗》"序"、"传"再也不会看重《诗三百》的艺术审美性质，而把它的礼俗政教内容、教化讽谏价值，当成了即使不是唯一但也是最为重要的东西。儒家学者通过《诗经》找到了为汉王朝献计献策的进身

---

① （汉）司马迁《史记·滑稽列传》，中华书局 1959 年版，第 3210 页。

门径，而王朝政治家也因此找到了解决政治问题的文化工具。在实现手段虽有差异而前进方向大体一致的前提下，政治和文化以《诗经》为媒介，真正握手言和，实现了前所未有的第一次共谋。

"诗中求史"与求真务实的汉代文化精神

清人章学诚有言，曰"六经皆史"。这句由章氏冠名的著名断语其实只是章氏对历史事像的总结而已。其实早在汉代，人们就已经视《诗》为史了。我们看到，《诗序》是花费了大量精力去求《诗》中之史的。"小序"几乎把《诗》的每一篇章都落到了"实处"，在可能的情况下，尽量把诗篇描写的内容与"周公"、"召公"、"后妃"、"大夫"等具体时代的具体人物联系起来。如果视《诗序》之说为可信，将各篇章内容串联起来，我们似乎可以隐约看到一个历史发展的基本脉络。但遗憾的是，《诗序》并没有一一提供确凿的史实根据，比较可信的历史事件在注释中并不常见，有些非但不是历史事实，甚至全无根据的凭空虚构也时有存在。比如解《卫风·氓》，《小序》曰："刺时也，宣公之时，礼义消亡，淫风大行，男女无别，遂相奔诱。"对此，朱熹就持反对态度，他认为："此非刺时，宣公未有考……其曰：'美正反'者尤无理。"[1] 这种看起来相当生硬牵强的历史附会难道《诗序》作者就毫无察觉？肯定不会。唯一可能的解释是，他们是有意为之，是为达到某种既定的目的而有意为之。说穿了就是，《诗经》早已成为过去之"尸"，汉儒要借"尸"还"魂"，借解《诗》之机，把具体的诗篇与正面的古代圣君贤相、反面的暴君奸相联系，以此为现实提供一个参照，或一个理想的样板，或一个需要借鉴的教训，并由历史盛衰变化预示和预测过去如何进入现在、现在如何走向未来。《诗大序》中定性的所谓"治世之音"、"乱世之音"、"亡国之音"，命名的所谓"四始"、"变风"、"变雅"，都显示了汉儒借祭历史亡灵以着眼解决现实问题的价值取向。

不过，与前述诸问题相似，《毛诗》解诗的历史化取向也并不完全是

---

[1] （宋）朱熹《诗序辨说》，《续修四库全书》本，上海古籍出版社 2002 年版，第 268 页。

汉儒自己的发明。《毛诗》之前，先秦《诗》说中就已经出现了历史化的倾向和历史化的趋势。比如孟子就说过："颂其诗，读其书，不知其人可乎？是以论其世也，是尚友也。"① 这种"知人论世"的说《诗》方法就明确要求读《诗》要了解作《诗》者，要"知其人"；不仅要"知其人"，还要在"知其人"的基础上，进一步考论作品所反映的时代世态，推究其产生的社会历史背景，这就是要"论其世"。这种说《诗》方法深刻地影响到了其后的《诗经》研究。但同时我们也注意到，孟子提出的只是一种抽象的说《诗》方法，尽管他在日常"引诗"中一定程度上实践了这一理论，但孟子既没有对《诗经》中的所有作品都作出合理的解释，更时不时在自己的解说实践中出现歪曲理解、牵强附会的说《诗》事实。先秦其他的典籍中对《诗经》的研究和使用也大体如此。② 所以说《毛诗》出现之前，似还没有一部在还原历史的观念指导下进行解读和阐释《诗经》的完整系统的著述，《毛诗》的出现正填补了这一历史空白。以毛亨、毛苌为代表的《毛诗》学者花费大量的精力来求《诗》中之史，不遗余力地将人物和历史事件落实到有关的诗篇上去，如《邶风·二子乘舟》被认为是记录卫宣公杀害伋和寿，伋、寿争相为对方牺牲自己的历史；《载驰》是许穆夫人为"闵其宗国颠覆，自伤不能救也"所作；《小雅·十月之交》"大夫刺幽王也"；《节南山》则是"家父刺幽王也"，如此等等。并且，《毛诗》学者们还将诗篇的创作与特定的时代盛衰相联系，《诗大序》中就特别强调由某诗看到了或"治世之音"，或"乱世之音"，或"亡国之音"，也不时出现某某"始"和"变风"、"变雅"这些与时代变迁息息相关的界定诗篇性质的概念。这样，"诗三百"中的每一篇诗似乎都有了一个明确的所指，有了确定无疑的历史背景和历史内涵，从而也就使《毛诗》具有了超越今文三家《诗》的历史观照力和历史穿透力。这种历史化的释《诗》方式正是《毛诗》学派所自觉追求的"事实"和"真是"。

《毛诗》解诗对"事实"和"真是"的追求，与汉代求真务实的文化

---

① 《孟子·万章下》，见杨伯峻《孟子译注》，中华书局1960年版，第251页。
② 上海博物馆藏《战国楚竹书·孔子诗论》载孔子说《诗》并不以诗篇附会具体历史事件和历史人物，这一现象窃以为不仅对重新认识《毛诗序》的作者和产生年代有重要参考价值，而且对确认《孔子诗论》的写作年代也不无参考意义。

精神追求有着密不可分的关系。汉代经学研究通过传注来呈现和宣传政治思想文化早在汉初就已蔚成风气，当然风气所尚，这种做派既不限于某一经，也不限于某一经师。举一个典型的例子，《公羊传》在解释《春秋经》中"元年春王正月"几个字时说："元年者何？君之始年也。春者何？岁之始也。王者孰谓？谓文王也，曷为先言王而后言正月？王正月也。何言乎王正月？大一统也。"认为六个大字每一个字都蕴涵重大意义，寄托着拥护大一统的大道理。还是《公羊传》，它在解释《春秋经》最后一条"（哀公）十四年，春，西狩获麟"时又附会说："十四年春，西狩获麟。何以书？记异也。何异尔？非中国之兽也。然则孰狩之？薪采者也。薪采者，则微者也。曷为以狩言之？大之也。曷为大之？以获麟大之也。曷为为获麟大之？麟者，仁兽也，有王者则至，无王者则不至。"现在看来这样的解释几乎全不从实际出发，而几乎完全是推测和猜想。这种附会的解释，从宏观指导思想到微观方法操作，与《毛诗》作者把《二南》附会成文王后妃之德是一脉相承的。特别是关于"西狩获麟"的说解，与《毛诗》对《周南·麟之趾》的解释，不仅其表达崇尚仁德的迫切之心完全相同，其牵强和附会也达到了同样的高水平。所以在汉代一字说至三万言、一经说至百万言的附会大潮中，立未立学官的经书几乎遭到的都是同样被重新编排和改造的命运，这既是政治的需要，又是汉儒希望求真的思维方式所带来的必然结果。与"三家诗"相比，《毛诗》说诗的历史化倾向是其独有的特色。事实上，《毛诗》通过对"诗三百"的历史化解释来达到教化的目的，不但使教化的教材具有了坚实的可靠性，也同时是对孔子作《春秋》寓褒贬、借史实而彰显微言大义这一不绝如缕的儒家传统在汉代的继承。"我欲载之空言，不如见之于行事之深切著明也。"① 要想教化奏效，就要有史实做根据。《毛诗》说《诗》的这一思路，恰恰也是汉代文化精神的一个有机组成部分。

---

① （汉）司马迁《史记·太史公自序》，司马贞索隐：案孔子之言见《春秋纬》，太史公引之以成说也。中华书局 1959 年版，第 3297 页。

"诗中求礼乐"与汉人的"和谐"精神追求

在古代国家政治生活中，和谐社会关系的建立和完善无疑体现了统治秩序的理想，它同时又常常具体化为统治者实施治理的重要原则，《礼记·中庸》就说过："喜怒哀乐之未发谓之中，发而皆中节谓之和。中也者，天下之大本也；和也者，天下之达道也。致中和，天地位焉，万物育焉。"这里所谓"中"，即适中、平正、无过无不及、适得事之宜之意；"和"即和谐之义，进一步讲也就是将人的喜怒哀乐之情通过"中节"，恰当、合理的途径宣泄出来，从而有利于稳定社会政治秩序。也只有在国家的政治生活达到了这种和谐的境界时，天地才能"位焉"，万物才能"育焉"，在天地之间、在人间社会中建立起一种稳固的、可以持续健康发展的秩序。所以，"和"在儒家的思想观念中具有"天下之大本"、"天下之达道"的崇高地位。那么如何在现实的政治生活中实现这种理想，特别是如何为构建这样的理想提供方法和途径，汉代儒家学者认为周人的礼乐思想及其实践是可资借鉴的。

在周礼中，"礼"与"乐"是相互配合、相辅相成的，"礼"体现为等级制度的规定和要求，朱熹说："礼，谓制度品节也。"[1] 社会秩序中的君臣、父子、夫妻和高低、贵贱、尊卑都要由礼来加以区别和定位。但是仅仅有"礼"是不够的，单纯强调"礼"可能会造成等级间的距离和人际关系的冷漠，而"乐"的作用就是与"礼"相配合，起调和关系、融合感情的作用，消解由"礼"所带来的等级差别感，以达致和谐的理想境界。关于这一点，《乐记·乐论》说得非常明确："乐者，天地之和也；礼者，天地之序也。和，故百物皆化；序，故群物皆别。""礼"确立的是天地间的差别和秩序，而"乐"则是对这一秩序的调和与融洽。在礼乐的共同作用下，天地百物才会有序而和谐地发展。可见在构建和谐的政治统治秩序过程中，礼乐的确发挥着至关重要的作用。历史的发展也充分证明，周代及以后，凡充分发挥礼乐功用或礼乐功用发挥比较好的朝代，皆为长治久

---

① （宋）朱熹《四书章句集注·论语》，中华书局1983年版，第54页。

安之时代，如汉代；否则，就会相反，暴秦的覆亡即是明证。

汉人显然汲取了周人的统治经验，更吸取了暴秦的教训，他们充分认识到了礼乐在构建和谐社会、和谐政治中的关键性作用，比如汉代士人代表司马迁曾在《史记》中就对这一问题有过非常深入的论述，《史记·礼书》："洋洋美德乎！宰制万物，役使群众，岂人力也哉？余至大行礼官，观三代损益，乃知缘人情而制礼，依人性而作仪，其所由来尚矣。人道经纬万端，规矩无所不贯，诱进以仁义，束缚以刑罚，故德厚者位尊，禄重者宠荣，所以总一海内而整齐万民也。人体安驾乘，为之金舆错衡以繁其饰；目好五色，为之黼黻文章以表其能；耳乐钟磬，为之调谐八音以荡其心；口甘五味，为之庶羞酸咸以致其美；情好珍善，为之琢磨圭璧以通其意。故大路越席，皮弁布裳，朱弦洞越，大羹玄酒，所以防其淫侈，救其雕敝。是以君臣朝廷尊卑贵贱之序，下及黎庶车舆衣服宫室饮食嫁娶丧祭之分，事有宜适，物有节文。仲尼曰：'禘自既灌而往者，吾不欲观之矣。'"太史公将《礼书》列为"八书"之首，这一有意为之的顺序排列本身就已明确标示出了他对建立和巩固社会等级秩序重要性的认识，在"观三代损益"，充分分析了夏商周三代兴亡历史经验教训的基础上，提出社会秩序的建立乃是按照人情制定"礼"，依据人性制定"仪"，在礼仪的约束下上至君臣等朝廷中的尊卑贵贱，下到黎民百姓衣食住行、婚丧嫁娶等一系列等级秩序中，才能事事皆有适宜之度、物物文饰皆有节制。这一切显然非"礼"难得。对于乐的重要，《史记·乐书》谓："乐者，通于伦理者也"，"唯君子为能知乐。是故审声以知音，审音以知乐，审乐以知政。""合情饰貌者，礼乐之事也。礼义立，则贵贱等矣；乐文同，则上下和矣。"在司马迁看来，"乐"是与人伦相通的，它不仅可以和合人情，使相亲爱，而且可以整饬人的行为包括外貌，使尊卑有序，和谐美满。更重要的是，通过音乐，能够了解社会和政治，通过了解而使社会、政治贵贱有位，上下和合。显然，这是司马迁在非常系统地总结了自先秦以至汉初人们对于礼乐与构建和谐社会、和谐政治之间关系后的认识成果，其对此一问题如此深入的看待，我们不妨视为其对汉初如何构建和谐社会、和谐政治这一时代课题的积极回应。由此也足见此一课题在那个时代的重要。

然而如果说司马迁对于这一问题的认识和讨论基本还属于纯理论范畴

的话，那么汉初的经学家则主要通过自己的研究对象而进行更加具体也更为细致的理论阐释，其中尤以《毛诗》学派的经典阐释为代表。在儒家诸经中，应该说《诗经》和礼乐的关系是最为密切的，在《毛诗》学派的学者看来，《诗经》本身就是一部包含了丰富礼乐文化精神的著作，这一倾向早在先秦时代就已存在，《论语·泰伯》所云"兴于诗，立于礼，成于乐"已积累了使诗、礼、乐共同发挥教化作用的实践经验，郑玄"歌诗所以通礼意"① 正是对儒家以《诗》传礼的简明概括。礼乐共同附着于形象可感、易于传诵的《诗》，更便于使人们潜移默化、心悦诚服地接受等级差别，遵守伦理规范，从而也就更能迅速有效地发挥诗、礼、乐的教化职能。因而在对《诗经》的阐释过程中将其中蕴藏的教化要求和教化思想不遗余力地揭示出来也就成为了《毛诗》学者们的研究目标和学术追求，而也正是由于《毛诗》学派的学者们在理论上的这种自觉追求，才使其在这场理论探索和文化构建运动中脱颖而出。

首先，夫妇之道是《毛诗》尤其是《诗序》要阐明的首要问题。情之所发，五伦之最；五伦始于夫妇，所以婚姻是古代社会所极为看重的，是礼制的根本。班固《汉书·礼乐志》云："故婚姻之礼废，则夫妇之道苦，而淫辟之罪多。"强调了婚姻在礼制中的重要性。《关雎》毛传云："夫妇有别则父子亲，父子亲则君臣敬，君臣敬则朝廷正，朝廷正则王化成。"在这里，"夫妇有别"竟也成了行使礼乐教化，使整个社会和谐发展的最基本条件。同时，在婚姻之礼中，妇道是其重要的内容，《毛诗序》为已婚女性设计的行为范本是"后妃之德"，其内涵包括《葛覃》序中的"志在于女功之事，躬俭节用，服浣濯之衣，尊敬师傅，则可以归安父母，化天下以妇道也"，以及《螽斯》序中的"子孙众多"。《毛诗序》从不同的方面完善、充实妇道，表现了封建社会的男权意识，同时也表现出从人伦之始构建和谐社会秩序的努力。《诗经》中大量描写男女爱情的诗作也都受到了这一标准的判决，比如《关雎》毛序云："是以《关雎》乐得淑女以配君子，忧在进贤，不淫其色，哀窈窕，思贤才，而无伤善之心焉，是

---

① 《礼记·仲尼燕居》注，见《礼记正义》，（汉）郑玄注，（唐）孔颖达等正义，北京大学出版社 1999 年版，第 1387 页。

《关雎》之意也。"对男女之间的婚恋采用了异常理性的观点。另外，像盼望丈夫回家的思妇之咏《召南·草虫》，在《毛诗》中也变成了表彰"大夫妻能以礼自防"的伦理篇章；描写夫妻恩爱、如鼓琴瑟的《郑风·女曰鸡鸣》，则成了对"不说（悦）德而好色"的长鸣警钟；对秋水佳人可望而不可求的长歌浩叹《秦风·蒹葭》，则点化为对不用周礼、无以固国的政治讽谕；青年男女忘情亲昵的吟唱《齐风·东方之日》，升华为对"君臣失道，男女淫奔"世风的批判。原诗中所表现的男女之间的任何情感、情欲都被抑制、被遮盖和被改造，取而代之的是"定亲疏，决嫌疑，别同异，明是非"[1]的"礼"。同时，《毛诗》要求在礼的约束下婚姻以时，所以《桃夭》毛序曰："男女以正，婚姻以时，国无寡民。"《召南·摽有梅》："摽有梅，其实七兮。求我庶士，迨其吉兮。"女主人公望见梅子落地，引起青春将逝的伤感，希望有男子马上来求婚。《毛序》却作出"召南之国被文王之化，男女得以及时也"的解释。这首呼唤爱欲的"男女及时"的真情恋歌，竟被附会成"被文王之化，男女得以及时"的礼赞颂歌。这意味着在《毛序》作者看来，即使《摽有梅》所肯定的东西符合了古代的一条基本礼则，即"三十之男，二十之女，礼未备则不待礼，所以蕃育人民也。"[2]也并不意味着古礼对男女性爱的许可和放任，仍然需要有"被文王之化"的礼的约束。否则，即使夫妻之间的放纵情欲，也不免被视为"淫"。

其次，古代社会的人，无论贵贱、男女、老幼，都逃不脱"礼"的束缚和评判。《毛序》以为《邶风·凯风》是赞美卫国孝子安慰母亲的优良品德，《卫风·氓》是讽刺卫宣公时"礼义消亡，淫风大行"的恶劣风气，《魏风·葛屦》是揭露魏国君民"机巧趋利"、"俭啬褊急"的狭小肚肠。这些序说的对象固然大多为一般的下层平民，其意在引导社会风俗的好转，但无不以小见大，无限上纲，把民间的每一种风俗习惯都看成是君主善恶、朝纲治乱的风化结果，从而使诗篇的主题由日常而趋向崇高。另

---

① 《礼记·曲礼》，见《礼记正义》，（汉）郑玄注，（唐）孔颖达等正义，北京大学出版社1999年版，第13页。

② 《召南·摽有梅》毛传注，见《毛诗正义》，（汉）郑玄笺，（唐）孔颖达疏，北京大学出版社1999年版，第93页。

外，《诗序》中还以大量篇幅规范国君、大臣的行为，用美、刺的方式教之育之化之，使之以礼治国。《击鼓》序谓："怨州吁也。卫州吁用兵暴乱，使公孙文仲将而平陈与宋，国人怨其勇而无礼也。"国泰民安乃万民之福，穷兵黩武则不免使百姓流离失所，而最终招致百姓怨恨。《简兮》序曰："刺不用贤也。卫之贤者仕于伶官，皆可以承事王者也。"任人唯贤是开明君主的明智之举，也是兴国安邦的重要途径。如此等等。通过解《诗》者对上述诗篇的解释，我们不难发现《毛诗》作者的良苦用心，那些被讽刺对象的行为都会对社会和谐关系的建立产生阻碍，所以对他们的或讽或刺，均是要告诫后来者何事不可为。也就是说，《毛诗》中这些被明确判定为意在怨刺的诗作，从反方向上又为什么是和谐社会和和谐政治，以及如何建立和谐社会和和谐政治提供了可资借鉴的历史实例。

总起来看，一个显见的事实是，《毛诗》时时处处都在为汉代的社会和谐和政治和谐做文化的理解和文化的阐释，其取径又是以先秦礼乐为参照或为根据的。《诗经》中的具体诗篇本身是否包含了《毛诗》的理解和阐释是一个值得认真分析的问题，但通过《毛诗》的理解和阐释实践向我们证明了它研究和传播《诗经》以促进汉代政治文化建设的良苦用心，则是没有疑问的。

（原载《文艺理论研究》2006 年第 2 期，与易卫华合作）

第六章　汉初《毛诗》"不列于学"原因再探讨

　　纵观汉代《诗经》研究与传播的历史，齐、鲁、韩、毛四家《诗》学此起彼伏，共同构成了两汉今古文经学斗争极具代表性的缩影。四家《诗》学在汉代的发展情况是极其复杂的，究其原因除了今古文经学总体发展趋势的因素外，学术研究自身的发展规律以及汉代社会的政治状况对各家各派的命运和发展也都产生了不小的影响。仅就汉初而言，这一时期中央政府相继立今文三家《诗》学为学官，而独不立《毛诗》，原因何在？关于《毛诗》在汉初的传播，据陆德明《经典释文·序录》引徐整之说谓："子夏授高行子，高行子授薛仓子，薛仓子授帛妙子，帛妙子授河间人大毛公，毛公为《诗故训传》于家，以授赵人小毛公，小毛公为河间献王博士，以不在汉朝，故不列于学。"这则记载说明，在汉初《毛诗》不仅已经存在，而且有系统的传授，并被河间献王立为博士，但中央政府却没有将其列于学官。《毛诗》没有取得与三家《诗》平等的学术地位和政治地位，《经典释文》将其原因归结为"以不在汉朝"，也就是传《毛诗》的大小毛公没有在中央政府做官，和最高统治者的关系较为疏远，所以未得立。诚然，与中央政府关系的亲疏远近会直接影响到其在最高统治者心目中的地位，进而影响到统治者对之的去取态度。但将《毛诗》"不列于学（官）"的原因仅仅归结为这一点恐怕还不能完全说明《毛诗》传播过程命运跌宕起伏的复杂性。我们认为《毛诗》在汉初"不列于学（官）"的原因是多方面的，传播《毛诗》的大小毛公与中央政府关系较为疏远是其中一个原因，除此之外，这一时期《诗经》研究的内在发展需要，《毛诗》本身的解诗理论和解诗实践，以及汉王朝政治的现实文化需要等也都对《毛诗》"不列于学（官）"产生了重要的影响。

一

　　首先，我们来看《毛诗》传授者、传播者与最高统治者的关系。汉初《诗经》的传授主要有鲁、齐、韩三家，这三家都属于今文经学，鲁、韩两家最早被政府列为学官，其中又以《鲁诗》的影响最大。之所以影响大，一个重要的原因就是它的提倡者和最高统治者有着密切的关系。《鲁诗》的提倡者为楚元王刘交和申公。刘交是汉高祖的同父异母少弟，据《汉书》本传载："（交）好书，多材艺。少时尝与鲁穆生、白生、申公俱受《诗》于浮丘伯。"（《汉书·楚元王传》）在受封楚国以后，刘交更以习《鲁诗》的申公为中大夫，并派自己的儿子郢客与申公一起到长安随浮丘伯学《鲁诗》。楚元王不仅"好《诗》，诸子皆读《诗》"，而且还对《诗经》进行过认真的研究，史载他曾亲自为《诗》作传，号为《元王诗》，可见元王对《诗经》是情有独钟的。不仅如此，就信任程度而言，楚元王刘交与高祖的关系也显得比他人更加密切。《汉书》本传载："（高祖）即帝位，交与卢绾常侍上，出入卧内，传言语诸内事隐谋。"能够"出入卧内，传言语诸内事隐谋"，可见高祖对刘交的特殊信赖和特殊亲密。刘交与高祖刘邦和中央政府的这种亲密关系，事实上一定程度地为以申公为代表的《鲁诗》学派铺平了学术文化通往中央政治中心的道路。我们举申公为《鲁诗》学派的代表，那么申公为何许人也？《史记·儒林列传》载："申公者，鲁人也。高祖过鲁，申公以弟子从师入见高祖于鲁南宫"。作为学者的申公，能够主动"以弟子从师入见高祖于鲁南宫"，可见申公虽不像叔孙通辈那样表现出儒生对政治的拍马和谄媚，但他也决不会是一个仅仅钟情于学术而对政治完全持抱残守缺态度的腐儒。当然，行伍出身的高祖一向蔑视文化和儒生，他能够于"过鲁"期间召见申公及其弟子，这其中恐怕也不能排除有楚元王刘交大力举荐的因素在内。这一带有明显政治色彩的"人事关系"，显然为扩大《鲁诗》的影响带来了便利。汉武帝登基后，为了实施更为长远的文化建设计划，虽然"申公时以八十余"，但武帝仍"使使束帛加璧，安车以蒲裹轮，驾驷迎申公"。目的是向申公请教"治乱之事"（《汉书·儒林传》）。由此不难看出，从汉代初年开始，《鲁诗》学者就与汉王朝中央保持着较为密切的联系和来往，最高统治者一旦需要"问治乱之事"时，首先想到的当然就是他们了。正是与中央政府保持了这一良好关系，遂使当时的学者多把学习《鲁诗》视为一条踏入仕途的终南捷径，其学术连同学术之外的影响日渐昭彰，号召力和吸引力也越来越大，于是"（申公）弟子自远方至受业者百余人"，（《史记·儒林列传》）"为博士者十余人"，"而至于大夫、郎中、掌故以百数"（《汉书·儒林传》）。《鲁诗》在汉代前期可谓盛极一时。

《齐诗》为辕固生所传。《史记·儒林传》载"清河王太傅辕固生者，齐人也。以治《诗》，孝景时为博士。"从这个记载看，其中除了说辕固因研习《诗经》而于汉景帝时得立博士外，并未更多地叙述辕固生与汉王朝中央政府有何特殊关系。但是，后代研究思想史学术史的学者在谈到汉初思想文化由黄老盛行向儒术独尊嬗变的时候，几乎无一例外要提到辕固和黄生于景帝面前那场有关汤武受命与否的著名廷争。在窦太后崇黄老以压倒优势主导汉王朝意识形态的特殊时期，辕固原本不可能占得任何便宜，但是眼见在相持不下的紧急关头，景帝的机智圆场避免了辕固骑虎难下的困境，足见辕固不仅在当时有足够的学术地位和影响力，也可见出他与中央最高统治者的熟稔。且在武帝继位后，"复以贤良征固"，亦可见其在最高统治者心目中的分量。正是有了辕固奠定的这一良好的政治基础，其弟子才得以由习《诗》而显贵。

《韩诗》为燕人韩婴所传。《汉书·儒林列传》载："韩婴，燕人也。孝文时为博士，景帝时至常山太傅。婴推诗人之意，而作《内外传》数万言，其语颇与齐、鲁间殊，然其归一也。……武帝时，婴尝与董仲舒论于上前，其人精悍，处事分明，仲舒不能难也。后其孙商为博士。"这则记载虽然也没有明确指出《韩诗》学派学者与中央政府的关系究竟密切到什么程度，但韩婴在武帝执政期间能够与董仲舒"论于上前"，并且丝毫不显劣势，我们由此推断韩婴在汉初王朝政治中具有相当的地位和影响力似乎也是不成问题的。

《毛诗》在这方面显然有别于今文三家。《毛诗》之名始见于《汉书·艺文志》："《毛诗》二十九卷。《毛诗故训传》三十卷。"班固又叙其渊源云："孔子纯取周诗，上采殷，下取鲁，凡三百五篇，遭秦而全者，以其讽诵，不独在竹帛故也。汉兴，鲁申公为《诗》训诂，而齐辕固、燕韩生皆为之传。或取《春秋》，采杂说，咸非其本义。与不得已，鲁最为近之。三家皆列于学官。又有毛公之学，自谓子夏所传，而河间献王好之，未得立。"关于河间献王刘德立毛苌为博士的时间，有学者认为至早不会早于景帝中元年间（公元前149—前143年），即景帝中后期。至于更详细的记载，是到了东汉末年的郑玄时才开始的，郑氏《诗谱》云："鲁人大毛公为《故训传》于其家，河间献王得而献之，以小毛公为博士。"①从这条记载我们得知，《毛诗故训传》的作者事实上是大毛公，即毛亨。小毛公苌只是《毛诗故训传》的继承者和传授者，而这个《毛诗》的继承者和传授者却被河间献王立为博士。有关大小毛公更多更加具体的情况，以及大小毛公之前有关的《毛诗》传授源流，则是在更晚时期的著作中才出现的，三国吴陆玑的《毛诗草木鸟兽虫鱼疏》载："孔子删《诗》授卜商，商为之序，以授鲁人曾申，申授魏人李克，克授鲁人孟仲子，孟仲子授根牟子，根牟子授赵人荀卿，卿授鲁国毛亨，亨作《故训传》以授赵国毛苌。时人谓亨为大毛公，苌为小毛公。"另一说法即我们前引陆德明《经典释文·序录》引徐整之说，兹不重复。这些记载除提到《毛诗》与河间献王的关系外，对《毛诗》传授者、传播者与汉代中央政府的关系均未提及。未曾提及的原因显然是缘于大小二毛公传《诗》以民间为主，未入西汉最高统治者视野。特别是毛亨，陆德明《经典释文·序录》云"（大）毛公为《诗故训传》于家"，似已言之甚明。那么也就是说，《毛诗》从它产生的那一天起就是以其民间"私学"的身份出现的。很显然，一个产生并流传于民间的《诗》学派别，要想产生一定的政治影响和社会影响，无疑需要有一个过程。而等到它真的形成了足够的影响力，足以引起汉王朝中央的关注，这个过程就会更长。所以《毛诗》自产生以至于在此后相当长的时间内未被中央政府所注意，更未对西汉王朝的大一统文化建设和意识形态建设提供有效的知识资源和思想支持，实在是很正常的，是不难理解的。

　　不过，随着《毛诗》在河间民间影响力的逐渐扩大，其"历史化"、

---

　　① 郑玄《诗谱》，见孔颖达《毛诗正义》引，中华书局《十三经注疏》本。

"政教化"的解诗特点也得到了"修学好古"且不乏政治理想的河间献王的重视和喜爱，献王立《毛诗》学博士，使《毛诗》尽管未在王朝中央立学官，但有河间献王的支持和庇护，也还是在政治的边缘处初步扎下了营寨，站住了脚跟，从而也因此保存下了日后发展的星星火种，避免了像"鲁诗"那样迅速消亡几近失传的命运。

总之，汉初各家《诗》学的传授、传播，和各派别的地位及命运，与其和汉王朝中央政府的亲疏有着密切的关系，今文三家《诗》均与最高统治当局保持着较为密切的关系，所以在汉代最初的传授、传播过程中能够获得王朝中央的青睐，遂使其逐渐扩大了影响，并很快走向了繁盛。而"私学"出身的《毛诗》尽管在河间国安营扎寨，而且也得到了河间献王的喜爱和提倡，但两相比较，王朝与藩国在政治方面的作用明显不同是不言自明的，另外王朝出于政治文化建设考虑利用三家《诗》，和河间献王主要出于个人爱好而提倡《毛诗》，其两者的支持力度与坚定程度似也不可同日而语。更何况，好景不长，随着河间献王在汉武帝面前的失势，特别是河间献王的早逝，《毛诗》又不得不继续回到民间，成为真正的民间《诗》学那也是必然的。①

二

由上面的讨论可见，汉初四家《诗》学中齐、鲁、韩三家自一开始就与王朝中央保持着程度不同的较为密切的关系，而《毛诗》出自民间，传授于藩国，其草根性非三家可比，而与王朝中央的关系相对疏远得多，这是《毛诗》未得立学官的原因之一。除了这一原因外，我们认为《毛诗》在汉初一统的政治框架下，在汉初政治文化的建构图式中，它与政治的现实需要也有着不小的距离，这也就使最高统治者不可能迅速接受、也不可能迅速看重《毛诗》，因此也就不会为之提供宽松的可能的发展空间。汉初，中央政府面临的最迫切的政治任务是如何限制各地诸侯的权力，从而

---

① 参见王长华、易卫华《汉代河间儒学与〈毛诗〉》，载《河北师范大学学报》（哲社版），2004 年第 6 期。

加强中央集权，在司马迁笔下，辕固与黄生关于汤武是否受命的著名廷争对于了解这一政治背景是很有文本分析价值的：

> （辕固）与黄生争论景帝前。黄生曰："汤武非受命，乃弑也。"辕固生曰："不然。夫桀纣虐乱，天下之心皆归汤武，汤武与天下之心而诛桀纣，桀纣之民不为之使而归汤武，汤武不得已而立，非受命为何？"黄生曰："冠虽敝，必加于首；履虽新，必关于足。何者，上下之分也。今桀纣虽失道，然君上也；汤武虽圣，臣下也。夫主有失行，臣下不能正言匡过以尊天子，反因过而诛之，代立践南面，非弑而何也？"辕固生曰："必若所云，是高帝代秦即天子之位，非邪？"于是景帝曰："食肉不食马肝，不为不知味；言学者无言汤武受命，不为愚。"遂罢。是后学者莫敢明受命放杀者。（《史记·儒林列传》）

关于汤武是否受命的历史事实和围绕这一历史事实而产生的是是非非，早在汉代以前就已有多种儒家文献记载，人们耳熟能详的如《孟子·梁惠王》、《荀子·正论》等，但辕固与黄生的这场廷争无疑又具有此前一切争论所不曾具有的新的历史意义和现实意义，它带有汉王朝自建立以来一直在加重的浓厚的应对现实政治形势的实用色彩。很显然，辕固从汉革秦命的立场出发，肯定汤武革命的意义，无疑持守的是汉中央政府的当下立场；而黄生从明"上下之分"的角度反对汤武革命，更是从维护汉中央政府的绝对权威出发的。只是相比较而言，眼下的"汤武"很容易被广义理解为八方觊觎汉中央政权的各路诸侯，所以一个敏感的话题在一个敏感时期提出显得极不合时宜。当然，由朝廷上下对此一话题的敏感，事实上也证实了汉初社会的严峻现实。历史绝对是一面镜子，其实早在汉三年楚汉胶着的关键时刻，刘邦为掣肘项羽并企图置项羽于死地，就几乎犯下分封六国贵族的机会主义错误：

> 汉三年，项羽急围汉王荥阳，汉王恐忧，与郦食其谋桡楚权。食其曰："昔汤伐桀，封其后于杞。武王伐纣，封其后于宋。今秦失德弃义，侵伐诸侯社稷，灭六国之后，使无立锥之地。陛下诚能复立六国后世，毕已受印，此其君臣百姓必皆戴陛下之德，莫不乡风慕义，

愿为臣妾。德义已行,陛下南乡称霸,楚必敛衽而朝。"汉王曰:
"善。趣刻印,先生因行佩之矣。"

　食其未行,张良从外来谒。汉王方食,曰:"子房前!客有为我
计桡楚权者。"具以郦生语告,曰:"于子房何如?"良曰:"谁为陛下
画此计者?陛下事去矣。"汉王曰:"何哉?"张良对曰:"臣请藉前箸
为大王筹之。"曰:"昔者汤伐桀而封其后于杞者,度能制桀之死命
也。今陛下能制项籍之死命乎?"曰:"未能也。""其不可一也。武王
伐纣封其后于宋者,度能得纣之头也。今陛下能得项籍之头乎?"曰:
"未能也。""其不可二也。武王入殷,表商容之间,释箕子之拘,封
比干之墓。今陛下能封圣人之墓,表贤者之间,式智者之门乎?"曰:
"未能也。""其不可三也。发巨桥之粟,散鹿台之钱,以赐贫穷。今
陛下能散府库以赐贫穷乎?"曰:"未能也。""其不可四矣。殷事已
毕,偃革为轩,倒置干戈,覆以虎皮,以示天下不复用兵。今陛下能
偃武行文,不复用兵乎?"曰:"未能也。""其不可五矣。休马华山之
阳,示以无所为。今陛下能休马无所用乎?"曰:"未能也。""其不可
六矣。放牛桃林之阴,以示不复输积。今陛下能放牛不复输积乎?"
曰:"未能也。""其不可七矣。且天下游士离其亲戚,弃坟墓,去故
旧,从陛下游者,徒欲日夜望咫尺之地。今复六国,立韩、魏、燕、
赵、齐、楚之后,天下游士各归事其主,从其亲戚,反其故旧坟墓,
陛下与谁取天下乎?其不可八矣。且夫楚唯无强,六国立者复桡而从
之,陛下焉得而臣之?诚用客之谋,陛下事去矣。"汉王辍食吐哺,
骂曰:"竖儒,几败而公事!"令趣销印。(《史记·留侯世家》)

郦食其希望高祖能够"复立六国后世"以"桡楚",这显然是看到了复立
六国贵族为诸侯对六国贵族巨大的吸引力。而张良在分析了汉初的形势后
认为,复立六国虽然眼下对项羽有一定的瓦解意义,却不可能因此而置项
羽于死地;而从稍微长远的执政的角度看,此举从基础层面严重削弱了中
央政府的权力,从而导致中央无法有效地控制各地诸侯。张良把加强中央
政府权力的统一看成是汉初政治排在第一位的大问题,的确是有远见的。
此后,张良的预见被不断证实,汉朝初定后即使是同姓的各诸侯王与中央

朝廷之间的矛盾都是在不断激化着的，《汉书·贾谊传》载："天下初定，制度疏阔。诸侯王僭儗，地过古制。淮南、济北王皆为逆诛。"更有甚者，"郡国诸侯各务自拊循其民。吴有豫章郡铜山，即招致天下亡命者盗铸钱，东煮海水为盐，以故无赋，国用饶足。"（《吴王濞传》）地方诸侯肆意扩大领地，并无视中央政府约束毫无限制地发展藩国的经济实力——私自铸钱、煮盐，这些都对中央集权的根基构成了不可小视的威胁，在这样的现实背景下，黄生直斥"汤武革命"为错误当然也就不足为奇了。

面对如此严峻的政治局势，此一时期的中央政府也一直对各地诸侯保持着高度的政治警惕，这种警惕性表现在政治上就是限制各地诸侯的地域范围，实行"推恩令"以逐渐削弱其力量；表现在经济上就是采取统一货币、盐铁专卖等措施加强中央对地方财政的控制；而表现在思想上就是对各地诸侯提倡的有利于其获取民心的思想、主张加以严格限制。《毛诗》作为传播儒家教化思想的载体，其解《诗》的最鲜明特色则是以教化思想阐释诗篇意旨，比如《毛诗序》开篇就说："《关雎》，后妃之德也，风之始也，所以风天下而正夫妇也，故用之乡人焉，用之邦国焉。风，风也，教也；风以动之，教以化之。"显然，它所倡导的教化的主要对象是"乡人"、是"邦国"，也即相对于汉王朝最高统治者之外的被统治者。"动之"、"化之"的目的，是让他们恪守封建纲常不越其轨，以维护现存的等级秩序，巩固现存的政治统治。这是《毛诗》思想和《毛诗》文化对汉王朝中央政权有用的地方。但这种教化思想如果被藩国诸侯所套用，以移花接木，就很容易被当作诸侯邀买民心的工具，当作诸侯捞取与王朝中央就地展开对抗的政治资本，那后果又将是非常严重的，这方面的教训历史上不乏其例。比如儒家的圣君典范周文王当年就是以诸侯身份仅借百里之地而最终夺取了殷商的天下，而文王获得成功的一个最重要因素就是他"修德以徕"，对道德教化的强调和重视，最终使百姓感其德而咸归之。汉初，中央政府还没有在民间建立起绝对的权威，如果各地诸侯趁机邀买人心，与中央对抗，结果将不堪设想。所以，这一时期汉王朝最高统治者面对《毛诗》所宣扬的道德教化不能不存在两难选择，一方面他们看到了道德教化对于维护统治的极端重要，从长治久安考虑对此应大力提倡；另一方面他们看到各诸侯国大有僭越中央文化控制力之势，又对文化发展和道德教化保持着一种不能不有的警惕。出于维护统治这个最高目的的需要，汉初统治者最终还是放弃了《毛诗》。裴骃《史记集解·五宗世家》引《汉名臣奏》曰："杜业奏曰：'河间献王经术通明，积德累行，天下雄俊众儒皆归之。孝武帝时，献王朝，被服造次必于仁义。问以五策，献王辄对无穷。孝武帝虺然难之，谓献王曰：汤以七十里，文王百里，王其勉之。王知其意，归即纵酒听乐，因以终。'"汉武帝由隐忧而表现出的对河间献王的抑制态度，其中所昭示的也正是汉初中央政府与诸侯之间由表面的文化矛盾而透示出来的巨大的内在政治矛盾，最高统治者显然担心地方势力的强大——政治、经济以及思想文化等方面的强大会威胁到自己的政治统治，所以汉武帝对"修学好古"、提倡仁义的献王也就不可能不抱警惕之心。武帝对献王的态度，事实上从直观的人际关系角度影射出了汉初统治者隐密的文化态度，而这一态度恰恰决定了官方文化对《毛诗》的取舍，出于维护政权统一的现实需要，边缘文化的《毛诗》最终被放弃了，并且随着献王的去世，河间儒学失去了唯一的政治支持，于是犹如昙花一现，迅速从局部的繁盛而走向全面衰落，《毛诗》也只能继续在民间流传了。

三

政治的不容已使《毛诗》处境困难，与此同时《诗经》学自身的发展也客观地一步步把《毛诗》推向了边缘。一般来说，一个时代的政治与一个时代的学术虽不会完全一一对应，但在一个高度集权的社会，学术往往在很大程度上受到政治的牵引。西汉前期的实用主义政治事实上也导引了同期学术研究的价值取向。反过来说，西汉前期的学术取向和学术追求也是此期学术应对现实以求生存求发展的自觉选择。

我们知道，《诗经》在先秦人眼中是一个无所不包的综合文本，兴观群怨，事父事君，个人社会，内政外交，无时无处不需要它的存在。在文化与传统的惯性作用下，进入汉代以后，《诗经》的这一复合功能更弥散性地得到了巩固和加强，班固记载的一个真实故事绝对堪称今古奇观：

　　（王）式为昌邑王师。昭帝崩，昌邑王嗣立，以行淫乱废，昌邑

群臣皆下狱诛，唯中尉王吉、郎中令龚遂以数谏减死论。式系狱当
死，治事使者责问曰："师何以亡谏书？"式对曰："臣以《诗》三百
五篇朝夕授王，至于忠臣孝子之篇，未尝不为王反复诵之也；至于危
亡失道之君，未尝不流涕为王深陈之也。臣以三百五篇谏，是以亡谏
书。"使者以闻，亦得减死论。(《汉书·王式传》)

王式以《诗经》作谏书，把讲授《诗经》当作进谏，不但史有明文记
载，而且在当时的现实中也深获认可，这显然是在先秦人看待《诗经》的
基础上又进一步把《诗经》的作用无限制放大了。这是一方面，但另一方
面，由于秦人的焚书以及秦汉之际的战乱，书籍大量残失，不仅导致正常
的学术传授中断，甚至为保存命悬一线的文化典籍，包括《诗经》在内的
先秦经典一下子使识字、读音、篇章背诵成为最主要的传授和传播方式。
于是，以解决音读、训诂为主的《鲁诗》在汉代初年迅速发展起来。《史
记·儒林列传》载：申公传诗，"独以《诗经》为训以教，无传"。《汉
书·儒林传》亦云："(申公)独以《诗经》为训故以教，亡(无)传。"
这就是说，《鲁诗》主要以解决《诗经》的音读、训诂为主，而没有诠释
经文主旨、发挥微言大义的"传"，这一点我们可以从《史记》中的另一
则材料得到证实：

今上(武帝)初即位，(王)臧乃上书宿卫上，累迁，一岁中为
郎中令。及代赵绾亦尝受《诗》申公，绾为御史大夫。绾、臧请天
子，欲立明堂以朝诸侯，不能就其事，乃言师申公。于是天子使使束
帛加璧安车驷马迎申公，弟子二人乘轺传从。至，见天子。天子问治
乱之事，申公时已八十余，老，对曰："为治者不在多言，顾力行何
如耳。"是时天子方好文辞，见申公对，默然。然已招致，则以为太
中大夫，舍鲁邸，议明堂事。(《史记·儒林列传》)

武帝问申公"治乱之事"，希望他能够以《鲁诗》研究中总结出的某
些带规律性的理论主张为政治时局出谋划策，而申公却对之"为治者不在
多言，顾力行何如耳"。申公认为搞好政治的关键就是要努力去做，不必
"多言"，也就是说行政务实，不一定要有理论指导，这当然让对文辞夸示

兴趣浓厚的汉武帝大失所望。从司马迁行文中看，他似乎是将《鲁诗》掌门质实木讷的原因归结为申公已老，但我们认为，这则记载恰恰说明了《鲁诗》的学术风格，同时也透露出正是因为《鲁诗》"无传"才导致《鲁诗》失传等一系列问题。回到现实的层面，一个具体的问题是，由于专以音读、训诂为务，没有对经文的理论阐释，所以当它面对现实中宏观的带有方向性全局性的政治决策和政治应对时，《鲁诗》学者往往无法依据自己通过经典研究而提出明确的回应现实的理论主张。问题的复杂性在于，尽管我们今天看到《鲁诗》相当简陋且缺陷十分明显，但是《鲁诗》的风格却正代表了那个时代的学术风尚。另外，据《汉书·王式传》载：王式的弟子唐长宾、褚少孙"应博士弟子选，诣博士，抠衣登堂，颂礼甚严，试诵说，有法，疑者丘盖不言。……博士江公世为《鲁诗》宗，至江公著《孝经说》，心嫉式，谓歌吹诸生曰：'歌《骊驹》。'式曰：'闻之于师：客歌《骊驹》，主人歌《客毋庸归》。今日诸君为主人，日尚早，未可也。'江翁曰：'经何以言之?'式曰：'在《曲礼》。'"。可见，在汉初，人们很注意诵读的正确以及诵读、演唱时的法式、礼仪等，这也说明在汉初《诗经》的传授和研究中首要的问题即在于如何正确地阅读《诗经》文本，还来不及或者说还没有进入到在了解《诗经》文本基础上对《诗经》进行文化阐释和理论开掘的历史阶段。《鲁诗》在汉初的兴盛正适应了这一学术发展特定阶段的要求。

《韩诗》现仅存《外传》，观其全书几乎是一部历史故事集，正像王先谦在《诗三家义集疏·序例》中所说："今观《外传》之文，记夫子之绪论与《春秋》杂说，或引《诗》以证事，或引事以明《诗》。"可见，《韩诗》基本延续了先秦用《诗》、解《诗》的方法，其在汉初学术发展中的地位、作用与《鲁诗》是大体相同的。

《齐诗》的情况虽稍异于鲁、韩两家，但它浓厚的现实色彩也与鲁、韩有异曲同工之妙。众所周知，武帝继位之后，采纳董仲舒建议，"罢黜百家，独尊儒术"，事实上以董仲舒"春秋公羊学"为代表的今文经学占据了思想意识形态的主流，这一时期的儒学更多地体现出经学与政治合流甚至同步的特征，这其中以董氏的"天人感应"学说流行最广，也最为朝野上下所关注。为了实现政治上的统一，既要树立皇帝的权威又要限制皇帝的私欲，于是董氏设计并提出了著名的"天人感应"、"阴阳灾异"等理论，认为天意和人事是互相对应的，只要认真观察自然界的变化和人民的意愿，就能窥测到天意。而《齐诗》也正是在这个社会思想的大背景下崛起的，其解诗最鲜明的特点是采取"阴阳五行"之说来阐发经义，且著成纬书以配经，而这一点与董仲舒的"天人感应"说恰恰不谋而合。史载："臣奉窃学《齐诗》，闻五际之要，《十月之交》篇，知日蚀、地震之效，昭然可明，犹巢居知风，穴处知雨，亦不足多，适所习耳。"（《翼奉传》）翼奉是《齐诗》开山祖辕固的三传弟子，在这则记载中翼奉自诩学了《齐诗》中的《十月之交》，就可以知道日食、地震的发生与人事之间的某种对应关系，这与董氏的"天人感应"实在是极其相似的。翼奉的解诗中可能不乏自己的思考，但作为《齐诗》的嫡系传人，这种思想的最初来源应当还是在辕固创始的《齐诗》中。由此可见，早在崛起之初，《齐诗》就已经带有以"天人感应"理论释《诗》的浓厚色彩了，而这一学术路向也正是时代政治要求和学术适应时代政治要求双重作用使然。从学术史的角度来看，这也体现了学术研究发展的一般规律。

　　总之，比起被立学官的三家诗，《毛诗》在同期的不受青睐正是因为它对特定历史阶段实用主义学术发展要求的不适应，《毛诗》历史化的解诗方式和浓厚的教化理论阐释只有等到政治相对宽松从容，等到整个时代的学术文化有了一定程度的积累、发展到一定高度，实用主义风气得到缓释之后，它才有可能真正展示自己的面貌，才能够为更广泛的人群所理解和接受。

（原载《河北师范大学学报》（哲社版）2005 年第 6 期，与易卫华合作）

第七章 汉代河间儒学与《毛诗》

汉代《诗经》学的发展，经历了从鲁、齐、韩今文三家诗立学官受青睐，到鲁、齐、韩、毛四家诗并存，而后又由四家诗走向古文《毛诗》独尊的过程。这一发展轨迹固然体现了一代学术自身发展变化的某种规律，但同时也不可避免地打上了那个时代地域思想文化的深刻烙印。大致说来，《鲁诗》受鲁文化滋养，《齐诗》受齐文化哺育，而《毛诗》和《韩诗》则是受燕赵文化的浸润。这些不同地域的思想文化均或多或少地影响到了汉代各家各派对《诗经》的阐释，由此也就形成了四家诗不同的诗说特点。就《毛诗》解说系统的构建和完成来看，先秦儒家诗说的影响无疑是不能低估的，这方面学界已有较多且中肯的研究探讨，至于燕赵地域思想文化特别是汉代河间儒学对《毛诗》施加的影响，则论者似还不多。本文拟选择此问题尝试着予以讨论，抛砖引玉，以求就正于方家。

一

汉王朝自汉景帝至汉武帝一段时间，中央学术之外，地方王侯麾下于西汉一代影响最大的学术繁盛之地大体说来有两个，一个是由淮南王刘安倡导并领导的淮南道学学术中心，一个是围绕在河间献王刘德周围的河间儒学学术中心。淮南学术与《诗经》了无关系，我们在此不用说它。我们要说的是河间献王刘德和他倡导的学术对《毛诗》所产生的影响。献王刘德雅好儒术，《史记·五宗世家》说他"好儒学，被服造次必于儒者。山东诸儒多从之游"。由于有这样的学术追求和学术造诣，再加上他有王侯之尊的政治地位，所以，以献王为核心，河间国很快聚集了一批儒学学者，他们讲论儒家经典，阐发儒家思想，从而在不太长的时间内就形成了盛极一时且颇有影响的河间儒学。河间儒学对我国古代尤其是对汉代的学术思想、学术发展产生了巨大的影响力，其中对先秦儒家经典文献《诗》、《书》、《礼》、《乐》、《春秋》等的保存、阐释和传播更是作出了不可替代的贡献。

首先，以献王为首的河间儒学学者广泛地搜集、整理散佚在民间的儒家经典，对于古代文献的整理和保存作出了重要贡献。《诗》、《书》等儒家经典在暴秦"以法为教，以吏为师"残酷政治统治时代遭到大面积禁毁，汉初中央政权虽在"休养生息"的大政治文化背景下采取了一些诸如提倡献书的挽救性措施，但由于受当时特殊的社会政治环境所限，对于儒家经典的重视程度，包括采取的所谓保护措施都是有限的、不够的，大量的先秦旧典仍然散佚在民间。这一现实状况在客观上恰恰为"雅好儒术"、"修学好古"的献王搜集儒家典籍文献提供了可能，也提供了便利的条件。《汉书·景十三王传》载：献王广泛搜集先秦儒家经典，"从民得善书，必为好写与之，留其真，加金帛赐以招之。繇是四方道术之人不远千里，或有先祖旧书，多奉以奏献王者，故得书多，与汉朝等"。把广泛搜求先秦典籍文献作为一项重要的工作，凡是得到民间的善本，献王便派人将其抄写下来，将抄本送还献书者，将善本留下，并给予献书者一定的经济补偿。这样既保留了文献的原貌，又保证了文献的真实和可靠。在献王这一行动的带动和相关措施的鼓舞下，"四方道术之人不远千里"前来献书，其中很多人更是无偿地将"先祖旧书"献给献王，一时间竟使河间国的先秦典籍藏量达到了堪与中央政府相媲美的程度，这在其他侯王的封国中是难以想象的，也是不可能做到的。不仅如此，"献王所得书皆古文先秦旧书，《周官》、《尚书》、《礼》、《礼记》、《孟子》、《老子》之属，皆经传说记，七十子之徒所论"。同时，由于献王对古文经的偏好，在搜求古代文献的过程中，河间儒学学者有选择地搜集大量"古文先秦旧书"，诸如《周官》、《尚书》、《礼》、《礼记》、《孟子》等等，这些文献中保存了大量先秦时代儒家学者的思想，包括针对《诗经》发表的看法和意见。可以说，这些先秦文献不仅在文本上属于先秦古文经书，其解释观念也多为孔子后学的古文经学思想，兹举数例以证明之。

比如古文经的"三礼"，是有赖河间献王的搜集整理而得以保存的。

陆德明《经典释文·序录》云："景帝时，河间献王好古，得古《礼》献之。"按：此古《礼》当指《仪礼》而言。陆德明进一步指出："或曰：河间献王开献书之路，时有李氏上《周官》五篇，失《事官》一篇，乃购千金不得，取《考工记》以补之。"这就是今天我们所见到的《周礼》。戴震在《河间献王传经考》中对陆德明上述观点进行了补充，戴氏云："陆氏引'或曰'者，无明据也。然本传（注：指《汉书·景十三王传》）列献王所得书，首《周官》，汉经师未闻以教授，马融《周官传》谓入于秘府，五家之儒莫得见，是也。其得自献王，无疑。郑康成《六艺论》云：河间献王古文《礼》五十六篇，其十七篇与高堂生所传同，而字多异；《记》百三十一篇，斯即本传所列《礼》、《礼记》，谓古文《礼》与《记》矣。《周官》六篇，郑亦系之献王，又为陆氏得一证。大小戴传《仪礼》，又各传《礼记》，往往别有采获出百三十一篇者，殆居多。"戴震对河间献王保存和传播《周官》的贡献给予了充分的肯定，而《周官》在汉代古文经学中的地位那是尽人皆知的。又《汉书·艺文志·诸子略·儒家》著录有《河间周制》18篇，班固自注谓："似河间献王所述也。"由是见之，不仅《周官》，其实包括《周官》在内的"三礼"在西汉初期的搜集、整理和传授，无一不与河间献王有着密切的关系。

献王及河间儒学对乐的传播也发挥过重要作用。《汉书·艺文志·六艺略·乐序》云："武帝时，河间献王好儒，与毛生等共采《周官》及诸子言乐事者，以作《乐记》。献八佾之舞，与制氏不相远。其内史丞王定传之，以授常山王禹。禹，成帝时为谒者，数言其义，献二十四卷《记》。刘向校书，得《乐记》二十三篇，与禹不同。"又《汉书·景十三王传》曰："武帝时，献王来朝，献雅乐。""乐"是先秦儒家"六艺"之一，关于"乐"的评论，早在春秋时期就已大量存在（参见《左传·僖公二十七年》相关记载），战国时世传有《乐经》（见《庄子·天运篇》），《荀子》书中则专有《乐论》一篇。然遭秦火，《乐经》亡而不传。虽班氏把《乐记》的著作权归于河间献王以及毛生的说法并不一定能够得到学界的认可，但综合归纳历史记载的各种信息，我们似乎可以这样认为，即：正是由于献王及河间儒者对乐的搜集、整理和传播，才使我们对先秦音乐典礼的基本影像以及它的意义和作用，能够有一个初步的了解。马国翰辑《河间献王书》一卷（见《玉函山房辑佚书·子编·儒家类》）、《乐元语》一卷（见《玉函山房辑佚书·经编·乐类》），均提供了河间儒学传乐的明证。另外，献王对《左传》、《孝经》等先秦古籍的保存和传播也起到了关键性作用，特别是他对《诗经》的保存和传播，直接影响了《毛诗》学派的产生和《毛诗》日后的传播以及在学术界发挥的作用。

其次，献王在河间首立古文经博士，这一举措首先在政治上为古文经学开辟和确立了空间和地位，政治开路直接导致了学术上的宽松、自由，学术上的宽松、自由对古文经的阐释、流传产生了广泛而积极的影响。事实上在河间国，为了使搜集到的古文献能够更为广泛地传播，发挥儒家思想的教化功能，献王以王国诸侯的身份，颁布政令，立古文经学博士，从而在政治上确立了古文经学的合法地位，同时也就相应地提高了治古文经学学者的地位和待遇，这一点为古文经学在河间国的传播奠定了最起码也是最重要的基础。戴震在《河间献王传经考》中曾这样说："昔儒论治《春秋》，可无《公羊》、《穀梁》，不可无《左氏》。当景帝、武帝之间，六艺初出，群言未定，献王乃立《毛氏诗》、《左氏春秋》博士，识固卓卓。"在今古文之争尚未真正展开，主流意识形态由哪一派主导的局面尚未形成的情况下，《毛诗》在河间国率先被献王列于官学，有了这样的政治庇护，从而也就为以《毛诗》为代表的古文经学建立了学术地盘，扩大了学术影响，从民间渐渐走向庙堂，乃至为后来一步步走向独尊奠定了最早的基础，也同时使《毛诗》避免了像阜阳汉简《诗经》那样由于无人认真保护和研究而无声湮灭的命运。由此可见，河间献王以过人的政治胆识和学术魄力，独以古文为尚，敢倡天下先，这是极其难能的，也是非常值得称道的。

二

很显然，我们上面陈述的河间献王及河间儒学对先秦古籍的搜集、保存和整理，不过只是确认了一个基本的历史事实。实际上，河间儒学对中国文化更为杰出的贡献，是河间献王以及围绕河间献王而展开学术工作的古文经学者对先秦文献学习和研究所取得的成果，并由此在河间国形成的

"实事求是"的学术研究氛围，以及这种氛围对后来学者所带来的学术影响。具体到《诗经》研究方面，我们认为河间儒学学者们的学习、研究，以及由他们的学术工作所形成的"实事求是"的学风，对《毛诗》解诗体系的最终形成和进一步传播都产生了至关重要的影响。

首先，河间献王倡导的"修学好古，实事求是"的学风，引导并强化了《毛诗》诗说历史化的倾向。《汉书·景十三王传》称献王"修学好古，实事求是"，颜师古注曰："务得事实，每求真是也。今流俗书本云求长长老，以是从人得善书，盖妄加之。"河间献王对古文经情有独钟，关于这一点我们通过前面的介绍已经有所了解。那么，治古文当然与治今文不同，从今天人们了解到的情况来看，可以说，今文经学通过治学而为现实政治服务的目的非常直接，倾向也较为明显，因此，由学术附会现实是其重要特点；而古文经学的研究性更强，学理性偏浓，所以，学术立论重历史事实是其基本倾向。史载河间献王一方面"修学好古"，因此他提倡古文经，立《毛诗》为博士；另一方面，立《毛诗》为博士并非沽名钓誉，并非一时兴起，而是因为他的学术指向和价值判断与"毛氏诗"是相同的、一致的，支持《毛诗》实际上就是落实和实现自己的学术追求。"实事"在《诗经》是指诗篇所反映、表达的历史事实。古文的《毛诗》认为，《诗经》的产生去汉代已远，具体诗篇中真正的历史所指有的还比较清楚，有的已比较隐晦，所以历史的真相——"是"，需要通过研究——"求"，方能得到。也就是说，《诗经》的每一篇诗都包含了一个历史事实，还原这个事实正是古文经学者的任务和责任。因此，"实事"是《诗经》诗篇的本义，"求是"就是通过说解显示本义、回归本义。作为献王博士的毛公对《诗经》的研究正是建立在对《诗经》本义追求的基础之上的，由是，《毛传》和《诗序》在献王营造的这种"实事求是"的研究氛围中诞生了。对于《毛诗》的具体研究而言，"实事"和"真是"除了要获得精确的经书和恢复正确的文字之外，更重要的是要搞清楚每首诗的真实历史状况，包括诗篇产生的年代、诗篇讽刺喻指的事件、人物等等，而要将这些问题搞清楚，莫过于从"真实的历史"中去寻找答案了。

我们说，在河间献王倡导的"实事求是"的学术风气中，《毛诗》重视历史的研究倾向得到了全面的彰显。当然，我们并不是因此说此种学风至《毛诗》方才出现，而以前则不存在。实际上《毛诗》产生以前，对《诗》的解释已经出现了历史化的倾向和历史化的趋势①，如《孟子·万章下》云："颂其诗，读其书，不知其人可乎？是以论其世也。是尚友也。"这种"知人论世"的说诗方法就是要求读诗要了解作诗者，要"知其人"；在"知其人"的基础上，进一步考论作品反映的当时的世态，推究其产生的社会历史背景，这就是"论其世"。这种说诗方法深刻地影响到了其后的《诗经》研究。但同时我们也注意到，孟子提出的只是一种抽象的说诗理论，尽管《孟子》中的"引诗"在一定程度上实践了这一理论，但他既没有对《诗经》中的所有作品都作这样的解释，更时不时在自己的解说实践中出现歪曲理解、牵强附会的说诗事实。先秦其他的经籍中对《诗经》的研究和使用也大体如此。所以说在《毛诗》出现之前，还没有一部完整系统的在还原历史的观念指导下解读和阐释《诗经》的著作，《毛诗》的出现正填补了这一历史空白。以毛亨、毛苌为代表的毛诗学派学者花费大量的精力来求《诗》中之史，首先是将历史事件和人物落实到有关的诗篇上去，如《邶风·二子乘舟》被认为是记录卫宣公杀害伋和寿，伋和寿争相为对方牺牲自己的历史；《载驰》是许穆夫人为"闵其宗国颠覆，自伤不能救也"所作；《十月之交》"当为刺幽王"，《节南山》"刺师尹不平"，等等。并且，《毛诗》学者们还将诗篇的创作与特定的时代盛衰相联系，《毛诗大序》中就特别强调由诗而看到的"治世之音"、"乱世之音"、"亡国之音"，也一再出现"四始"、"变风"、"变雅"这些与时代息息相关的界定诗篇性质的概念。这样，"诗三百"中的每一篇似乎都有一个明确的所指，有了确定的历史背景，从而就使《毛诗》具有了超越今文三家诗之上的历史观照力和历史穿透力。这种历史化的释诗方式正是《毛诗》学派追求的"事实"和"真是"。

　　我们前面说过，《毛诗》学派这种历史化的释诗并非凭空而来，而是有其学术上的传承和学术渊源，这在先秦典籍中是有记载为证的。但是《毛诗》学派的学者并非是一味地固守和盲从这些已有的解释，而是择善

---

　　① 参见吴万钟《从诗到经———论毛诗解释的渊源及其特色》，中华书局 2001 年版，第 88—117 页相关内容。

而从，断以己意，以便使自己的解释与历史事实更为契合，也因此使《毛诗》的诗说系统更具历史化特色。对于这一点，韩国学者吴万钟先生在其专著《从诗到经——论毛诗解释的渊源及其特色》中曾做过很好的总结。综合吴氏的看法，择其合于本文论题者，兹摘录列表于下①：

表1 《毛诗》学派的诗说

诗篇	《左传》	《国语》	其他	毛诗
柏舟			卫宣夫人（《列女传》）	卫顷公时人
燕燕	卫庄姜（《隐公三年》）		卫定姜（《列女传》）	卫庄姜
式微			黎庄夫人（《列女传》）	黎侯
硕人	卫人（《隐公三年》）		庄姜傅母（《列女传》）	国人
黍离			伯封（《诗三家义集疏》）公子寿（《新序·节士》）	周大夫
清人	郑人（《闵公二年》）			公子素
常棣	召穆公（《僖公二十年》）	周公（《周语》）	召公（《郑笺》）	周公
采薇			三家诗以为周懿王时诗	文王
小弁			宜咎（《毛传》）赵岐《孟子注》，以为伯奇作	宜咎之傅
时迈	武王（《宣公十二年》）	周公（《周语》）		时迈，巡守告祭柴望也
武	武王（《宣公十二年》）		武王周公作武。（《庄子·天下》）武王（《荀子·儒效》）武王命周公为作大武。（《吕氏春秋·古乐》）	武，奏大武也

由上表可见，《毛诗》学者对先秦诗说绝对是抱"择善而从"态度的，他们或择前人成说，或自创新论，不管何去何从，其总体目标定位是，一切服务于诗说的历史化倾向。实际上，这种"择善而从"本身就体现了一

---

① 参见吴万钟《从诗到经———论毛诗解释的渊源及其特色》，中华书局2001年版，第88—117页相关内容。

种"实事求是"的严谨治学观念。这种严谨的治学观念事实上又与献王的提倡和河间儒学的学术风气密不可分。河间儒学开创和推重的古文经学重学术、重经籍本义的朴实学风，经过一代一代学者的不懈努力，从而使《毛诗》取代今文三家诗而最终成为汉代末年经学的主流，并成为隋唐以后经学疏释之学的模范，以至清代朴学的榜样。

三、搜集、整理、保存先秦古文典籍和倡导"实事求是"学风之外，河间献王还充分认识到了礼乐教化对协调社会、安定社会的重要作用，而这也正是《毛诗》学派诗以致用的解诗动因和教化思想产生的重要原因。通过战争方式解决了王权的归属，实现了国家的大一统之后，汉初统治者迫切需要找到一种非"马上"、非武力的东西作为维护新兴政权的保障。在遍寻各家学说之后，虽不擅攻取但长于守成的儒家"礼乐秩序"在这方面具有非常明显的优势。礼乐是规范和调节人际关系和人们日常行为的具体规范。从致用的角度看，礼乐本身也完全可以作为一种调整社会、治理社会的手段，通过潜移默化的教育和教化，人们就可以心悦诚服地接受自上而下的等级规定和等级差别，从而遵守社会规范。事实上，先秦儒家学者倡导自己学说的一个根本出发点就在于此。因此，当汉王朝经过一定时间的休养生息，社会发展到一定阶段，大体说来是在到了社会政治经济均相对稳定发展的武帝时期，儒家经典便伴随着儒学地位的提升而日益受到了人们的重视，以礼乐为号召的儒学也开始真正有了用武之地。河间献王刘德就是在这样的大文化政治背景下应运而生的重视儒家经典的政治人物。《汉书·礼乐志》云："河间献王有雅材，亦以为治道非礼乐不成，因献所集雅乐。"可见，献王的政治思想是地道的儒家淑世思想，其核心主张即通过礼乐教化来推进政治。可以想见，这一思想一旦成为河间献王的指导思想后，就必定会将其贯彻到河间儒学及其学风之中，从而成为指导围绕在河间献王周围学者们的研究工作的基本指导方针，而最突出地体现这一思想和学风的莫过于《毛诗》学了。《毛诗》学在继承先秦诗说礼乐教化思想的基础上，融合己说，用儒家这一重要思想作为解诗的依据，并以其注经方式参与着社会秩序的建构。先秦时代儒家的各位大师已经开始了《诗》的教化思想的探讨与运用，孔子云："不学诗，无以言。""诗可以兴，可以观，可以群，可以怨。迩之事父，远之事君。多识于鸟兽草木之名。"①"事父"、"事君"强调的就是《诗》的社会政治教化功能，所以在《论语》中我们每每看到孔子一般都要联系礼乐教化、道德修身、社会治理去引《诗》和说《诗》。其后，孟子释《诗》则抛开《诗》的原始义而用引申义，对诗句进行大幅度、大跨度的引申发挥，将其与仁政思想联系起来，提出了"以意逆志"说，对孔子《诗》学观从经典阐释的角度做了进一步的发展。即使是被后人常常视为既儒又法的并非纯儒的荀子，也仍然非常看重《诗经》对社会人心的教化作用。深受河间献王重视的《毛诗》，正是继承并发扬了由孔子开创的先秦儒家的这一学术传统，比同时代的今文三家诗更加强调要用《诗经》来感染世人、熏陶世人和教化世人，它所采用的方式就是以"美刺"来解诗和说诗。《毛诗》自觉地担负起了传播儒家伦理、和谐人际关系、重建社会秩序的历史重任，将儒学崇尚、宣扬的礼乐教化贯穿于解诗过程之中，让它伴随着《诗》的流传而发挥"刺上"、"化下"的职能。郑玄曰"歌诗所以通礼意"②，正是对儒家以诗传礼的简明概括。比如关于《关雎》，毛传曰："夫妇有别则父子亲，父子亲则君臣敬，君臣敬则朝廷正，朝廷正则王化成。"这里"夫妇有别"是行使礼乐教化的基本条件，而后才有以下的"父子亲"、"君臣敬"、"朝廷正"、"王化成"云云，《诗经》中描写男女爱情的诗大都受到了这一标准的判决：盼望丈夫早日归家的思妇之辞《召南·草虫》成了表扬"大夫妻能以礼自防"的伦理篇章；描写夫妻恩爱、如鼓琴瑟的《郑风·女曰鸡鸣》成了"不悦德而好色"的道德警钟……原来诗中表现男女之间的情感被否定、掩盖了，取而代之的是"定亲疏，决嫌疑，别同异，明是非"③的"礼"。"礼"附着在易于传诵、形象可感的诗中，更便于使人们潜移默化地接受伦理的规范和道德的教育。献王向中央政府献上自己所集的雅乐，其目的也无非是希望引起汉王朝最高统治者对儒家礼乐教化的重视。我们似乎可以作这样一个大胆的推测，也许正是由于献王真诚的推重和提倡，才使汉武帝更明确地认识到了儒家思想对社会治理的重要作用，

---

① 《论语·阳货》。
② 《礼记·仲尼燕居》注。
③ 《礼记·曲礼》。

从而由河间而中央，由中央而全国，并最终把儒家思想观念确定为有汉一代王朝统治社会的指导思想。《毛诗》正是献王这一政治思想的策源地和实验田。

四、以献王为核心的河间儒学在推动儒家思想成为中国古代社会意识形态主流这一过程中发挥了重要作用。然而河间儒学又是"短命"的，献王推行儒家思想，聚集"天下雄俊众儒"讲经授徒的行为很快引起了武帝的警觉和妒忌。一方面武帝看到了儒家思想对现实政治的巨大价值，另一方面对献王用学术影响政治的用世之心也怀有足够的警惕。《史记·五宗世家》裴骃集解引《汉名臣奏》："杜业奏曰：'河间献王经术通明，积德累行，天下雄俊众儒皆归之。孝武帝时，献王朝，被服造次必于仁义。问以五策，献王辄对无穷。孝武帝艴然难之，谓献王曰：汤以七十里，文王百里，王其勉之。王知其意，归即纵酒听乐，因以终。'"很显然，献王在河间的政治教化工作不仅取得了卓越成效，而且大有使武帝感到压力之势，所以这才有武帝的"艴然难之"。随着献王的去世，河间儒学失去了强有力的政治支持，这个学术集团犹如昙花一现而很快趋于衰落。但献王开创的河间儒学传统，尊儒崇儒、以礼乐治国的思想风气却如燎原之星火，在失去政治保护以后而逐渐弥散于民间。正是在河间儒学的哺育和滋养下，《毛诗》和《毛诗》学派才取得了足以赢得人心的学术优势，它渐渐从河间一步步传播到全国，成为可以与同时代占据强大政治优势的今文经学相抗衡的古文经学营垒中的重要一员，伴随着今古文经学的持续斗争而逐渐发展壮大，并最终占据了中国学术的大半壁江山，影响了中国两千年经学史的书写。可以说《毛诗》学派和《毛诗》是从河间走出来的，没有河间献王和河间儒学就不会有《毛诗》学派和《毛诗》学。因此我们说，如果没有河间献王，就不会有河间儒学；没有河间儒学，就不会有《毛诗》和《毛诗》学的出现。如果没有《毛诗》和《毛诗》学，那么中国两千年的学术史和经学史就真的要重新刻画了。

（原载《河北师范大学学报（哲社版）》2004 年第 6 期，与易卫华合作）

第八章 《诗纬》与《齐诗》关系考论

　　《诗纬》是与《诗经》相配的汉代纬书之一种，也是汉代《诗经》学的一个重要组成部分。《诗纬》以天人感应学说为理论基础，认为人的情性与历、律相通，将《诗》三百篇与天干地支相联系，以阴阳灾异观测人事，推知王朝兴衰、君臣关系，以"四始"、"五际"具体推算"革命"、"革政"的关键时期，从而形成了与汉代四家诗不同的解诗特色。但由于其产生时代的文化背景与四家诗大致相同，因此其中有不少说解也难免与四家诗时有相通，尤其是与《齐诗》相通处为多。比如强调以"五际"解诗就是典型一例。这种现象说明《诗纬》与《齐诗》之间的关系理应是密切的。对此，清人陈乔枞在其所著《诗纬集证·自叙》中说："魏、晋改代，齐学就湮，隋火之余，《诗纬》渐佚。间有存者，或与杂谶比例齐观，学者弃置勿道，书遂尽亡。夫齐学湮而《诗纬》存，则《齐诗》虽亡，而犹未尽泯也。《诗纬》亡，而《齐诗》遂为绝学矣。曩者先大夫尝辑三家诗佚义，以《诗纬》多齐说，其于诗文无所附者，亦补缀之，以次于齐，所以广异义，扶微学也。"① 他认为《诗纬》多齐说，而《齐诗》因《诗纬》尚存而不至于成为绝学，《齐诗》与《诗纬》在传承上应存在一定的渊源关系。如此说来，原本属于"经"学阵营一员的《齐诗》与属于"纬"学系统的《诗纬》之间必有一个可以沟通的桥梁。

　　事实上，翼奉的《齐诗》学就起到了这个桥梁作用。翼奉原本是《齐诗》学的传人之一，而他的《诗经》学又与《诗纬》有着千丝万缕的联系。清代已有学者清楚地看出了这一点，如迮鹤寿在其《齐诗翼氏学》中

---

　　① （清）陈乔枞《诗纬集证·自叙》，见《续修四库全书》，上海古籍出版社 1997 年版，第 761 页。

就曾直接拿《诗纬》与《齐诗》翼氏学进行过比照研究。① 陈乔枞更具体地指出了《诗纬》与翼奉《齐诗》学间的相合处，谓："翼氏《齐诗》，言五性、六情，合亥午相错，败乱绪业之辞，与《诗氾历枢》言午亥之际为革命，合已哉。"② 这样一来，《诗纬》与《齐诗》的关系似乎就变成了《诗纬》来源于《齐诗》翼奉学，而《齐诗》翼奉学则是直接属于《齐诗》系统的。尽管连、陈二氏并未直接申明《诗纬》与《齐诗》的确切关系，但后人一般都由此而认定《诗纬》是源自《齐诗》的。在这样的认识前提下，不少学者在讨论《齐诗》的问题时便不加论证不做说明而直接引《诗纬》内容而加以证明，③ 仿佛《诗纬》与《齐诗》就是一而二、二而一的关系。诚然，有《齐诗》才有翼奉《齐诗》学，而《诗纬》又颇受翼奉《齐诗》学影响。但是，在汉代四百年间的学术发展中，政治对学术的直接或间接影响、学派内部与学派之间的对立与融合，使得有汉一代的学术发展出现了相当复杂的情况。概括言之可谓继承与创新并存，"通义"与"别义"同在，那么《齐诗》的发展亦当如此。

一、《齐诗》与翼奉《齐诗》学

《汉书·儒林传》较为详细地勾画了西汉经学发展的情况。我们据此，并结合《齐诗》重要学者的本传，先对《齐诗》的传承以及《齐诗》的特色有一个基本的认识。

（一）西汉《齐诗》的传承及其重要学者

汉代《齐诗》的创始人是辕固。辕固，"齐人也。以治《诗》孝景时

---

① （清）连鹤寿《齐诗翼氏学》，见王先谦主修《清经解续编》，上海书店出版社 1988 年版，第 848—852 卷，第 16—24 页。

② （清）陈乔枞《三家诗遗说考》，见《续修四库全书》，上海古籍出版社 1997 年版，第 325 页。

③ 这方面的代表性著述有王洲明《汉代〈齐诗〉传授的特点》，原载《山东大学学报》1995 年第 2 期，后收入《诗赋论稿》一书，山东大学出版社 2006 年版，第 261—278 页。钟肇鹏在论及《齐诗》"四始"时，认为《齐诗》"四始"与《毛诗》不同，直接引《诗氾历枢》的说法认为是《齐诗》"四始"。见钟著《谶纬论略》，辽宁教育出版社 1991 年版，第 140 页。

为博士"①，关于辕固传《诗》的具体内容，当时文献均无记载，只是于《史记·儒林列传》和《汉书·儒林传》中记录着其基本相同的三件行事：在景帝面前与黄生争论汤武受命、敢于触犯窦太后而称窦太后所好的《老子》为"家人言"，还有劝诫公孙弘"务正学以言，无曲学以阿世"。从此三事似可窥见其性格：执着于先秦儒家经义，传承儒家"天下为公"思想，敢于坚持自己的信念，正直而近于固执。徐复观也因此认为辕固"在皇权鼎盛的皇帝面前，强调汤、武革命，可谓能把握儒家政治思想中的真精神，其所习者当不仅限于《诗》"。② 我们且不论辕固所学是否仅限于《诗》，仅从其性格及对经义的持守精神，完全可以想见《齐诗》传授之初应该是坚持《诗》之本义而不作过多推衍的。

辕固弟子众多，而其中又以夏侯始昌最明。③《汉书·眭两夏侯京翼李传》载：

> 夏侯始昌，鲁人也。通《五经》，以《齐诗》、《尚书》教授。自董仲舒、韩婴死后，武帝得始昌，甚重之。始昌明于阴阳，先言柏梁台灾日，至期日果灾。时昌邑王以少子爱，上为选师，始昌为太傅。年老，以寿终。④

作为《齐诗》的传承人之一，夏侯始昌得到了众多的关注。之所以被认为"最明"，恐怕根本原因还在于有武帝的格外重视；之所以倍受武帝重视，则是因为其学说符合武帝的"口味"。众所周知，董仲舒是武帝时以说阴阳灾异、天人感应闻名朝野而深得武帝重用的，同时他认为《诗》无达诂，"从变从义，而一以奉人"。也就是说，他是以天人感应为理论依据，而以阴阳灾异去阐释《诗》等其他经书的经义的。韩婴是《韩诗》的创始人，也通《易》学，其解"经"方式与时人不同："推诗人之意，而作

---

① （汉）司马迁《史记》，中华书局1959年版，第121卷，第3122页。
② 徐复观《徐复观论经学史二种》之《中国经学史的基础》，上海书店出版社，2006年版，第116页。
③ 《汉书·儒林传》载："诸齐以《诗》显贵，皆固之弟子也。昌邑太傅夏侯始昌最明，自有传。"见（汉）班固《汉书》，中华书局1962年版，第88卷，第3612页。
④ （汉）班固《汉书》，中华书局1962年版，第75卷，第3154页。

《内传》《外传》数万言，其语颇与齐、鲁间殊"，"推《易》意而为之传"，① 可见韩婴是善于推衍做《传》来解释经义的，且《易》原本就是上古以来的占卜之书，其思想内涵亦与阴阳灾异相通。而夏侯氏"明于阴阳"，又准确预言了柏梁台灾，可见他也和董仲舒、韩婴一样熟谙阴阳灾异之说，依托于天人感应理论，是善于对经文做推衍式的解说的。其传《齐诗》似亦应如此，与乃师辕固的说《诗》已表现出明显的不同。阴阳灾异的思想和特色就这样被带入了《齐诗》的传授系统之中。

夏侯始昌之后，有东海后苍继续《齐诗》的传承。"后苍字近君，东海郯人也。事夏侯始昌。始昌通《五经》，苍亦通《诗》、《礼》，为博士"。② 后苍从夏侯始昌学《齐诗》，同时又向孟卿学《礼》。"孟卿，东海人也。事萧奋，以授后仓、鲁间丘卿。仓说《礼》数万言，号曰《后氏曲台记》。"③ 而孟卿善为《礼》、《春秋》，其《春秋》之学是源自胡母生的《公羊春秋》学，④ 这一派也是以言阴阳灾异见长的。这样一来，后苍的学术其实兼及夏侯始昌与孟卿的学术，也就是说他兼有阴阳灾异化了的夏侯氏《齐诗》学和以奢谈天人感应为鲜明特色的《春秋公羊》学，所以后苍治《齐诗》，当不会不涉及阴阳灾异的内容。

后苍授学弟子萧望之、翼奉、匡衡⑤三人，都以《齐诗》学闻名，也均位至达官显贵，遂推动《齐诗》达至全盛时期。《汉书》皆有传。萧望之本传载：

> 萧望之字长倩，东海兰陵人也，徙杜陵。家世以田为业，至望之，好学，治《齐诗》，事同县后仓且十年。以令诣太常受业，复事同学博士白奇，又从夏侯胜问《论语》、《礼服》。京师诸儒称述焉。……时上初即位，思进贤良，多上书言便宜，辄下望之问状……

---

① （汉）班固《汉书》，中华书局 1962 年版，第 88 卷，第 3613 页。
② （汉）班固《汉书》，中华书局 1962 年版，第 88 卷，第 3615 页。
③ （汉）班固《汉书》，中华书局 1962 年版，第 88 卷，第 3615 页。
④ （汉）班固《汉书》，中华书局 1962 年版，第 88 卷，第 3616 页。
⑤ 根据《汉书·萧望之传》"（萧望之）复事同学博士白奇"可知，后苍实际上还将《齐诗》传授给白奇，但关于白奇其人，翻阅《汉书》全文只有此一处提到，其事迹更是无从知晓，所以以下文对于《齐诗》传承者的考察，未将白奇包括在内。

累迁谏大夫，丞相司直，岁中三迁，官至二千石。……望之为左冯翊三年，京师称之，迁大鸿胪。……（元帝）制诏御史："国之将兴，尊师而重傅。故前将军望之傅朕八年，道以经术，厥功茂焉。其赐望之爵关内侯，食邑六百户，给事中，朝朔望，坐次将军。"

翼奉本传载：

翼奉字少君，东海下邳人也。治《齐诗》，与萧望之、匡衡同师。三人经术皆明，衡为后进，望之施之政事，而奉惇学不仕，好律历阴阳之占。元帝初即位，诸儒荐之，征待诏宦者署，数言事宴见，天子敬焉。……上以奉为中郎，召问奉："来者以善日邪时，孰与邪日善时？"……明年夏四月乙未，孝武园白鹤馆灾。奉自以为中，上疏曰："臣前上五际地震之效，曰极阴生阳，恐有火灾。不合明听，未见省答，臣窃内不自信。今白鹤馆以四月乙未，时加于卯，月宿亢灾，与前地震同法。臣奉乃深知道之可信也。不胜拳拳，愿复赐间，卒其终始。"……奉以中郎为博士、谏大夫，年老以寿终。

匡衡本传载：

匡衡字稚圭，东海承人也。父世农夫，至衡好学，家贫，庸作以供资用，尤精力过绝人。诸儒为之语曰："无说《诗》，匡鼎来；匡说《诗》，解人颐。"……学者多上书荐衡经明，当世少双，令为文学就官京师；后进皆欲从衡平原，衡不宜在远方。事下太子太傅萧望之、少府梁丘贺问，衡对《诗》诸大义，其对深美。望之奏衡经学精习，说有师道，可观览。……辟衡为议曹史，荐衡于上，上以为郎中，迁博士，给事中。……衡为少傅数年，数上疏陈便宜，及朝廷有政议，傅经以对，言多法义。上以为任公卿，由是为光禄勋、御史大夫。建昭三年，代韦玄成为丞相，封乐安侯，食邑六百户。

由上述记载，我们不仅能够看出萧、翼、匡三人都因《齐诗》学而获得很高的地位，直接或间接地参与到国家大事之中，影响着宣、元、成三帝时期的政局，也使《齐诗》学获得了空前的发展。而且，同是接受于后苍的《齐诗》，但在三人那里则有了不同的发展：萧望之"施之政事"，把对《经》义主要是《诗》义的理解落实于治理国家、处理政事方面；翼奉虽"惇学不仕"，专心于《诗》之经义研究，但他又好律历阴阳之占，多次以阴阳五际来解释灾异现象；匡衡坚持"师道"，"其对深美"，当朝廷有政议时，则据经义而提出对策。由此可见，萧、匡二人基本上还是沿袭了传统《齐诗》的说解，只是将其应用于政治，对学术建构和传承方面并无推进。但翼奉却独好律历、阴阳五行之说，并以此持说，上疏皇帝，把夏侯始昌以来原本就充斥着阴阳灾异色彩的《齐诗》学更往前推进了一步，导入更加神秘的占验之中。《诗》几乎变成了占验阴阳、预测灾异的占卜之书，从而逸出了此前经学的范围。如果说翼奉以前的《齐诗》只是掺杂了以阴阳灾异说《诗》的某些因素，那么翼奉的《齐诗》学，则是径直以阴阳五行解诗，以《诗》去解释现实中的灾异现象了。也正是因为这一点，徐复观在讨论《齐诗》辑佚问题时认为，"其遗说见于《汉书》萧望之、匡衡、师丹各传奏疏中的，多为诸家之通义"，"至于《翼奉传》所载翼奉'四始五际六情'之说，乃受夏侯始昌以阴阳五行傅会《洪范》言灾异的影响，他把这一趋向拓展于《诗》的领域，而更向旁枝曲径上推演，以成怪异不经之说，既无与于《诗》教，亦非辕固之所及料。"[①]，已逸出《齐诗》之通义，所以搜集汉代《齐诗》遗说，应以萧望之、匡衡、师丹奏疏中所引《诗》为主，而不能到翼奉诗说中去寻找。

　　然而，作为同出于后苍门下的三门徒，虽然在具体的解《诗》方式和内容方面存在差异，但是他们毕竟同师于一人，传授的经义也应该是一样的。徐先生将翼奉学完全割离《齐诗》这个"母体"，似乎也有过于武断之嫌。应该说，翼奉的《齐诗》学是在《齐诗》通义的基础上做了发挥，有了进一步的发展和变化，甚至成为《齐诗》的"别义"。我们应依据《齐诗》部分传承学者的资料，和《汉书》中记载的萧望之、匡衡在各自奏疏中谈《诗》、引《诗》的情况，推求一下《齐诗》的特征（或者说"通义"），以此来分析判断翼奉氏《齐诗》学中哪些理论与这些特征相

____

① 徐复观《徐复观论经学史二种》之《中国经学史的基础》，上海书店出版社 2006 年版，第 116、117 页。

同，又有哪些理论成为"别义"，从而探究翼奉《齐诗》学与《齐诗》具体而微的关系。

（二）西汉《齐诗》特征及与《齐诗》翼氏学之关系

西汉《齐诗》的特色，概括言之主要有以下几个方面：

第一，以《诗》作为劝谏的工具，以《诗》义比附政治。作为汉代《诗》学之一种，《齐诗》同其他解《诗》之作一样，是具备"谏书"的功能的。其基本模式是依据《诗》的内容，联系《诗》中历史人物或事件，用以规劝当时的统治者要效法古人，修明政治。这在萧望之、匡衡的奏疏中都有表现。比如在面对由于征讨西羌而造成的陇西以北、安定以西民众缺粮，张敞建议罪轻者可以通过上缴谷物救济上述地区百姓来赎罪的时候，萧望之则认为：

> 古者臧于民，不足则取，有余则予。《诗》曰："爰及矜人，哀此鳏寡"，上惠下也。又曰"雨我公田，遂及我私"，下急上也。今有西边之役，民失作业，虽户赋口敛以赡其困乏，古之通义，百姓莫以为非。以死救生，恐未可也。陛下布德施教，教化既成，尧舜亡以加也。今议开利路以伤既成之化，臣窃痛之。①

萧望之引《诗·小雅·鸿雁》和《小雅·大田》诗句，借以证明古时帝王与民众的关系：朝廷物资充足时则惠及百姓，而朝廷物资不足时则取之百姓，这是"古之通义"，所以，他劝谏汉宣帝应效法古人，而不要听从张敞的建议，避免开利路而伤教化。

匡衡引《诗》劝谏皇帝的情况在《汉书》本传中记载得更多，限于篇幅，仅举一例以见一斑。

> 元帝崩，成帝即位，衡上疏戒妃匹，劝经学威仪之则，曰："陛下秉至孝，哀伤思慕不绝于心，未有游虞弋射之宴，诚隆于慎终追远，无穷已也。窃愿陛下虽圣性得之，犹复加圣心焉。《诗》云'茕

---

① （汉）班固《汉书》，中华书局 1962 年版，第 78 卷，第 3276 页。

茕在疚'，言成王丧毕思慕，意气未能平也，盖所以就文武之业，崇大化之本也。"

其实，这种"以《三百篇》为谏书"的做法，不仅为《齐诗》之通义，汉代其他三家诗也大体如此。

第二，以"情性"论《诗》。注意到《诗》中的"情性"因素，是汉代《诗》学对于先秦"诗言志"观念的一个突破与发展。虽然汉代四家诗都有关于《诗》中"情性"的论述，但鲁、韩、毛三家论《诗》只是与"情性"论偶有关合，① 而《齐诗》则将"情性"真正引入对《诗》的解说之中，从而使"情性"论《诗》成为《齐诗》的一个重要特征，这在匡衡与翼奉的奏疏中也有明确体现。如匡衡《上元帝疏》云：

> 陛下圣德天覆，子爱海内，然阴阳未和，奸邪未禁者，殆论议者未丕扬先帝之盛功，争言制度不可用也，务变更之，所更或不可行，而复复之，是以群下更相是非，吏民无所信。臣窃恨国家释乐成之业，而虚为此纷纷也。愿陛下详览统业之事，留神于遵制扬功，以定群下之心。《大雅》曰："无念尔祖，聿修厥德。"孔子著之《孝经》首章，盖至德之本也。《传》曰："审好恶，理情性，而王道毕矣。"能尽其性，然后能尽人物之性；能尽人物之性，可以赞天地之化。

> 臣又闻室家之道修，则天下之理得，故《诗》始《国风》，《礼》本《冠》、《婚》。始乎《国风》，原情性而明人伦也；本乎《冠》、《婚》，正基兆而防未然也。福之兴莫不本乎室家，道之衰莫不始乎梱内。

> 臣闻六经者，圣人所以统天地之心，著善恶之归，明吉凶之分，通人道之正，使不悖于其本性者也。

陈乔枞云："稚圭（匡衡）与少君（翼奉）同师，'《诗》原情性'之

---

① 如《韩诗外传》卷二："适情性则不过欲，不过欲则养性知足。四者不求于外，不假于人，反诸己而存矣。夫人者，说人者也，形而为仁义，动而为法则。诗曰：伐柯伐柯，其则不远。"《毛诗序》："国史明乎得失之迹，伤人伦之废，哀刑政之苛，吟咏情性，以风其上，达于事变而怀其旧俗者也"。

语，授受渊源，其来有自矣。"① 以"情性"说诗，并进一步运用到政治中去，是《齐诗》的一个重要特点。

第三，论《诗》杂以阴阳五行、天人感应之说。从上文提到的《齐诗》传承情况看，《齐诗》最晚到夏侯始昌，已搀入了阴阳五行学说，② 使《齐诗》的解诗开始奢谈阴阳五行与天人感应。由后苍传授给萧望之、翼奉、匡衡，说《诗》杂以阴阳五行、天人感应，则成为《齐诗》的重要特征。《汉书·萧望之传》载：

> 时大将军光薨，子禹复为大司马，兄子山领尚书，亲属皆宿卫内侍。地节三年夏，京师雨雹，望之因是上疏，愿赐清闲之宴，口陈灾异之意。宣帝自在民间闻望之之名，曰："此东海萧生邪？下少府宋畸问状，无有所讳。"望之对，以为《春秋》昭公三年大雨雹，是时季氏专权，卒逐昭公。向使鲁君察于天变，宜亡此害。今陛下以圣德居位，思政求贤，尧舜之用心也。然而善祥未臻，阴阳不和，是大臣任政，一姓擅势之所致也。"

这是"天人感应"学说的典型运用，也是萧望之《齐诗》学搀杂有天人感应学说的重要证据。

由匡衡奏疏考察，也可以发现其中较为明显的以阴阳五行、天人感应说《诗》的内容。如在《上元帝疏》中所说的"臣闻天人之际，精祲有以相荡，善恶有以相推，事作乎下者象动乎上，阴阳之理各应其感，阴变则静者动，阳蔽则明者晻，水旱之灾随类而至。今关东连年饥馑，百姓乏困，或至相食，此皆生于赋敛多，民所共者大，而吏安集之不称之效也。"③ 考匡衡所学，发现他仅从后苍学《齐诗》，所以，匡衡《齐诗》学中亦应充满天人感应的理论内容。

---

① （清）陈乔枞《齐诗翼氏学疏证》，见王先谦主修《清经解续编》，上海书店出版社，1988 年版，第 1176—1177 卷，第 94 页。

② 由于辕固的说诗于史籍中无明确记载，我们无法判定其中是否含有阴阳五行因素存在。但我们据《汉书》中记载的辕固的三个故事，可见辕固应是一位近于固执地遵循先秦儒家经义的学者，在孔子"天道远，人道迩"思想影响下，应该不会以阴阳五行说《诗》，当然这也是一种尽可能还原历史的推测。

③ （汉）班固《汉书》，中华书局 1962 年版，第 81 卷，第 3337 页。

第四，以地理、风俗说《诗》。对于《齐诗》以地理、风俗说《诗》的特点，江乾益说："驺子受《禹贡》之影响，创大九州之说，其法则先列中国名山大川，物类所珍，因而推及海外所不能睹者，阴阳家好相阴阳消长之外，并好言地理；天文地理之学，实出自齐学之畛域也。"① 认为邹衍的"大九州"理论包含了一定的地理学观念；地理学是齐学的内容之一。《齐诗》以地理、风俗说《诗》在四家诗中确实比较突出。如匡衡上书云："臣窃考《国风》之诗，《周南》、《召南》被贤圣之化深，故笃于行而廉于色。郑伯好勇，而国人暴虎；秦穆贵信，而士多从死；陈夫人好巫，而民淫祀；晋侯好俭，而民畜聚；太王躬仁，邠国贵恕。"根据颜师古的注解，匡衡所论《郑风·大叔于田》、《秦风·黄鸟》、《陈风·宛丘》、《唐风·山有枢》、《大雅·绵》五首诗，都是从不同的地域出发，以各地不同的风俗特征进行讨论的。更说明问题的例子在《汉书·地理志》中多有，如：

> 天水、陇西，山多林木，民以板为室屋。及安定、北地、上郡、西河，皆迫近戎狄，修习战备，高上气力，以射猎为先。故《秦诗》曰："在其板屋"；又曰"王于兴师，修我甲兵，与子偕行"。及《车辚》、《四载》、《小戎》之篇，皆言车马田狩之事。②

又如：

> （郑国）土狭而险，山居谷汲，男女亟聚会，故其俗淫。《郑诗》曰："出其东门，有女如云。"又曰："溱与洧方灌灌兮，士与女方秉蕳兮。""恂盱且乐，惟士与女，伊其相谑。"③

班固习《齐诗》，在《地理志》中大量以《诗》来验证该地的风俗与地理，正反映了《齐诗》以地理、风俗说《诗》的特色。

通过以上的分析，我们总结了《齐诗》的特征，或者叫做《齐诗》之

① 江乾益《陈寿祺父子三家诗遗说研究》，"国立"台湾师范大学1973年硕士学位论文打印稿，第162页。
② （汉）班固《汉书》，中华书局1962年版，第28卷下，第1644页。
③ （汉）班固《汉书》，中华书局1962年版，第28卷下，第1652页。

"通义"，下面具体从这四个方面考察"好律历阴阳之占"的翼奉以及其毕生研习的《齐诗》学对"通义"承继或者进一步突破与发挥的情况。

第一，以《诗》作为劝谏的工具，以《诗》义比附政治，这基本上是汉代经学的一个共同特征，也是作为意识形态的经学对于政治反作用的具体表现。翼奉与其他经学家一样，致力于学术（《诗》经学）的目的是企图以学术影响政治甚至干预政治。在《汉书》本传中，共有翼奉上疏皇帝的四次记载，如关东大水时翼奉奏云：

> 臣奉窃学《齐诗》，闻五际之要《十月之交》篇，知日蚀地震之效昭然可明，犹巢居知风，穴处知雨，亦不足多，适所习耳。臣闻人气内逆，则感动天地；天变见于星气日蚀，地变见于奇物震动。所以然者，阳用其精，阴用其形，犹人之有五臧六体，五臧象天，六体象地。故臧病则气色发于面，体病则欠申动于貌。今年太阴建于甲戌，律以庚寅初用事，历以甲午从春。历中甲庚，律得参阳，性中仁义，情得公正贞廉，百年之精岁也。正以精岁，本首王位，日临中时接律而地大震，其后连月久阴，虽有大令，犹不能复，阴气盛矣。古者朝廷必有同姓以明亲亲，必有异姓以明贤贤，此圣王之所以大通天下也。同姓亲而易进，异姓疏而难通，故同姓一，异姓五，乃为平均。今左右亡同姓，独以舅后之家为亲，异姓之臣又疏。二后之党满朝，非特处位，势尤奢僭过度，吕、霍、上官足以卜之，甚非爱人之道，又非后嗣之长策也。阴气之盛，不亦宜乎！

很明确，翼奉先是以《诗经·小雅·十月之交》为例，讲了一通天人感应、阴阳五行的理论，以此来说明地震大水等灾异的发生是由于阴气、阳气的盛衰不合。而"阳用其精，阴用其行"，阴阳与人气是相对应的。同时，人气的内逆能够感动天地。当朝廷做到"明亲亲"、"明贤贤"时，圣王就能够"大通天下"。然后，翼奉将其转到了当时的政局，认为当前朝廷"左右亡同姓"，无法做到"明亲亲"，却"独以舅后之家为亲，异姓之臣又疏"，无法做到"明贤贤"，则帝王不能够"大通天下"，所以才会导致大水灾异的出现。通过这样一个看似曲折的说解过程，翼奉最终劝谏统治者要以本姓族人为亲，对于异姓尤其是后宫的舅氏党羽，应该时刻警惕。可以说，翼奉《齐诗》学的功用之一，即是用以劝谏主上。

不过，虽然同样是以"诗三百"作"谏书"，翼奉与其他《齐诗》学者还是存在着不同。像萧望之、匡衡的以《诗》劝谏，几乎都是从诗句的基本内容去推求诗之"本事"，将诗中那段历史与当下的现实政治相比照，以古是今非来说服皇帝要遵循古制，进谏方式呈现为"《诗》—历史—政治"这样一个过程。而翼奉则是从《诗》的天人感应、阴阳五行出发，直接以天人感应理论诠释灾异现象，进而指出政治上的弊端，其呈现为"《诗》—阴阳灾异—政治"这样的过程。所以说翼奉《齐诗》学虽具备以《诗》进行劝谏这一《齐诗》之"通义"，但在劝谏方式上他不是借助于《诗》篇所反映的史实，而是直接以阴阳五行解《诗》，这就使得《齐诗》学从起初的掺杂阴阳五行因素，发展到直接以阴阳五行学说解《诗经》。这是翼奉《齐诗》学不同于他之前的传统《齐诗》学的一个重要特征。

第二，以"情性"论《诗》也是翼奉《诗》学的另一重要特征。翼奉上元帝疏云："故诗之为学，情性而已"，这与《齐诗》以"情性"论诗似乎没有什么两样。但是，翼奉《齐诗》学的独特之处，在于他不是像匡衡以及其他学者那样将"情性"理解成人的内心感受与自然的天性，而是把"情性"的内容诠释为所谓律与历。他认为"五性不相害，六情更兴废。观性以历，观情以律，明主所宜独用，难与二人共也"[1]。他之所谓"情"，在其奏疏中有如此说解：

> 时，平昌侯王临以宣帝外属侍中，称诏欲从奉学其术。奉不肯与言，而上封事曰："臣闻之于师，治道要务，在知下之邪正。人诚乡正，虽愚为用；若乃怀邪，知益为害。知下之术，在于六情十二律而已。北方之情，好也；好行贪狼，申子主之。东方之情，怒也；怒行阴贼，亥卯主之。贪狼必待阴贼而后动，阴贼必待贪狼而后用，二阴并行，是以王者忌子卯也。《礼经》避之，《春秋》讳焉。南方之情，恶也；恶行廉贞，寅午主之。西方之情，喜也；喜行宽大，巳酉主

---

① （汉）班固《汉书》，中华书局1962年版，第75卷，第3170页。

之。二阳并行，是以王者吉午酉也。《诗》曰：'吉日庚午。'上方之情，乐也；乐行奸邪，辰未主之。下方之情，哀也；哀行公正，戌丑主之。辰未属阴，戌丑属阳，万物各以其类应。今陛下明圣虚静以待物至，万事虽众，何闻而不谕，岂况乎执十二律而御六情！于以知下参实，亦甚优矣，万不失一，自然之道也。乃正月癸未日加申，有暴风从西南来。未主奸邪，申主贪狼，风以大阴下抵建前，是人主左右邪臣之气。平昌侯比三来见臣，皆以正辰加邪时。辰为客，时为主人。以律知人情，王者之秘道也，愚臣诚不敢以语邪人。"①

这样看来，翼奉之"六情"，应该是指"好、怒、恶、喜、乐、哀"六种情感，它们与空间方位、阴阳、地支、五行相互对应，构成了一个天人感应、互动的结构关系。在这个循环往复的结构关系中，知道其中一个因素就能够推求其他因素，因此可以"执十二律而御六情"。关于"十二律"，晋灼注曰："翼氏曰'五行动为五音，四时散为十二律'也"②，也就是以每月为一律。陈乔枞则以《乐记》所谓感者，指六情而言，六律通乎六情，认为"翼氏言'观情以律'，此类之谓也。阳六为律，阴六为吕，阴阳各六，合为十二"，并解释"言律不言吕"的原因是因为"阴统于阳，举六律即该六吕矣"③，将阴阳六律合成为十二律。两种理解似乎都有一定的道理，但根据文意，我们认为前者显然更加符合翼奉的本意。翼奉的"知下之术"，也就是通过"十二律"来推出"六情"，再以"六情"观察人物或者事件的好坏善恶。此奏议中所含事实是平昌侯想从翼奉学其术，但翼奉因为平昌侯来的时辰是"正月癸未日加申"，从而推断其为邪人，并因此拒绝将所学术教授给平昌侯。这其中"正月癸未日加申"是推出"六情"的依据，这个依据，显然是与时令月日有关，因此应该说将"十二律"解释为"四时散为十二律"是一个正解。同时，翼奉还讲到了《诗经》中的具体例子。他引《诗·小雅·吉日》"吉日庚午"一句，指出在

① （汉）班固《汉书》，中华书局 1962 年版，第 75 卷，第 3167—3168 页。
② （汉）班固《汉书》，中华书局 1962 年版，第 75 卷，第 3169 页。
③ （清）陈乔枞《齐诗翼氏学疏证》，见王先谦主修《清经解续编》，上海书店出版社，1988 年版，第 1176—1177 卷，第 96 页。

《诗》中也是他所理解的这样一种推断方法，从而印证"午酉"为王者之吉时。

关于"五性"，晋灼曰："翼氏《五性》：肝性静，静行仁，甲己主之；心性躁，躁行礼，丙辛主之；脾性力，力行信，戊癸主之；肺性坚，坚行义，乙庚主之；肾性智，智行敬，丁壬主之也。"[1] 五性与人体之五脏、天干相搭配，也形成一个整体，可以由已知因素推求未知因素，历与五性的关系就变得非常明显。

通过上面的分析，可以看出翼奉《齐诗》学虽然也以"情性"论《诗》，但他所谓"情性"所指并不是人的内心情感，而是要从律和历的角度与阴阳、五行、天干、地支、人的五脏相配，形成一个统一的系统的结构，以此去对人物以及将要发生的事件做出善恶好坏的推断。这是翼奉对于《齐诗》"情性"说的独特认识。

第三，《齐诗》中掺杂的阴阳五行、天人感应方面的内容，我们在前文中已详细交代过，这些东西大致留存于萧望之、匡衡之诸上书中。但是，这些以阴阳说《诗》的内容只是其解《诗》工作的一小部分，除此以外还有不少是与汉代鲁、韩、毛三家《诗》说一致的地方，如匡衡上书中的许多情况都是引《诗》解说"本事"来证明其政治主张的。其上元帝疏曰："臣闻治乱安危之机，在乎审所用心。盖受命之王务在创业垂统传之无穷，继体之君心存于承宣先王之德而褒大其功。昔者成王之嗣位，思述文武之道以养其心，休烈盛美皆归之二后而不敢专其名，是以上天歆享，鬼神佑焉。其《诗》曰：'念我皇祖，陟降廷止。'言成王常思祖考之业，而鬼神佑助其治也。"[2] 同时，匡衡引《诗》亦多引《国风》、《大雅》以及《颂》，在《汉书·匡衡传》记载的匡氏三次上书中，共引《诗》12处，其中，《国风》5处，《大雅》3处，《颂》4处，对于较多表现阴阳灾异的《小雅》却无一处称引。

翼奉则全然不同。翼奉正是将阴阳五行、天人感当应作其解《诗》的理论基础。最有代表性的就是他那著名的"五际"说诗。

---

① （汉）班固《汉书》，中华书局 1962 年版，第 75 卷，第 3171 页。
② （汉）班固《汉书》，中华书局 1962 年版，第 81 卷，第 3338 页。

关于"五际",翼奉奏疏中明确提到:

> 臣闻之于师曰,天地设位,悬日月,布星辰,分阴阳,定四时,列五行,以视圣人,名之曰道。圣人见道,然后知王治之象,故画州土,建君臣,立律历,陈成败,以视贤者,名之曰经。贤者见经,然后知人道之务,则《诗》、《书》、《易》、《春秋》、《礼》、《乐》是也。《易》有阴阳,《诗》有五际,《春秋》有灾异,皆列终始,推得失,考天心,以言王道之安危。

"五际"具体指什么?应邵曰:"君臣、父子、兄弟、夫妇、朋友也"。孟康则认为:"《诗内传》曰:'五际,卯、酉、午、戌、亥也。阴阳终始际会之岁,于此则有变改之政也。'"① 哪一种理解更为合理呢?翼奉没有明确指出,我们也无法直接做出判断。但在翼奉的奏疏中,倒是有以《诗》"五际"论灾异的例子。他以《十月之交》为例,云:

> 臣奉窃学《齐诗》,闻五际之要《十月之交》篇,知日蚀地震之效昭然可明,犹巢居知风,穴处知雨,亦不足多,适所习耳。臣闻人气内逆,则感动天地;天变见于星气日蚀,地变见于奇物震动。所以然者,阳用其精,阴用其形,犹人之有五藏六体,五藏象天,六体象地。故藏病则气色发于面,体病则欠申动于貌。今年太阴建于甲戌,律以庚寅初用事,历以甲午从春。历中甲庚,律得参阳,性中仁义,情得公正贞廉,百年之精岁也。正以精岁,本首王位,日临中时接律而地大震,其后连月久阴,虽有大令,犹不能复,阴气盛矣。

翼奉以"天人感应"作为"灾异"说的理论根据,而天人之间就好像人之五脏与六体的关系,从人的面貌可知体内的病症,从灾异也可以推出上天的心意。《诗》的"五际"说也是如此,同时,参之以情性律历,来推断阴阳的盛衰,判断朝廷的运势走向。由此看来,将"五际"解释为具体的干支似乎更为准确一些,这也和他的"六情"、"十二律"中均涉及阴阳干支相符合,而且翼奉学的实质即在阴阳五行,应邵所谓"君臣、父子、兄

---

① (汉)班固《汉书》,中华书局 1962 年版,第 75 卷,第 3173 页。

弟、夫妇、朋友",指涉的只是有关伦理方面的内容,与翼奉学似有一定差距。后世学者也大多赞同孟康的注解。如陈乔枞云:"应邵注《汉书》以君臣、父子、夫妇、兄弟、朋友称五际,失《齐诗》之旨矣。"①

翼奉在其所上《封事》中,其实只谈到了"五际"的概念及其简单运用,对于"五际"所包含的更为具体的内容并未做详细交代,直到此后的《诗纬》中,才有了较为圆满的解答。与萧望之、匡衡相比,翼奉已初步展示了自己以阴阳五行解诗的一套模式,并且也有了"五际"这个特定的解《诗》术语,这无疑是对此前《齐诗》的一大发展。同时,翼奉上书中多次强调"师法"、"闻之于师",他的这些理论似乎也有源自后苍的可能性。但是,后苍同时教授三弟子,从萧望之、匡衡那里,我们却看不到以"五际"解《诗》的丝毫信息。因此我们推测,"五际"之说很可能是翼奉自己的创造。倘如此,翼奉学对于《齐诗》的推进和发挥,特别是方向的改变是显而易见的。

第四,以地理、风俗说《诗》,在翼奉的奏疏中并不多见。在论述"六情十二律"时,他将空间分成了北、东、南、西、上、下六个方位,并依次配以不同的干支及六情之一。这也不能不说是翼氏对《齐诗》以地理、风俗说诗的一种继承。

以上我们在对《齐诗》学主要学者的学术情况进行较为详细讨论的基础上,以翼奉的《齐诗》学与之逐条对照,发现翼奉的《齐诗》学在继承《齐诗》"通义"的基础上又作了较大的改造:解《诗》方面,他不再采取他那个时代普遍流行的以历史、政教敷衍《诗》义的做法,而完全按照阴阳五行模式,以《诗》"占卜"政局和王朝的命运走向。同时,翼奉又创制了较为系统而完整的阐释方法:如"观性以历,观情以律",通过"六情十二律"去推衍《诗》义;以《诗》之"五际"测算阴阳灾异。这些内容实际上都大大逸出了传统的《齐诗》学,而成为《齐诗》之"别义",因此翼奉学也就必不可免地成为了《齐诗》学中特立独行的一支。

---

① (清)陈乔枞《齐诗翼氏学疏证》,见王先谦主修《清经解续编》,上海书店出版社,1988年版,第1176—1177卷,第101页。

二、翼奉《齐诗》学与《诗纬》

翼奉将传统《齐诗》作了不少发挥，使《齐诗》中的阴阳五行气息更加浓烈，并直接将其引入具体的解《诗》实践中，形成了诸如"六情十二律"、"五际"等模式。这无疑对此后的《诗纬》产生了重大影响。《诗纬》解《诗》有"四始"、"五际"，并形成了一套完整详尽的说解方法。我们认为《诗纬》所表现出的解《诗》的方法和模式，其中既有直接承继翼奉说《诗》方面的内容，更有《诗纬》本身的发展与创新。

（一）《诗纬》之"四始"说

"四始"说是汉代《诗》学中的一个术语。鲁、齐、韩、毛四家说《诗》都有"四始"之说。

《鲁诗》"四始"：见于《史记·孔子世家》。司马迁习《鲁诗》，所言当不会错，则《鲁诗》"四始"应是"《关雎》之乱以为《风》始，《鹿鸣》为《小雅》始，《文王》为《大雅》始，《清庙》为《颂》始"。清人魏源从音乐的角度指出"《关雎》之乱"乃是乐曲的联奏现象，所以《鲁诗》"四始"是以一概三，也就是以《国风》、《小雅》、《大雅》、《颂》各部分的前三篇，即《周南》的《关雎》、《葛覃》、《卷耳》，《小雅》的《鹿鸣》、《四牡》、《皇皇者华》，《大雅》的《文王》、《大明》、《绵》，《周颂》的《清庙》、《维天之命》、《维清》共十二首为《鲁诗》"四始"，此"四始"皆述文王之德。①

《韩诗》"四始"：未见《韩诗》自述，据魏源《诗古微》考："《韩诗》以《周南》十一篇为《风》之正始，《小雅·鹿鸣》十六篇，《大雅·文王》十四篇，为《二雅》之正始，《周颂》当亦周公述文武诸乐章为《颂》之正始。"② 也就是说，《韩诗》是以《国风》、《小雅》、《大

① （清）魏源《诗古微》，长洲潘锺瑞署检，光绪丁亥重镌梁谿浦氏藏版，上编之三《通论四始·四始义例篇一》，第45，46页。

② （清）魏源《诗古微》，长洲潘锺瑞署检，光绪丁亥重镌梁谿浦氏藏版，上编之三《通论四始·四始义例篇二》，第50页。

雅》、《颂》四部分中涉及文武功业的诗为"四始"的。

《毛诗》"四始":

> 是以一国之事,系一人之本,谓之风。言天下之事,形四方之风,谓之雅。雅者,正也,言王政之所由废兴也。政有小大,故有小雅焉,有大雅焉。颂者,美盛德之形容,以其成功告于神明者也。是谓四始,《诗》之至也。

> 《关雎》,后妃之德也,风之始也,所以风天下正夫妇也,故用之乡人焉,用之邦国焉。①

即认为《国风》、《小雅》、《大雅》、《颂》为"四始",是王道兴衰的开端,又取《鲁诗》说,认为《关雎》是《风》始。如果考虑到《毛诗》以"正变"、"美刺"说诗这一特色,那么《毛诗》"四始"强调的是《诗》风、雅、颂的讽谕美刺功效也是显见的。②

关于《齐诗》的"四始"说,学界一般认为取自《诗纬》,在具体讨论时人们常常抄引《诗汜历枢》云"《大明》在亥,水始也。《四牡》在寅,木始也。《嘉鱼》在巳,火始也。《鸿雁》在申,金始也",认为这就是《齐诗》的"四始"说。③ 其实这个看法是十分错误的。虽然《诗纬》中部分理论来源于《齐诗》翼奉学,甚或间接来源于《齐诗》,但是却没有任何证据说明《诗纬》的"四始"说就是翼奉《齐诗》学或者就是《齐诗》的"四始"说。为真正弄清此一问题,我们先来看翼奉《齐诗》学中与此相关的讨论。

翼奉《齐诗》说《诗》标举"五际"说,尽管他并未明确指出"五际"所含的具体内容,但在其奏疏中,翼氏曾三次明确提出,④ 并以《十

---

① 见《毛诗序》。(唐)孔颖达《毛诗正义》,李学勤主编《十三经注疏·毛诗正义》标点本,北京大学出版社 1999 年版,第 16—19、4—5 页。
② 参见孙蓉蓉《"四始"说考论》,载《齐鲁学刊》2005 年第 6 期。
③ 《齐诗》"四始"为纬说,并直接引《诗汜历枢》语句解之,几成学界之共识。代表性论著如洪湛侯《诗经学史》,中华书局 2002 年版。
④ 翼奉在上书中三次明确提到"五际",分别是"《易》有阴阳,《诗》有五际,《春秋》有灾异,皆列终始,推得失,考天心,以言王道之安危"、"臣奉窃学《齐诗》,闻《五际》之要"、"臣前上五际地震之效,曰极阴生阳,恐有火灾",见(汉)班固《汉书》,中华书局 1962 年版,第 75 卷,第 3172、3173、3175 页。

《月之交》为例做出说明。同时他又标举"六情"、"十二律"说，而这些内容则表现出与传统《齐诗》大不相同的见解。但对于"四始"，就我们目前经眼的材料看，却从未见他提到。如果翼奉之《齐诗》学果有"四始"之说，他是不可能只字不提的。这种现象，只有两种理由可以解释。第一，就是《齐诗》中原本有"四始"说，翼奉对其照单全收而没有个人创见，所以在奏疏中，他对"自主研发"的"五际"、"六情"、"十二律"多次提及多次强调，而对于直接承袭的《齐诗》"四始"，也就没必要诉诸说《诗》实践，所以搁置不谈。第二，就是《齐诗》中原本就没有"四始"说，所以在翼奉《诗》学中也就不可能见到。两个理由，后者显然是站不住脚的。汉代《诗》学中今文三家和古文毛诗，其产生和发展于同样的历史文化环境之中，从理论上讲相同的时代烙印应该是存在的，其解《诗》也应该有许多相同之处。傅斯年强调研究《诗经》要注意三家《诗》通谊，其实正是出于这样的考虑。[①] 所以，在其他三家皆有"四始"说的情况下，《齐诗》中不仅也应具备这一解《诗》术语，而且对这一术语的解释也应与其他三家的理解存在相同处。史实的确如此。在匡衡的奏疏中就有这样的说法：

> 臣又闻室家之道修，则天下之理得，故《诗》始《国风》，《礼》本《冠》、《婚》。始乎《国风》，原情性而明人伦也；本乎《冠》、《婚》，正基兆而防未然也。

> 臣又闻之师曰："妃匹之际，生民之始，万福之原。"婚姻之礼正，然后品物遂而天命全。孔子论《诗》以《关雎》为始，言太上者民之父母，后夫人之行不侔乎天地，则无以奉神灵之统而理万物之宜。故《诗》曰："窈窕淑女，君子好逑。"言能致其贞淑，不贰其操，情欲之感无介乎容仪，宴私之意不形乎动静，夫然后可以配至尊而为宗庙主。[②]

这两则材料都是匡衡关于《齐诗》"四始"的言说，前者认为"《诗》始

---

① 傅斯年《诗经讲义稿》，中国人民大学出版社 2004 年版，第 12 页。
② （汉）班固《汉书》，中华书局 1962 年版，第 81 卷，第 3340、3342 页。

《国风》"，后者又认为"孔子论《诗》以《关雎》为始"。既说《国风》
为《诗》始，又说《关雎》为《诗》始，看似矛盾实不矛盾。我们上面
谈到的《毛诗》"四始"就是既以《国风》为《诗》之始，又以《关雎》
为《风》之始。这种情况再一次说明当时三家诗确有通义存在。

　　长期以来一直被学界所忽略的，还有另外一条证据，即萧望之在上
书中曾引《小雅·鸿雁》一诗，"古者臧于民，不足则取，有余则予。
《诗》曰'爰及矜人，哀此鳏寡'，上惠下也。又曰'雨我公田，遂及我
私'，下急上也。""爰及矜人，哀此鳏寡"，师古注曰："《小雅·鸿雁》
之诗也。矜人，可哀矜之人，谓贫弱者也。言王者惠泽下及哀矜之人以
至鳏寡。"① 此处说《诗》者是着眼于《鸿雁》所表现的具体的历史事件，
企图以诗中之事件来规劝眼前之事件。而《鸿雁》是位列《诗纬》的
"四始"之中的，"《鸿雁》在申，金始也"，则是《诗纬》以阴阳五行为
主的解说方式。可见，萧望之引《诗》遵循的是三家诗之通义，而并未将
《鸿雁》作为"四始"中的一"始"，这说明《诗纬》的"四始"说既非
《齐诗》说，更不是三家之通义。

　　通过上面的分析，可见《齐诗》实际上也是存在"四始"这一说《诗》
术语的，其内涵与鲁、韩、毛三家的说法相似，是汉代《诗》学"四始"说
之通义。而《诗纬》的"四始"说，既不是翼奉《齐诗》学之内容，更不
是《齐诗》之通义。倘作进一步推测，我们认为其最大的可能是翼奉后学或
《诗纬》作者根据汉代《诗》学流行的"四始"说，与阴阳五行相对应相结
合，又附以具体的《诗》篇，从而形成了一个新的说解系统。

（二）《诗纬》"五际"说对翼奉《齐诗》"五际"说的继承与发展

　　与上述"四始"说不同，"五际"是《诗纬》与翼奉《齐诗》学中都
曾提到的解《诗》术语。他还明确认定《十月之交》为"五际"之要，
并对其作了简单分析。而《诗纬》则在此基础上，对《十月之交》一诗进
行较为详细的解说，搜罗起来，大致有以下几条：

---

① （汉）班固《汉书》，中华书局1962年版，第78卷，第3276页。

烨烨震电，不宁不令，此应刑政之大暴，故震电惊人，使天下不安。日之蚀，帝消。①

百川沸腾，众阴进，山冢崒崩，人无仰。高岸为谷，贤者退，深谷为陵，小临。

十月之交，气之相交。周十月，夏之八月。

及其食也，君弱臣强，故天垂象以见微。辛者，正秋之王气，卯者，正春之臣位。日为君，辰为臣。八月之日交，卯食辛矣。辛之为君，幼弱不明。卯之为臣，秉权而为政。故辛之言新，阴气盛而阳微生，其君幼弱而任卯臣也。②

这些解说，都是对《十月之交》一诗的理解，有的是解释诗句，有的是对整首诗作总览式阐释。虽然不离阴阳五行，但比起翼奉在奏疏中所讲，无疑更加具体也更成系统。在现存的《诗纬》资料中，对"五际"是作了较为细致的解说的。还有：

建四始五际而八节通。卯酉之际为革政，午亥之际为革命，神在天门，出入候应。③

卯酉为革政，午亥为革命。神在天门，出入候听。

卯，《天保》也；酉，《祈父》也；午，《采芑》也；亥，《大明》也。

然则亥为革命，一际也。亥又为天门，出入候听，二际也。卯为阴阳

---

① 《诗纬》在具体种类上有三种与四种之说。三种之说见于（唐）李贤注《后汉书·方术传上》，认为《诗纬》包括《推度灾》、《汜历枢》、《含神务》三种，见（南朝宋）范晔《后汉书》，中华书局 1962 年版，第 82 卷上，第 2721—2722 页。而《隋书·经籍志》认为《诗纬》应该有包含在《七经纬》中的《诗纬》一种，以及《诗推度灾》、《汜历枢》、《含神务》三种，总共四种，见（唐）魏征《隋书》，中华书局 1973 年版，第 32 卷，第 941 页。清人对《诗纬》的辑佚也是三种、四种说法并存。本文依据目前学界所公认的对《诗纬》辑佚最全的日本学者安居香山、中村璋八所辑《纬书集成》一书，认为《诗纬》包括《诗含神雾》、《诗推度灾》、《诗汜历枢》、《诗纬》四种。此两条引自（日本）安居香山、中村璋八《纬书集成·诗含神雾》，河北人民出版社 1994 年版，第 460、465 页。

② ［日］安居香山、中村璋八《纬书集成·诗推度灾》，河北人民出版社 1994 年版，第 469 页。

③ ［日］安居香山、中村璋八《纬书集成·诗推度灾》，河北人民出版社 1994 年版，第 469 页。

交际，三际也。午为阳谢阴兴，四际也。酉为阴盛阳微，五际也。①

五际谓卯、酉、午、戌、亥也。②

《诗纬》的"五际"系统，显然要比翼奉所说的"五际"具体而详细。首先，它给"五际"各明确了诗篇，即"五际"为卯、酉、午、戌、亥，对应这五个干支都有明确的诗篇：卯，对应《天保》；酉，对应《祈父》；午，对应《采芑》；亥，对应《大明》。有学者将翼奉提到的《十月之交》对应戌，由此构成完整的"五际"。③ 既然"五际"是阴阳终始循环的五个关键点，就是说卯、酉、午、戌、亥是"革政"、"革命"的重要时机，也就如同《诗推度灾》所记载的"卯酉之际为革政，午亥之际为革命"，阴阳时令的转换代表着机会的来临或流失，也标志着政权的兴衰和存亡。其次，关于"五际"与各诗篇的具体配合方式，《诗纬》中未做明确交待。清代以来的学者大都积极探寻其相配的依据。如迮鹤寿以为"五际"的分配是依据《周易》的象数学，并在其所著《齐诗翼氏学》中进行了详细的推衍。据迮氏的分析，亥为革命，表示新的开始，也就是阳极盛的时候；卯则为阴阳交际，光明与黑暗彼此势力相当；午为阳初谢而阴始兴，黑暗势力开始兴起；酉为阴盛阳衰，黑暗势力逐渐强盛起来，并压过光明；戌为黑暗到达顶端，转而极阴生阳，进行新一轮的阴阳转关。孔广森在《经学卮言》、魏源在《诗古微》中又从《诗》乐角度进行了探求。两种方法其实各有道理，又都有不尽完善之处。由于"五际"说诗实质上是以阴阳五行来推测政治得失与王朝兴衰的，所以寻求"五际"与诗篇的配合方式还需要从诗篇的内容方面寻找答案。

再来看"五际"各自对应的诗篇。亥对应《大明》，《大明》一诗讲的是文王的出生、成长、受命以及武王克商事件，正好表现了革命，也是周王朝建立的开端。卯对应《天保》，《天保》描写了周公继承文武事业，辅佐成王，周朝"如日之升，如南山之寿"，表面上是一片颂美之词，但

---

① ［日］安居香山、中村璋八《纬书集成·诗汜历枢》，河北人民出版社 1994 年版，第 480—481 页。

② ［日］安居香山、中村璋八《纬书集成·诗纬》，河北人民出版社 1994 年版，第 486 页。

③ 参见谭德兴、杨光熙《〈齐诗〉诗学理论新探》，载《兰州大学学报》，2001 年第 4 期。

就像三家诗把成康时期的《关雎》看成刺诗一样，太平盛世已暗含了衰败的迹象，这与卯为阴阳交际说也是相应的。午对应《采芑》，《采芑》讲的是宣王南征荆蛮的中兴功业，虽然大获全胜但王朝已经面临着外族侵略的威胁，正好与阳初谢而阴始兴相应。酉对应《祈父》，《祈父》中"胡转予于恤，靡所止居"，表现了士兵对于久役的不满，讽刺当政者的用人不当，这正是周朝衰落的起点，也对应了酉的阴盛阳衰之说。戌对应《十月之交》，《十月之交》是讽刺幽王的昏庸无道，致使"百川沸腾"，因此发出警告，此正好对应了戌的黑暗达到顶点。

由上面的分析可见，从亥到戌是一个阴阳转化盛衰起落的过程，而从《大明》到《十月之交》，则是周王朝兴衰治乱的一个较长的历史过程。由此，《诗纬》用"五际"说，根据阴阳的变化以推测政权的运势和走向，也正是《诗纬》为我们揭示的《诗》的预测政治的功用和力量，这是此前的《齐诗》中所没有的，也是翼奉《齐诗》学中所未曾讲清楚的。

（三）翼奉《齐诗》"情性"说、"地理风俗"说与《诗纬》

以律历观性情是翼奉对《齐诗》"情性"说的一个重要发展，前文已详加讨论，此处不赘。而《诗纬》不仅接受了这一理论，而且将之与《齐诗》的另一说诗特色——"地理风俗"说相结合，一起构成了《诗纬》解诗的新模式。

> 齐地处孟春之位，海岱之间，土地汙泥，流之所归，利之所聚，律中太蔟，音中宫角。陈地处季春之位，土地平夷，无有山谷，律中姑洗，音中宫徵。
>
> 曹地处季夏之位，土地劲急，音中徵，其声清以急。
>
> 秦地处仲秋之位，男懦弱，女高膝，白色秀身，音中商，其话举而仰，声清而扬。
>
> 唐地出孟冬之位，得常山太岳之风，音中羽，其地硗确而收，故其民俭而好畜，此唐尧之所起也。
>
> 魏地处季冬之位，土地平夷。
>
> 邶、鄘、卫、王、郑，此五国者，千里之城，处州之中，名曰地轴。

郑，代己之地也，位在中宫，而治四方，参连相错，八风气通。①

显然，《诗纬》是在音律、地理、风俗之间建立起对应关系，以"情性"、"地理风俗"去解释不同地域的《诗》所是有的不同特色。这是《诗纬》对翼奉《齐诗》学的又一个新发展。同时，依据于天人感应理论，《诗纬》还在天上之星宿与地下之国度间建立起了对应关系，认为天上的星宿也存在这种地理上的"分野"，如：

邶国结蝓之宿，鄘国天汉之宿，卫国天宿斗衡，王国天宿箕斗，郑国天宿斗衡，魏国天宿牵牛，唐国天宿奎娄，秦国天宿白虎，气生玄武，陈国天宿大角，桧国天宿招摇，曹国天宿张弧。②

据此我们不难看出，地下之国度与天上之星宿都存在着相互的对应关系，这也是《诗纬》对《齐诗》以"地理"说诗的一个重要发展。

毫无疑问，《齐诗》、翼奉《齐诗》学和《诗纬》三方，不仅彼此之间的关系十分复杂，可供研究的问题很多。即使每一方内部，有待研究的问题也十分复杂。作为中介的翼奉《齐诗》学，是借助"阴阳律历"，对传统的《齐诗》多有发挥，从而逸出了传统的《齐诗》学而成为《齐诗》传承中特立独行的一支。而《诗纬》则以这种充斥神秘色彩的天人感应、阴阳五行理论的翼奉学说为依托，并在此基础上进一步将"五际"具体化，从而创造出了纬学的"四始"说，并以此构成自身学说的骨架。实际上它不是翼奉《齐诗》学的重复，而是对《齐诗》的第二次改造和推进。所以，如果说《诗纬》是来源于《齐诗》，毋宁说《诗纬》来源于翼奉《齐诗》学更为合理也更加真实。我们认为，《齐诗》翼奉学是走向阴阳五行化的《齐诗》，而《诗纬》则是走向阴阳五行极致的《齐诗》翼奉学。这样判定三者关系，才是符合历史实际的。

（原载《文学评论》2009 年第 2 期，与刘明合作）

---

① ［日］安居香山、中村璋八《纬书集成·诗含神雾》，河北人民出版社 1994 年版，第460—461 页。

② ［日］安居香山、中村璋八《纬书集成·诗推度灾》，河北人民出版社 1994 年版，第 472 页。

第九章　《毛诗传笺》对汉代文化精神的整合与表达

郑玄《毛诗传笺》（下文简称《郑笺》）在汉代末年出现从某种意义上讲是带有标志性的，它的出现，事实上为从汉初便已肇端的《诗》今古文之争宣判了一个结局。从两千多年《诗》学发展史看，《毛序》、《毛传》和《郑笺》的基本学术倾向是一脉相承的，其基本观点是最接近的。不仅如此，《郑笺》在保存大量《毛诗》早期学说的同时，还融合了部分今文经学的内容，是在古文经的基础上，兼采今文以及少量谶纬学说，形成了对后世影响极其深远的"郑学"。《郑笺》一出，迅即成为天下通行的传本。在我们今天看来，作为古文的《毛诗》，实际上正是借《郑笺》而发扬光大，借《郑笺》而最终得以保存和流传的。为什么单纯的古文《毛诗》或今文三家诗都不具备继续流传于世的能力，为什么当时的官方意识形态和学术界普遍认可和接受了融合今古文诗学的《郑笺》，这是一个很有意思的问题，值得我们进一步探讨。

《郑笺》选择融合今古文并在此基础上取代此前今古文的学术倾向，既与郑玄的学术经历、学术兴趣相关，又与其所处的社会环境密不可分。《后汉书》本传载，郑玄"遂造太学受业，师事京兆第五元先，始通《京氏易》、《公羊春秋》、《三统历》、《九章算术》"。第五元先向郑玄传授的是包含今文经学在内的带有明显综合性倾向的学术。后郑玄"又从东郡张恭祖受《周官》、《礼记》、《左氏春秋》、《韩诗》、《古文尚书》"，接受了古文经学的训练。之后郑玄又"因涿郡卢植，事扶风马融"。马融博通经籍，遍注《孝经》、《论语》、《诗经》、《周易》、《尚书》、三礼等儒家经典，是当时最为著名的古文经学家。郑玄在马融门下受业多年，深受马融喜爱，以至于当他辞别老师回到家乡时，马融感叹："郑生今去，吾道东矣。"

　　不拘家法、兼习今古文经的求学过程，使得郑玄具有了超出常人的更加开阔的学术视野和学术识见，也使他不同于他人仅固守一经一家之言，能够从更符合实际的、顺应时代的学术思考出发，而不是简单盲目地以"今"或"古"来对待学术问题。整体而言，郑玄在价值选择上应该是更倾向于古文学的。与同时代其他学者不同的是，自汉代初年就开始严格遵守的经学传授中的"家法"和"师法"传统没有限制住郑玄的学术思考和探索。他以自己渊博的学识遍注群经，并不专用古文经学家的释义，而同时也采纳了许多今文经学家的解释。兼采今古，一方面是郑玄根据自己的理解判断哪种说法更接近经文本义，另外他还有为自己的学术求得生存空间的策略性考虑。

　　从生平经历看，郑氏不是一个醉心政治的人，他治经的目的也并非要一意跻身官场。他的一生中除了少年时期为生计做过三年的乡吏外，其余绝大部分时间几乎都是在游学、讲经和注经中度过的。尽管他不曾真正投身政治，但依然受到了汉末党锢之祸的牵连。解除禁锢之后的晚年，即使时不时还有做官的选择机会，但已经身为经学大师的郑玄再也没有真正投身政坛。面对政治，他始终采取的是回避态度，这是智者对待东汉黑暗复杂政局的一种冷处理方法，这也似乎就是当年孔、孟都曾坚持和提倡的所谓"天下有道则现，无道则隐"的汉代现实实践。在《诫子书》中，他曾这样解释自己的选择，每当面对朝廷的征辟，他都坚持"但念述先圣之元意，思整百家之不齐，亦庶几以竭吾才，故闻命罔从"[1]。

　　郑玄尽管对现实政治采取了谨慎回避的冷静态度，但自幼培养的儒学价值和儒家信念却又使他并不能完全彻底地置身事外。他一生对经学的研究、阐释和传授，其实也是他致力于恢复儒家理想政治构想的一种努力。这种融汇在经学阐释中的兴衰之感、社稷之情，与这位深受儒家思想浸染的汉末标志性文人、著名的经学大师的精神世界是非常吻合的。达则兼善天下，穷则独善其身。选择"独善其身"的同时其实也就是坚持了以文化建设代替政治建设的价值选择。这虽是自先秦时代就已经开始的儒家士人

---

　　[1]　（南朝宋）范晔《后汉书·郑玄列传》，中华书局1965年版，第1209页。

理想坚持的老套，但在郑玄，他的坚持老套却结出了巨大的新的文化果实。

经学家的郑玄，是身处东汉特定历史时期的经学家，他对《毛诗》所做的笺释，是属于特定的政治时代和学术时代的。《郑笺》体现出的与前代学术不同的特点，正是当时的历史环境和学术氛围所赋予的。因此，东汉末期官方主流意识形态为何选择《郑笺》，汉代《诗》学今古文之争为何结束于此，汉末文化转型呈现出什么样的新需要和新特征，我们一定程度上在《郑笺》中是可以找到答案的。

一、以经释经，融会贯通

郑玄释经，常常大量采用其他儒家经典，这其中既有《尚书》、《周易》、三礼、《春秋》及传，也有《国语》等包含儒家思想的历史文献及一定数量的纬书。如此释《诗》，便使得自己的笺注在借重和借助儒家经典权威的同时，增加了他者所不及的说服力和优越性。

比如《大雅·思齐》："刑于寡妻，至于兄弟，以御于家邦。"《传》曰："寡妻，適妻也。御，迎也。"而笺云："寡妻，寡有之妻，言贤也。御，治也。文王以礼法接待其妻，至于宗族。以此又能为政治于家邦也。《书》曰：'乃寡兄勖。'又曰：'越乃御事。'"这里《郑笺》先是纠正了此前《毛传》的解释，并引《尚书·康诰》、《大诰》语加以佐证之，这样既自出新说，又根据充分，显然比《毛传》技高一筹，很是令人信服。

再如《郑风·羔裘》："羔裘晏兮，三英粲兮。"对于"三英"，《毛传》只简单释为"三德"。《郑笺》则进一步解释云："三德，刚克、柔克、正直也。"根据源自《尚书·洪范》。《周礼·地官》中也有关于"三德"的记载，谓"以三德教国子：至德，敏德，孝德。"郑玄之所以选择彼三德而非此三德，是建立在对文献充分辨析的基础上的，对此孔颖达曾解释说："彼乃德之大者，教国子使知之耳，非朝廷之人所能有，故知此三德是《洪范》之三德。"①

---

① 李学勤主编《十三经注疏·毛诗正义》，北京大学出版社 1999 年版，第 292 页。

以经释经的另一个优越处，便是在疏通诗篇文意时，能更好地借助其他经典资源，使得所释诗文容量更大，内容更丰富，释读更明确，从而也更充分地将自己所信奉的儒家伦理和儒家价值尽量贯彻在对经文的阐释中。比如《鄘风·定之方中》，《毛诗序》认为是诗有这样的历史背景："卫为狄所灭，东徙渡河，野处漕邑，齐桓公攘夷狄而封之。"《郑笺》则不厌其烦地引用《左传·闵公二年》记载之史实："《春秋》闵公二年冬，'狄人入卫'。卫懿公及狄人战于荥泽而败。宋桓公迎卫之遗民渡河，立戴公以庐于漕。戴公立一年而卒。鲁僖公二年，齐桓公城楚丘而封卫，于是文公立而建国焉。"建立在《毛诗》认定的史实基础上，又提供了比《毛诗》更具体、更详尽、更可靠的历史背景资料，其阐释诗意的说服力就不言自明了。

对于《诗经》中涉及的某些礼制，因汉代学者的门户之见和多治一经，非礼学经生多已不能详尽了解，因此深谙礼学的郑玄则常用三礼加以解说。比如《周颂·噫嘻》有"骏发尔私，终三十里。亦服尔耕，十千维耦"句，其中涉及周初农作的规划制度，《郑笺》引《周礼》释曰："凡治野田，夫间有遂，遂上有径；十夫有沟，沟上有畛；百夫有洫，洫上有涂；千夫有浍，浍上有道；万夫有川，川上有路。"看到《周礼》的这条记载，对诗文的理解就变得容易多了。再如《鲁颂·閟宫》："公徒三万，贝胄朱綅，烝徒增增。"《郑笺》云："万二千五百人为军，大国三军，合三万七千五百人。言三万者，举成数也。"用《周礼·夏官》中所记载的古代军队的规模来说明诗意，这种引其他经书而训释名物的做法，给人以豁然开朗之感。再如《卫风·伯兮》："伯也执殳，为王前驱。"关于"殳"这种武器，《毛传》解释为"殳长丈二而无刃"，较为简略。《郑笺》引《考工记》文字进一步解释为："兵车六等，轸也，戈也，人也，殳也，车戟也，酋矛也，皆以四尺为差。"说明"殳"是运用在兵车上的武器，伯"非独前驱也"。这样既训释了词语，又使读者对诗文的理解落到了实处，同时也扩大了诗文的信息量，可谓一举多得。

由于郑玄常常以经释经，在注解过程中，大量使用《尚书》、三礼、《易经》、《春秋》经传等材料，或证词意、或明制度、或补史实，极大地丰富了《毛诗》内涵，他能够融汇群经，有条件地将儒家经典组成一个有机的说解脉络，也就使他的经学阐释不仅增加了权威性，而且自成体系也随之成为一种可能。这种学术上的突破和尝试，在东汉末期，由郑玄这样兼通诸经、兼习今古的学者来完成，是必然的。对儒家经典的融会贯通，是郑玄打破今古文对峙的重要方法，它极大地增强了注释的可信度和说服力，这些共同成为彼时的学术界和官方意识形态都能迅速接受并加以传播郑学的原因。

二、以礼释诗，移风易俗

"《诗》之所至，礼亦至焉"①，以"礼"论诗是汉代《诗经》学的特色之一，而《郑笺》更是将其发扬光大到汉儒的极致，不用说这与郑玄对三礼的熟稔，与他曾遍注三礼的学术经历是分不开的。郑玄之所以偏好研究礼学，则又与两汉特别是东汉时期的社会政治背景，以及经学发展到东汉后的特点有着密切的关系。

礼制在西汉的重建过程颇为周折（将另文讨论）。武帝时期"罢黜百家，独尊儒术"，使得儒家思想在汉代官方意识形态中逐渐占据主流地位。作为儒学重要组成部分的"礼学"也渐渐显露出其前所未有的重要性。光武中兴后，儒学仍是国家的政治统治思想。在汉章帝时期的白虎观会议上，经学家们又以"三纲五常"为核心对构建汉代一整套政治伦理进行过全面梳理，此后并通过一系列具体的制度和实践充分体现出王朝政治对"礼"的重视。

整个两汉时期，尽管经学内部一直存在不同派别，不同派别之间也从未间断辩难和斗争，但所争大体都在维护政治的手段和方式之不同，而在维护汉王朝主导的思想伦理方面却从未发生分歧。从西汉初到东汉末，有汉一代的最高统治者都非常看重经学在维护封建纲常方面所发挥的作用。在此官方意识形态和社会风气的影响下，从研究和传授的角度看，东汉的经学家们更纷纷把《周礼》等礼学著作，作为自己研究、传授和聚徒讲学

---

① 李学勤主编《十三经注疏·礼记正义·孔子闲居》，北京大学出版社 1999 年版，第1393 页。

的重要内容，郑玄也曾苦心孤诣用十四年时间遍注礼学经籍，这才有了后来三礼的通行于世。

然而，汉末社会混乱，外戚、宦官交替专权。在这个特定的历史环境下，朝廷的尊严几乎荡然无存。君臣之礼缺失，封建统治秩序遭到破坏，维护封建等级的礼法制度，维护尊卑政治秩序已经变得刻不容缓。这很可能是郑玄作为具有政治文化责任感的经学大师注重礼学，不仅遍注三礼，而且在笺《诗》中仍不忘重建"礼制"的一个重要原因。

我们看到，《诗三百》各篇章中所涉及的各种仪礼制度，郑玄多用"三礼"加以解说，实践也表明这对说明诗意也非常有力。比如《小雅·宾之初筵》："其湛曰乐，各奏尔能。宾载手仇，室人入又。"郑玄详尽描述此项礼仪的过程，谓："子孙各奏尔能者，谓既湛之后，各酌献尸，尸酢而卒爵也。士之祭礼，上嗣举奠，因而酌尸。天子则有子孙献尸之礼。《文王世子》曰：'其登馂献受爵则以上嗣。'是也。"以所知之礼详加说明，最后用《礼记》记载来补充证明之，如此，对说明问题就很有力了。

再如《召南·采蘋》，《毛诗序》曰："大夫妻能循法度也。能循法度，则可以承先祖，共祭祀矣。"郑玄引《礼记·内则》来加以解说："女子十年不出，姆教婉娩听从，执麻枲，治丝茧，织纴组紃，学女事以共衣服。观于祭祀，纳酒浆、笾豆、菹醢，礼相助奠。十有五而笄，二十而嫁。"又用《礼记·昏义》的记载进一步补充说明正文中的"于以采蘋？南涧之滨。于以采藻？于彼行潦"，谓："古者妇人先嫁三月，祖庙未毁，教于公宫；祖庙既毁，教于宗室。教以妇德、妇言、妇容、妇功。教成之祭，牲用鱼，芼用蘋藻，所以成妇顺也。"在对是诗经文的解说中，郑玄完全贯彻了《诗序》"大夫妻能循法度"的理念，用《礼记》记载的史实把所谓"法度"的具体内容纳入进自己的阐释系统。

我们看到郑玄这种有意对《毛诗》的"扩容"，对"礼"的倡导，更多是从移风易俗角度出发的。对《周南·关雎》"窈窕淑女，君子好逑"一句，《郑笺》云："言后妃之德和谐，则幽闲处深宫贞专之善女，能为君子和好众妾之怨者。言皆化后妃之德，不嫉妒，谓三夫人以下。"遵循的是《诗序》"后妃之德"的观点。对于《葛覃》，郑玄认为："躬俭节用，由于师傅之教，而后言尊敬师傅者，欲见其性亦自然。可以归安父母，言嫁而得意，犹不忘孝。"对于《桃夭》，郑玄也非常赞同《诗序》"后妃之所致也。不妒忌，则男女以正，婚姻以时，国无鳏民也"的说法。对于《卷耳》的"采采卷耳，不盈顷筐"，更说出"器之易盈而不盈者，志在辅佐君子，忧思深也"这类温柔敦厚的德育大道理。

再如《秦风·蒹葭》，《毛序》认为此诗是"刺襄公也。未能用周礼，将无以固其国焉。"可以说，这篇既写景又抒情的诗作，确实看不出包含有与礼制、教化相关的内容，《毛序》的解说可谓穿凿之至。而《郑笺》却承《诗序》之说更进一步，说："秦处周之旧土，其人被周之德教日久矣。今襄公新为诸侯，未习周之礼法，故国人未服焉。"而且对诗句也充分展开联想、比喻，说"蒹葭苍苍，白露为霜"含义为"蒹葭在众草之中，苍苍然强盛，至白露凝戾为霜，则成而黄。兴者，喻众民之不从襄公政令者，得周礼以教之则服。""溯洄从之，道阻且长"为"不以敬顺往求之，则不能得见。""溯游从之，宛在水中央"为"以敬顺求之则近耳，易得见也。"经过这样一番从"礼治"角度的解说，全篇诗文似也确乎能够自圆了，很显然，郑玄的出发点和所要达到的特定的目的就是要宣扬王道礼治的教化。

通常在儒家学者看来，礼乐是实施政治教化的根本途径。有时为了将礼乐法度纳入释诗之中，郑玄甚至不惜有意曲解诗意及《传》意，用心可谓良苦。比如《鲁颂·泮水》："翩彼飞鸮，集于泮林。食我桑黮，怀我好音。"《郑笺》云："言鸮恒恶鸣，今来止于泮水之木上，食其桑黮。为此之故，故改其鸣，归就我以善音。喻人感于恩则化也。"教化居然可以使恶鸟改叫善音，这样的力量实在不可想象。再如《魏风·园有桃》，"园有桃，其实之殽。"《毛传》认为这句是"兴"，"园有桃，其实之食。国有民，得其力。"以园中之桃来起兴国家中的人民。而《郑笺》却将这句话看作是"赋"，其云："魏君薄公税，省国用，不取于民，食园桃而已。不施德教民，无以战，其侵削之由，由是也。"从魏君食园桃的举动，引申出不实行德教，则国家将被侵削的道理，这不能不说是郑玄的用心良苦了。

《毛传》释诗，涉及"礼"的地方实在不少。但由于历史变迁，《诗三百》这部自周代初年便开始积累并逐渐形成的歌谣集流传数百年后，到秦汉时代，其中记载的大量礼制若不特意加以分析说明，许多诗篇的主旨也就无从论定，而阐释者所希望赋予的社会教化作用也就无从体现。《毛传》释礼多寥寥数语显然不可能交代清楚，郑玄笺《毛诗》时肯定意识到了这一问题的存在。《郑笺》中的很多以礼说诗的部分，虽然从总体上没有超出《毛传》的范围，但他的释说更细致、更详尽。加上郑玄在三礼注释中所花费的心血，我们确实能够看出郑玄一心希望恢复儒家理想中礼制的愿望，看出他通过"以礼释诗"达到教化天下的目的，以及对通过"礼"的倡导和规范让动荡社会得以稳定的理想。这是郑玄在努力追求东汉末学术发展与政治变局相吻合相一致所做的努力。因此我们说，郑玄《诗经》学在东汉末年的走红，既是他本人综合创新的结果，也是汉代四百年历史进入末世而实施文化绝地整合的结果。

三、注重比兴，美刺教化

皮锡瑞《经学历史》说汉儒："以《禹贡》治河，以《洪范》查变，以《春秋》决狱，以《三百五篇》当谏书"[1]。用"以《三百五篇》当谏书"概括汉儒对待《诗经》的态度虽不免有所偏颇，但也大体扼住了汉儒的《诗经》学命门。当然王式是一个典型的例子，而更多儒生在向君主陈劝谏之意时大量引《诗》，抑或向君主讲《诗》时极力发挥其中的讽谏之意，使《诗经》起到谏书的作用，此举显然是把美刺的本意放大了，但这与《诗》中原本就存在的固有之意也大有关系。《大雅·民劳》的"民亦劳止，汔可小安。惠此中国，国无有残。无纵诡随，以谨缱绻。式遏寇虐，无俾正反。王欲玉女，是用大谏"。《魏风·葛屦》的"好人提提，宛然左辟。佩其象揥，维是褊心。是以为刺"。实际都在文中已经点出了诗篇所包含的讽谏目的。

汉人在对《诗经》的阐释过程中，无疑将这种"讽谏"扩大、增强了，这差不多已成为对《诗经》的一种再创作。实际上，汉人的讽谏意识不只表现在对《诗经》的再创作中，而是贯穿在汉代众多文学样式的创作

---

① （清）皮锡瑞《经学历史》，中华书局 1981 年版，第 90 页。

中。比如《史记》、《汉书》，以及汉大赋等诸多文学作品，也都几乎无一例外地在字里行间或多或少地流露出强烈的讽谏意识，这当然与汉代的文化风格、政治风气密切相关。

经历了秦代的文化压制、经历了汉初黄老清静无为，在汉武帝实施"罢黜百家、独尊儒术"之后，汉代儒者们过去久被压抑的政治热情被激发出来，并达至空前高涨的程度。但统治者一方面充分肯定和认可了儒学的主导地位，从各方面加以大力推崇；另一方面，大一统的政治制度又将君权推向了至尊的地位，儒学和儒者不可能依传统进行真正彻底的谏净，而只能将儒家思想转化为缘饰政治的工具，自战国以至汉代初年士人的独立精神和独立人格在这个时代面临着转型和转化的新考验。现实中轻则受罚，重则被杀戮的生活境遇，使得儒者希望能够借助迂回的策略——"讽谏"来完成他们在政治上的监督、辅佐功能。他们希望通过讽谏的方式来限制君权，实现儒家理想。在这样的前提下，经学便成为他们与君权相抗争的武器之一。《诗经》因此而成为谏书，也因此不免为实现政治目的而损害了《诗》所原本具有的文学性。不用说儒者们通过"断章取义"，通过"穿凿附会"所形成的诗教思想，不仅蕴涵了他们坚定的政治抱负，也折射出了他们进退维谷的矛盾尴尬的政治处境。汉儒无法超越自己身处的时代，超越陷自身于其中的文化风尚，只能将《诗》以如此奇特的方式加以改造后而利用之而传播之。

儒者这种微妙的生存方式历经三百多年，到郑玄时代，仍只有程度上的加深，而没有本质上的改变。郑玄生活在东汉王朝已经走向没落的桓、灵之际，政治势力日益趋向集团化，政治集团间的明争暗斗也因此越发激烈。他所面对的局面，是儒家思想在不同政治集团间争权夺利的斗争中被遗于忘川，儒家思想文化对政治和君权的规范作用几乎荡然无存。外戚与宦官交替专权，王权旁落，中央集权的汉帝国已经行将末路。复杂险恶的官场对郑玄虽然没有吸引力，但作为儒者，经世致用的价值选择和思维模式已经牢牢印刻在他的头脑中。郑玄希望社会是君明臣贤的理想社会，希望君臣、后妃能够各自恪守其德。他在注解《毛诗》的时候，有意无意地流露出自己对于社会和时政的关注与希冀，以及对于德治的渴望。《六艺论》云："诗者，弦歌讽谕之声也。自书契之兴，朴略尚质，面称不为谄，目谏不为谤，君臣之接，如朋友然，在于恳诚而已。斯道稍衰，奸伪以生，上下相犯，及其制礼，尊君卑臣，君道刚严，臣道柔顺。于是箴谏者希，情志不通，故作诗者以诵其美而讥其过。"郑玄在这段话里申述了诗歌发生的缘由，是说其实也是郑玄本人对现实政治状况与《诗》之关系的理解。在郑玄的理想中，君臣关系宛如朋友，臣是坦诚的，君是谦逊的。然而现实的情况却是，敢于直言劝谏君主的人越来越少。"诗"这种婉转、迂回、含蓄的方式于是应运而生，或者说，"美刺"这种阐释诗歌的方式正是可以避免直言切谏有可能带来不幸结果而又可能产生一定正面效果的方式。在这里，郑玄实际是表明了儒家学者之所以致力于经学阐释的根本动机。

为了达到美刺的目的，郑玄特别在阐释《毛传》独标的"兴"这一手法时做了多方面的开拓和努力。比起《毛传》的标"兴"体，郑玄对"兴"的阐释显然更明确、更具体。郑玄常常采用与"喻"相结合的手法，把诗文所"兴"之感情，或他所希望给予诗文的感情表述出来。比如《裳裳者华》："裳裳者华，其叶湑兮。"《毛传》解说为："兴也。裳裳，犹堂堂也。湑，盛貌。"而《郑笺》进一步解说："兴者，华堂堂于上，喻君也；叶湑然于下，喻臣也。明王贤臣，以德相承而道兴，则谗谄远矣。"将《毛传》中似乎含有但没有明确讲出的忠臣遇昏君而忧伤不已的心境解释出来。再如《邶风·北风》："北风其凉，雨雪其雱。"《毛传》："兴也。北风，寒凉之风。雱，盛貌。"《郑笺》进一步阐明："寒凉之风，病害万物。兴者，喻君政教酷暴，使民散乱。"通过揭明本体与喻体，《郑笺》也将他对于君臣关系，对于政教、治乱的看法揭示出来。再如《周南·汉广》："南有乔木，不可休息。汉有游女，不可求思。"《毛传》释为"兴也。南方之木美。乔，上竦也。思，辞也。汉上游女，无求思者。"而《郑笺》则云："不可者，本有可道也。木以高其枝叶之故，故人不得就而止息也。兴者，喻贤女虽出游流水之上，人无欲求犯礼者，亦由贞洁使之然。"将原文和《毛传》中都没有阐明的"贤女贞洁不可侵犯"的礼教观念明明白白纳入其中。再如《周南·麟之趾》："麟之趾，振振公子。"《毛传》解释为："兴也。趾，足也。麟信而应礼，以足至者也。振振，信厚也。"《郑笺》不厌其烦地用礼仪再加以阐释："兴者，喻今公子亦信厚，与礼相应，有似于麟。"这种对于"信义"的强调，正是郑玄企图借助诗文传达出来的。

《毛传》独标"兴"，开拓了一种由"诗歌本意"扩大到"诗外大义"的阐释方法，而郑玄大张旗鼓地补充阐发《毛传》兴义，也是看到这种阐释方法的有益之处和方便之处。他试图在这个过程中，将他所崇尚的德治、礼治等治国思路灌注进和附加在诗文中，所以郑玄所释之"兴"、所阐述之"美刺"，以及对诗义的解说，是更加丰富，更加厚重，也更具诗教意味的。

郑玄在笺注《毛诗》时，秉承传统的儒家思想，立场比较鲜明，面对时政，郑玄有无限感慨，并将个人的思想和感慨一并渗透于笺注的字里行间。比如郑玄渴望君明臣贤，而在《大雅·卷阿》笺注中则始终围绕"求贤用吉士"的《毛传》来进行。强调为了吸引贤者，"王当屈体以得贤者，贤者则猥来就之，如飘风之入曲阿然。"善待贤臣，"王能待贤者如是，则乐易之君子来就王游，而歌以陈出其声音。言其将以乐王也，感王之善心也。""贤者既来，王以才官秩之，各任其职。女则得伴奂而优自休息也。"只要君主能够做到这些，则"众鸟慕凤皇而来，喻贤者所在，群士皆慕而往仕也。""王之朝多善士蔼蔼然，君子在上位者率化之，使之亲爱天子，奉职尽力。"这些都是郑玄对于当时社会的真切感受，但行文之中并没有锋芒毕露的批判，而是只用这种含蓄蕴藉的方式提出，以期达到讽谏的效果。

还有《小雅·正月》，诗曰："瞻彼中林，侯薪侯蒸。"《郑笺》："林中大木之处，而维有薪蒸尔。喻朝廷宜有贤者，而但聚小人。"诗曰："谓山盖卑，为冈为陵。"《郑笺》："此喻为君子贤者之道，人尚谓之卑，况为凡庸小人之行。"诗曰："具曰予圣，谁知乌之雌雄？"《郑笺》："时君臣贤愚适同，如乌雌雄相似，谁能别异之乎？"诗曰："谓天盖高？不敢不局。谓地盖厚？不敢不蹐。维号斯言，有伦有脊。"《郑笺》："此民疾苦，王政上下皆可畏怖之言也。维民号呼而发此言，皆有道理所以至然者，非徒苟妄为诬辞。"诗曰："执我仇仇，亦不我力。"《郑笺》："王既得我，执留我，其礼待我警警然，亦不问我在位之功力。言其有贪贤之名，无用贤之实。"诗曰："心之忧矣，如或结之。今兹之正，胡然厉矣？"《郑笺》：“心忧如有结之者，忧今此之君臣何一然为恶如是。”诗曰：“载输尔载，‘将伯助予！’”《郑笺》：“弃女车辅，则堕女之载，乃请长者见助，以言国危而求贤者，已晚矣。”诗曰：“鱼在于沼，亦匪克乐。潜虽伏矣，亦孔之炤。”《郑笺》：“池鱼之所乐而非能乐，其潜伏于渊，又不足以逃，甚炤炤易见。以喻时贤者在朝廷，道不行无所乐，退而穷处，又无所止也。”如果将《郑笺》注是诗的语句连在一起，郑玄对于王政的怨愤，对于贤臣得不到重用的惋惜，对于君臣协和相得的渴望无疑是溢于言表的。

很显然，郑玄对于政治的清明、德治的贯彻等等传统儒家政治道德无疑是非常憧憬的。面对东汉岌岌可危的政治形势，他明显对古代君明臣贤的理想政治满怀向往，因此在笺注《毛诗》时，他自觉不自觉地将自己的理想寄寓其中，可以说这是《郑笺》以治经的方式来企图干预现实和推动现实的突出体现。

四、阴阳谶纬，贴近时代

《汉书·五行志》载：“汉兴，承秦灭学之后，景、武之世，董仲舒治《公羊春秋》，始推阴阳，为儒者宗。”阴阳五行学说是汉代儒学也是汉代经学的重要内容，以阴阳五行之学附会社会与人事，是汉儒解经的一大特征。作为东汉著名的经学家，郑玄不可能不受这个绵延三四百年学术传统的影响。因此我们看到，《郑笺》中不仅出现了一定数量的阴阳学术语，而且以阴阳观念协调人事、政事的思想也多有流露。这种与占主流地位的学术传统和主流思潮的贴近，主观上表明郑玄对阴阳五行思潮的妥协和靠近，从客观上也一定程度地保证和促进了《郑笺》的快速传播和对当时学术市场的占领。

郑玄本人对阴阳五行之说是肯定的和比较推崇的，这一点在他对《周易》的注解中有体现。但是他的这种思想倾向，重点不在发展“阴阳五行”说本身，其最终目的乃在于他要借此警戒统治者。比如《周易·剥》：“剥，不利有攸往。”郑玄释曰：“阴气侵阳，上至于五，万物零落，故谓之剥也。五阴一阳，小人极盛，君子不可有所之，故不利有攸往也。”在郑玄看来，自然界万物的凋落都是阳气被阴气所侵蚀造成的，阴气、小人即奸佞，社会的动乱就是由阴气代表的小人造成的。这里的小人不用说是包括了为害东汉政权的贪官、酷吏和篡权的宦官在内的，这样的价值指向无疑是很具现实批判性的。再如《周易·益》："益，利有攸往，利涉大川。"郑注云："阴阳之义，阳称为君，阴为臣。今震一阳二阴，臣多于君矣。而四体巽。之不应初，是天子损其所有以下诸侯也。人君之道，以益下为德，故谓之益也。"将阴阳关系与君臣关系直接联系起来，并认为阳为君，阴为臣，阴盛而阳衰，就是臣压制了君，这自然是错误的。所以，天下何能不乱？所有这些都是以阴阳和顺来比附君臣之事、国之安危。

以阴阳变化比之于君臣盛衰，这种思路在郑玄思想中是相当突出的，但这一点并非郑玄的独创，它当然也是其来有自的。我们知道，汉代儒家学者中，对于后代影响最大的莫过于董仲舒，也正是从董仲舒开始，才真正从理论上完成了"阴阳"与"儒术"的结合。董仲舒在《贤良策对》中说："天道之大者在阴阳。阳为德，阴为刑……阴阳调而风雨时，群生和而万民殖，五谷熟而草木茂，天地之间被润泽而大丰美，四海之内闻盛德而皆徕臣，诸福之物，可致之祥，莫不毕至，而王道终矣。"这样的思想和思路被郑玄所继承，所以《郑笺》中也多有类似表述。如《小雅·楚茨》："我黍与与，我稷翼翼。我仓既盈，我庾维亿。"《郑笺》解释说："阴阳和，风雨时，则万物成。万物成，则仓庾充满矣。"《小雅·信南山》："上天同云，雨雪雰雰。益之以霢霂，既优既渥。"《郑笺》云："成王之时，阴阳和，风雨时，冬有积雪，春而益之以小雨，润泽则饶洽。"再如《小雅·鱼藻》，《毛序》曰："《鱼藻》，刺幽王也。言万物失其性，王居镐京，将不能以自乐，故君子思古之武王焉。"而郑玄进一步解说："万物失其性者，王政教衰，阴阳不和，群生不得其所也。将不能以自乐，言必自是有危亡之祸。"所有这些，郑玄都是在反复强调，政治清明则阴阳和谐，风调雨顺，谷物丰收，否则就会相反。强调阴阳与人事紧密联系互为因果的关系，郑玄无非是要借此来告诫统治者务必谨言慎行，他将《诗》篇中原本没有的意思借此注入其中，是典型的"六经注我"。可见郑玄将"阴阳"思想注入对《诗经》的阐释中，一方面是受汉代长期形成的占主导地位学风的影响，是承接前代学者的观点而来的；另一方面则是以"阴阳"为工具，借学术而为现实所用，在学术阐释中传达对君主的希冀、提醒乃至警戒之意。从这个意义上讲，郑玄继承了汉代的阴阳五行传统，同时又在东汉末年把阴阳五行扩大化和普及化了。

汉代的谶纬之学与阴阳思想互相渗透，借阴阳五行学说的框架，广泛附会经义，形成一个复杂庞大的神学系统。东汉是谶纬思想大行其道的历史时期，光武帝刘秀借谶言得天下，因此在立国之后便"宣布图谶于天下"。两汉经学中，谶纬多为今文经学所用，并且是他们获得高官厚禄的重要手段之一，古文经学一般较少涉及谶纬内容。而郑玄却并非如此，在《诫子书》中他自述曾"博稽六艺，粗览传记，时睹秘书纬术之奥。"《郑笺》中多次肯定谶纬之说，引用了《纬书》中相当数量的文字①。郑玄对谶纬之学采取的是不排斥态度，作为东汉兼采今古文的经学大家，郑玄对于谶纬学中随处可见的大量的不合理甚至是荒谬之处不可能没有了解，更不缺乏识别力和判断力，那么他究竟为何仍对谶纬如此钟情呢？从郑玄的学术生涯分析可以看出，这样做的确是风气使然、时代使然，在遍布谶纬的时代，要求一个学者完全独立于时代之外，那实在是太过苛刻的要求。何况对于"秘书纬术"，郑玄在具体的解经实践中多采取的是辩证对待，甚至可称为机智的态度，这已经是相当难得了。

当然《郑笺》大量引入谶纬，又绝不仅是受时代风气影响应时而动的一种作为。如前所述，东汉末年宦官外戚干预朝政、社会混乱，与儒家的理想社会距离越来越远，正因为如此，坚持理想便越发具有了比以往更大的现实意义。有理想的儒者想要恢复礼乐社会，恢复政治清明，唯一的途径便是同最高层统治者对话。谶纬作为在汉代思想界占重要地位的神学世界观，尽管掺杂了大量占卜、预言、吉凶等等不堪理性一击的荒谬思想与荒唐逻辑，但其重要性在于，它几乎是当时唯一行之有效的能与上层统治者进行对话的工具。事实证明自汉武帝之后，这个对话工具一直是有效的。统治者对于谶纬的宣扬，原本是需要藉此对社会进行一场政治洗脑，但客观上，人们能看得见的是今文经学家们的求仕梦因此而实现了。虽然郑玄对做官没有兴趣，但这并不说明他对政治没有期待，无论以何种手段注解经书，他对劝谏君主施行仁德的初衷都始终未改。事实上太平嘉瑞和

---

① 参见李世萍《郑玄〈毛诗笺〉研究》，知识产权出版社2009年版。

灾异遣告都成为郑玄得心应手的劝谏工具。

郑玄经常使用谶纬的"太平嘉瑞"之说，郑氏《六艺论》谓："《河图》、《洛书》，皆天神言语，所以教告王者也。太平嘉瑞，《图》、《书》之出，必龟龙衔负焉。黄帝、尧、舜、周公，是其正也，若禹观河见长人，皋陶于洛见黑公，汤登尧台见黑鸟，至武王渡河白鱼跃，文王赤雀止于户，秦穆公白雀集于车，是其变也。"《河图》、《洛书》是帝王治国安民的法宝，照谶纬的说法，王者得天下和治理天下都是有天神授意的。所以，《郑笺》《周颂·思文》："贻我来牟，帝命率育。无此疆尔界，陈常于时夏。"云："武王渡孟津，白鱼跃入于舟，出涘以燎。后五日，火流为乌，五至，以谷俱来。此谓遗我来牟，天命以是循存后稷养天下之功，而广大其子孙之国，无此封竟于女今之经界，乃大有天下也。用是故，陈其久常之功，于是夏而歌之。夏之属有九。《书》说乌以谷俱来，云谷纪后稷之德。"孔颖达认为郑玄此句的注释是根据纬书《尚书中候·合符后》，以后稷有德，乌于是送来谷物，来表明这是上天降下的福瑞，实际上他的用意也在用这些来感化、影响当今君主的。

虽然《郑笺》主要是在《毛传》基础上进行注解，但在引谶纬入《诗》的过程中，郑玄对《毛传》的部分内容是做了很多修改的。最明显的莫过于坚持谶纬理论中的"感生帝说"，对先圣的出生做谶纬式的解读。《大雅·生民》中讲后稷的母亲姜嫄在怀孕之前"履帝武敏歆，攸介攸止。"《毛传》的解说很简朴："从于帝而见于天，将事齐敏也。"没有什么神秘意味，但郑玄却认为："祀郊禖之时，时则有大神之迹，姜嫄履之，足不能满。履其拇指之处，心体歆歆然。其左右所止住，如有人道感己者也。于是遂有身，而肃戒不复御。后则生子而养长之，名曰弃。舜臣尧而举之，是为后稷。"详细解说了姜嫄怀有身孕的原因，以及后稷出生后的一些经历，这当然不是郑玄的发明。郑玄弟子赵商曾对这段记载不同于《毛传》和《史记》产生疑问，郑玄解释说："即姜嫄诚帝喾之妃，履大人之迹而歆歆然，是非真意矣。乃有神气，故意歆歆然。天下之事，以前验后，其不合者，何可悉信？"[①] 看来对五帝得天之感应而出生的说法，郑

---

① 李学勤主编：《十三经注疏·毛诗正义》，北京大学出版社 1999 年版，第 1061 页。

玄似乎是深信的。

还有，郑玄也将《商颂·玄鸟》中有关契的出生进行了改造。"天命玄鸟，降而生商"，《毛传》只解释说："汤之先祖有娀氏女简狄配高辛氏帝，帝率与之祈于郊禖而生契，故本其为天所命，以玄鸟至而生焉。"而郑玄却说："天使鳦下而生商者，谓鳦遗卵，娀氏之女简狄吞之而生契，为尧司徒，有功，封商。尧知其后将兴，又锡其姓焉。自契至汤，八迁始居亳之殷地而受命，国日以广大芒芒然。汤之受命，由契之功，故本其天意。"也是依《纬书》而立论的。

综上可见，《郑笺》在汉末的出现，是汉代经学经历近400年发展演变的结果，也是郑玄回顾汉代400年学术发展而作出的集大成式总结。一个时代的标志性著作一定会从特定的角度和层面呈现和表达那个时代的文化精神。我们看到，《郑笺》融汇今古文、以礼释《诗》、引谶纬入《诗》、强化讽谏教化等，既是自觉对汉代文化精神的呈现和表达，也是对汉代政治文化需求的自觉维护和呼应。

（原载《诗经研究丛刊》第二十三辑）

第十章 孔颖达《诗》学观论略

由孔颖达主持编纂的《毛诗正义》是唐代《诗经》"汉学"的集大成之作，它既是汉魏六朝《诗》学的总结，同时又对唐代及唐以后的《诗经》研究产生了重要影响。纵观早期《诗》学的发展历史，应该说唐之前的《诗经》研究已经取得了极为丰富的成果，以《毛传》和《郑笺》为代表的训释之作建立起来的是进入经学时代以后的最早的《诗》学里程碑。但是一个时代拥有的是只属于一个时代的学术，而且汉代的政治文化要求也不可避免地在毛、郑"汉学"中留下痕迹和种种自身难以解决的矛盾，所以古文《毛传》之后是统一今古、兼包并采的《郑笺》，进入三国两晋王肃又起而反郑。南北朝时期，随着政治的南北对峙，南学与北学之间的纷争又起。至于儒学内部的群经异说，诸师异论，更不下数十百千，纷纷攘攘，甚至大有互为水火之势。对于一个统一还没有成为常态的时代来说，意识形态对学术还不可能作出准备充分的规划和设计，而唐王朝的建立和随之带来的空前的盛世气象，却第一次为历史提供了这样的可能，因此从一开始李唐王朝便从容地把政治和文化的推进看成是一而二又二而一的事情，王朝行政伊始，文化学术建构以统一天下思想和网罗天下人才为目的的浩大工程便奠基了。唐初大儒孔颖达适逢其时，历史地担当起了这一伟大工程总设计师的工作。他主持编订的《五经正义》之一的《毛诗正义》，不仅排除了《诗经》学内部的家法师说等门户之见，而且摒弃南学与北学的地域偏见，融合南北，兼容百家，在对西汉以来的《诗经》学著述广采博览、尽存先师旧说的基础上，于众学中择优集萃而定于一尊，从而真正结束了自西汉以来各种诗说的纷争。同时，正是由于他的《毛诗正义》被李唐王朝视为《诗经》学的标准诠释，并钦定为科举考试的教科书，从而不仅实现了中国《诗经》学史上从门派家法的纷争到一统于一，实现了经学意义上的一次交汇融合，而且也在几乎是无争议的情况下达到了政治与文化的媾和。这是孔颖达编撰《毛诗正义》的时代大背景。在这样的历史前提下，孔颖达在完成意识形态设计之余，也提出了若干文学见解。不过我们发现，与许多西方学者在纯粹的学术著述中偶尔谈及政治表达可爱的政治见解不同，中国学者往往在旗帜鲜明的政治标榜下于不经意间谈及文学和艺术。孔颖达不仅不是例外，而且是典型的代表者。实在说来，《毛诗正义》绝对不是文学著述，或者说孔氏编撰《毛诗正义》其意并不在文学，但和中国历史上许许多多多学者一样，孔颖达的意识形态话语、意识形态表达中仍然自觉不自觉地表达了他的文学乃至美学方面的观念。对此，钱锺书先生曾评价《毛诗正义·关雎序》说："仅据《正义》此节，中国美学史即当留片席地与孔颖达。"①作为经学家的孔颖达如何在他的经学著述《毛诗正义》中表达和诠释自己的《诗》学思想和《诗》学观念，是需要我们关心和特别提出来讨论的问题。

一

在中国古代遥远的文论范畴链条中，有关诗歌的性质、价值以及创作过程是历代文学家特别关注的问题，基于不同的价值取向和文学观念，不同人对于诗歌性质、价值等的基本认识也存在着很大的差异。孔颖达在为《毛诗》作注的过程中，继承了许多前人的认识成果，同时由于特殊的时代环境以及个人独特的思想文化背景，孔氏的《诗》注又体现出有别于其他时代研究者的鲜明的集大成特点。比如，尽管早在先秦时代即出现"性情"言《诗》的观念，而到魏晋南北朝时期更有空前强调"诗缘情"思潮的出现。但是事实上"诗言志"观念不仅比"诗缘情"出现得更早，而且占据人们思想主流的时间更长，力量也更强大。不仅作为儒家经典的《尚书·尧典》所谓"诗言志，歌永言，声依永，律和声，八音克谐，无相夺伦，神人以和"早已使人耳熟能详，集先秦儒学大成的儒家学者荀子肯定"《诗》言是其志也"（《荀子·儒效》），即使是出于道家之手的《庄

---

① 钱锺书：《管锥编》，中华书局1986年版，第62页。

子·天下》也时常把"《诗》以道志"挂在嘴边。在巨大的理性精神激荡下，先秦人大力倡导和明显倾情于"诗言志"，所表达的是他们释《诗》的鲜明倾向和价值选择。作为一种纯粹的理论主张，这原本是无可厚非的。但是一旦把不乏片面的理论应用于实践，偏失和缺陷就有可能被加倍放大。比如据《左传》载，襄公二十七年，郑伯在垂陇设宴招待赵文子，席间听郑国的七位大夫赋《诗》。事后赵文子评价伯有赋《诗》云："伯有将为戮矣，诗以言志，志诬其上，而公怨之，以为宾荣，其能久乎，幸而后亡。"在我们看来，所谓"诗言志"是诗人借诗抒发其志，而春秋时代盛行的"赋《诗》言志"则是赋《诗》者借所赋之《诗》而言志，两者是有区别的。尽管如此，在一个用《诗》盛行、用《诗》遮蔽甚至代替了真正诗人声音的时代，不但两种意义的混淆成为可能，而且功利主义要求成为唯一要求也就势所不免。用不着旁征博引，我们仅从孔子针对《诗经》提出的一些看法中就可窥其一斑，如子曰："诵诗三百，授之以政，不达，使于四方，不能专对，虽多，亦奚以为？"（《论语·子路》）"不学诗，无以言。"（《论语·季氏》）"小子何莫学夫诗？诗可以兴，可以观，可以群，可以怨。迩之事父，远之事君，多识于鸟兽草木之名。"（《论语·阳货》）诸如此类，毋庸说这些观点中均包含着鲜明的政治实用理念。孔子尚且如此，况他人乎？进入大一统的汉代以后，汉人在扭转先秦时代工具性看待《诗经》问题方面是作出了不可替代贡献的。毫无疑问，非工具性对待先秦典籍从方向上讲是相当正确的。但是，汉人在非工具性过程中又自觉不自觉地把包括《诗经》在内的先秦典籍神圣化了。工具性看待让《诗经》常常遭遇功利得失的现实检验，经典化、神圣化了的《诗经》则难免使人抱有更大更高的功利期待。因此，我们看到，汉代以后，包括《诗》今古文之争、郑玄王肃之争，以及南学北学之间的争执和驳辩，几乎无一不与占据话语霸权、掌控意识形态以获得最大限度的政治利益和文化利益有关。正是因为有了这种种大小功利计较的存在，有关"诗言志"的观念和理论内涵才不可能进行全面深入的有效性说解。直到《毛诗正义》的出现，这一问题才获得了更加宏阔和富有涵盖力的诠释。

孔颖达释郑玄《诗谱序》时指出："然则诗有三训，承也、志也、持也。作者承君政之善恶，述己志而作诗，为诗所以持人之行，使不失队

（即坠），故一名而三训也。"① 所谓"三训"的第一层意思是"承君政之善恶"，君政善则扬善，君政恶则贬恶，这是诗人创作的出发点和创作的根据。当然，不管是善还是恶，"君政"是诗人必须关注的对象。通过考察国家政治的优劣，以诗为载体而予以褒贬，这显然是对汉代《诗》学"美"、"刺"精神的继承，《毛诗大序》中的"美刺"原则即此，"至于王道衰，礼义废，政教失，国异政，家殊俗，而变风、变雅作矣。""治世之音安以乐，其政和；乱世之音怨以怒，其政乖；亡国之音哀以思，其民困。""承君政之善恶"之外，孔颖达还要求诗人"述己志而作诗"。现实政治是有善有恶的，面对不同的"君政"，诗人表达识见的根据是什么，即诗人是看君之颜色、态度行事，还是根据自己的判断而表达褒贬，孔氏给出的答案非常明确，就是选择后者而排除前者。虽然早在《毛诗大序》中即有"在心为志，发言为诗"的观点提出，但其所谓的"志"在具体的言说语境中并未明言是何人之"志"，因此我们认为《大序》的看法在表达抒情主体方面还是含糊的，是未曾明确的。而孔颖达则以相当明确的方式把述"志"的责任和权利赋予了诗人。这一看法在突出强调诗歌抒发作者自身情感、凸显抒情主体地位问题上，应该说是达到了空前的程度的。这是孔氏"诗有三训"的第二层。"为诗所以持人之行，使不失队（即坠）"是第三层，其主旨是在前面两个重要强调的基础上，又进一步提出诗人关注政治善恶兴衰，并站在个性化、个人价值立场上进行评判和表达之后，"诗"所发挥的普遍的社会作用和社会意义，那就是"诗"承载的是社会人的所作所为，一个社会、一个国家正是因为有了"诗"的存在，国风、家风、民风、社会之风，特别是君子之风才不至于沉沦不彰。这正是"诗"之公共作用和公共价值之所在，也是"诗"之意义的真正落实。

　　进一步来看，孔颖达在突出强调包括《诗》在内的诗歌应当有益于政治教化的功利性目的同时，也没有因此而忽视对其抒情功能的阐发。《毛诗正义序》明确指出："夫《诗》者，论功颂德之歌，止僻防邪之训，虽无为而自发，乃有益于生灵。六情静于中，百物荡于外，情缘物动，物感

---

① 《毛诗正义·诗谱序》："然则诗之道放于此乎"句下正义，《十三经注疏》本，中华书局1979 年版。

情迁。若政遇醇和，则欢娱被于朝野；时当埃黩，亦怨刺形于咏歌。作之者，所以畅怀舒愤，闻之者，足以塞违从正。发诸情性，谐于律吕，故曰'感天地，动鬼神，莫近于《诗》'。此乃《诗》之为用，其利大矣。"可以看到，孔颖达在不厌其烦地肯定《诗》"论功颂德"、"止僻防邪"、"有益于生灵"的政治功利价值，但同时也对诗歌的抒情性问题进行了有益的探讨。我们知道，汉儒论《诗》也言"情"，强调诗歌"吟咏情性"，但在情志关系上，主张"发乎情"、"止乎礼义"（《毛诗大序》），其实是更看重《诗》的"言志"功能。而孔颖达《诗》学观中所言之"情"，含义则要宽泛得多。首先，孔颖达肯定了人与物的区别在于人有六情，"六情"最初处于一种平和静止的状态，由于与人情密切相关的外物是不断运动变化的，所以人自身的情感也会随之受到感发和触动，因此诗歌的产生必然是"情缘物动，物感情迁"，这是由于外物的变化相应地触动人类自身情感的结果。这里的"外物"主要指政治的兴衰，政治兴衰激荡起人心的哀乐之情，哀乐之情发而为言即成诗歌，而哀乐之情中也就会不可避免地带有对了政治兴衰的评价。同时，诗人也可以通过诗歌创作来"畅怀舒愤"，将自己的坎坷不遇、感世伤时等种种情感表达出来，学诗者也可以"塞违从正"，从中汲取经验教训，从而化政治之"埃黩"而为"醇和"。可见，孔颖达所谓的"情"，是既包含了儒家忠君报国、积极入世的政治伦理内容，又更加突出了作者坎坷不遇、感时伤怀的怨愤感情，这就从诗歌本体发生的角度将诗歌的抒情特性与政治功利要求统一起来了，较之汉儒的政教《诗》学有着更为丰富的情感基础。孔氏这一《诗》学思想的形成无疑又是受到魏晋以来"缘情"诗学思潮影响的结果。自西晋陆机在《文赋》中明确提出"诗缘情而绮靡"之后，学者论《诗》在突出强调《诗经》政治教化作用的同时也不抛弃对其中抒情特性的阐发，这在初唐几乎成为经学、史学和文学家论文的一个共同特点，如《晋书·文苑传论赞》云："夫赏好生于情，刚柔本于性。情之所适，发乎咏歌，而感召无象，风律殊制。"《周书·王褒庾信传论》亦云："原夫文章之作，本乎情性。覃思则变化无方，形言则条流遂广。虽诗赋与奏议异轸，铭诔与书论殊涂，而撮其指要，举其大抵，莫若以气为主，以文传意。"《北齐书·文苑传序》也认为："然文之所起，情发于中。人有六情，禀五常之秀，情感六气，顺四时之序。"可以看到，这些出于不同人手笔的观点都从不同的出发点、不同角度肯定人有六情，歌咏文章则发自心物相感，感物生情，这与孔颖达《毛诗正义》的看法是非常一致的，而在众说之中，孔颖达《毛诗正义》的观点又是最为完备的。

由此可见，孔颖达"诗有三训"以及对于诗歌抒情性的认识，首先从要求诗人关心"君政善恶"开始，以抒发和表达诗人的判断、见解和情感为核心，而又把最终的意义和价值的落脚点放在了它对理想社会作用的发挥上。既有对政治和社会关注的一般性要求，又有对抒情主体价值肯定的突出强调，同时还把"诗"对建构社会和世道人心的意义看作目的和旨归。可以说孔氏的这一《诗》学思想已经是相当周延相当完满了。它的集大成性也因此而得以初步展现。

二

《毛诗正义》在疏解经义的过程中对诗歌的性质、特点以及功能等问题多有阐发，反映了孔颖达《诗》学的多层面价值。作为儒家《诗》学核心概念的"六义"，也在孔颖达全面而深入的阐释中被赋予了新的时代特点，赋予了新的文学蕴味。

"六义"之说，最早可以追溯到《周礼·春官·大师》中的"六诗"说，"大师教六诗：曰风、曰赋、曰比、曰兴、曰雅、曰颂。"到汉代《诗大序》予以引述并重新加以阐释，曰"诗有六义焉：一曰风，二曰赋，三曰比，四曰兴，五曰雅，六曰颂。是以一国之事，系一人之本，谓之风；言天下之事，形四方之风，谓之雅。雅者，正也，言王政之所由废兴也。政有大小，故有小雅焉，有大雅焉。颂者，美盛德之形容，以其成功告于神明者也。"《诗大序》的这段话，首先它只对风、雅、颂给出了解释，而没有具体说明赋、比、兴的含义；其次它不仅与《周礼》一样仍然将六者并列，而且有关"六义"之间的关系也未予探讨，这些都明显反映出汉代《诗》学的不足。而孔颖达在《毛诗正义》中对上述问题均作出了富有新意的探讨。孔氏谓：

风，言圣贤治道自遗化也。赋之言铺，直陈今之政教善恶。比，见今之失，不敢斥言，取比类以言之。兴，见今之美，嫌于媚谄，取善事以喻劝之。雅，正也，言今之正，以为后世法。颂之言诵也，诵今之德，广以美之。①

首先，孔氏在汉儒政治化言《诗》的基础上，对于"风雅颂"的解释又有所发明和创新。特别是有关"风"的阐释既很好地继承了"上以风化下，下以风刺上，主文而谲谏，言之者无罪，闻之者足以戒，故曰风"，"是以一国之事，系一人之本，谓之风"的精神，突出强调了《诗》"刺上"的政治作用，又明确强调："风，言自遗化也"，对"圣贤治道"的"化下"作用予以明确点题。对于"雅"，与汉儒相比，孔氏的界定更立足当下，可见他对唐初政治的期望值之高。对"颂"的解释，明显表现出他基于汉儒又超出汉儒创新性特点。《大序》说："颂者，美盛德之形容，以其成功告于神明者也。"从颂诗配合歌唱、舞蹈的角度，强调了"颂"即"舞容"的特点，而《正义》则曰："颂之言诵也，诵今之德，广以美之。"不仅从文字学的角度将"颂"释为"诵"，突出了颂诗歌颂赞美的本质特点，而且与释"雅"一样，竭力突出一个"今"字。尽管不论《大序》的"美盛德之形容，以其成功告于神明者也"，还是《正义》的"诵今之德，广以美之"，二者均钟情于政治的风化作用，但与汉儒的历史化释诗相比，孔颖达的关注点则完全转移到了自身生活的现实之中。这体现了孔氏在全面继承旧说的基础上又敢于大胆创新的鲜明特点。

对于赋、比、兴含义的理解，孔颖达也同样表现出对《诗》作政治化理解的思维方式，"赋之言铺，直陈今之政教善恶。""比，见今之失，不敢斥言，取比类以言之。""兴，见今之美，嫌于媚谄，取善事以喻劝之。"可见，"赋比兴"的作用同样基于对"政教善恶"、"今之失"、"今之美"等政治内容表达的需要，艺术表达方式必须服从于政治化的思想内涵，从中依然清晰可见孔颖达对前代《诗》学政治化特点的自觉继承。但同时，孔氏也注意到了"赋比兴"作为艺术表现手法的独特意义，他指出："郑

---

① 《毛诗大序》："故诗有六义焉：一曰风，二曰赋，三曰比，四曰兴，五曰雅，六曰颂"句下正义，《十三经注疏》本，中华书局1979年版。

（玄）以赋之言铺也……则诗之直陈其事，不譬喻者，皆赋也。郑司农（郑众）云：'比者，比方于物。'诸言'如'者，皆比辞也。司农又云：'兴者，托事于物。'则兴者起也；取譬引类，起发己心，诗文诸举草木鸟兽以见意也，皆兴辞也。赋、比、兴如此次（序）者，言事之道，直陈为正，故《诗经》多赋，在比、兴之先；比之与兴，虽同是附论于物，比显而兴隐（刘勰语），故比居兴先也。"这里既有孔颖达对郑玄等前人《诗》学思想的批判性继承，同时又表现出对赋、比、兴艺术特点的独特理解。从东汉郑众、郑玄，到齐、梁时期的刘勰，人们对作为艺术表现手法的赋、比、兴的认识和理解在一步步增强。汉代《毛诗》序传之后，郑玄、郑众已经认识到了赋、比、兴作为艺术表现手法的不同特点，但他们的认识还稍显表面和简单。如郑玄言"赋"仅说"言铺也"，而铺陈不仅为《诗》所独有，而且也是汉赋等的文体特点，所以郑玄的解释虽使"赋"增添了文体之外作为表现手法的新含义，但由于其过于宽泛，也极容易让人产生由宽泛而导致的误解。郑众将"兴者"界定为"托事于物"，也是仅仅看到了"兴"的部分特点，其中"托事于物"所言之"事"的含义显然并不能全面包含于"所咏之辞"[①]的范围。而对"兴"如何"托事于物"，也未作出更具实际意义的明确说解。可见直到东汉末年，尽管人们对于"六义"的内涵已经有了某些认识，但这种认识仍处于萌芽阶段，还是很不明晰的，而对此真正实现了某些突破和飞跃的则是到了魏晋南北朝时期。晋挚虞《文章流别论》曾谓："《周礼》太师掌教六诗：曰风、曰赋、曰比、曰兴、曰雅、曰颂，言一国之事，系一人之本，谓之风；言天下之事，形四方之风，谓之雅；颂者，美盛德之形容；赋者，敷陈之称也；比者，喻类之言也；兴者，有感之辞也。"其中释风、雅、颂直录《毛诗大序》，而对赋、比的解释也未脱汉人樊篱，唯对"兴"义的诠释，是从诗人情感感发的角度总结出"兴"的某些重要特征。挚虞认为，是客观外物引发了诗人的情思，于是乎诗人有感而发，这就是所谓的"有感之辞"。这一看法应该说是已经看到了文学创作过程中情感的作用，他对后

---

① （宋）朱熹《诗集传》："兴者，先言他物，以引起所咏之辞也。"中华书局1958年版，第1页。

世"触景生情"说产生了不小影响。尽管挚虞认识到了"兴"的某些特点，但所谓"有感"更多属于艺术构思的范畴，并非严格意义上的表现方法，因此在释"兴"问题上的贡献仍是有限的。其后刘勰在《文心雕龙·诠赋》中认真讨论了"赋"概念，曰："《诗》有六义，其二曰'赋'。'赋'者，铺也。铺采摛文，体物写志也。"刘勰在这里明言"《诗》有六义，其二曰'赋'"似乎后面是对"六义"之"赋"的诠释，但他紧接着说的"铺采摛文，体物写志"却是对汉赋艺术特征的概括，并非着眼于对"赋比兴"之"赋"的本义的探讨。对此，黄侃曾明确提出批评："彦和铺采二语，特指辞人之赋而言，非六义之本原也。"① 另外，刘勰在《文心雕龙·比兴》中阐述了他对比、兴的理解："比者，附也；兴者，起也。附理者切类以指事，起情者依微以拟议。起情故兴体以立，附理故比例以生。比则畜愤以斥言，兴则环譬以托讽。"刘勰显然是在继承了郑众观点的基础上，从情与物之间的关系角度区分了比、兴，尽管已看出比、兴的某些特点，如比"附理"和兴"起情"的作用，但其中又将比、兴同视为譬喻，认为比、兴的差别仅仅是喻义的深浅显隐的不同，这似乎还是未能摆脱汉儒认识的樊囿。这一时期对"六义"有所研究和阐发的有影响人物还有钟嵘，钟嵘《诗品序》说："故《诗》有三义焉：一曰兴，二曰比，三曰赋。文已尽而意有余，兴也；因物喻志，比也；直书其事，寓言写物，赋也。宏斯三义，酌而用之，干之以风力，润之以丹彩，使味之者无极，闻之者动心，是诗之至也。"钟嵘已经将风、雅、颂与赋、比、兴区分开来，单称赋、比、兴为"三义"，虽未明确说赋、比、兴是表现方法，但事实上却是把赋、比、兴当作表现方法而提出的。这一看法对后来孔颖达"三体三用"说的提出无疑具有重要的影响。钟嵘的不足是，对赋、比、兴的诠释尚欠严密，释"比"基本因循旧说，释"赋"也像挚虞、刘勰一样受汉赋影响较大。

孔颖达在汲取前人思想成果的同时，对"赋比兴"给予了总结性、创新性诠释。关于"兴"，孔氏说："兴者起也；取譬引类，起发己心，诗文诸举草木鸟兽以见意也，皆兴辞也。""兴，见今之美，嫌于媚谀，取善事

---

① 黄侃《文心雕龙札记·诠赋篇》，上海古籍出版社 2000 年版，第 64 页。

以喻劝之。"可以看出，孔颖达仍然认为"兴"最根本的特点在于譬喻，即"取譬引类"、"取善事以喻劝之"，这和汉儒没有多少差别。但在具体解释这种譬喻时，孔颖达则进一步认为："诗文诸举草木鸟兽以见意也，皆兴辞也。"这明显要比郑众的"兴者，托事于物"的认识具体明确得多，同时孔颖达对"兴"的诠释也包含有参考和吸收挚虞《文章流别论》中"兴者，有感之辞也"以及刘勰《文心雕龙·比兴篇》"兴者，起也"的观点，取得了他所处时代所能达到的对于"兴"的最为全面的认识。对"赋"、"比"的解释亦然，限于篇幅，兹不赘述。另外，对于"赋比兴"如此的排列次序，孔颖达也从政教《诗》学观出发明确指出："赋、比、兴如此次（序）者，言事之道，直陈为正，故《诗经》多赋，在比、兴之先；比之与兴，虽同是附论于物，比显而兴隐，故比居兴先也。"也就是说在对政治的评价中，直接的美刺对现实政治的裨益更大，也更有效一些，因而"敷陈其事直言之也"① 的"赋"便理所当然地要排在第一位，而"比"与"兴"尽管同样需要靠"他物"、"彼物"为媒介来展现诗歌的艺术表现力，但由于"比"有明显的本体和喻体，而"兴"却不那么明确，亦即"比显而兴隐"，依据反映政治内容是否直接明确的标准，"比"也就自然而然排在了"兴"的前面。这些思想都给人以茅塞顿开之感。

还有，在《周礼》、《毛诗大序》中，"六义"的排列均为"风、赋、比、兴、雅、颂"，此后却"风雅颂"、"赋比兴"分而言之，其中原因何在？对此孔颖达是认为："六义之次第如此者，以诗之四始，以风为先，故曰'风'。风之所用，以赋、比、兴为之辞，故于风之下即次赋、比、兴，然后次以雅、颂。雅、颂亦以赋、比、兴为之，既见赋、比、兴于风之下，明雅、颂亦同之。"② 也就是说《周礼》、《毛诗大序》中"六义"的排列顺序先"风"后"赋比兴"，是由于"风"中普遍使用"赋比兴"三种艺术表现手法，而和"风"体并列的"雅"、"颂"之体也是由于都采用了"赋比兴"的表现手法，故"雅"、"颂"之后的"赋比兴"就略

① （宋）朱熹《诗集传》："赋者，敷陈其事直言之也。"中华书局1958年版，第3页。
② 《毛诗大序》："故诗有六义焉：一曰风，二曰赋，三曰比，四曰兴，五曰雅，六曰颂"句下正义，《十三经注疏》本，中华书局1979年版。

而不言了。这一看法准确与否我们姑且勿论，但这个事实说明孔颖达显然已经非常明确地意识到了"风雅颂"与"赋比兴"的根本不同了。所以他又进一步疏解说："然则风雅颂者，诗篇之异体；赋比兴者，诗文之异辞耳。大小不同而得并为六义者，赋比兴是诗之所用，风雅颂是诗之成形。用彼三事成此三事，是故同称为六义，非别有篇卷也。"① 即"风雅颂"是诗歌的内容体裁，"赋比兴"是诗歌的艺术表现方法。这与汉儒"风"、"雅"、"颂"、"赋"、"比"、"兴"并列不分，所表现出的决不仅仅是类别划分标准的进一步细化问题，而是反映两者《诗》学观念上的深层次差别。可以说孔颖达对"六义"的细致疏解已经凸显出了明显的文体意识和对文学艺术表现技巧的清醒认识，这些对后人更加深入地认识《诗经》"六义"的体用关系以及全面建构《诗经》文学性研究体系都产生了深远影响。

三

如果说上述《毛诗正义》中孔颖达对于《诗》"六义"的解说仍然带有较为强烈的政治教化色彩的话，那么他在对《诗经》"乐歌"特点进行疏解的时候所提出的"诗乐同功"的观点则更具文学色彩。在疏解《毛诗大序》"先王以是经夫妇，成孝敬，厚人伦，美教化，移风俗"时，孔颖达指出：

> 诗是乐之心，乐为诗之声，故诗、乐同其功也。然则诗、乐相将，无诗则无乐。周存六代之乐，岂有黄帝之诗？有乐而无诗，何能移风易俗？斯不然矣。原夫乐之初也，始于人心，出于口歌，圣人作八音之器以文之，然后谓之为音，谓之为乐。乐虽逐诗为曲，仿诗为音，曲有清浊次第之序，音有宫商相应之节，其法既成，其音可久，是以昔日之诗虽绝，昔日之乐常存。乐本由诗而生，所以乐能移俗。歌其声谓之乐，诵其言谓之诗，声言不同，故异时别教。《王制》称

---

① 《毛诗大序》："故诗有六义焉：一曰风，二曰赋，三曰比，四曰兴，五曰雅，六曰颂"句下正义，《十三经注疏》本，中华书局1979年版。

"春教乐，夏教诗"。《经解》称"温柔敦厚，诗教也；广博易良，乐教也"。由其事异，故异教也，此之谓诗乐。据五帝以还，诗乐相将，故有诗则有乐。若上皇之世，人性醇厚，徒有嬉戏之乐，未有歌咏之诗。

从这段文字可见孔颖达对诗、乐的关系进行了全面的阐释，其中蕴涵了有关《诗》产生过程和《诗》乐关系的深入思考。首先，孔颖达通过"诗是乐之心，乐为诗之声"这样一个形象化的比喻强调了诗、乐之间相互依存的紧密联系，也就是说包含《诗经》在内的所有的"诗"，由于具有其他形式无法代替的表意成分，因而在与艺术表现上较为抽象的"乐"配合的时候自然充当了音乐灵魂的角色，而音乐又以其独特的艺术表现方式为诗的传播和内涵的充分表达提供了最为合适的载体。诗是内容，乐是形式，"无诗则无乐"，二者相辅相成，和谐统一，共同服务于反映政治现实的目标，即"乐本由诗而生，所以乐能移俗。"这种对于诗乐关系及其功能的论述虽在汉儒就获得关注，如《毛诗大序》就曾说过："诗者，志之所之也，在心为志，发言为诗。情动于中而形于言，言之不足，故嗟叹之，嗟叹之不足，故永歌之，永歌之不足，不知手之舞之、足之蹈之也。"并进一步概括了音乐与政治之间的关系，所谓"治世之音，安以乐，其政和。乱世之音，怨以怒，其政乖。亡国之音，哀以思，其民困。"孔颖达对此有所吸收有所继承是不成问题的，但孔氏并未就此止步也是事实，他此后进一步详加申述："诗者，人志意之所以适也，虽有所适，犹未发口，蕴藏在心，谓之为志，发见于言，乃名为诗。言作诗者，所以舒心志愤懑而卒成于歌咏，故《虞书》谓之诗言志也……上云发言为诗，辨诗志之异，而直言也非诗，故更序诗必长歌之意……初言之时直平言之耳。平言之而意不足，嫌其言未申志，故咨嗟叹息以和续之，嗟叹之犹恐不足，故长引声而歌之，长歌之犹嫌不足。忽然不知手之舞之足之蹈之……如是而得舒心腹之愤，故为诗必长歌也。"[①] 应该说这里对"志"、"言"、"诗"、

---

① 《毛诗大序》："诗者，志之所之也，在心为志，发言为诗。情动于中而形于言，言之不足，故嗟叹之，嗟叹之不足，故永歌之，永歌之不足，不知手之舞之、足之蹈之也"句下正义，《十三经注疏》本，中华书局 1979 年版。

"歌"几者之间的关系作出了较《毛诗大序》更切实也更全面的说明，其中突出强调诗歌产生过程中"舒心志愤懑而卒成于歌咏"的特点，肯定诗歌创作中个体抒情言志对于诗歌生产的关键性作用，同时又明确地提出"为诗必长歌"的观念，说明为"诗"必须可"歌"，而"诗"之所以可"歌"不是外在强加的，而是由于人的"舒心腹之愤"的情感表达的自然需要所致。这些无论从诠释的全面性还是从理论建构的自觉和深入来看，都明显超过了汉儒的水平。

接着，针对人们认识过程中可能存在的"周存六代之乐，岂有黄帝之诗？有乐而无诗，何能移风易俗？"的疑问，孔颖达对诗、乐产生的前后和乐与音的区别等问题又进行深入的探讨，他说："乐之初也，始于人心，出于口歌。"在没有文字之前，音乐就已经出现，它来源于人心的喜怒哀乐之情，而更多地依靠口头歌唱的方式来表达，这已经看到了"乐"和"诗"产生的初始形态，和今人对诗歌起源的认识是一致的。对"乐"与"音"的不同，孔颖达认为"逐诗为曲，仿诗为音"，也即"乐"的表现形式之一为"音"。"音"与"乐"也有着密切关系："原夫作乐之始，乐写人音，人音有小大高下之殊，乐器有宫、徵、商、羽之异，依人音而制乐，托乐器以写人，是乐本效人，非人效乐。但乐曲既定，规矩先成，后人作诗，谟摩旧法，此声成文谓之音。若据乐初之时，则人能成文，始入于乐。若据制乐之后，则人之作诗，先须成乐之文，乃成为音。声能写情，情皆可见。听音而知治乱，观乐而晓盛衰，故神瞽有以知其趣也。"[①]通过对"乐"与"音"关系的认定，孔颖达不仅鲜明地提出"乐本效人，非人效乐"的观点，而且对《诗》的原始创作和后人因"乐"而写"诗"之间的区别也表明了自己的态度。这些看法均具有全新的理论意义。

另外，孔颖达还注意到了音乐与《诗经》不同体式之间的密切关系，他说：

> 诗体既异，乐音亦殊。国风之音，各从水土之气，述其当国之歌而作之。雅、颂之音，则王者遍览天下之志，总合四方之风而制之，

---

① 《毛诗大序》："情发于声，声成文谓之音"句下正义，《十三经注疏》本，中华书局1979年版。

《乐记》所谓"先王制雅、颂之声以道之",是其事也。诗体既定,乐音既成,则后之作者各从旧俗。"变风"之诗,各是其国之音,季札观之,而各知其国,由其音异故也。小雅音体亦然。正经述大政为大雅,述小政为小雅,有小雅、大雅之声。王政既衰,变雅兼作,取大雅之音,歌其政事之变者,谓之"变大雅";取其小雅之音,歌其政事之变者,谓之"变小雅",故变雅之美刺,皆由音体有小大,不复由政事之大小也。

应该说《毛诗正义》之前的儒家对音乐在政治运行中的作用和价值已做过较深入全面的探讨,但对音乐与《诗》不同体式之间的关系却较少涉及。基于对"诗是乐歌"的理解,孔颖达在疏解《诗》中"风雅颂"诗体的同时非常清晰地概括出了不同的诗体所配音乐亦会随之有所差异的观点,指出:"诗体既异,乐音亦殊。"如"国风之音,各从水土之气,述其当国之歌而作之。"认为"国风"所配音乐是采自不同诸侯国的乡土之音,带有明显的地域性色彩。"雅、颂之音,则王者遍览天下之志,总合四方之风而制之。"认为"雅"、"颂"所配音乐是周王朝的最高统治者汇集四方之乐加以规范后产生的。这就从一个新的角度揭示了"风雅颂"三种诗体产生之初与音乐的密切关系及其不同的存在形态。而"诗体既定,乐音既成,则后之作者各从旧俗。"则又进一步阐释了在"诗体"、"乐音"成熟确定之后对于"后之作者"创作诗歌的影响,也即"变风"之诗,各是其国之音。""取大雅之音,歌其政事之变者,谓之'变大雅';取其小雅之音,歌其政事之变者,谓之'变小雅。'"诗人在创作"变风"、"变雅"时中所依据的仍然是此前已定型的"正风"、"正雅"之乐,音乐的差异直接决定了诗歌的不同面貌,这有些类似于后世依曲填词的味道。同时,孔颖达还指出,"大雅"、"小雅"和"正雅"、"变雅"的区分标准也是由于"音体有小大"而决定的,而不是像《毛诗大序》① 所云在于"政之大小"。可见孔颖达在强调《诗》之政治教化作用的同时,并未一味追求《诗》的政治功利价值,而是基于个人对《诗》以及诗歌性质的认识,客

---

① 《毛诗大序》:"雅者,正也,言王政之所由废兴也。政有小大,故有小雅焉,有大雅焉"句下正义,《十三经注疏》本,中华书局1979年版。

观地重新确认《诗》与音乐的关系，这恰恰表现出作为经学家的孔颖达在在全面表达其经学思想的同时，也表现出了相当可观的可爱的文学因子。

四

通过上述对《毛诗正义》中孔颖达《诗》学观的简单梳理，我们不难发现，孔氏《诗》学具有承前启后、兼容并包的特点，正如《四库全书总目提要》所言："（《毛诗正义》）融贯群言，包罗古义，终唐之世，人无异词。"孔颖达广泛搜集了自先秦至隋代的大量《诗》学资料，融汇前代学术研究成果，细致地加以梳理整合，从而实现了其《诗》学思想集大成的风格特点。而这些成就的取得主要来源于孔氏深厚的学术修养以及他和魏晋六朝经学学统上的密切关系。孔颖达博览群书，史称其"八岁就学，诵记日千余言。"① 可见其勤奋好学、悟性特佳。还在少年时代，孔颖达便熟读服虔注《左氏传》，郑玄笺注《毛诗》、《尚书》、《礼记》，王弼注《周易》。儒经之外，孔颖达还旁及诸子，兼善历算之学，更长于属文，彬彬焉俨然一少年老成之儒。后来孔颖达又师从当世大儒刘焯。刘焯学通五经及诸子百家，并对《九章算术》、《周髀算经》等均有精到的研究，著作有《五经述议》，见解独到，多所创见，论者以为数百年以来，博学通儒，天下第一，并将其与当时另一位博学鸿儒刘炫并称为"二刘"，以至"天下名儒后进，质疑受业，不远千里而至者，不可胜数。"② 孔颖达就是这些千里负笈中的佼佼者，他在名师门下兢兢事学，虚心求教，在前所学诸经注疏之外，百尺竿头更进一尺。不难想见，孔颖达《诗》学思想中也肯定会融入魏晋六朝《诗》学思想的成果，正像《四库全书总目提要》中提到的："其书（指《毛诗正义》）以刘焯《毛诗义疏》、刘炫《毛诗述义》为稿本。"为什么孔颖达要选取"二刘"之作为稿本？《毛诗正义序》解释说："郑康成成《笺》之后，晋、宋二肃之世，其道大行；齐、魏两河之间、兹风不坠。其近代为义疏者，有全缓、何胤、舒瑗、刘轨思、刘醜、刘焯、刘炫

---

① （宋）欧阳修、宋祁《新唐书·儒学列传》，中华书局 1975 年版，第 5643 页。
② （唐）魏征、令狐德棻《隋书·儒林列传》，中华书局 1973 年版，第 1719 页。

等。然焯、炫并聪特达，文而又儒，擢秀于一时，绝辔千里，固诸儒之所揖
让，日下之无双，于其所作疏内，特为殊绝。"据《北齐书·儒林列传》说：
"通《毛诗》者多出于魏朝博陵刘献之"，刘献之在当时就有"儒宗"之称，
刘轨思及刘焯等均是刘献之再传、三传弟子，师出有源，而刘焯、刘炫又兼
通北派、南派的《诗》学，故而二刘之作能成为《毛诗正义》的稿本。但二
刘之作也有明显的不足之处，对此《毛诗正义序》说：

> 然焯、炫等，负持才气，轻邵先达，同其所异，异其所同；或应
> 略而反详，或宜详而更略。准其绳墨，差感未免，勘其会同，时有颠
> 踬。今则削其所烦，增其所简，唯意任于曲直，非有心于爱憎。

二刘"负持才气，轻邵先达"，因而造成其在《诗经》研究中存在着
大量的主观臆测成分，这又与魏晋六朝南北学风的影响有着深刻的关系，
《北史·儒林传》云："南人简约，得其英华；北学深芜，穷其枝叶。"南
学承魏晋玄学风尚，重文辞，轻经术，学风虚浮，皮锡瑞《经学历史》
说："谓南人约简得其英华，不过名言霏屑，骋挥尘之清谈；属词尚腴，
侈雕虫之余技。"而北学承汉代学风，排斥玄学，重训诂，轻义理，学风
朴实，但注经琐碎，不得要领。孔颖达在《礼记正义序》中评价北学：
"违背本经，多引外义，犹之楚而北行，马虽疾而去愈远矣。又欲释经文，
唯聚难义，犹治丝而棼之，手虽繁而丝益乱也。"其后，隋结束了南北朝
长期分裂局面，《诗经》研究也随之完成了南学、北学的统一，北学逐渐
统一于南学，二刘也"以北人而染南习，变朴实说经之体，蹈华腴害骨之
讥；盖为风气所转移，不得不俯从时尚也。"[1] 可见二刘学兼南北，其诗说
代表了唐之前《诗》学的最高成就，但其缺陷又十分明显，因此进入唐
代，孔颖达对二刘之作进行较大规模的梳理与增删就势在必行。孔颖达主
编《毛诗正义》，经孔氏的整理和重新阐释，《诗经》的经义更加规范化
了。同时，在编纂《毛诗正义》过程中，孔颖达还广泛参考了唐之前二刘
著作之外的《诗经》研究成果，除《毛诗》序传和郑笺之外，孔颖达还充
分利用了陆德明《经典释文》以及颜师古《五经定本》的成果，尤其是

---

① （清）皮锡瑞《经学历史》，中华书局 1959 年版，第 23 页。

《经典释文》汇集二百三十余家学者所注五经文字的音切和训诂，使五经的文字都有确定的音切与释义，并保留了一些三家诗的异文、异训资料。据《隋书·经籍志》和成伯玙《毛诗指说》记载，当时除上述文献外世间还流行大量《诗经》文献，如《隋书·经籍志》中就著录有《毛诗义问》等《诗经》研究书目三十九部，四百四十二卷，其中成果也必然为孔颖达编纂《毛诗正义》时所采纳。另外，皮锡瑞曾指责《毛诗正义》的失误有三："曰彼此互异，曰曲徇注文，曰杂引谶纬。"① 对此，我们如果能够换个角度来看的话，这又恰恰说明孔颖达的《毛诗正义》确是一部集大成著作。而退一步讲，即使其中有所疏失，但对于洋洋洒洒数十万言的《毛诗正义》来说，毕竟也还是白璧微瑕，是无损于《毛诗正义》统一经学、垂教百世的历史功绩的。而魏晋六朝经学所包含的一些文学性因素也必然随之为孔颖达所接受，成为其构建自身《诗》学体系不可或缺的重要组成部分，因此朱自清先生说："孔氏诗学，上承六朝。六朝诗论免不了影响经学，也免不了间接给他影响。"②

综上可见，孔颖达的《诗》学思想是相当丰富的，对后世《诗经》研究以及文学创作都产生了深远影响。我们认为，《毛诗正义》的影响也许首先并不在于它的具体疏义，更主要的还应该在于它在儒学衰微数百年之后又一次强调和稳固它在李唐新王朝中应有的地位。学人文化的贡献随时代而不同，有时在于创新，有时则在于继承、综合和重新强调，甚至在某些特殊的历史时期，继承与重新强调的意义并不亚于创新，何况孔颖达在继承前代《诗》说的基础上又有相当的推进和创新呢？尤其需要强调的是，《毛诗正义》通过科举考试为当时广大的文人士子所接受以后，孔颖达的《诗》学思想所产生的不只限于经学领域，他也影响了他之后文学家的文学创作，这无疑也是《毛诗正义》不能忽视的一个历史功绩。③

（原载《河北师范大学学报（哲社版）》2007 年第 1 期，与易卫华合作）

---

① （清）皮锡瑞《经学历史》，中华书局 1959 年版，第 45 页。
② 朱自清《诗言志辨》，华东师范大学出版社 1996 年版，第 39 页。
③ 参见谢建忠《论〈毛诗正义〉对李益诗歌的影响》，《文学遗产》，2006 年第 1 期。

第十一章 唐代《诗》学著述亡佚考论

《隋书·经籍志》、《旧唐书·经籍志》、《新唐书·艺文志》所录经部《诗》类著作,充分反映了从魏晋南北朝至隋唐时期《诗》学的流传变化情况,通过对三《志》分析比较,可以在一定程度上了解唐代《诗》学的发展轨迹。《旧唐志》收书主要依据开元时编成的《古今书录》,开元后的《诗》学著述流传、亡佚情况,本应依据《新唐志》考查,但《新唐志》史料来源驳杂,不能真实反映这一情况。且《旧唐志》所录30部《诗》学著述,《新唐志》无一遗漏。本文重点考查魏晋至隋的《诗》学著述在唐代的亡佚情况,不涉及唐代新著成果,故拟以《隋志》和《旧唐志》为中心,《新唐志》仅作参考。

一、《诗》学著述唐代亡佚书目

《隋志》录《诗》类著作39部①,见于《旧唐志》者20部。其中后魏太常卿刘芳撰《毛诗笺音证》十卷、秘书学士鲁士达撰《毛诗并注音》八卷虽不见于《旧唐志》,但《旧唐志》录有郑玄等注《毛诗诸家音》十五卷,亦不见于《隋志》。《笺音证》一书朱彝尊《经义考》、王谟《汉魏佚书钞》、马国翰《玉函山房辑佚书》均有辑文,但由于没有其他参照材料,无法确知其与《诸家音》有无关系。从标题看,《诸家音》应为唐人将包括《笺音证》、《并注音》在内的前代同类著述合为一书,潘重规亦

---

① 《隋志》载《诗》类著作多以为39部。但经多个版本反复核对,实为40部。谢建忠《〈隋志〉存〈诗〉目录》所列亦为40部,见谢著《〈毛诗〉及其经学阐释对唐诗的影响研究》,巴蜀书社2007年版,第3—4页。

云："《唐志》有郑玄等《诸家音》十五卷……为集诗音之大成者也。"①
可以初步认定，《笺音证》、《并注音》二书在唐代并未亡佚，应存于《诸
家音》中。如此，《隋志》所录《诗》类著述见于《旧唐志》者为22部，
亡佚者为18部，表明唐代到开元时期，还保留着前代一半有余的《诗》
学成果。但我们更为关注的是，这一时期为什么会有近半的《诗》学著述
亡佚？其亡佚原因又是什么？现将《隋志》著录而《旧唐志》不录——即
亡佚于开元前的《诗》学著作列表如下：

序号	作者	书目、卷数
1	吴太常卿徐整	《毛诗谱》三卷
2		《谢氏毛诗谱钞》一卷
3	王肃	《毛诗奏事》一卷
4	郭璞	《毛诗拾遗》一卷
5	杨乂	《毛诗异义》二卷
6	顾欢等	《毛诗集解叙义》一卷
7	宋通直郎雷次宗	《毛诗序义》二卷
8	梁武帝	《毛诗发题序义》一卷
9	梁武帝	《毛诗大义》十一卷
10		《毛诗大义》十三卷
11	舒援	《毛诗义疏》二十卷
12	萧岿散骑常侍沈重	《毛诗义疏》二十八卷
13		《毛诗义疏》二十卷
14		《毛诗义疏》二十九卷
15		《毛诗义疏》十一卷
16		《毛诗义疏》二十八卷
17	鲁士达	《毛诗章句义疏》四十卷
18		《毛诗释疑》一卷

据《崇文总目》，《隋志》所录《诗》类著述，宋代尚存者仅有《毛

---

① 潘重规：《敦煌诗经卷子研究论文集·巴黎伦敦所藏敦煌诗经卷子题记》，新亚研究所，
1970年，第172页。

诗诂训传》、《韩诗外传》、《毛诗草木鸟兽虫鱼疏》等三部，其他殆已亡尽。中晚唐、五代时期书籍亡佚的原因很简单，大都可以归结为"战乱频仍，社会动荡，国家藏书的整理和编目工作长期得不到重视，文献典籍的散亡空前严重"①。相较而言，开元前《诗》学著述的亡佚情况却较为复杂，因此也成为我们关注的重点。

二、亡佚原因之一——内容不足取

上述表中书籍有部分内容被《经典释文》、《毛诗正义》等收录，后人辑出，据之可以大致了解一点情况，有资料可查者，现依表中序号分述之。

1. 吴太常徐整撰《毛诗谱》三卷

《经典释文序录》"徐整云：'子夏授高行子，高行子授薛仓子，薛仓子授帛妙子，帛妙子授河间人大毛公，大毛公为《诗故训传》于家，以授赵人小毛公，小毛公为河间献王博士，以不在汉朝，故不列于学。'"② 王谟、马国翰辑本均仅此一则。吴承仕云："徐以子夏四传而及毛公，世次疏阔，又谓大毛公为河间人，似不如陆《疏》之谛。"③ 陆玑《草木疏》云："孔子删《诗》授卜商，商为之序以授鲁人，鲁身授魏人李克，克授鲁人孟仲子，仲子授振牟子，振牟子授赵人荀卿，荀卿授鲁国毛亨，亨作《诂训传》以授赵国毛苌，时人谓亨为大毛公，苌为小毛公。"④ 二者对照可以看出，徐整以子夏四传而及毛公，陆《疏》为六传。约三百年间的学术传承，四传世次自然过于疏阔，几乎形不成有效衔接，六传在时间则较为可信。此应为徐氏《毛诗谱》亡佚原因之一。

郑玄以前未有言及大毛公籍里者，郑氏首开大毛公为鲁人说，《毛诗

---

① 张固也《论〈新唐书·艺文志〉的史料来源》，《吉林大学社会科学学报》1998 年第 2 期，第 87 页。

② （唐）陆德明著，吴承仕疏证《经典释文序录疏证》，中华书局 2008 年版，第 79 页。

③ 《经典释文序录疏证》，第 81 页。

④ （三国·吴）陆玑撰，（清）丁晏校正《毛诗草木鸟兽虫鱼疏校正二卷》，《续修四库全书》本，册71，上海古籍出版社 2002 年版，第 475 页。

正义》载："《谱》云：'鲁人大毛公为《诂训传》于其家，河间献王得而献之，以小毛公为博士。'"① 至三国，出现徐整"大毛公为河间人"和陆玑"大毛公为鲁人"两种说法，但他们均未能提供确切资料。相较而言，"鲁人"说只言大致范围，"河间"说则过于确切。且小毛公为河间人，若大毛公亦为河间人，有以彼推此之嫌。故"鲁人"说被后世广泛采纳，"河间"说废行。这可能也是徐氏《毛诗谱》亡佚的又一原因。

2. 王肃《毛诗奏事》一卷

马国翰《玉函山房辑佚书》本条序云："取郑氏之违失，条奏于朝，故题《奏事》也。《隋志》以一卷著录，《唐志》不载，佚已久矣。"② 所存四则，现据《正义》析之。

《小雅·宾之初筵》"大侯既抗，弓矢斯张"，王肃奏云："言燕乐之义得，则能进乐其先祖，犹《孝经》说大夫、士之行曰：'然后能守其宗庙而保其祭祀'，非唯祭之日然后能保而行之。以此，故言烝衎非实祭也。"③ 此条郑玄笺云："举者，举鹄而栖之于侯也。《周礼·梓人》'张皮侯而栖鹄'。天子诸侯之射皆张三侯，故君侯谓之大侯。大侯张，而弓亦张节也。将祭而射，谓之大射。下章言'烝衎烈祖'，其非祭与?"④ 二者观点针锋相对。然对《诗》意理解，却有高下之分，孔颖达说得很明确："孙毓以为，燕礼轻，祭事重。幽王无度，无不慢也。举重可以明轻，轻不足以明重。又'锡尔纯嘏，子孙其湛'，非燕饮之文所得及也。一篇之旨，笺义为长。"⑤ 也就是说，《宾之初筵》意在祭事，而非燕乐。礼制方面，祭事重，燕乐轻。郑玄从祭事角度作笺，王肃则从燕乐角度述意。相较之下，优劣自明。

《大雅·皇矣》"维彼四国，爰究爰度"，王肃奏云："《家语》引此诗，乃云：'纣政失其道，而执万乘之势，四方诸侯固犹从之谋度于非道，

---

① 李学勤主编《十三经注疏·毛诗正义》，北京大学出版社1999年版，第2页。
② （清）马国翰《玉函山房辑佚书》，光绪九年长沙嬛嬛馆补校本。下引是书皆据此本，不一一注明。
③ 《毛诗正义》，第883页。
④ 《毛诗正义》，第878—879页。
⑤ 《毛诗正义》，第883页。

天所恶焉．'"① 王肃还有一处解释："彼四方之国，乃往从之谋，往从之居。"② 其与引《家语》所要表达之意大致相同。郑玄认为："二国，谓今殷纣及崇侯也。正，长。获，得也。四国，谓密也、阮也、徂也、共也。度亦谋也。殷崇之君，其行暴乱，不得于天心。密、阮、徂、共之君，于是又助之谋，言同于恶也。"③ 郑玄以为，纣本已作恶，不得天心，四方之国又助其为虐，与之共同作恶。二者之意并无本质区别，可见王肃并不处处反对郑玄。

《大雅·生民》"以赫厥灵，上帝不宁。不康禋祀，居然生子"，王肃奏云："稷、契之兴，自以积德累功于民事，不以大迹与燕卵也。且不夫而育，乃载籍之所以为妖，宗周之所丧灭。"④ 王肃意为稷、契的名望，来自于他们道德高尚，且有功于民众，而不在于他们奇特的出生方式。持此观点者并非仅肃一人，马融也有类似说法。但郑玄与此却很不一样："康、宁皆安也。姜嫄以赫然显著之征，其有神灵审矣。此乃天帝之气也，心犹不安之。又不安徒以禋祀而无人道，居默然自生子，惧时人不信也。"⑤ 今天看来，王肃的观点颇为可取，至少有事实依据。然而在唐前，圣人以奇特方式出生乃为社会共同承认，如《旧唐书》载太宗出生时，"有二龙戏于馆门之外，三日而去"⑥。明白此点，就不难理解为什么后来王基、马昭等会对马融、王肃持强烈的批评态度。⑦

《大雅·卷阿》"伴奂尔游矣，优游尔休矣"，王肃奏云："周公著书，名曰《无逸》。而云自纵弛也，不亦违理哉！"⑧ 意即周公曾经作书《无逸》，劝勉成王勤劳为政，而召公却劝成王优游休息，这岂不是相互矛盾！此言不仅反驳郑玄，《诗》之经学原意也一并反驳了。当然是不正确的，孔颖达驳之甚详。周公旨在劝勉成王要经常思考治国策略，心不可安逸。

---

① 《毛诗正义》，第 1020 页。
② 《毛诗正义》，第 1019—1020 页。
③ 《毛诗正义》，第 1018 页。
④ 《毛诗正义》，第 1064 页。
⑤ 《毛诗正义》，第 1061 页。
⑥ （后晋）刘昫等《旧唐书》，中华书局 1975 年版，第 21 页。
⑦ 马融、王基、马昭之言，均见《毛诗正义》，第 1064—1065 页。
⑧ 《毛诗正义》，第 1128 页。

召公乃劝成王多任贤能，贤能众多，自己就可以优游休息，立意在"事"。二者皆为千古不易之真理。

综上，王肃《毛诗奏事》现存四则，除一则观点与郑玄相近外，其余皆相抵牾，足见马国翰"肃必欲尽废郑说，驳之不已，复陈诸奏"的说法不为无据。观王肃现存之言，或立意偏颇，有违《诗》旨；或与时代风气相悖，不为世容；或一叶障目，不求深思。与郑玄相比，多不可取，其书亡佚，在情理之中。

3. 郭璞《毛诗拾遗》一卷

马国翰云："《毛诗拾遗》一卷，晋郭璞撰。……《隋志》载其《毛诗拾遗》一卷，梁又有《毛诗略》四卷，亡。《唐志》并《拾遗》亦不著录，佚已久。"其从《经典释文》、《初学记》等辑得七条。《续修四库全书总目提要》云："今核其所辑各条，如释《周南》'言刈其蒌'云：'蒌似艾，音力候反'；释《召南》'素丝五纯'云：'古者以素饰裘'。若此之类，或以释音，或以诂义，大抵皆训解优洽，深合《诗》旨。"①

观马氏所辑诸条，我们发现郭璞喜以当世事注古义，如《邶风·谷风》"采葑采菲"："葑，今菘菜也。按江南有菘，江北有蔓菁，相似而异"；《小雅·采薇》"象弭鱼服"："毛云：'弭，弓反末'，'以象骨为之'。盖俗说之误也。《左传》曰：'左执鞭弭'，弭者，弓之别名，谓以象牙为弓。今西方有以犀角及鹿角为弓者。"这些都没有注意到时间问题而视古今如一。仅以第二条言，《尔雅》、郑玄、李巡、孙炎皆不以"以象牙为弓"释"弭"，而郭璞却以"今西方有以犀角及鹿角为弓者，"推"弭"为象牙作成的弓，并没有事实可作依据。相较而言，郭璞远没有《尔雅》、郑玄的训诂严肃，这可能是其著作亡佚的主要原因之一。

4. 舒援《毛诗义疏》二十卷

《毛诗正义序》："其近代为义疏者，有全缓、何胤、舒瑗、刘轨思、刘醜、刘焯、刘炫等。"②"瑗"为"援"，二字音近形似，易被误写，实为一人。舒援被《正义》重点列出，足见其成就非同一般。马国翰据《毛

---

① 中国科学院图书馆整理《续修四库全书总目提要·经部》，中华书局 1993 年版，第 307 页。
② 《毛诗正义》，第 3 页。

诗正义》和《礼记正义》采得三条，并评价说："（瑗）采辑佚说，与沈重《义疏》类次，存六朝之文笔"。《续修四库全书总目提要》考查马氏所辑诸条后也认为："其说皆本之《郑笺》，以推阐其义。且训诂字义，亦深合古人通假之理，而能推其本谊。"①

今查《续修四库全书总目提要》未引之《鲁颂谱》"尊贤禄士，修泮宫，崇礼教"条："舒瑗云：鲁不合作颂，故每篇言'颂'，以名生于不足故也。能修泮宫，土功之事。《春秋》经不书者，泮宫止国学也，修谓旧有其宫，修行其教学之法，功费微少，非城郭都邑，例所不书也。"② 其言基本是对郑玄"修泮宫"的注解，确"皆本之《郑笺》"。该书亡佚之因，应在思想、内容之外，暂不得知。

5. 沈重《毛诗义疏》二十八卷

王谟辑本序录言："陆氏《经典序录》云：近吴兴沈重亦撰《诗音义》，而《隋志》不载，殆即所谓《义疏》也。《经义考》亦只载有《义疏》，别无《音义》，其为一书无疑。今并钞出《释文》四十九条，凡有音无义者不录，《初学记》十三条，《史记正义》一条。"③

马国翰辑本序云："《毛诗沈氏义疏》二卷，后周沈重撰。重字子厚，吴兴人，官至露门博士。《北史》有传。本传载其著《毛诗音》二卷，《隋书·经籍志》不载，而别有《毛诗义疏》二十八卷，题萧岿散骑常侍沈重撰。似二卷之音亦并入《义疏》二十八卷之内。《唐志》，《义疏》不著录，而有郑玄等《诸家音》十五卷，似沈音亦在中，故陆氏《释文》及引之，今佚。采音释合订二卷，依《隋志》题《义疏》。至《艺文类聚》诸书有引《毛诗义疏》而不著名者，朱氏《经义考》并以为沈《疏》。考《隋志》于舒瑗、沈重《义疏》外，题《毛诗义疏》者凡五部，皆不著名。诸家引述，当在五部，故未敢采入之也。"

《续修四库全书总目提要》"毛诗义疏一卷"条云："北周沈重撰，清王谟辑。按：《隋志》：'《毛诗义疏》二十八卷，萧岿散骑常侍沈重撰。'

---

① 《续修四库全书总目提要·经部》，第308页。
② 《毛诗正义》，第1380页。
③ （清）王谟《汉魏遗书钞》经翼第一册，嘉庆三年金溪王氏刻本。

又陆氏《经典释文叙录》云：'近吴兴沈重亦撰《诗音义》。'惟《隋志》不载其书。究与《义疏》是一是二，未可妄断。谟从《释文》抄出四十九条，凡有音无义者不录（视马国翰所收较严），并采《初学记》十三条，《史记正义》一条，为一卷。"①《毛诗沈氏义疏》二卷条又云："北周沈重撰，清马国翰辑。《周书·儒林·沈重传》称重'博览群书，尤明《诗》、《礼》及《左氏春秋》，著有《毛诗义》二十八卷、《毛诗音》二卷'。《隋书·经籍志》：'《毛诗义疏》二十八卷，萧岿散骑常侍沈重撰。'二《唐志》俱不著录。但二《唐志》载有郑玄等注《毛诗诸家音》十五卷，殆《义疏》已佚。其《毛诗音》尚散见于郑玄等注《毛诗诸家音》中，故《释文》、《正义》犹得采其说也。如此编所辑：'风以动之，风福凤反……。'凡此之类，必皆出《毛诗音》，非《义疏》也。《毛诗正义序》曰：'近代为《义疏》者，有全缓、何胤、舒瑗、刘轨思、刘丑、刘焯、刘炫等。'《隋志》所载，除舒瑗、沈重而外，尚有五《义疏》，或二十卷，或二十九卷，或十卷，或十一卷，或二十八卷，皆不著撰人名氏。朱彝尊《经义考》并以为沈《疏》，殊乖阙疑之旨，未可从也。"②

从以上所引可见，前人多纠缠于沈重《毛诗义疏》与《毛诗音》的分合问题，极少言及内容。今观马国翰所辑《毛诗沈氏义疏》二卷，亦多为注音、训诂，几无义疏。由此可知，沈重之长在于音训，其义疏成果，《释文序录》、《正义》已多不从，唐代录《毛诗音》入《诸家音》，其《义疏》遂亡。

另，《太平御览》引《毛诗题纲》四则，不著撰人，此书见于《宋志》。《经义考》认为"当为唐以前书"③，王谟赞成其说，将《毛诗题纲》附于《毛诗答杂问》后，马国翰更云："考《隋志》有《毛诗发题序义》一卷，梁武帝撰，疑即此也。"仅以书名相似论之，今观诸书所辑四则内容，全为名物考证，运笔手法与同类著述没有太大区别，无法明辨是否即为梁武帝之作。亡于唐代的《诗》学著作，所可论者，仅此而已。

---

① 《续修四库全书总目提要·经部》，第 310 页。

② 《续修四库全书总目提要·经部》，第 310 页。

③ （清）朱彝尊《经义考》，台北市"中研院"文哲所筹备处，1997 年版，第三册，第 819 页。

三、亡佚原因之二——卷帙、体例问题

从前表中我们还发现两个问题：一、卷数方面，三卷以下著作共 9 部，占亡佚总数的一半之多；二、体例方面，义疏类著作共 13 部，远超出半数。二者叠加，共 18 部，所有亡佚著作均已囊括，足见《诗》类著作亡于唐代开元前者，要么卷数较少，要么为义疏类著作。

卷数少者难以保存。据版本学研究，"唐五代雕板印制的书籍，能传至今天者确如凤毛麟角，屈指可数"[1]，不能流传的最主要原因就是印刷术没有广泛运用，很多书籍不能雕版印刷。故此时各类著述欲得以流传，要么需镂之金石，要么需辗转抄录。本文论及的著作镂之金石否，未有耳闻；辗转抄录者，可能存在，但其传播范围必定不会很广。这些著述仅在较小范围内传抄、保存，因卷数少，易于损坏，导致很快亡佚。

义疏是南北朝时期《诗》学最为盛行的体例，《隋志》所录的大量相关著作清晰地反映了这一特点。《毛诗正义序》言："其近代为义疏者，有全缓、何胤、舒瑗、刘轨思、刘醜、刘焯、刘炫等。"[2] 亦足见此风之盛。但《毛诗正义》一出，此类著作皆失光彩，《正义》"以刘焯《毛诗义疏》、刘炫《毛诗述义》为稿本，二刘疏义并复绝前世，孔氏据以为本，故能融贯群言，包罗古义，远明姬汉，下被宋清"[3]。因此，前代此类著作于唐代大量亡佚，《毛诗正义》的巨大冲击力也不可忽视。

唐开元前仍存的《诗》学著述的卷帙、体例明显不同于同期亡佚者，这可以从《隋志》与《旧唐志》皆录的《诗》类著作中看出：

序号	作者	《旧唐志》	《隋志》
1	卜商序，韩婴撰	《韩诗》二十卷	《韩诗》二十二卷，汉常山太傅韩婴，薛氏章句
2	韩婴撰	《韩诗外传》十卷	

---

[1]　李致忠《古书版本学概论》，北京图书馆出版社 1990 年版，第 90 页。

[2]　《毛诗正义》，目录第 3 页。

[3]　黄焯《诗疏平议》，上海古籍出版社 1985 年版，第 1 页。

续表

序号	作者	《旧唐志》	《隋志》
3	卜商传	《韩诗翼要》十卷	汉侯苞传
4	毛苌撰	《毛诗》十卷	
5	郑玄笺	《毛诗》二十卷	汉河间太守毛苌传，郑氏笺
6	王肃注	《毛诗》二十卷	王肃注
7	崔灵恩集注	《集注毛诗》二十四卷	梁桂州刺史崔灵恩注
8	郑玄等注	《毛诗诸家音》十五卷	
9	郑玄撰	《毛诗谱》二卷	太叔求刘炫注
10	刘桢撰	《毛诗义问》十卷	魏太子文学刘桢撰
11	王伯舆撰	《毛诗駮》五卷	《毛诗駮》一卷，魏司空王基撰，残缺
12	孙毓撰	《毛诗异同评》十卷	晋长沙太守孙毓撰
13	陈统撰	《难孙氏毛诗评》四卷	晋徐州从事陈统撰
14	杨乂撰	《毛诗辨》三卷	《毛诗辨异》三卷，晋给事郎杨乂撰
15	刘氏撰	《毛诗序义》一卷	《毛诗序义疏》一卷，刘瓛等撰，残缺①
16	卜商撰	《毛诗集序》二卷	《毛诗集小序》一卷，刘炫注
17	陆玑撰	《毛诗草木虫鱼疏》二卷	乌程令吴郡陆玑撰
18	刘炫撰	《毛诗述义》三十卷	《毛诗述义》四十卷，国子助教刘炫撰
19	叶遵注	《叶诗》二十卷	宋奉朝请叶遵注
20	元延明撰	《毛诗谊府》三卷	《毛诗谊府》三卷，后魏安丰王元延明撰
21	王肃撰	《毛诗杂义驳》八卷	《毛诗义驳》八卷，王肃撰

从表中可以看出，前代《诗》学著述开元时仍存者共 21 种，三卷以下者仅 6 部，占存世著作总数的 29%。其中郑玄《毛诗谱》和陆玑《毛诗草木虫鱼疏》具有工具性质，为习《诗》者常用书籍，应不在难以保存、流传不广之列。如此，三卷以下著作则仅有 4 部，占总数的 19%，远远低于亡佚书目的同类比例。义疏类著述有 5 部，占唐代存世著作的 24%，亦同样远低于亡佚书目中的数字和比例，何况这里面刘炫的《毛诗述义》乃孔颖达《正义》所据之本，在唐世自然颇受欢迎，流传较广，所以得以保存。除去此部，该类著作的比例还将更低。

---

① 刘氏《毛诗序义》一卷，马国翰《玉函山房辑佚书》："《唐志》有刘氏《序义》一卷，即《隋志》之《序义疏》也。"今从之。

综上，从卷帙、体例方面看，《诗》学著述亡于开元前者多为卷数较少和义疏类。

四、亡佚原因之三——社会不重视

儒学之士，欲明典章、知礼仪、通制度，必博览群书而后方可。故儒学盛行时代，书籍保存往往较为成功。唐代重视儒术者，仅武德、贞观、开元等数朝而已。高宗时，"政教渐衰，薄于儒术，尤重文史。于是醇醲日去，华竞日彰"①。武则天当权后，情况更为糟糕，"其国子祭酒，多授诸王及驸马都尉。准贞观旧事，祭酒孔颖达等赴上日，皆讲《五经》题。至是，诸王与驸马赴上，唯判祥瑞按三道而已。至于博士、助教，唯有学官之名，多非儒雅之实。……生徒不复以经学为意，唯苟希侥幸。二十年间，学校顿时隳废矣"②。前代《诗》学著述大量亡佚，与此风气不无关系。

唐代多数时期不重经术，但却重视文化普及，许多家庭的子弟都幼读《诗》、《书》，对文化的传承和发展极有帮助。但这与书籍的保存并无多大关系，这些人无须博览群书和深入研究，更谈不上搜书藏书。科举之明经科考试，最初目的是要培养经学之士，但因考试内容基本限制在帖经和大义方面，考生只需熟记经文，稍有融会贯通的能力即可。在功名利禄的驱使下，这部分人也不会皓首穷经。群经之外的书籍，亡佚与否，除非有特殊爱好，他们不会关注太多。通过明经考试的人，后来也极少有进行或从事经学研究的，如武则天垂拱元年（685），张嘉贞明经及第，至今有诗、赋、文传世，然却未见其有任何经学成果。更著名者为元稹，他于贞元九年（793）明经及第，后来却与白居易一起提倡诗歌领域的新乐府运动，并且成就卓著。

与不重儒术同时，唐代社会掀起了极为狂热的文章、诗歌高潮。《新唐书·文艺传》言：

---

① 《旧唐书·儒学传》，第 4942 页。
② 《旧唐书·儒学传》，第 4942 页。

若侍从酬奉则李峤、宋之问、沈佺期、王维，制册则常衮、杨炎、陆贽、权德舆、王仲舒、李德裕，言诗则杜甫、李白、元稹、白居易、刘禹锡，诵怪则李贺、杜牧、李商隐，皆卓然以所长为一世冠，其可尚已。①

其时也有人以血书抄写佛经，然却从未闻有为经学如此痴迷、虔诚者。社会不重经术，研究经义者少，经学著作流布不广，逐渐亡佚遂不可避免。

谈及书籍亡佚，自然无法回避战争及某些意外事故对书籍的毁坏。唐代共出现过三次大的毁书事件，第一次在唐初，"大唐武德五年，克平伪郑，尽收其图书及古迹焉。命司农少卿宋遵贵载之以船，泝河西上。将致京师，行经底柱，多被漂没。其所存者，十不一二。"② 第二次为安禄山兵变攻陷长安，"禄山之祸，两京所藏，一为炎埃，官勝私褚，丧脱几尽，章甫之徒，劫为缦胡。"③ 第三次为黄巢起义，"及广明初，黄巢干纪，再陷两京，宫庙寺署，焚荡殆尽，曩时遗籍，尺简无存。"④ 《旧志》乃照录开元时的《古今书录》而成，这三次毁书事件，第一次所余图书，《隋志》已录，后两次皆在开元后，与《旧志》所录书目并无关系。因此《诗》学著作之亡佚，重要原因就是社会不重视。尽管这种影响是温和的、较缓慢的，然通过本文分析，从贞观至开元，短短百余年的时间，仅《诗》学著作的亡佚已有近20部之多。

（原载《文献》2010 年第 4 期，与赵棚鸽合作）

---

① （宋）欧阳修、宋祁《新唐书·文艺传》，中华书局 1975 年版，第 5726 页。
② （唐）长孙无忌等《隋书经籍志》，上海商务印书馆 1955 年重印，第 6 页。
③ 《新唐书·文艺传》，第 5637 页。
④ 《旧唐书·经籍志》，第 1962 页。

第十二章 《毛诗》美、刺与唐代谏诤精神

美、刺是《毛诗》确立的一对重要概念，从根本上讲，它们是以鲜明的态度对某一现象表示赞扬或批评。其对中国政治文化的影响，表现为历史上出现了极为开明的对国家统治具有促进作用的谏诤精神。这种精神经两汉，至唐而盛极。因此，考查《毛诗》美、刺对唐代谏诤精神的影响，既可看出《毛诗》在唐代的巨大影响力，也可探求得唐代谏诤精神的思想来源和实质。

一、《毛诗》美、刺思想与直谏

据统计，《毛诗》小序注明为"美"诗者共计34篇，其中《风》诗21篇，《小雅》5篇，《大雅》8篇。"刺"诗共计130篇，其中《风》诗79篇，《小雅》45篇，《大雅》6篇。仅以这样一组数字来看，《毛诗》最早确立的此一传统中的"刺"远多于"美"，这其中的原因既表现出对《诗》旨的界定，也同时显示出《毛诗》作者对现实的指导思想。除明确标注"美"、"刺"者外，还有许多诗篇虽未注明而实含"美"、"刺"者，比如《关雎序》虽仅云"后妃之德"，没有"美"字出现，但实际上亦为美诗，二《南》中此类诗解甚多。《野有死麕序》云"恶无礼也"，不用"刺"而用"恶"，实为刺诗，其他没有明言而从态度可判断或美或刺者更不在少。《颂》诗用于祭祀，尽管表面皆不言美，而实际全为美诗。因此，从较为宽泛的角度看，《诗》三百篇，在《毛诗》体系里，其实无一不在美、刺范围之中。

小序将每篇诗都纳于美、刺范围的同时，大序又作出总纲式的理论阐述，云："故正得失，动天地，感鬼神，莫近于诗。先王以是经夫妇，成

孝敬，厚人伦，美教化，移风俗。"美者内容为夫妇、孝敬、人伦、教化、风俗等，其多为社会纲常伦理。关于"刺"诗，大序则提出了较多的限定：一、"下以风刺上"，意即刺诗皆为谏书，以下对上的形式出现。二、刺诗的语气应"发乎情，止乎礼义"，温文尔雅，不可呼天抢地。三、刺诗的作者与接受者还需遵循一个标准，就是"主文而谲谏，言之者无罪，闻之者足以戒"，接受者不能追究刺诗所表达的情感是否到位，必须保证进谏之人不会因此而获罪，并且需要从所进之谏中汲取戒鉴。从大序的概括界定来看，美、刺虽皆为进谏的方式，但与纯粹的政治谏诤又不是一码事。因为它更侧重强调的是"发乎情，止乎礼义"的谲谏，这只是或者说更是文学的地盘和文学的方式，是文学的看家本事。

关于谲谏，郑玄的解释更为深切。风化、风刺"皆谓譬喻，不斥言也"，意即刺诗均用比喻，不直言指责对方过失。又认为主文为"主与乐之宫商相应也"，将进谏与音乐乐调相结合，同样强调不直陈而用譬喻。而解释谲谏为"咏歌依违，不直谏"，则更直言不直谏为进谏的基本原则。郑玄强调"谲谏"并不仅此一处，他的《周礼·春官》"六诗"注云："赋之言铺，直铺陈今之政教善恶。比，见今之失，不敢斥言，取比类以言之。"① 这两则解释，如果分开看，似乎显示出他并不避讳直谏，因为赋就是直铺今之政教善恶。但合而观之，则可以发现，其对赋之功能的强调更倾向于善，如果政恶，则不敢斥言，需用"比"方可。由是观之，郑玄完全赞同《诗序》的谲谏说，认为政善则直美之，政恶则谲谏之。可见，从西汉初期至东汉末年，从《毛传》到《郑笺》，谲谏的观念始终为《诗》学之主导思潮。②

但历史进入唐代，这种情况则出现了某些变化。首先，孔颖达对"谲谏"的解释开始有别于《郑笺》，他说："谲者，权诈之名，托之乐歌，依

---

① 《周礼注疏》卷一。
② 谲谏在汉代虽占绝对主流地位，但并非没有直谏之事或主张。《式微笺》云："我若无君，何为处此乎？臣又极谏之辞。"《将仲子笺》又有"祭仲骤谏"、"仲初谏"等语，《桑柔》"靡有旅力"笺云"朝廷曾无有同力谏诤"，这表明《诗》中原本存在直谏之事，只是郑玄更重视谲谏，其地位并不明显，但它却促使孔颖达"切谏"观的提出。孔颖达《将仲子疏》更详辨"骤谏"即"为谏之切"，努力证明郑玄亦强调切谏，为自己的观点寻找支撑。

违而谏，亦权诈之义，故谓之谲谏。"① 郑玄解释谲谏为不斥言、不直谏，这是不敢斥言后的选择，其外向所指为现实的恶劣环境。但孔颖达却将谲谏与权诈相联系，权诈即权谋、诈术，《汉志》有"兵权谋"类，其序云："权谋者，以正守国，以奇用兵，先计而后战，兼形势，包阴阳，用技巧者也。"② 王充《论衡》亦云："以权诈卓谲，能将兵御众为贤乎？"③ 这就是说，权诈和权谋都是讲兵法的，它们与军事有关。战争双方水火不容，必以存亡论胜负，故须多用策略，讲究权诈，但孔颖达却用之以解释"谲谏"，视谏议进受双方如同仇敌对手，此说虽似有失偏颇，但由此我们却可以看出，孔颖达似乎不大赞成汉代人主张的谲谏，因为在他看来谲谏显得太过迂曲，太过含糊不明，他更推崇的是"切谏"、"极谏"和"匡谏"等直接明了的进谏方式。

另有，《诗序》认为"变风"的特点为"发乎情，止乎礼义"，但孔颖达云："变风所陈，多说奸淫之状者，男淫女奔，伤化败俗，诗人所陈者，皆乱状淫形，时政之疾病也，所言者，皆忠规切谏，救世之针药也。"④《诗序》所言刺诗事实上仍提倡遵循"谲谏"原则，强调点到为止。而孔颖达则认为变风所述，都是社会的真实状况，只有用直接激切的方式才能显示作者的忠切规谏之心。这是《诗序》与《孔疏》对《诗》之理解的一个很大的不同。孔颖达强调直谏的观点由此可清晰洞见。

还有《沔水》一诗，《序》云："规宣王也。"意即进谏规劝宣王的行为，并未明言"规"之方式是直谏还是谲谏，从诗篇内容看应该是更倾向于后者。但孔颖达却认为："作《沔水》诗者，规宣王也。圆者周匝之物，以比人行周备。物有不圆匝者，规之使成圆。人行有不周者，规之使周备，是匡谏之名。"⑤ 匡谏，匡言谏诤也，其实也就是直谏。这就是说，孔颖达将《诗序》并未明说的进谏方式刻意理解为直谏。阐释直谏的同时，《正义》也同时为这一理念寻找事实渊源。《尚书·西伯戡黎》载，西伯占

---

① 《毛诗正义·关雎序疏》。
② 《汉志·兵书略》。
③ 《论衡·定贤》。
④ 《毛诗正义·关雎序疏》。
⑤ 《毛诗正义·沔水疏》。

于黎，祖伊惧，奔告于王曰："天既讫我殷命。"孔颖达以为这就是中国早期的切谏，因而对之大加赞扬曰："古之贤者切谏如此"①。

《烝民》"衮职有阙"孔颖达疏云："衮职，实王职也。不言王而言衮，不敢指斥而言，犹律谓天子为乘舆也。王之职有缺，辄能补之，谓有所不可则谏争之。"② 这是讨论称"王职"为"衮职"的原因一事。孔颖达开始部分遵从《郑笺》之意，亦认为称"衮职"乃因不敢直言，表达的是一种敬畏之情。但此后的话却与《郑笺》不同，《郑笺》云："王之职有阙，辄能补之者，仲山甫也。"这是对仲山甫品德、才能的肯定和赞美，但孔颖达却认为郑玄是在表达"有所不可则谏争之"的思想。分歧表明，孔颖达在许多地方有意将前人并非一定为"切谏"的言论标之以"切谏"，从而在似乎是不经意的误读中一步步构建其谏诤思想体系。

总的来说，在《诗序》、《郑笺》、《孔疏》的观念中，虽然视《毛诗》为谏书的这一整体特征始终未变，但在进谏方式的肯定和主张方面，三者却于不知不觉中渐渐有了区别。《诗序》、《郑笺》主张谲谏，《孔疏》则更强调直谏、切谏。细究《孔疏》主张切谏的原因，大致有三：

首先，《毛诗》中存在直谏事例，如《邶风·式微》"微君之故，胡为乎中露"、《郑风·将仲子》"将仲子兮！无逾我里，无折我树杞"、《大雅·桑柔》"靡有旅力"等，均有直谏的背景或事实。《郑笺》又分别以"极谏"、"骤谏"、"谏诤"等与直谏相似的词语概括出来，孔颖达则是在继承此一部分传统的前提下，又进一步提升了直谏的地位和作用。

其次，孔颖达个人性格喜好直谏。贞观中，太子承乾的很多行为不合礼仪，"口说突厥话，他和他的仆从都穿突厥服装。当朝廷官员们批评他这种粗野和不体面的行为时，他公然蔑弃中国礼法，竟打算杀害他们"③。时为太子右庶子的孔颖达每每犯颜进谏，《贞观政要》载：

> 贞观中，太子承乾数亏礼度，侈纵日甚……是时太子右庶子孔颖达每犯颜进谏。承乾乳母遂安夫人谓颖达曰："太子长成，何宜屡得

---

① 《毛诗正义·节南山》"不吊昊天，乱靡有定"疏。
② 《毛诗正义·烝民》"衮职有阙"疏。
③ （英）崔瑞德编《剑桥中国隋唐史》，中国社会科学出版社1990年版，第213页。

面折?"对曰:"蒙国厚恩,死无所恨。"谏诤愈切。承乾令撰《孝经义疏》,颖达又因文见意,愈广规谏之道。①

由是观之,孔颖达自身具备刚正不阿之气,他以儒家思维审视帝王、太子行为,每有不合,即奋力强谏,这与其在《正义》注疏中提倡的观点完全吻合。

最后也是最为重要的是,初唐帝王思想宽容,重视以史为鉴,广开言路,培养了大批崇尚直谏、敢于直谏的有识之士。这在郑玄生活的时代是绝对不可能的,政治的开明与严酷往往导致进谏观念和方式发生变化。

在上述三种原因的共同作用下,最终使孔颖达在《正义》注疏中确定强调突出直谏这一与前代不同的谏诤方式。实际上直谏既是孔颖达的主导思想,也是初唐政治生态的客观反映。初唐多直谏之士,对这一时期国泰民安的政治现实的实现有着明显的促成作用,且影响远播,直到唐代晚期,政坛士林中一直不乏敢于直谏者。

二、《毛诗》与贞观群臣进谏

《毛诗》的美、刺尤其是刺诗一定程度上促进了唐代直谏观念的兴盛,贞观群臣凡遇政事,不仅多有直谏,常以《诗》进谏,而且还谏意甚直甚切,此以魏徵最具代表性。贞观二年(628),太宗问何为明君暗君,魏徵回答说:

> 君之所以明者,兼听也;其所以暗者,偏信也。《诗》云:"先民有言,询於刍荛。"昔唐、虞之理,辟四门,明四目,达四聪。是以圣无不照,故共、鲧之徒,不能塞也;靖言庸回,不能惑也。秦二世则隐藏其身,捐隔疏贱而偏信赵高,及天下溃叛,不得闻也。梁武帝偏信朱异,而侯景举兵向阙,竟不得知也。隋炀帝偏信虞世基,而诸贼攻城剽邑,亦不得知也。是故人君兼听纳下,则贵臣不得壅蔽,而

---

① 《贞观政要》卷四《规谏太子第十二》。

下情必得上通也。①

"先民有言，询于刍荛"乃《大雅·板》诗句。魏徵引此，有劝谏太宗不耻下问之意。其例证中所举，从尧舜至隋炀帝，重点在于阐释帝王不可偏信，应该兼听纳下。这是以一种相当高调的姿态提出的观点，论证过程中却又稍有宽松。既然依《诗》要"询于刍荛"、广开言路，但所有例证却皆限于庙堂之事，虽言语有所曲折有所折扣，但仍不失其直谏之真精神。

同年，朝廷将葬建成、元吉，魏徵、王珪请求陪送，故上表请求太宗：

> 臣等昔受命太上，委质东宫，出入龙楼，垂将一纪。前宫结衅宗社，得罪人神，臣等不能死亡，甘从夷戮，负其罪戾，寘录周行，徒竭生涯，将何上报？陛下德光四海，道冠前王，陟冈有感，追怀棠棣，明社稷之大义，申骨肉之深恩，卜葬二王，远期有日。臣等永惟畴昔，忝曰旧臣，丧君有君，虽展事君之礼；宿草将列，未申送往之哀。瞻望九原，义深凡百，望于葬日，送至墓所。②

送建成、元吉入葬是一个非常敏感的话题，玄武门事变刚刚过去，太宗对归顺者是否信任，尚不得知，因此魏徵等提出这样的建议是冒着很大风险的。正因为如此，表文经过精心构思，感情表达恰到好处。而其中的数处引《诗》，更是起到了画龙点睛的作用。

首先，魏徵等云自己本应从建成受罪，却非但没有，反被重用，于心不安，又甚为感激。表文此处用了"寘录周行"四字，《周南·卷耳》有"寘彼周行"，《传》云："置周之列位。"《笺》又云："周之列位，谓朝廷臣也。"魏徵所用就是指自己本应处死，但却被太宗重用。此处用《诗》又将唐太宗比为周代明君，这无疑是太宗最希望听到的。

其次，"陟冈有感"语出《魏风·陟岵》"陟彼冈兮，瞻望兄兮"，述兄弟情深。这在感情上颇能打动太宗。太宗与兄弟并非没有感情，只是为了最高权力的争夺使矛盾被无限放大。但建成、元吉被杀，忽然失去对手

---

① 《贞观政要》卷一《君道第一》。
② 《贞观政要》卷五《忠义第十四》。

之后，"荷戟独彷徨"的太宗的恻隐之心就开始抬头了，兄弟之情的地位随之进一步上升。魏徵等深谙此意，遂如此说。其后又云"追怀《棠棣》"，《诗序》曰："《棠棣》，燕兄弟也。"所隐含突出的仍为手足之情。

魏徵等以动情晓理的方式感化太宗，其中反复引《诗》，首赞太宗执政，又讲兄弟情深自古如此，给出了使太宗同意的充分的文化和伦理空间，最终太宗深受感动，"宫府旧僚吏，尽令送葬"。

贞观三年（629），太宗诏令关中免除两年租税，关东免一年徭役。但很快又下令让已役已纳者，继续执行，等第二年再一并折算。针对这一反复，魏徵明确表示反对，云："此诚平分百姓，均同七子。但下民难与图始，日用不足，皆以国家追悔前言，二三其德。"①"均同七子"源于《曹风·鸤鸠》"鸤鸠在桑，其子七兮"，原文未见完全相同之句，但《毛传》云："鸤鸠之养其子，朝从上下，莫从下上，平均如一。"可见，《毛传》才为魏徵所引的直接出处。"二三其德"则源于《卫风·氓》"士也罔极，二三其德"，意在批评朝令夕改随意变卦。魏徵此地将《毛诗》中的美与刺二类诗并置一处，形成鲜明对比，以此批评太宗在租税问题上态度的前后不一。

贞观六年（632），魏徵回答太宗问曰："自古失国之主，皆为居安忘危，处治忘乱，所以不能长久。今陛下富有四海，内外清晏，能留心治道，常临深履薄，国家历数，自然灵长。"②"临深履薄"，语出《小雅·小旻》"战战兢兢，如临深渊，如履薄冰"。魏徵引此诗句意在称颂太宗勤于朝政，此为美诗所用，魏徵并不照搬原文，而仅用"临深履薄"四字概括原诗主旨，听者也不难领会，说明太宗及群臣的《诗经》修养是相当不错的，当时儒学之盛，由此也可窥其一斑。

贞观十一年（637），魏徵上疏，有两处引《诗》。其疏曰："凡百元首，承天景命，莫不殷忧而道著，功成而德衰。有善始者实繁，能克终者盖寡，岂取之易而守之难乎？"③魏徵此处意在阐明守成之难的道理。"景

① 《贞观政要》卷二《纳谏第五》之附《直谏》。
② 《贞观政要》卷一《政体第二》。
③ 《贞观政要》卷一《君道第一》。

命"取之《大雅·既醉》，孔颖达释之为"天之大命"，意即受上天之命取得王位，魏徵用意与此完全相同。"有善始者实繁，能克终者盖寡"，取意于《大雅·荡》"靡不有初，鲜克有终"。可以看出，魏徵阐释完成艰深曲折道理时，《诗》成了其重要的精神来源和理论支持。也正因为有《诗》提供历史经验和理论支撑，魏徵才能信心十足地与房玄龄争论草创与守成孰难的问题，并以相同的观点进谏太宗。

贞观十四年（640），魏徵又上书云："《诗》曰：'君子如怒，乱庶遄沮。'然则古人之震怒，将以惩恶，当今之威罚，所以长奸，此非唐、虞之心也，非禹、汤之事也。"① "君子如怒，乱庶遄沮"语出《小雅·巧言》，郑玄说："君子见谗人如怒责之，则此乱庶几可疾止也。"意即怒责小人，祸乱可被中止。魏徵引此在于用其"怒"意，也就是说，他认为古人的"怒"都是针对恶的，而现在的威仪刑罚，却用来助长奸邪。此处引此《诗》似略显牵强，《诗》中所说君子之怒是针对小人，但君子是否只针对此而怒，却不得而知。魏徵理解其为唯一发怒之对象，其目的无非是要在经书中寻找支撑自己观点的依据而已。

魏徵一生始终保持高度的忧患意识，与此同时，以《诗》为代表的经书也常常指导其行为和思想：

> 贞观初，太宗谓侍臣曰："朕观前代谗佞之徒，皆国之蟊贼也。或巧言令色，朋党比周；若暗主庸君，莫不以之迷惑，忠臣孝子所以泣血衔冤。故丛兰欲茂，秋风败之；王者欲明，谗人蔽之。此事著于史籍，不能具道。……"魏徵曰："《礼》云：'戒慎乎其所不睹，恐惧乎其所不闻。'《诗》云：'恺悌君子，无信谗言。谗人罔极，交乱四国。'又孔子曰：'恶利口之覆邦家'，盖为此也。臣尝观自古有国有家者，若曲受谗谮，妄害忠良，必宗庙丘墟，市朝霜露矣。愿陛下深慎之！"②

太宗列举诸多史实，说明谗佞危害之大，魏徵在此基础上，更于经书

---

① 《贞观政要》卷三《君臣鉴戒第六》。
② 《贞观政要》卷六《杜谗邪第二十三》。

中寻找依据。史实过于感性，而经书则可上升至理性高度。魏徵所列《诗》、《礼》、《论语》之言基本上都显示了这种带有普遍性的道理。

贞观年间，魏徵多次犯颜强谏，而《诗》差不多就是他强谏的最有效工具。值得一提的是，这一时期，除魏徵外，臣僚中也多有以《诗》进谏者，也就是说，《诗》在贞观年间成为当朝群臣表达政治思想和进行政治活动的重要文化和道德支撑。

贞观二年（628），张蕴古上表《大宝箴》，《贞观政要》云其"文义甚美，可为规诫"①，其中亦有多处引《诗》，如"履薄临深"（《小雅·小旻》）、"战战慄慄，用周文小心"（《大雅·大明》）、"不识不知"（《大雅·皇矣》）等，目的多为提醒皇帝治国要小心谨慎。

贞观十一年（637），太宗欲封子弟、重臣为世袭刺史，李百药极力反对，强驳此事，② 其文亦多有用《诗》说理处。太宗以为周封子弟，方业隆八百，李百药则认为周代之所以久长，乃因以夏、殷为鉴，推行分封。"维城磐石"为《大雅·板》诗句，意城池坚固如磐石。《诗》成为其构建基本观点的主要依据。"鲁道有荡"为《齐风·载驱》诗句，《诗》旨为批评齐襄公与其妹文姜淫乱。李百药引此，认为鲁之道路如此宽广，本为国家之间以礼交好之所备，但现实却助成齐襄公兄妹的淫乱。如此，又恰与前文"春秋二百年间，略无宁岁"相对应。李文还说"劳止未康"，此为《大雅·民劳》"民亦劳止，汔可小康"的省称，意在强调要罢兵息武，以民为重。此外还用到了《大雅·灵台》"子来"、《小雅·甫田》"丧乱甫尔"等诗句诗意。由是文观之，《诗》实为李百药阐释观点的重要化用材料。

由上可见，贞观群臣普遍怀有浓郁的忧患意识，因为心有所忧虑，所以进谏之辞便往往激烈，《诗》中美、刺，尤其刺诗则更为他们所普遍钟爱。这一时期群臣同怀"言之者无罪，闻之者足以戒"的心态向最高统治者建言献策，最终促成了贞观盛世的出现，而《诗》在此盛世的构建过程中起着不可忽视的作用。当然，贞观群臣谏书中喜引《诗》的一个重要原

---

① 《贞观政要》卷八《刑法第三十一》。
② 《贞观政要》卷三《封建第八》。

因还在于太宗也颇喜用《诗》，今存太宗诸多诏令中都有《诗》文引用，许多并非泛泛征引，而是深具蕴意，有些我们甚至还能从中读出不同常人的别样内容。限于篇幅，此处不详细讨论。

总之，贞观君臣共同努力，言路广开，他们共同将《毛诗》所倡之"谲"谏转变为"直"谏，进谏时，诸儒更常以《诗》为据，心忧天下。由是我们认为，《诗》为创造辉煌一时的贞观盛世作出了不可磨灭的思想文化贡献。

三、以《诗》进谏在唐代中后期的延续

从前面的讨论可见，忧患意识在贞观朝的表现极为突出，贞观之后，这一传统仍被继承和发扬，这其中《诗》仍是表达思想的重要载体。永徽中，高宗欲废王皇后而立武则天，黄门侍郎韩瑗竭力反对，表词中有一条最主要的反对证据就是《小雅·正月》所云"赫赫宗周，褒姒灭之"，也就是说，皇后"母仪万国，善恶由之"①，周代就是不重皇后，任意废立，最终灭于褒姒。因此，他认为不可废王皇后而立武则天。

玄宗刚刚取得帝位之时，常州晋阳尉杨相如就曾上书说：

> 昔之有隋也，今转为大唐，岂不以纵慝无厌，危患不恤，举天下之大，一掷而弃之。荒迷沉乱，终不自觉。要之覆灭，死于人手，为天下笑，甚可痛哉。《诗》云："殷鉴不远，在夏后之世。"谚云："前车覆，后车诫。"然则主社稷、承宗庙者，可不极思虑、深勖励乎？②

此乃提醒玄宗要居安思危，勤于朝政。《大雅·荡》"殷鉴不远，在夏后之世"为贞观群臣进谏中常用之辞，杨相如在此又用，言辞、态度一如前朝，可谓恳切。

这样的事例颇多，张说亦曾用"人亦劳止，汔可小康"劝戒武后尊重

---

① 《册府元龟》卷五百四十三《谏诤部·直谏第十》。
② 《册府元龟》卷五百三十三《谏诤部·规谏第十》。

民力，减轻百姓徭役。而某次玄宗生日，吏部尚书崔日用更采集《毛诗》中《大雅》、《小雅》二十篇上表，"以申规讽，并述告成之事"①。

更值得注意的是，贞观之后的进谏时有长篇引《诗》甚或干脆以《诗》进谏的情况发生。这似乎可以说明，唐代谏臣在思想创造力逐渐下降的同时，《诗》的谏诤作用则日益凸显出来。神龙二年（706），时为中书侍郎的萧至忠上疏云：

> 陛下若因循往辙，不革前非，为弊已成，返改难及，惟陛下详察之。《诗》云："东人之子，职劳不来。西人之子，粲粲衣服。私人之子，百僚是式。或以其酒，不以其浆。鞙鞙佩璲，不以其长。"此言王政不平，众官废职，私家之子，列试于荣班，任非其才，徒长其饰佩，无德而禄，有类素餐。而诗人之言，多存讽刺。因国风之有畅，冀王道之不偏，前人之所讥，后王之所戒。愿陛下想居安虑危之义，行改弦易张之道，贵惜爵赏，审量材职，官无虚授，人必为官，进大德于枢近，退小人于间僻。②

文中所引之诗为《小雅·大东》中的一节，其意依《郑笺》、《孔疏》，可大体理解为：东部之人劳苦异常，但不见君王有一句问候称赞之词。与此相对，京城人却个个衣着光鲜，生活安逸幸福。更甚者，那些原本没有受过良好教育，本身又无多少才能的私家子，都趁着王政有偏的机会，纷纷入仕为官。最让人不能忍受的是，君王用之为官的人，可以天天饱食醉酒，而不被任用者，竟连酒浆也得不到。远望朝廷，所用之人皆鞙鞙然佩其璲玉，居其官职，不以其才之所长，徒美其佩，而无其德。萧至忠的理解与此完全相同，但他引《诗》之后，又将诗意重述一遍，最后提出愿望，希望中宗能近君子、远小人，以兴朝政。需稍加特别关注的是，萧至忠引《诗》，有意省略了"西人之子，粲粲衣服"后的"舟人之子，熊罴是裘"句。"舟人"，《毛传》释为"舟辑之人"，这一解释明显导致诗意的难以连贯，因此，郑玄认为"舟"当作"周"，"周人之子，谓周世臣

---

① 《册府元龟》卷五百二十三《谏诤部·讽谏第一》。
② 《册府元龟》卷五百四十五《谏诤部·直谏第十二》。

之子孙，退在贱官，使搏熊罴，在冥氏、穴氏之职。"也就是说，王公贵族之人，即使"退在贱官"仍富贵异常。萧至忠将此句省去，意在呼应全文的只批评王政偏向小人，而不扩大批评范围。正是在这一目的要求下，他才于引《诗》之后，又将诗意重述一遍，以求在省略诗文之后，仍能保证诗意的完整贯通。

如果说萧至忠是以极为明显的刺诗作为自己思想的主要支撑进谏中宗的话，那么，下引郭山恽进谏的方式则显得更为曲折、隐蔽。《旧唐书·儒学下》载：

> 郭山恽，蒲州河东人。少通《三礼》。景龙中，累迁国子司业。时中宗数引近臣及修文学士，与之宴集，尝令各效伎艺，以为笑乐。工部尚书张锡为《谈容娘舞》，将作大匠宗晋卿舞《浑脱》，左卫将军张洽舞《黄麞》，左金吾卫将军杜元琰诵《婆罗门呪》，给事中李行言唱《驾车西河》，中书舍人卢藏用效道士上章。山恽独奏曰："臣无所解，请诵古诗两篇。"帝从之，于是诵《鹿鸣》、《蟋蟀》之诗。奏未毕，中书令李峤以其词有"好乐无荒"之语，颇涉规讽，怒为忤旨，遽止之。①

其他诸人均以较为轻松或赞战功类主题作为曲目进行表演，独郭山恽不同，他以诵《鹿鸣》、《蟋蟀》为曲目，而两诗又恰都寄托郭氏浓厚的情感。《鹿鸣》、《蟋蟀》诗旨在唐代以前没有争议，均可依《诗序》理解。《鹿鸣》乃"燕群臣嘉宾"，《蟋蟀》乃"刺晋僖公也。俭不中礼，故作是诗以闵之，欲及时以礼自虞乐"。摒去诗中具体所指的"晋僖公"不论，可以发现，郭山恽是将美诗与刺诗并置一处，是含有明确的先美后刺之意的。

关于《蟋蟀序》的含义，《孔疏》言之甚详："由僖公太俭逼下，不中礼度，故作是《蟋蟀》之诗以闵伤之，欲其及岁暮闲暇之时，以礼自娱乐也。以其太俭，故欲其自乐。乐失于盈，又恐过礼，欲令节之以礼，故云以礼自娱乐也。"以礼娱乐，当在岁暮闲暇之时方可，而不应随时如此。因此我们可以很清楚地看出郭山恽的意图，其先诵《鹿鸣》，目的在于接承诸臣的欢娱气氛，却没有更多的实际意义。其主要意图都在《蟋蟀》一

---

① 《旧唐书·儒学下》。

诗，希望中宗能够领会其意，不要过多地宴集行乐。

实际上在众人皆乐的场境中，以非主要人物的身份发出不和谐声音是非常危险的。李峤就因为郭山恽所诵诗中有"好乐无荒"涉嫌批评，使其中断。关于这一事件的记叙，《册府元龟》稍有不同。① 郭山恽诵二诗于何处停止，《旧唐书》没有交待，仅云"奏未毕"。《册府》则在全录《鹿鸣》、《蟋蟀》诗文之后说"奏此歌未毕"，也就是说，郭山恽奏完了《鹿鸣》，而《蟋蟀》没有奏完，奏至何处而止，依《册府》文意，应在"好乐无荒"之后。《旧唐书》云李峤制止郭山恽是因为《蟋蟀》一诗中的"好乐无荒"之语，《册府》则笼统说是"以其辞规讽"，更合《蟋蟀》诗旨，因为该诗全章都为刺诗，并非仅"好乐无荒"一句。《旧唐书》云李峤"怒为忤旨，遽止之"，《册府》则记为"恐忤旨，遽催促止之"。由此记述来看，李峤并没有以简单粗暴的方式喝斥制止郭山恽，此与其为官为人风格似乎更为吻合。

郭山恽奏《诗》，尽管由于李峤的干涉没有最终完成，但中宗已经很清楚地理解了郭氏的用意，并对其大加赞赏。事后第二天，中宗就降诏，对其做法表示了肯定。②

由是可见，以《诗》寓意在这一时期仍是一种重要的进谏方式。中宗仍颇为开明，并没有因为郭山恽忤逆其意而有所责罚，反倒对这种行为大加奖赏，由此可见，贞观朝开创的谏诤之风至此仍为最高统治者所崇尚。

唐代中后期，国势由盛而衰，社会问题层出不穷，干政小人不断出现，而正直之士更以近乎尖刻的态度对某些不正常现象提出批评，进谏的语气也更加激切。代宗时，元载权倾朝野。永泰（765—766）中，元载欲规定百官论事，必须先告知其长官，长官再向宰相奏明，然后由宰相送呈皇帝。面对这一限制进谏言路的做法，简校刑部尚书知省事颜真卿大胆上疏：

> 今陛下欲自屏耳目，使不聪明，则天下何则焉！《诗》云："营营青蝇，止于棘。谗言罔极，交乱四国。"以其能变白为黑、变黑为白也，诗人深恶之。故曰："取彼谮人，投畀豺虎。豺虎不食，投畀有北。"则夏之

---

① 《册府元龟》卷五百二十三《谏诤部·讽谏第一》。
② 《册府元龟》卷五百四十九《谏诤部·褒赏》。

伯明，楚之无极，汉之江充，皆谗人也。孰不恶之？陛下恶之，深得君人之体矣，陛下何听，其言虚诬者，则谗人也，因诛殛之。①

颜真卿上书的重点在于劝代宗广开言路、乐听进谏，而不应自屏耳目，任由元载胡作非为。其中两处用《诗》，"营营青蝇"为《小雅·青蝇》诗，"取彼谮人"为《小雅·巷伯》诗。二者都是刺诗，《诗序》所言甚明。"营营青蝇"句，《郑笺》云："蝇之为虫，汙白使黑，汙黑使白，喻佞人变乱善恶也。"由此可见，颜真卿所说的"以其能变白为黑，变黑为白也，诗人深恶之"，用意不出《郑笺》。用"谗人罔极，交乱四国"旨在提醒代宗信任谗言对国家的巨大危害性。"取彼谮人"句，意为应将谗人作为食物投放给豺、虎之类猛兽，如果这些猛兽也因为厌恶而不愿将之作为食物的话，那就应再将他们投放到北方严寒之地。诗意真切地表达了对谗人的痛恨、厌恶之情。疏文引《诗》之后均有阐发，此既是对《诗》意的理解，又是以《诗》注解现实，以《诗》进谏。

以上从三个方面探讨了《毛诗》的美刺与唐代谏诤精神的关系。唐代崇尚直谏，孔颖达之所以抛弃《诗序》的谲谏，改而提倡直谏、切谏，主要就是因为其受到当时广泛存在的直谏风气的影响。而所注《毛诗》提倡直谏，又进一步启发和影响了唐人的进谏思维。贞观朝臣多具忧患意识，他们以《诗》为据，频频进谏，而太宗也往往乐于接受，共同成就了贞观盛世的出现。贞观之后，忧患意识仍为正直、心怀天下的士人所持有，他们常以《诗》为谏书，匡正皇帝视听，有些情况下所作所为不仅无温柔敦厚之色而且言辞还相当激烈。随着李唐王朝政治的日趋昏暗和社会现实的日趋混乱，进谏者往往需要更大的勇气和更为严厉的措辞，方可引起当朝最高统治者的注意，这在中晚唐的政治生活中似也成为了普遍的现实。总之，《诗》之美刺，尤其是由刺诗衍生出的直谏精神，对唐代思想的开放和社会的健康发展，都有着不可低估的重要而持久的影响。

（原载《河北师范大学学报》（哲社版）2010 年第 6 期，与赵棚鸽合作）

---

① 《册府元龟》卷五百四十六《谏诤部·直谏第十三》。

第十三章　元代《毛诗》学与元代文化精神

在中国漫长的经学传承、阐释历史上，元代是一个"不被看好"的时代。清季学者皮锡瑞曾将经学的发展划分为十个历史时期，而元明两代"处在经学的积衰时期"，① 也即此时为经学发展的低谷。尤其是元代。随着少数民族蒙古族入主中原并建立起强大、统一的封建帝国，中国传统文化一度受到冲击，经学也一定程度上被弱化，甚至被割断。从此种意义上讲，元代确实是中国经学发展的衰微时期。然而传统文化又是不容易割断的。有元一代，在统治者积极调整统治思想的情况下，在在朝在野儒者、文人对经学传统的不懈坚持下，元代经学还是以自己独特的方式发展着、进步着。元代《诗经》学的发展就是其中典型一例。由于政治力量的介入，元代的《诗经》学基本表现出朱《传》一枝独秀的局面，之外的其他著述多数仅仅是为"羽翼"、"附和"朱《传》而作。但在具体的《诗经》阐释学系统还是有一些新鲜因素在不断荡涤着朱子的理学解《诗》，参与着时代的文化建设，并开启了新的解《诗》风尚。下面我们就具体分析元代《诗经》学及其进入元代社会诸方面的情况。

在进入正式的讨论之前，我们还要事先说明一个问题，那就是关于元代《诗经》学与元代《毛诗》学的关系。这也正是当下《诗经》研究要重新认识的一个问题。我们习惯了讲中国《诗经》学、中国《诗经》学史，而没有仔细分辨实际上在《诗经》四家传承的过程中，官方的三家诗

---

① （清）皮锡瑞《经学历史》，中华书局 2008 年版。皮氏将中国经学史划分为十个时期，分别是经学开辟时代（孔子删定"六诗"）、经学流传时代（先秦诸子时期）、经学昌明时代（西汉时期）、经学极盛时代（汉代元、成二帝至后汉时期）、经学中衰时代（魏晋时期）、经学分立时代（南北朝时期）、经学统一时代（隋唐时期）、经学变古时代（宋代）、经学积衰时代（元明时期）、经学复盛时代（清代）。

已经在不同时期不同程度地淡出了历史舞台。而我们现在所能见的《诗》之唯一完整文本只有《毛诗》。不论是唐代《毛诗正义》还是宋代朱《传》①，这些在《诗经》学史上占据过重要里程碑地位的《诗经》注疏之作，它们之间的差别更多表现为或偏重于训诂或偏重于义理，其使用的经典文本无一不是《毛诗》，包括《毛诗》的大、小《序》以及《故训传》。从这个角度讲，除数量极少的三家《诗》遗著②之外，中国的《诗经》学史更像一部中国《毛诗》学史。则讨论元代《诗经》学毋宁定义为元代《毛诗》学显得更为妥帖。

一、元代《毛诗》学流传基本情况

元代是中国历史上第一个由少数民族建立的统一帝国。蒙古人的入主中原带来了民族文化之间的大碰撞。在这个文化碰撞与交融的过程中，蒙古人主动选择了先进的中原儒家文化作为政治统治的辅助工具，并积极采用了"以儒治国"的统治方略。不管是开国时期的成吉思汗还是壮大帝国版图的忽必烈，他们都积极推行汉法，适当任用儒生。这些政策直接促进了经学的发展，也使作为儒家重要经典的《毛诗》学获得迅速发展，并渗入到元代社会的各个方面。

1. 统治集团的崇《诗》与引《诗》

元代统治者重视儒学，儒家思想及经学著作在其政治统治方面发挥着重要的作用。《元史·世祖本纪》至元五年（1268）载："（十月）庚寅，

---

① 关于朱熹《诗集传》是否要归入《毛诗》系统，我们有如下两个理由：一是《诗集传》的底本为《毛诗故训传》，尽管朱熹对"小序"颇有微词，对《毛诗》经义的阐释有许多不同看法（主要是对其中的"淫奔之诗"），但这些都属于对《诗》经义的不同理解，而且是在《毛诗》阐释基础上的不同看法。二是朱熹自己也认为"如训诂，则当依古注"解释。因此从训诂的角度讲，朱熹的《诗集传》亦是充分吸取了《毛传》的解释，也就是说从涵咏诗意的需要出发，朱熹的解《诗》是充分理解"古注"也即《毛传》之解释。因此从训诂的角度讲，朱熹的《诗集传》亦是充分吸取了《毛传》的解释，由此朱《传》当为《毛诗》系统。

② 自三家诗逐渐散佚不传以来，实际上也有一些学者在致力于三家诗的辑佚、研究等工作，确实也有一定的收获，但是对比《毛诗》庞大的注疏系统而言，不论数量还是质量都无法与之相匹。

敕从臣秃忽思等录《毛诗》、《孟子》、《论语》。"① 元世祖至元五年即宋度宗咸淳四年，正值宋与蒙古交战正酣之时，世祖于此时命秃忽思等录《毛诗》、《孟子》、《论语》，反映出世祖等蒙古统治者已经意识到儒家思想对国家治理的重要价值，并试图藉此引导蒙古民族的文化价值取向，向先进的汉文化学习，为国家未来的统一和巩固奠定必要的思想基础。正如《元史·世祖本纪》对其评价："世祖度量弘广，知人善任使，信用儒术，用能以夏变夷，立经陈纪，所以为一代之制者，规模宏远矣。"② 而命从臣录《毛诗》也正是其"以夏变夷"诸多步骤中的重要一环。

同时，元代科举更是明确《诗》作为科考诸科中的一门，并将朱子《诗集传》作为唯一的诠释蓝本：

> 蒙古、色目人，第一场经问五条，《大学》、《论语》、《孟子》、《中庸》内设问，用朱氏章句集注。其义理精明，文辞典雅者为中选。第二场策一道，以时务出题，限五百字以上。汉人、南人，第一场明经经疑二问，《大学》、《论语》、《孟子》、《中庸》内出题，并用朱氏章句集注，复以己意结之，限三百字以上；经义一道，各治一经，《诗》以朱氏为主，《尚书》以蔡氏为主，《周易》以程氏、朱氏为主，已上三经，兼用古注疏，《春秋》许用《三传》及胡氏《传》，《礼记》用古注疏，限五百字以上，不拘格律。③

另外，元代统治者在还诏书中引用《诗》之义，充分表明了其对于《诗》义的认知与熟悉。如元仁宗皇庆三年三月诏曰："《易》述家人，《诗》美关雎，故帝王受命，必建置后妃，所以顺天地之义，重人伦之本也。宏吉剌氏夙由世戚，来嫁我家，事皇太后有孝恭之懿，辅朕躬着淑慎之善。于二月十六日授以册宝，立为皇后。"④ 其中"《诗》美关雎，故帝王受命，必建置后妃，所以顺天地之义，重人伦之本也"的依据显然来自《毛诗大序》："《关雎》，后妃之德也。……先王以是经夫妇，成孝敬，厚

---

① （明）宋濂等《元史》，中华书局 1976 年版，第 120 页。
② （明）宋濂等《元史》，中华书局 1976 年版，第 377 页。
③ （明）宋濂等《元史》，中华书局 1976 年版，第 2019 页。
④ 柯劭忞《新元史》，上海古籍出版社、上海书店 1988 年版，第 64 页。

人伦，美教化，移风俗。"① 尽管元代诏书等公文中涉及《毛诗》的内容并不多见，但我们据上述三例，还是大体可以想见《毛诗》经典化的解释在元代统治阶层中是具有一定影响力的。

2. 儒生吏士的阐《诗》与疏《诗》

元代的儒生重视儒家文化传统，一方面他们积极进谏统治者崇尚儒教、以儒治国，另一方面他们也积极进行经义的注疏、传播，或著书立说，或广开书院，从而使元代经学、元代《毛诗》学迅速发展开来。

元代的《诗》著述，据刘毓庆《历代诗经著述考》统计共有七十七种，这无疑是元代儒生吏士对《诗》学的重要贡献。这些著述，有的绍述朱子，为朱《传》之重要注本，如刘瑾《诗传通释》、朱公迁《诗经疏义》；有的辅翼朱《传》，从补充名物注释、考订礼法、史实方面对朱《传》进行增补，如许谦《诗集传名物钞》；还有的独具一格，不认同朱熹的说法，对《诗》有自己独特的理解与认识，如马端临。② 这些成果充分反映了当时的儒生吏士对于《诗》的阐释与传播。

3. 下层民众的熟《诗》与用《诗》

儒生吏士的推崇与传播促进了广大民众对《诗》的熟悉。与上层统治集团极为有限的使用《毛诗》形成鲜明对照的是，元代下层民众对《毛诗》的使用却非常之广泛。此处仅举一例以见一斑。

《新元史·吴直方列传》载吴直方子吴莱"年四岁，其母盛氏口授《孝经》、《论语》、《春秋》、《穀梁传》，即能成诵。七岁能赋诗。同县方凤，有文学重名，见而叹曰：'明敏如吴莱，虽汝南应世叔不是过也。'悉以所学授之。莱本名来凤，取《毛诗》'北山有莱'之义，为易今名。"③ 吴氏父子生活在元代中后期，为避老师名讳，遂以《毛诗·南山有台》"南山有台，北山有莱"为吴来凤重新起名，而《毛诗故训传》云："莱，草也。"又《笺》云："兴者，山之有草木，以自覆盖，成其高大，喻人君有贤臣，以自尊显。"④ 显然，方凤以"莱"字为学生命名包含了其对学生

---

① 李学勤主编《十三经注疏·毛诗正义》，北京大学出版社 1999 年版，第 4、10 页。
② 具体见下一节详述。
③ 柯劭忞《新元史》，上海古籍出版社、上海书店 1988 年版，第 834 页。
④ 李学勤主编《十三经注疏·毛诗正义》，北京大学出版社 1999 年版，第 614 页。

的极大期待。由此我们可见元代社会下层民众对《毛诗》的熟悉。

4. 元杂剧中的引《诗》及其特征

作为元代"一代之文学"，其时元杂剧盛行，最初流行于今之山西、河北一带。山西地区至今还保留着相当数量的金元时代的杂剧壁画和戏台。就现有元代杂剧引《诗》资料来看，元代杂剧作品引《毛诗》的数量以及形式相对比较丰富，大致有以下几种情况：

首先，元代杂剧作家将《毛诗》作为儒家经典之一，在作品中直接引用其名称。如无名氏《龙济山野猿听经》："我将《周易》讲诵，《毛诗》、《礼记》贯胸中。《春秋》讨论，《史记》研通。"① 萧德祥《杨氏女杀狗劝夫》："他讲不得《毛诗》，念不得《孟子》，无非是温习下坑人状本儿，动不动掐人的嗓子。"② 马致远《半夜雷轰荐福碑》："冻杀我也《论语》篇、《孟子》解、《毛诗》注，饿杀我也《尚书》云、《周易》传、《春秋》疏"③，等等。

其次，元代杂剧作家引用《毛诗》能够利用和发挥《毛诗序》等注疏的思想。如关汉卿《山神庙裴度还带》："《毛诗》云：'投之以木桃，报之以琼瑶。'焉敢忘恩人之大德也！"④ "投之以木桃，报之以琼瑶"出自《卫风·木瓜》，原诗作"投我以木桃，报之以琼瑶"，《毛诗序》云："《木瓜》，美齐桓公也。卫国有狄人之败，出处于漕，齐桓公救而封之，遗之车马器服焉，卫人思之，欲厚报之，而作是诗也"。⑤ 很明显，关汉卿在这里用的是《序》意。

又如石君宝《鲁大夫秋胡戏妻》："曾把《毛诗》来讲论，那《关雎》为首正人伦，因此上儿求了媳妇，女聘了郎村。"⑥《毛诗大序》云："《关雎》，后妃之德也，风之始也。所以风天下而正夫妇也。……先王以是经夫妇，成孝敬，厚人伦，美教化，移风俗。"石君宝也用《大序》"（《关

---

① 隋树森编《元曲选外编》（全三册），中华书局1959年版，第3册，第949页。
② 王学奇主编《元曲选校注》，河北教育出版社1994年版，第461页。
③ 王学奇主编《元曲选校注》，河北教育出版社1994年版，第1568页。
④ 隋树森编《元曲选外编》（全三册），中华书局1959年版，第3册，第32页。
⑤ 李学勤主编《十三经注疏·毛诗正义》，北京大学出版社1999年版，第246—247页。
⑥ 王学奇主编《元曲选校注》，河北教育出版社1994年版，第1495页。

雎》）厚人伦"之意。

又如马致远《江州司马青衫泪》："自古来整齐风化，必须自男女帏房。但只看《关雎》为首，诗人意便可参详。"[①] 亦用《大序》意。再如罗贯中《宋太祖龙虎风云会》："（正末唱）毛诗共几章？（普云）夫诗者，古人吟咏性情之大节。有风、雅、颂三经，赋、比、兴三纬。诗有三千，夫子删为三百十一篇，善以为劝，恶以为戒。"这里罗贯中除了利用《毛诗大序》"诗者，志之所之也，在心为志，发言为诗"外，还吸收了司马迁《史记》"孔子删诗"的观点，以及孔颖达《毛诗正义》关于《诗经》"六义"、"三经三纬"的观点。

综上可见，《毛诗》普遍流行于元代的各个阶层，尤其是在儒生吏士之中，在当时还不甚入流的元代杂剧之中，《毛诗》的阐释与使用更具有令人难以想象的普遍性。

二、元代《毛诗》学传承派别及特征

随着程朱思想的深入及朱《传》被确定为科举唯一指定"参考文献"，元代《毛诗》学逐渐进入朱子学一家独大的局面，《四库全书总目提要》云："有元一代之说《诗》者，无非朱《传》之笺疏。至延祐行科举法，遂定为功令，而明制因之。"[②] 可见元明两代《诗》学都是以朱熹《诗集传》为准则的。今天更有学者认为："元代诗学唯宗朱传，少见异说，严重流于封闭化和狭隘化，极大地束缚了元代学者的创造性和开拓精神，最终导致了千人一面、千部一腔、少有创新"[③]。的确，元代的《毛诗》学较汉、唐、宋、清各朝来讲确实有些薄弱，而且从表面看来也似乎是在围绕着朱《传》进行阐释或再阐释。但深入分析这些解《传》解《诗》的著作，我们却发现元代《毛诗》学实际上在继承的基础上还是有所突破有所创新的。为了充分展示这一并非一目了然的状态，下面我们

---

① 王学奇主编《元曲选校注》，河北教育出版社 1994 年版，第 2304 页。
② （清）纪昀总纂《四库全书总目提要》，河北人民出版社 2000 年版，第 564 页。
③ 赵沛霖《〈诗经〉学的神圣化与元代〈诗经〉研究》，《中州学刊》2002 年第 1 期。

将元代《毛诗》学传承情况分类述之：

1. 宗朱一派，专门阐释朱《传》

由于理学的兴起与广泛传播，朱熹以理学释《诗》的理念逐渐渗入学者的视野和观念之中。元代统治者的推崇又加速了两者的结合。我们知道，元代的儒生一方面承载着儒家的传统文化，一方面又要遵循元代政治意识形态的要求，由此而促成了一批学者尊崇朱熹，积极为《诗集传》作注，传播和弘扬朱熹《诗》学。如刘瑾《诗传通释》、朱公迁《诗经疏义》等都是这方面的代表性著述。下面以刘瑾《诗传通释》为例展现该著作对朱《传》的阐释。

《诗传通释》，刘瑾著。该书从题目上则可看出与《诗集传》的关系，是一部全面阐释朱《传》的作品。该书以朱《传》为宗，具体、详尽地对朱《传》进行了系统释义，不仅逐字逐句对朱《传》进行了解释，还细致地对朱《传》文意进行疏通，尤其是它极力回护《诗集传》中一些较为明显的错误，堪称《诗集传》的最忠实注脚。值得肯定的是，《诗传通释》在对朱《传》详加解释的同时也引入了自己的理解，尤其是其对于某些诗句加入了文学性解读，实际上推进了《毛诗》的文学理解和文学研究。

2. 辅朱一派，具体补充朱《传》

元代《毛诗》研究中，还有许多学者在遵循追随朱《传》的同时，对其中涉及的一些名物、历法等进行补充以使学人能更加深入了解《诗集传》、了解《诗》。主要代表有许谦《诗集传名物钞》。

《诗集传名物钞》，许谦著。该书也是以朱《传》为蓝本，且多以理学释诗，但该书重点在于借助于陆玑的《毛诗草木鸟兽虫鱼疏》对《诗集传》进行了大量的名物训诂，对朱《传》进行了大量的补充。这在一定程度上突破了朱《传》以义理解《诗》的藩篱，对于扩大名物训诂之风具有一定的价值与意义。

3. 订朱一派，广采考订朱《传》

在广阔的社会大背景下，元代《诗》学的研究对象总体为朱《传》。但也有学者不满足于对朱《传》的完全照搬，他们在尊崇朱《传》的基础上，广泛搜集前代学者说法，并结合个人的涵咏、理解，对朱《传》进行了一定程度的考订。其中代表性著述为梁益《诗传旁通》。

《诗传旁通》，梁益撰。该书多为朱《传》中提到的名物、训诂作诠释，可视为《诗》的再阐释之作。但其阐释并不完全采信朱子之说，往往是博取众说而取其优者。应该说其对《诗集传》之训诂大有考订之功，一定程度上成为开启清代实证考据的先行者。

4. 反朱一派，坚持《毛诗》正宗

在元代《诗》学朱《传》"一家独大"的情况下，有学者能够不为时代左右，勇于质疑，直接批判，坚持回归《毛诗》正宗。这就是下面我们要稍加详细论述的元代经学家、文献学家马端临。

马端临（1254—1323），字贵与。饶州乐平（今江西乐平）人。宋亡，隐居不仕，历20余年专心著述《文献通考》。《文献通考》本为文献学著作，其《经籍考》卷五、卷六为《诗经》，其中马端临统计了自汉至宋历代官藏书目有关《诗经》的著述情况，还对所收的三十多部《诗》学著述做了简短的解题。马端临的《诗》学思想集中体现其中。

5. 马端临对郑樵、朱熹的批驳

《毛诗》尤其是《毛诗序》自南宋以后就不断受到学者的质疑，如郑樵《诗辨妄》、朱熹《诗集传》、王质《诗总闻》等。郑樵认为《毛诗序》乃"村野妄人所作"，否定《毛诗序》的经典地位，这一观点对朱熹《诗》学观念的形成产生了很大影响，并使其由尊《序》转向了对《毛诗序》的否定和改造。有元一代，在朱子《诗》学思想的影响下，元代学者对《毛诗序》也多不甚重视，在这样的学术背景下，马端临却坚持尊崇《毛诗序》，并对朱熹《诗集传》中的某些观点提出质疑，体现出一种可贵的独立思考的学术精神。

马端临对疑《序》派学者的观点多有反驳，如《文献通考·夹漈诗传·辨妄》一条引陈振孙评云：

> 辨妄者，专指毛、郑之妄。谓《小序》非子夏所作，可也；尽削去之，而以己意为之序，可乎？樵之学虽自成一家，而其师心自是，殆孔子所谓"不知而作"者也。

借陈振孙之口，马端临批评郑樵"专指毛、郑之妄"削去《小序》是"师心自是"、"不知而作"。同时他在按语中进一步指出：

夹漈专诋《诗序》，晦庵从其说，所谓"事无两造之辞，则狱有偏听之惑"者，大意谓《毛序》不可偏信也。然愚以为譬之听讼，《诗》者，其事也；《齐》、《鲁》、《韩》、《毛》则证验之人也。《毛诗》本书具在，流传甚久，譬如其人亲身到官，供指详明，具有本末者也。《齐》、《鲁》、《韩》三家，本书已亡，于他书中间见一二，而真伪未可知，譬如其人元不到官，又已身亡，无可追对，得之风闻道听，以为其说如此者也。今舍《毛诗》而求证于《齐》、《鲁》、《韩》，犹听讼者以亲身到官所供之案牍为不可信，乃采之于傍人传说，而欲以断其事也，岂不误哉。

马端临认为，《毛诗》在汉代四家诗中是唯一一部保存完整的《诗经》著述，这本身已经足以说明《毛诗》的存在价值，郑樵否定《毛诗序》完全是一种舍本逐末的做法，因而朱熹信从其说也必然会存在一些错误之处。

6. 马端临对《毛诗》的回护

在对郑樵、朱熹《诗》学思想质疑与批驳的同时，马端临在《文献通考》中对《毛诗》还多有回护之词，并且不乏新见。针对此前及当时的"废《序》说"，马端临坚持《诗序》不可废立场，极力推崇《诗序》，云：

> 以愚观之，《书序》可废，而《诗序》不可废；就《诗》而论之，《雅》、《颂》之《序》可废，而十五《国风》之《序》不可废。……至于读《国风》诸篇，而后知《诗》之不可无《序》，而《序》之有功于诗也。[①]

马端临特别强调《国风》的《序》不可废，究其原因在于《雅》、《颂》"其辞易知，其意易明"，而《国风》中"比、兴之辞，多于叙述；风谕之意，浮于指斥。盖有反覆咏叹，联章累句，而无一言叙作之意者。"由于《国风》诸多诗篇采用比、兴手法，且多有讽喻之意暗含

---

① （元）马端临《文献通考》，中华书局 1986 年版，第 1539 页。

于诗作文字背后，因而如果没有《诗序》的释解，肯定会陷入对诗旨的臆测之中，正如马氏所说：

> 《序》者乃一言以蔽之，曰"为某事也"，苟非其传授之有源，探索之无朕，则孰能臆料当时指意之所归，以示千载乎。①

正是由于《毛诗序》揭示了作《诗》者的创作意图，并且《毛诗》传授渊源有自，脉络清晰，这些决定了《毛诗序》是理解《诗经》尤其是其中《国风》的关键。

综上四种分类及各自表现出的特征，我们可知，表面上看，元代《毛诗》学为朱熹一家之学，众多的《诗》学作品大致都是为辅翼朱《传》而作。但通过分析我们发现，所谓"宗朱"并不是简单沿袭，没有突破。实际上，元代学者的"宗朱"仅仅是以朱《传》为蓝本，同时也进行了有益的探索：或在此基础上加以补充，或在此基础上进行考订，更甚者则完全放弃朱《传》，重新回归旧说。这些学说不仅更加深化了朱《传》，更在一定程度由"拨乱反正"而成为开启考据、实证的《诗》"清学"的先导。这才是元代《毛诗》学发展中最有价值的一面，也是元代《毛诗》发展的真实体现。

三、元代《毛诗》学与元代文化精神

根据前面两节的论述，我们发现元代《毛诗》学并不是以往人们简单认为的它只是《诗》宋学的简单重复，而是在继承中有发展、有反思，更与当时及以后的文化构建产生了双向的影响。

1. 《毛诗》学的下移与元代民俗文化精神

作为"一代之文学"，元曲终于在有元一代发展并繁盛起来，当然其中不乏社会政治与经济的因素，但《毛诗》学的下移也在其中发挥了较为重要的作用。

如前所述，虽然《毛诗》在元代各社会阶层中都有传播，但是不容置

---

① （元）马端临《文献通考》，中华书局 1986 年版，第 1539 页。

疑，元代的统治者仅仅是将《诗》乃至经学作为维护统治的一个工具，而并未将其当作真正重要的文化构成来看待。元代统治者对于引《诗》用《诗》也未达到此前汉人政权的重视程度。同时，元代统治者倡导儒学，关注儒生，实际上仅仅是作为笼络汉人维护统治的手段之一，由于其固有的民族政策，儒生在朝廷中的地位并不高，更没有受到重用。当时社会广泛流传的"九儒十丐"就真实地说明了这个问题。落魄的儒生进入下层民众序列，因而造成了《毛诗》学的下移。另外，元代科举着重考察的是经义阐释，对于诗赋等文学才能则一概不予重视，如元仁宗时就废诗赋取士改为经义取士，因此诗赋之类的文学创作也一度陷于沉默。结合普通民众的文化需求和生存需求，元代杂剧应运而生。而元代杂剧中多引《毛诗》亦并非偶然，这其中体现出的是《毛诗》对民众《诗》学观念和文学创作产生的深刻影响。

众所周知，杂剧是元代极具代表性的戏曲文学样式，由于现实需求和普通人群的爱好，元杂剧逐渐扩大了题材和内容，展开了我国戏曲史上辉煌灿烂的一页。此外，元代城市经济的发展为杂剧和传奇的兴盛也准备了充裕的物质条件。适应统治阶级宴乐和广大市民的文化需求，南北各大城市都出现了各种伎艺集中演出的勾栏瓦肆，特别是开封、大都、杭州等地更为繁盛。同时，农村中也经常开展戏曲活动，晋南地区现存的舞台、壁画便是很好的证明。节日、庙会是农村的演出日，一些著名演员也经常到各地作场，这样就保持了戏曲在发展过程中同广大人民群众的密切联系。

在元代社会发生重大变化的情况下，知识阶层、文人也发生了分化。特别是元代民族矛盾和阶级矛盾十分尖锐，正常的科举制度又未得到完全恢复，中下层文人的仕进道路大大变窄了，社会地位和生活水平也随之下降了。除了依附元朝统治者的少数官僚外，大多数文人和广大下层民众同样受到残酷的迫害，因此，他们和下层民众的关系相较于此前朝代显得更加密切。尤其是一部分文人和民间艺人结合，他们一方面学习民间艺术的成就，同时又把自己的才能贡献给杂剧的创作，促进了杂剧创作的繁荣，而创作中引用《毛诗》等儒家经典即为其中的显例之一。引用《毛诗》既丰富了杂剧的文化内涵，同时这种引用又是向观众（听众）传播儒家思想观念的一种重要手段，由此也可见出这些杂剧作家因不能亲身参与治国、平天下的政治活动，转而将政治理想、人生理想寄寓于杂剧创作的价值取向。

同时，需要引起我们注意的是，元代杂剧作家引用《毛诗》等儒家经典，其创作背后还暗含的一种价值预设，即普通民众对《毛诗》思想观念一定程度的熟悉。试想，如果观众（听众）不熟悉《毛诗》，杂剧中的这种引用活动就有可能完全失去其存在的意义和价值。因而由此也可窥见在元代民间社会中，《毛诗》对于普通民众而言也是极为熟悉的，其经典地位进一步下降，而成为一种基本的文化常识为大众所理解、接受。其融入元曲创作中则进一步加速了俗文化取代雅文化上升为社会思想文化的主流。

2.《毛诗》怀疑精神的减弱与元代较为保守的思想文化

宋代是一个独特的学术时代。宋儒疑经改经的风气虽一度为后人所诟病，但从另一角度来讲它又说明了宋代思想的自由与开放。在那样的环境下，郑樵、朱熹等学者都对《诗》进行了重新的认识与理解，放弃前代积累过重的训诂阐释，而以理学观念文学观念重新对《诗》进行解读，从《诗》本文出发强调涵咏和体会。其中对于理解不通畅的地方不惜武断地改变其原有文字使之符合自己的理解。这种做法在南宋也很流行。关于存序废序、"淫诗说"、"笙诗有无乐辞说"等诸多命题，学者都进行过激烈的辩论。但时至元代，这种怀疑精神忽然间衰减，《诗》学者基本放弃了原来治学的大胆怀疑态度，转而开始绍述朱《传》，对《诗》的注本进行再阐释。这无疑与元代的时代精神是有密切关系的。

元代是一个少数民族入主中原的时代。靠马上得来政权的游牧民族——蒙古人虽然很早就认识到了儒学对于统治的重要作用，并鉴于其统治需要他也不得不实行一定的汉化政策。但归根究底，元帝国是为蒙古人的统治而建立的，它要保障的也首先是蒙古人的利益。出于这种考虑，元朝曾将各民族的人划分为四等：蒙古人、色目人、汉人、南人。作为拥有较高文化的汉人与南宋人却地位低下，并在各种选官制度、法律制度中明显低人等级。政治社会地位的低下严重束缚了儒生的自由，压抑了儒生的自信心和创造精神。同时，元代科举以朱熹《诗集传》作为唯一教科书。在元代要想科考进士必须严格按照学习，因此士人要想改变命运、步入仕途就只能认真钻研朱《传》，这也一定程度上造成了经学学风的僵化与封闭。

3.《毛诗》学与元代潜藏的求真务实精神

在整个环境崇尚朱《传》的大背景下，另有一些《毛诗》学者还是坚持了求真精神，广泛搜集、整理前代的种种说法，并取优舍劣，用之于《毛诗》研究中，为朱《传》一统天下的沉闷学术氛围吹入一股新鲜空气。这恰与元代统治者整体上尚质直朴实，经义阐发方面注重务实的精神倾向暗合。

另外，随着《毛诗》学的下移，有一部分有"真性情"的儒生逐渐进入元曲的创作队伍中来。这种"真性情"也带给元曲极大的生命力和丰富深厚的文化力量。

综上所述，处于《诗》"宋学"到《诗》"清学"之间的过渡，元代《毛诗》学一方面承继了"宋学"尤其是朱子学的诸多说法，另一方面又在此基础上对"宋学"和朱子学进行了一定的反思与突破，最终为《诗》"清学"的到来奠定了较为坚实的基础。这与元代特殊的政治环境、文化生态有重要关系，更与元代文化精神建设息息相关。元代《毛诗》学并不是朱子学的重复与附庸，在中国《诗经》学史上应该有其应有的地位和作用。

（原载《河北师范大学学报（哲社版）》2013 年第 1 期）

第十四章　清代《毛诗》学与清代文化精神

　　清代是我国封建帝制的最后一个朝代，也是中国传统经学更新递进的重要发展阶段，终清朝二百六十余年，各个学派、各种学术思潮陆续登上历史舞台，它们既随社会变迁显示出发展的阶段性，又因学术演进的内在逻辑而呈现出前后相接的一贯性。清代《诗经》学同时也是清代经学繁盛的重要表现之一，期间涌现出大批《诗经》学者，留下了大量《诗经》研究著作，使之成为继汉、唐、宋之后《诗经》研究大放异彩的时代。

　　综合现在所能见到的清代《诗经》学著作，学界大体将清代《诗经》学分为：毛郑派、朱《传》派、兼采派、小学派、史学派、文献派、文学派等几个流派，①实际上，无论如何划分，这些派别大都是《诗经》研究者在《毛诗》（包括《毛诗》经文、《毛序》、《毛诗故训传》）这个统一的文本基础上进行的不同选择与申说，因此对于清代《诗经》学来讲，除少数属于"三家《诗》"辑佚成果以外，其他的学说不论是属于"宗毛"的还是"宗朱"的，不管是隶属"汉学"的还是"清学"的，抑或是"小学"的还是"文献"的，实际上都应纳入清代《毛诗》学范畴。由此，本文不再强分清代《诗经》研究各流派，而以清代《毛诗》学作为一个主体去探究其与清代文化精神之间的关系。

一、《毛诗》学的调整与清初"实学"思想

　　明末清初学者在总结明亡教训时无不注意到明末学术的空疏，尤其是阳明心学给学术界甚至整个明代社会所带来的空谈心理的浮华、空疏的学

---

① 参见陈国安《清代"诗经学"流派述略》，载《南阳师范学院学报》2005 年第 10 期。

术风气以及社会风气。由此上溯至朱熹、二程，程朱理学亦被认为是造成明末学风空疏的重要原因之一。因此，以复古、实证来改变当下风气，即以汉学的"实事求是"来矫宋明学的空疏，成为当时有识之士的一种共识。在这样的风气影响下，清初的《毛诗》学一改宋明以来"理学"、"心学"的讨论方法，向着质实、博物、训诂、考证方向发展。

（一）清初"三大家"的"实学"思想与《毛诗》研究

作为明末清初思想界的三大巨人，顾炎武、黄宗羲、王夫之都曾沉痛总结过明亡教训，积极提倡复古征实之风，注重"实证主义"的研究方法。如顾炎武强调材料、"证据"的重要性，"列本证、旁证二条。本证者，《诗》自相证也；旁证者，采之他书也，二者俱无，则宛转以审其音，参伍以谐其韵"①。而他在《诗本音》中也将这一方法落到了实处。书中，顾炎武推翻宋人的"叶韵"说，以《诗》三百篇所用之韵，互相考证，并征引他书，探究古今语音之不同。这种实践性的音韵理论和精密的考证方法，对后来《诗经》的音韵学研究产生了重要影响。黄宗羲则注重将读经与学史相结合，其"经术所以经世"观点及对于史料与实证的重视，也广泛体现了清初"实学"思想风气。

更值得一提的是王夫之的研究。他对《毛诗》研究用力较勤，不仅留下了《诗经稗疏》、《诗经叶韵辨》、《诗经考异》、《诗广传》等，更以具体的考辨证明过程揭示了"实证"在辨正名物训诂中的作用。认为"（训诂）皆确有依据，不为臆断"②，并努力以生活中现存的事物对《毛诗》名物进行训诂。如其对《东山》"鹳鸣于垤"中的"鹳"，朱熹认为是老鹳，王氏通过实地考察，发现鹳有两种，一种如朱熹所说，另一种则是逢雨鸣叫的水鸟，根据诗义应取后者。③又如《行露》中"雀角鼠牙"句：

> 先儒说此，俱以为雀无角，鼠无牙。《孙公谈圃》云："鼠实有牙，曾有一人捕一鼠与王荆公辨，荆公语塞"。今试剖鼠口视之，自

①　（清）顾炎武《音学五书·古诗无叶音》，中华书局1982年版，第35页。
②　（清）纪昀总纂《四库全书总目提要》（第四册），商务印书馆1931年版，第31页。
③　（清）王夫之《船山全书·诗经稗疏》（第一卷），岳麓书社1996年版，第105页。

知孙说之非妄。①

为了证明"鼠有牙",王氏甚至不惜去捕捉一只老鼠亲自勘验,这个较为极端的例子更能说明他对"实证"要求之严格。

(二)《毛诗稽古编》的"实学"思想

清初《毛诗》研究大家当属陈启源。在"实学"风气影响下,陈氏的《毛诗》学著作也处处展现出"实证"精神。陈氏是康熙时人,博通经学,《毛诗稽古编》是其以征实之学研究《毛诗》的代表性著作。是书成于康熙二十六年,书中陈氏首次扛起反朱《传》大旗,明确表明自己的"稽古"态度:"后儒厌故喜新,作聪明以乱之,弃雅训而登俗诠,缘叔世以证先古,为说弥巧与经益离。源也惑之,窃不自揆,欲参伍众说寻流溯源,推求古经本旨以挽其弊。"② 书中多引唐及唐前文献,字书优先,谨遵古说,为当时《毛诗》研究"实学"考证之代表作。

对于《毛诗稽古编》的释《诗》特点,《四库全书总目提要》云:"训诂一准诸《尔雅》,篇义一准诸《小序》,而诠释《经》旨,则一准诸毛《传》,而郑《笺》佐之。其名物则多以陆玑《疏》为主。题曰《毛诗》,明所宗也。曰《稽古编》,明为唐以前专门之学也。"③《毛诗稽古编》驳宋申毛,参以旧说,并不作标新立异之论,其批驳朱熹亦是广列证据,严密训诂,进行细致辨析,如释"扬之水"之"扬"字,曰:

> 《诗》以"扬之水"名篇者,毛、郑皆训"激扬",宋儒易以"悠扬"之解。一急一缓,义相背驰。案《小尔雅》:"扬、霭、举也。"《说文》:"扬,飞举也。"皆与"激"义近。《禹贡》扬州之得名,亦因水性激扬。今江淮二水,激扬乎?悠扬乎?此明验也。义"悠扬"二字不见古书史,惟后代词曲中颇有之,岂可据以释经哉。④

---

① (清)王夫之《船山全书·诗经稗疏》,第48—49页。
② (清)陈启源《毛诗稽古编》(卷一)《叙例》,《清经解》本。
③ (清)纪昀总纂《四库全书总目提要》,(第四册),商务印书馆1931年版,第32页。
④ (清)陈启源《毛诗稽古编》(卷五),《清经解》本。

"扬之水"之"扬"字，《毛传》释云："激扬也。"郑《笺》云："激扬之水至遄迅，而不能流移束薪。"① 而朱熹《诗集传》释："扬，悠扬也。水缓流之貌。"② 朱释与毛、郑迥异。陈氏以《小尔雅》、《说文》以及《禹贡》释义为依据，并根据现实中的自然景观推断，证明"扬"字之意当为"激扬"，认为朱熹释"悠扬"，于古书无据，可谓实证之论。

二、《毛诗》学的繁盛与乾嘉时代的"朴学"精神

关于清代之时代思潮，梁启超曾总结为"考证学"。他说："其在我国，自秦以后，确能成为时代思潮者，则汉之经学，隋唐之佛学，宋及明之理学，清之考证学，四者而已。"③ 考证学即"朴学"。朴学是清代乾嘉时期代表性之学术精神，在与宋明理学的对立和斗争中发展起来。其主张"无征不信"，多以汉人经义解释为宗，注重材料征引和证据罗列，并形成吴、皖两大派系，出现了一批重要的考据之作，为清代经学史增添了浓墨重彩的一笔。而稍后出现的清代《毛诗》"三部名著"④，也从不同角度、不同侧面体现了乾嘉时代的"朴学"精神。

（一）胡承珙《毛诗后笺》

胡承珙（1776—1832），字景孟，号墨庄，安徽泾县人，嘉庆十年进士。有《毛诗后笺》三十卷。胡承珙治学，侧重语言文字、名物训诂等，又擅长广征博引解决疑点。

胡氏治《诗》，笃信"毛义"，不仅说《诗》旨皆延续《毛序》之说，在阐释具体的《诗》篇章字义时，也多以《毛传》为宗。尽管笃信"毛义"使胡氏在训释《毛诗》时有不够科学客观之例，但是在具体操作环节

---

① 李学勤主编《十三经注疏·毛诗正义》，北京大学出版社1999年版，第303页。

② （宋）朱熹注《诗集传》，中华书局1957年版，第44页。

③ （清）梁启超《清代学术概论》，天津古籍出版社2004年版，第8页。

④ 详见梁启超《中国近三百年学术史》，"到嘉、道间，才先后出现了三部名著：一、胡墨庄（承珙）的《毛诗后笺》；二、马伯元（瑞辰）的《毛诗传笺通释》；三、陈硕甫（奂）的《诗毛氏传疏》。"中国人民大学出版社2012年版，第196页。

上，胡氏却能够通过广泛征引、音韵、训诂，在很大程度上纠正《毛诗》在承传中的错误。其训诂成果不仅是清代《毛诗》学的重大贡献，更是清代"朴学"精神的体现。

胡氏更见功力处在于其对《毛传》释义的辨析。通过广泛征引、罗列自《毛诗》产生以来相关各家解释，并指出它们之间的承续及勾稽关系，进一步疏通了《毛传》释义，将各家释义的来龙去脉、呈递关系解说得一清二楚，结论便也自然而然得出。这正是清代"朴学"精神的集中体现。如解释《硕人》中"鳣鲔发发"句。此句原意为网住的鱼很多，此处用来形容庄姜的随从像河里的水和网住的鱼一样繁多。对于"鳣"和"鲔"的区别，《毛传》认为"鳣，鲤也"，但对"鲔"则没有解释。胡承珙列举了《说文》、《尔雅》中对"鳣"、"鲔"的解释，又引述《周颂》里面的相关文字，通过辨析，认为《毛传》对"鳣"之解释是依《尔雅》而来，《说文》则本《毛传》，至《周颂》"鳣"、"鲤"并言，却如郑《笺》中的理解。这样一来，各家解说的来龙去脉自然明了。① 辨析《关雎》时，胡氏还批评了宋儒对"辗转反侧"的解释。"辗转反侧"，《诗集传》云："辗者，转之半；转者，辗之周；反者，辗之过；侧者，转之留。"② 但胡承珙并不认可这个释义，他赞成《毛诗正义》中承汉人而来的说法，认为"辗转"和"反"都是"一义"，即同义复辞：它们都是"卧而不周"意。又补充说："古人名侧多字反。《左传》楚公子侧字子反，鲁孟之侧字反，亦足证'反侧之无二义。《朱传》析四字各为一义，而语无所本，故不可从。"③ 由此可见，胡氏坚持释字义一定要语有所本，这正是乾嘉学派所重视的，也是"朴学"思想的着重体现。

（二）马瑞辰《毛诗传笺通释》

马瑞辰（1782—1853），字元伯，安徽桐城人，马宗琏之子，桐城派古文大家姚鼐之外侄孙。马瑞辰秉承家学，其《毛诗传笺通释》是清代著

---

① （清）胡承珙撰，郭全芝点校《毛诗后笺》，黄山书社，1999 年版，第 293—294 页。
② （宋）朱熹《诗集传》，中华书局 1957 年版，第 2 页。
③ （清）胡承珙撰，郭全芝点校《毛诗后笺》，黄山书社，1999 年版，第 14 页。

名的《诗经》学著作之一，也是他全面考辨、通释《毛诗》相关问题的力作。

马氏通释《毛诗》的总体特点，在该书的《自序》中做过简要的说明：

> 以三家辨其异同，以全经明其义例，以古音古义证其伪互，以双声叠韵别其通借。……述郑兼以述毛，规孔有同规杜。勿敢党同伐异，勿敢务博矜奇，实事求是，只期三复乎斯言。①

由此可见，《毛诗传笺通释》不尽从《传》、《序》，也不尽从《笺》，它以实事求是的精神看待《毛诗》，并参照三家《诗》对《毛诗》相关伪误问题进行通释与申说。"是书先列毛、郑说于前，而唐宋元明诸儒及国初以来各经师之说有较胜汉儒者，亦皆采取，以闭门户之见"②，在具体的通释实践中，马瑞辰也分别列举各家不同说法，并择其最优诠释《毛诗》文意。值得注意的是，马瑞辰认识到《毛诗》古文字多假借、通假，在流传过程中可能发生的舛讹现象，因此他坚持积极运用音韵学、训诂学的知识考证经传，这主要表现在利用假借进行训释和通过连绵词语进行揭示两个方面。

在《毛诗传笺通释》首卷"考证"部分，马氏特列"《毛诗》古文多假借考"一题，对《毛诗》中古文多假借现象进行了总结："《毛传》释《诗》有知其为某字之假借，因以所假借之正字释之者；有不以正字释之，而即以所释正字之义释之者。说《诗》者必先通其假者，而经义始明。"③也就是说，《毛诗》古文中存在着许多假借现象。《毛传》有的指出了，有的并未指出，因此需要辨识其中的通假现象，才能更好地理解诗意。马氏在其通释中很好地贯彻了这一点，其对于通假现象的认知与把握，集中反映在《毛诗传笺通释》中。如对《草虫》篇"我心则降"句，就是利用字书中的解释直接指出其通假并作出释义的：

---

①　（清）马瑞辰撰，陈金生点校《毛诗传笺通释·自序》，中华书局 1989 年版。
②　（清）马瑞辰撰，陈金生点校《毛诗传笺通释·例言》，中华书局 1989 年版。
③　（清）马瑞辰撰，陈金生点校《毛诗传笺通释》，中华书局 1989 年版，第 23—24 页。

我心则降，《传》："将，下也。"瑞辰按：将者，夅之假借。《说文》："夅，服也。"正与二章"我心则说"《传》训为服同义。《尔雅·释诂》："悦，乐也。"又曰："悦，服也"。是知夅服亦说义也。今经传夅服字通借做降。①

马氏还善于通过征引三家《诗》从而辨别《毛诗》古文中的通假。《毛诗古文多假借考》云："说《诗》者必先通其假借，而经义始明。《齐》、《鲁》、《韩》用今文，其经文多用正字，经传引《诗》释《诗》，亦多有用正字者，正可藉此以考证《毛诗》之假借"，② 如《日月》篇"逝不古处"，《传》："逝，逮。古，故也。"《笺》："其所以接及我者，不以故处，甚违其初时。"③ 瑞辰按：《有杕之杜》诗"噬肯适我"，《传》"噬，逮也"，《韩诗》作逝。《尔雅·释言》："遾，逮也。"是逝、噬、遾，古并通用。④ 此正是借助《韩诗》完成了逝、噬、遾三个字通假的揭示。

同时，马氏还非常善于对连绵词进行释义，这也表现了他运用语言学知识进行训诂考证的能力。连绵词也即"双声叠韵"，如《静女》之"搔首踟蹰"，"踟蹰"，双声字。⑤ 《关雎》中"窈窕淑女"，瑞辰按："窈窕"，二字叠韵。⑥ 马氏注意到《毛诗》中的此类双声、叠韵词的独特性，在解诗时则不将其拆开，同时，根据双声叠韵词的特性，马瑞辰还由此判定了《毛传》中某些释义的错误。如《卷耳》"我马玄黄"，《传》："玄马病则黄。"瑞辰按：《尔雅释诂》："玄黄，病也。"二字平列，与虺隤同义。毛《传》以为"玄马病则黄"，……即玄马病则黄之义，非诗义也。⑦《毛传》不识"玄黄"与"虺隤"一样为叠韵词，强加拆分解释，马氏正是看到了这一点，才保证了释义的准确。

---

① （清）马瑞辰撰，陈金生点校《毛诗传笺通释》，中华书局1989年版，第78页。
② （清）马瑞辰撰，陈金生点校《毛诗传笺通释》，中华书局1989年版，第23页。
③ 李学勤主编《十三经注疏·毛诗正义》，第146页。
④ （清）马瑞辰撰，陈金生点校《毛诗传笺通释》，中华书局1989年版，第115页。
⑤ （清）马瑞辰撰，陈金生点校《毛诗传笺通释》，中华书局1989年版，第157页。
⑥ （清）马瑞辰撰，陈金生点校《毛诗传笺通释》，中华书局1989年版，第31页。
⑦ （清）马瑞辰撰，陈金生点校《毛诗传笺通释》，中华书局1989年版，第46页。

（三）陈奂《诗毛氏传疏》

陈奂（1786—1863）字硕甫，号师竹，江苏长州人。少师事段玉裁，治经学以《毛诗》为精，著述也多关《毛诗》：《诗毛氏传疏》、《毛诗说》、《毛诗音》、《毛诗传义类》、《郑氏笺考证》、《毛诗后笺（补）》、《毛诗九谷考》等。是书之作，自其《叙》说，始于嘉庆十七年（1812），而成于道光二十年（1840），用功长达28年之久，在清人《诗》学注疏中，其书所出最晚，并为近世治《毛诗》者所宗。

清代《毛诗》三大家中，陈奂是唯一一位坚守纯粹《毛诗》立场的学者。他坚持《毛诗》大义，无论是《经》、《毛序》、《毛传》，都恪守其本初解释，据此进一步申说及订正，并批驳后世学者尤其是宋儒的《诗经》学。其《诗毛氏传疏》也成为专治《毛诗》的一家之言。

陈奂崇信《毛诗》，认为《毛诗》是上古经典，而子夏授业于孔子之门，隐括诗人本志，逐篇做《序》。鲁人毛公因《序》作《传》。《毛诗》最得孔子之意。而齐鲁韩三家《诗》，多采杂说，与先秦文献不合，同时：

> 三家虽自出于七十子之徒，然而孔子既没，微言已绝，大道多岐，异端共作，又或借以讽动时君，以正诗为刺诗，违诗人之本志。故齐鲁韩可废，毛不可废，齐鲁韩且不得与毛抗衡。①

陈氏申《毛诗》，守一家之学，除了对"毛义"的申说与回护外，也能保持实事求是之。对于《毛传》释义不够清楚处则搁置不解，而不强为之说。如《唐风·鸨羽》"肃肃鸨行，集于苞桑"，《传》："行，翮也。"陈奂曰："《传》以翮诂行，鸨翮，犹鸨羽鸨翼也。义未详。"② 从此例可见，陈奂是严肃坚持考据学立场的，这也展现了清代"朴学"的精神。

三、《毛诗》学式微与清代后期的经世致用思潮

随着清政府的日益朽败、农民起义的纷扰与西方列强的入侵，帝国逐

---

① （清）陈奂《诗毛氏传疏》，商务印书馆1930年版，第1页。

② （清）陈奂《诗毛氏传疏》，商务印书馆1930年版，第3册，第22页。

渐走入末期。内忧外患的形势促使一些爱国者再次思考救亡图存并大倡改革，"师夷长技以制夷"的"洋务运动"应运而起。颓败的社会现实使知识分子再也无心端坐书房，他们中的一部分人不满那些脱离现实的烦琐考据，积极倡导义理之学，经世致用的今文学思潮开始发展并逐渐强大起来。

与汉代今文经学类似，清末今文经学也讲求从经学出发而到现实中去的内在理路，但并不严格恪守师法、家法的清代今文经学家在对《毛诗》的态度上摒弃了门户之见，阐释更加通透，他们的着眼点更多是经典之作怎样关注现实，怎样经世致用。在这样的情势下，寻求"微言大义"借以反映现实的义理派逐渐走到时代学术前沿，讲经亦讲史，讲《诗》以明世的思想左右了整个时代的风向，静守书斋、广征博引、辨析细微的《毛诗》学逐渐被时代抛弃，《毛诗》学走向式微。

与此同时，由于乾嘉时代考据学的发达与辑佚工作的广泛开展，三家《诗》的辑本也日渐完善，这就更便于今文学者依托三家《诗》发挥治世之"微言"。魏源《诗古微》是其中的典型代表。《诗古微》是一部以研究三家诗为主的论著。但其对《毛诗》在内的汉代四家诗都做了源流梳理，认为《毛诗》与三家诗并无高下之分，且由古文经学发展到今文经学是学术发展的必然趋势。他说："今日复古之要，由诂训声音以进于东京典章制度，此齐一变至鲁也；由典章制度以进于西汉微言大义，贯经术政事文章于一，此鲁一变至道也。"①《诗古微序》中魏氏申说其经世思想云：

> 精微者何？吾心之诗也，非徒古人之诗也。无声之乐，无体之礼，无服之丧，志气横乎天地，周乎寝、兴、食、息，察乎人伦庶物，鱼川泳而鸟云飞也，郊天假而庙鬼享也。不反乎性，则情不得其原；情不得其原，则文不充其物，何以达性情于政事，融政事于性情乎？……徒宾宾然餔糟粕，党枯朽，而曰《诗》教止斯已乎？②

魏源认为《诗》教不能是"餔糟粕"、"党枯朽"，而应该真正"达性

---

① （清）魏源《魏源集》，中华书局1976年版，第242页。
② （清）魏源《魏源全集·诗古微》，岳麓书社1989年版，第132页。

情于政事"、"融政事于性情"，《诗》教与社会政治不能分开，《诗》要经世。魏源在具体的《诗》阐释中，也深刻贯彻了这一思想。如其"读《唐风·无衣》之诗，知西虢必灭于晋，而王辙从此不西矣"①、"读《丘中》留子之诗，而知圣人悼虢、桧之亡，知周室之不东征也……"②，此皆是以《诗》观史。另有一些则是以说《诗》为由头，直接谈论历史关注政事的，如：

> 国家之势力，不内重则外重，外重之权在异姓，内重之势在宗藩。晋分于韩、赵、魏，齐篡于陈氏，此外重之弊也。鲁政移于三桓，以庆父之弑二君，而卒立其后为孟孙，以公孙敖之淫佚而卒归其丧，相忍为国，君仅守府，此内重之弊也。……苟晋人能师秦之参用亲、贤，师楚之赏功罚罪，立师保之官以教世子，而不宣之于外，则国寄专而根本盛，国法行而纪纲立……君子读《唐风》所为盼盼而三叹也。③

读《唐风》只是魏源说《诗》的开始，从此引申下去魏氏已经不仅仅在讨论《诗》、讨论历史，而是在探讨国家兴亡、总结历史教训了，这才是其读《诗》的真正目的。

综上，清代《毛诗》学始终在经学的范围内进行着自身的发展与改变，同时又以不同于其他社会载体的形式契合着清代的文化精神甚至清代的政治走向，其对于构建、形成以及彰显清代文化精神发挥了重要作用。

（原载《人民政协报》2013 年 11 月 18 日 c3 版）

---

① （清）魏源《魏源全集·诗古微》，岳麓书社 1989 年版，第 530 页。
② （清）魏源《魏源全集·诗古微》，岳麓书社 1989 年版，第 567 页。
③ （清）魏源《魏源全集·诗古微》，岳麓书社 1989 年版，第 531—532 页。

第十五章　《诗经》的意象及其审美经验

　　截至目前，关于中国最古老歌谣《诗经》的研究成果可谓"夥颐"，但对《诗经》意象的研究分析似还不多，本文仅就这个问题谈一点粗浅的看法。

　　意象作为一个美学概念，早在刘勰的《文心雕龙》里就被明确提出来了。《神思篇》说："是以陶钧文思……然后使玄解之宰，寻声律而定墨；独照之匠，窥意象而运斤。此盖驭文之首术，谋篇之大端。"此后历代文论专著也常使用这一概念，直到当代的许多诗歌评论家，还一直把它作为判断某首诗审美价值高低的标准之一。尽管不同时代、不同的人都使用了这一概念，但对其内涵的界定却并不完全一致。这里我们并不打算对这一概念的历史发展作更多的陈述，也不想一一辨析各家之说的得失正误，而是要明确提出我们自己所认同的看法，意在说明本文正面阐述是建立在一个什么基础之上，以便展开我们的讨论。我们认为，所谓意象就是主观心意在客观物象上通过比喻、象征和寄托而获得的一种具象表现。① 它是客观物象与主体情感的统一，是意与象的有机结合，是构成全诗审美境界的基本元件。

　　1924 年美国著名美学家威尔斯在他的《诗歌意象》一书中，通过对伊丽莎白时代文学的综合研究，按照比喻"上行的顺序从最低级排向最高级，也就是说，从最接近字面的含义排向最有想象力或者印象主义的高度"，划分出诗歌中强合性意象、繁复意象、潜沉意象等七种意象类型。②

---

① 参见胡雪冈《试论"意象"》，载《古代文艺理论研究》丛刊第七辑。
② ［美］韦勒克、沃伦《文学理论》，刘象思等译，生活·读书·新知三联书店 1984 年版。

我国诗歌评论家骆寒超也曾对中国新诗的意象作过四个类型的划分①，这对我们都有一定的启发意义。但是《诗经》又有自己的具体情况。它既不同于富于浪漫激情的伊丽莎白时代的异国文学，也不同于白话自由体的现当代新诗。我们从《诗经》实际出发，把其意象划分为五个类型，论述如次。

第一类，我们姑且采用威尔斯的说法，称之为装饰性意象。《诗经》中这类意象往往出现于中国传统评论常说的起兴句中。过去人们曾长期围绕起兴句兼比与否、与后面诗句的关系如何而争执不休。实际上，一首诗作为诗人创造的一个独立自足的世界，它的每一个意象都是全诗的有机元件，或深化为全诗的意境，或拨动诗篇音乐的律动。但从价值判断上看，我们这里的所谓装饰性意象，一般都"缺乏必需的'主观'因素"，而"经常把一个外在的意象"，与别一个外在的意象联系起来（像乖异的矛盾语法那样），而不是把"外在自然界与人的内在世界，联系起来"②。"正是由于这种意象所表现出的随意性和客观叙述性，也就使得它和后面相邻意象之间的"比喻关系"往往是"彼此分离的、固定的、互不渗透的"。如《周南·汉广》：

> 南有乔木，不可休思！汉有游女，不可求思。

这四句诗是由两个意象构成的，表现主人公对自己心爱的女子求而不得的苦闷与懊恼。但在前一意象与后一意象之间又难以找到明确的有机而必然的联系，诗人把这两个意象组合在一起，在很大程度上是为了"休"和"求"的押韵，以求韵律的和谐。再如《邶风·燕燕》：

> 燕燕于飞，差池其羽。之子于归，远送于野。

这里呈现出两个意象，其中前一个意象就是装饰性意象。一双（甚或是一群）欢快的燕子上下翻飞，在这里只是作为主人公送某一出嫁女子时的眼见之景。有人或许以为，因为主人公看到了双双高翔的飞燕，才触动

---

① 骆寒超《新诗意象艺术》，载《诗探索》1981 年第 4 期。

② ［美］韦勒克、沃伦《文学理论》，刘象思等译，生活·读书·新知三联书店 1984 年版。

了此时此刻不能与出嫁女子同行的内心情感，以至于"泣涕如雨"，这似乎也勉强说得过去。但是在飞燕和送女子出嫁之间，在前一个意象和后一个意象之间并不存在有机的比喻关系。如果我们把"燕燕于飞"理解为"众多的燕子上下翻飞"（这种理解未必不正确），那么其前后的分离感就更为明显。

至此，倘如说前面的分析还不足以阐明我们提出的问题的话，那么《小雅·鹿鸣》的例子似乎更明确地显示出这种意象的分离性和互不渗透性。

呦呦鹿鸣，食野之苹。我有嘉宾，鼓瑟吹笙。

呦呦鸣叫的麋鹿，在野地里奔走觅食，我们无法在这个意象与后面鼓瑟吹笙迎接客人的意象之间找到什么比喻关系，但是作者却把它们紧紧强合在一起。因此我们认为，诗中的前一个意象对于后面描写的内容以及全诗的意境创造，仅仅具有"装饰"作用，这就是我们把这类意象称之为装饰性意象的主要理由。

当然，《诗经》中某些诗的起兴句里的意象也有稍不同于前者，这种不同情况是起兴句中的意象与后面相邻意象之间隐约显示出某种直接而浅见的比喻关系。由于这种比喻关系模糊又简单，就使得这种意象所传达出的诗人的感觉不可能有太多的感情容量，所以我们将其也一并归入装饰性意象。如《周南·樛木》：

南有樛木，葛藟累之。乐只君子，福履绥之。

高亨先生以为这首诗的主旨是"作者攀附一个贵族，得到好处，因作这首诗为贵族祝福。"① 诗人在这里创造的葛藟攀援樛木的意象只是作为自己攀附"君子"的简单喻体，具象中并没有多少真实的情感渗透。

第二类，描述性意象。这类意象是"感觉或情思与作为它们的直接现实的物象的有机组合；感情被物象渗透，物象直射出感情来。"② 它往往给

---

① 高亨《诗经今注》，上海古籍出版社 1980 年版。
② 骆塞超《新诗意象艺术》，载《诗探索》1981 年第 4 期。

人一种白描式的画面感。如《召南·小星》：

> 嘒彼小星，三五在东。肃肃宵征，夙夜在公，寔命不同。

这章诗由三个描述性意象构成，三个意象渗透着作者对自己作为一个奴隶制时代小官吏任人驱使、无暇休息的悲叹和不平。这种情感是从三个意象中直射出来的，而"寔命不同"一句议论反而显得有点画蛇添足。再如《郑风·出其东门》：

> 出其东门，有女如云。虽则如云，匪我思存。缟衣綦巾，聊乐我员。

也是通过三个描述性意象透示出作者对一位"缟衣綦巾"的女性深深的爱恋之情。这位女子在众女之中虽然素朴，但如云的众女却并非我所"思存"，倒是那位朴素端庄的姑娘在时时占据着我的心。可见，作者对这位姑娘是忠贞不贰、一往情深的。

如果说《郑风·出其东门》在意象上还有议论成分、还不够典型的话，那么《王风·君子于役》所创造的意象在描述性意象中更具有典范性。

> 君子于役，不知其期，曷至哉？鸡栖于埘，日之夕矣，羊牛下来。君子于役，如之何勿思？

诗的前三句先从心理刻画入手，呈现给读者一个翘首盼望服役丈夫归来的思妇意象；下面三句分别组成三个描述性意象，具体而细致；最后两句又转入心理表现，它看似是第一个意象的重叠，而实际却是第一个意象经过作者感情纯化后的再造。这前后五个描述性意象，集中展现出思妇的孤独、惆怅和焦灼，通过这五个意象也直射出作者对这种不幸现实的感受和情思。动人的不是思妇等意象本事，而是通过意象的创造所传达出的作者的情感。

第三类，我们称之为排比性意象。这类意象一般包括一个繁复的群体，它们以一个本体为基点，放射出若干条装饰性的比喻射线。它"包含

着松散的比较，这种比较建立在简单的价值判断上。"① 如《卫风·硕人》
第一章：

> 硕人其颀，衣锦褧衣。齐侯之子，卫侯之妻，东宫之妹，邢侯之
> 姨，谭公维私。

这里虽然没有明显的装饰性比喻，但各个意象背后，我们很难说它没
有暗含着什么。这位高贵的"硕人"，不仅外貌出众、衣着华贵，而且作
者为她设置的亲属也多出侯门。齐侯、卫侯、东宫、邢侯、谭公，他们在
那个身份就是一切的时代当然是高贵的（这里的讨论暂不考虑历史因素）。
然而在诗中，作为意象被作者驱遣着的这些公侯并没有自己的独立价值，
他们唯一的价值就在于他们作为"硕人"的参照，从而断定"硕人"的高
贵，因为高贵在那时无疑意味着一个特殊层次的美。这首诗的第二章是由
一组更加规范的排比性意象构成的：

> 手如柔荑，肤如凝脂，领如蝤蛴，齿如瓠犀，螓首蛾眉，巧笑倩
> 兮，美目盼兮。

一个美丽的女子，她的一笑一颦，她的手、肤、齿、眉，从整体到局
部，没有一处不是美的，但这种美不仅仅是外表的漂亮，也应该是内在本
质的高贵。这样，这组排比性意象中的每一意象所包含的类比就不可能仅
仅是装饰性的。凝脂般的皮肤，蚕蛾须般细而长的眉毛，已明白显示出某
种高贵感。蝤蛴般的领项，瓠犀般的牙齿，以今人眼光视之，似乎并不具
有想象价值。但据常情推断，这种比较绝不会只是形式或结构上的类似
（这种仅是形式上类似的意象我们在装饰性意象中已经谈及），只有这样，
这首诗一、二章才和谐一致地通过若干美的元件建构起一个富有立体感
的、美的雕塑。否则，这种不厌其烦的排比就令人费解了。另外《小雅·
斯干》中对宫室建筑的描写：

> 如跂斯翼，如矢斯棘，如鸟斯革，如翚斯飞。

---

① ［美］韦勒克、沃伦：《文学理论》，刘象思等译，生活·读书·新知三联书店 1984 年版。

也是由一组排比性意象构成的，限于篇幅，我们不再作具体分析。《诗经》中还有许多描写狩猎和出征的诗作，其中排比性意象也不少，而且既有固定的习惯套语，又有一套习用意象，并形成了许多程式化的意象母题，但多数情况因为物象本身没有多少作者的感情渗透，也缺乏想象和联想价值，故我们也略而不论。

第四类，比喻性意象。这类意象一般包括明喻意象、隐喻意象和拟喻意象三个层次。但明喻意象虽然在中古以后的历代诗歌中出现较多，而在《诗经》中却并不多见。其中除了极个别的如"宴尔新婚，如兄如弟"（《邶风·谷风》）、"我心忧伤，惄焉如捣"（《小雅·小弁》）能够用直接明白的比喻使抽象情思具象化，使具象更富有渗透情思的主体感外，大多数明喻意象只是形式、结构上的简单类比，并不表现价值判断。而拟喻意象，《诗经》中本来就为数不多，在一般情况下又往往与隐喻搅在一起，很难截然划分。倒是一些隐喻意象颇具代表性。所以在比喻性意象这一类别中，我们只着重论及隐喻意象和拟喻意象。

隐喻意象。这种意象是用一个非直接显示而具有想象价值的比喻使情思或感觉具象化，它反对图像式的视觉化，具有内在性和比喻各方浑然一体的融合性。如《小雅·鹤鸣》：

> 鹤鸣于九皋，声闻于野。鱼潜在渊，或在于渚。乐彼之园，爰有树檀，其下维萚。它山之石，可以为错。

这里的九皋之鸣鹤、潜渊之鱼、树下之萚等都是隐喻意象。朱熹云："此诗之作，不可知其所由，然必陈善纳诲之辞也。盖鹤鸣于九皋，而声闻于野，言诚之不可掩也。鱼潜在渊，而或在于渚，言理之无定在也。园有树檀，而其下维萚，言爱当知其恶也。他山之石，而可以为错，言憎当知其善也。"[1] 朱熹在这里对本诗的意象只强调了理解乃至情感一面（他的阐释也未必正确），而对其想象因素却并未注意到。尽管如此，他还是敏锐地感觉到了诗中意象的潜沉性和放射性特点。到了明代的王夫之，又在朱熹的基础上进而发挥云："《小雅·鹤鸣》之诗，全用比体，不道破一

---

[1] 见朱熹《诗集传》，上海古籍出版社 1980 年版。

句,《三百篇》中创调也。"① 这就较准确地把握住了诗中隐喻意象的审美特征,即它"诉诸感官以具体的意象,但不作明确的投射和清楚的呈现。"②《诗经》中隐喻意象有时在其物象的本性和喻体之间又隐含着某种单一对应性,如《邶风·凯风》:

> 凯风自南,吹彼棘心。棘心夭夭,母氏劬劳。

和乐温馨的南风带来了春的信息,催动、养育了夭夭"棘心",这里的"凯风"与"棘心"似乎是母和子的象征性比喻,但这种本体和喻体之间的联系,我们只能通过想象、联想才能感知和理解,它本身并不作明晰的呈现。

拟喻意象。这种意象近似于明喻意象,但其物象的本、喻体之间不是用肯定的方式表达,而是从形式上用否定方式提出,以引起本、喻体之间的对位撞击,形成回环和曲折,从而使主体情感得到更深层次的表现。如《邶风·柏舟》:

> 我心匪鉴,不可以茹。……我心匪石,不可转也。我心匪席,不可卷也。

这里的"心"并不具有生理学意义,而是作者的感情甚或人格的具象体现。它和"鉴"、"石"、"席"本来并不发生关系,但由于作者的强合,使其彼此联系在一起,这就涂上了作者的主观感情色彩,也就使这种客观物象由自然物而变成了诗人作品中的意象。心是鉴、是石、是席(说明对主体人格的践踏),这是一种假设命题,但它是由否定命题即心不是鉴、不是石、不是席推断出来的。这种委婉曲折,由否定到假设肯定,再由假设肯定返回到新的否定,以引起人们对这一拟喻意象的多意联想,这就真实地呈现出作者遭弃后痛苦难言的深切感受。另外《小雅·何草不黄》中写征夫"经营四方"、"朝夕不暇"的非人生活时,作者用"匪兕匪虎,率彼旷野"来形容,这一拟喻意象所引起的联想和想象,也使作者的"王

---

① 见《姜斋诗话·夕堂永日绪论内编》。
② 〔美〕韦勒克、沃伦《文学理论》,刘象思等译,生活·读书·新知三联书店1984年版。

事靡盬"的痛苦更给人一种沉重感和真实感。

第五类，扩张意象。韦勒克曾这样说："扩张意象就是预言和进步思想的意象，是'强烈的感情和有独创性的沉思'的意象。"① 这是针对博克、培根特别是莎士比亚的作品而言的。但他这一概括既嫌空泛又难完全符合中国古代诗歌的实际。我们这里所说的扩张意象是这样一种意象，它的比喻是多方面的，比喻的各方相互作用、相互渗透，通过这种作用和渗透，形成一种张力场，作家是通过这种成功的、渗透着自己情感的张力场来激发读者的理解、想象和情感的。如《小雅·采薇》那千古传颂的诗章：

> 昔我往矣，杨柳依依。今我来思，雨雪霏霏。行道迟迟，载渴载饥。

作者在这里给我们描绘一个痛苦、酸楚的背景，他把今和昔、杨柳依依的早春与雨雪霏霏的寒冬，以及一个饥渴难熬、行道迟迟的征夫平行并列摆在我们面前，这就形成了一个扩张性的隐喻、一个富有情感张力的场。尽管这里没有直陈内心之情，而是用暗示性的、诉诸感官的个别具体意象来表达，但是通过这三个个别的具体意象的有机结合，我们不是可以深切理解和想象到一个长期在外服役的征夫的疲惫形象和内心的痛苦酸辛吗？毫无疑问，这三个个别的具体意象中的任何一个，如果脱离开这个并列组合着若干具体意象的情感张力场，都将是没有意义的。而且这一隐含着一个张力场的扩张意象所容纳的全部情感，在量上也远远超出三个具体意象简单叠加之和。

还有《秦风·蒹葭》一诗。过去人们只是注意此诗的朦胧意境创造及其富有寄托的象征描写，而对其中意象构成的特点却未加论及。实际上这首诗在意象创造上最有特点，在三百篇中也是最成功的。我们看，诗中苍苍的蒹葭，皑皑的白霜，在水一方的"伊人"，以及在"既阻且长"道路上徘徊前进的抒情主人公自己，都是并行排列在这个张力场周围的个别具体意象，正是由于这若干个别具体意象的组合，才使抒情主人公在描述自

---

① ［美］韦勒克、沃伦《文学理论》，刘象思等译，生活·读书·新知三联书店1984年版。

己寻找理想中的"秋水伊人"的艰难行进中，感受到大千世界给他（她）带来的巨大"空间恐惧"[①]，从而抒发出受尽挫折后的苦恼及求之不得的懊丧之情，不能不说全诗这种审美境界的成功创造，在一定程度上是应该归功于扩张意象的创造的。

在对《诗经》的意象作了上述粗略而简括的分类以后，我们还试图对《诗经》意象的审美经验作如下提纲式评述。

首先，《诗经》的意象选择是清一色的自然和自然景色。在《诗经》中，客观自然从严格意义上说并没有被作为主体的对象，而是作为人这个主体的朋友而与主体平起平坐的。在大量的诗作中，不管是草木花卉，还是鸟兽虫鱼，一切自然物都一一进入诗篇中担当各自胜任的角色，难怪连孔老夫子当年都把《诗经》当成了"多识于鸟兽草木之名"的自然教科书。这种情况对于作者来说，他们全力摄取自然物作为自己情感的物质承担者，虽然是企图"使始终力求表现的内心生活有外在事物可凭依"，但这"毕竟不是所要表现的情感和对象本身，而只是一种由诗人主观臆造的用来暗示情感和对象的表现方式。"[②] 因此，这种意象的单一选择的做法，直接导致了一个相辅相成的矛盾倾向：长处是使诗歌具有浓厚的生活气息，内容和形式达到了某种程度的自然和谐的统一；但由于自然物、自然景色充斥诗作，从而也限制了诗本身的思想感情容量，结果只能使诗作进入浅而俗的审美层次，而很难写得更深刻更感人。

其次，是《诗经》意象组合中褒贬色彩的极化倾向。中华民族自古就是一个爱憎分明、道德感极强的民族，这一点甚至在《诗经》的意象组合上也可以得到满意的证实。善者一切均善，恶者一切皆恶；美者一切均美，丑者一切皆丑，这似乎可以概括为《诗经》的一条重要的美学原则。比如《魏风·硕鼠》中对不仁不义、贪得无厌的老鼠的描写，《小雅·巷伯》中对"豺虎不食"、"有北不受"的潜人的描写，都是选取集众恶、众丑于一身的意象来加以表现的。与此相反，我们且不说《大雅·生民》和《大雅·文王》等所谓周代开国史诗中对周祖先的描写所选取的意象，

---

① 苏丁《"空间信赖"与"空间恐惧"》，载《学术月刊》1986 年第 1 期。
② 黑格尔《美学》第三卷下，商务印书馆 1984 年版。

即使像《卫风·硕人》中对"硕人"的描写所选取的意象也几乎是完美高贵无可挑剔的。作者似乎是在"孜孜不倦地把世间一切美好的事物都串织成一串珍贵的项链，去献给诗人眼中唯一有价值的对象。"① 与这种天真、幼稚、褒贬色彩分明相伴而行的就是艺术形象的粗糙和漫画化，这也是《诗经》时代的诗人所难以预料的。

再次，与第一个问题相联系，由于《诗经》善于运用自然物、自然景色表现主体情感，这种表现的非直接性特点，一方面形成了《诗经》传达情意上委婉、含蓄的审美风格，同时也导致主体意识几乎完全沉浸在"内容的外在个别对象里"，使它无法"在它本身"找到一个"稳固的支柱"。这样，在表现方式上，《诗经》中的绝大多数诗作，"是对思索无关的亲身体验的直接描述"，从而使"主体所显示出的不是反躬默省的凝聚的内心状态，而是在与外在事物和情境的对立中对自己的否定。"② 这一点无论是在大小雅揭露周代社会现实黑暗的讽刺诗中，还是在颇具代表性的描写不愉快恋爱和不幸婚姻的爱情诗中，都可以找到不少这方面的例子。这种缺乏主体个性的诗歌创作倾向对后代诗歌发展的影响也是绵绵流长的。

（原载《天津师范大学学报》1987 年第 2 期）

---

① 黑格尔《美学》第三卷下，商务印书馆 1984 年版。
② 黑格尔《美学》第三卷下，商务印书馆 1984 年版。

第十六章　艰难的对话

——《诗经》"史诗"与《荷马史诗》的比较

国人热烈呼唤"史诗"已时非一日了，此举虽然不免有精神文明大狂之讥，但爱国之心和爱民族之情仍不能不使我们感动和表示理解。但中华民族的历史业已铸成，在有据可查的文字记录中，好像"史诗"与中国文学根本就无缘似的，人们期待已久的"史诗"虽经千呼万唤而终未出来。但是，当人们对此普遍失去信心的同时，在为数不算太少的文学史类著作中，著者们又不证自明、不容怀疑地把《诗经·大雅》里记叙周人祖先创建国家功业的诗篇《生民》、《公刘》、《绵》、《皇矣》、《大明》冠以古老的民族"史诗"之名①。一方面为中华民族历史上和中国文学史上未能产生西方荷马式的"史诗"作品而顿足长叹、深深遗憾，另一方面却又确确实实在作"史诗"的阐释和分析工作，这是一个很有意味、耐人深思的文化现象。透过这一现象的表层，我们不难看到，原来"史诗"呼唤者所呼唤和首肯的是世界文学史中的经典作品《荷马史诗》或《荷马史诗》式的作品，而文学史家所阐释和分析的"史诗"却是未加理论界定、一厢情愿的中国特色的"史诗"。尽管如此，既然我们已经发现这个秘密，并且下定了追问的决心，下面的问题就自然提出来了：虽然《荷马史诗》和《诗经》中描写周人开国的组诗并非同一价值蕴涵规范下的"史诗"，但两者都已获得"史诗"之名，那么它们之间能够构成比较是不会有问题的吧？回答应该是肯定的。但必须事先予以声明，这是一次以循名责实为出发点的比较，一旦出现名实难副现象，比较就将进行得异常苦涩和艰难。问题

---

① 较著名的如刘大杰《中国文学发展史》；褚斌杰《中国文学史纲要》；高亨《诗经今注》；朱东润《中国历代文学作品选》等。

就这样展开了，下面就是《荷马史诗》与中国《诗经》中的"史诗"之间进行的一场短兵相接的对话。

一

据载，"史诗"一词最早起源于希腊文。在希腊文中，"史诗"写为Epos，黑格尔认为它的本义是"平话"或故事①。以后，这个概念的含义随时代发展而不断放宽，以至于认为它"并无严格的概念含义"，一般"常指描述英雄业绩的长篇叙事诗"。②

"史诗"不仅是西方文学的源头，而且具有文学范畴中不可逾越的典范意义。因此在西方，"史诗"成为一大显学，特别是在文学和美学领域内，不管是关于"史诗"的理论探讨，还是关于具体"史诗"作品的阐释，都受到广泛的关注。如果从理论上概括和归纳，一般说来"史诗"具有以下几个特征：第一，作为一个原始整体，"史诗"是关于一个民族的传奇故事，是表现一个民族、一个时代的民族精神和客观现实生活的艺术形式，是一个民族的"圣经"。第二，就"史诗"产生的时代而言，这个时代应该是民族精神已经觉醒，但是宗教道德和法律等还没有固定成为对社会、个人有约束力的教条和规章制度的时代。因此，在这时产生的"史诗"作品中，民族理想和个人理想，群体精神和个体意志还没有出现分裂。第三，从诗人在"正式史诗"中所处的地位方面看，因为"史诗"本是叙事作品，所以强调诗人在诗中必须保持一种客观态度。作为作品与作者关系中的"主体"，诗人"必须从所写的对象退到后台"（黑格尔语）。但是同时，诗人按照自己的看法和理解写成一部作品，在这一创造过程中，他是把自己的灵魂和精神全部投入其中的，因此，从这个意义上说，"史诗"仍然是诗人个人的自由创作。上述三点并不能说已经把"史诗"的特征囊括无余，但仅以此为尺度，就基本上划出了"史诗"与其他文学样式之间的界限。

---

① 见黑格尔《美学》三卷下，商务印书馆1984年版，第102页。
② 《简明不列颠百科全书》"史诗"条。

从对具体作品的看待和分析方面而言，西方文学史上是有它正式"史诗"的经典作品的，这就是著名的荷马史诗《伊利亚特》和《奥德赛》。按照比较普遍认可的理解，荷马史诗具有这样一些基本特点：第一，在荷马的史诗世界中，由于个人与代表整体的道德和法律还不存在彼此难容的冲突和对立，所以诗人在史诗创作过程中完全可以驰骋想象，可以听任主体的情感、意志和行动的自由，而"史诗"作品中的人物，也同时享有这种自由。比如在《伊利亚特》中，作品表现的主题只是阿喀琉斯的"愤怒"。这样一个主题的选择和在作品中的反复突出，无疑显示了诗人从思想到操作的随意性和自由度。而作品主人公阿喀琉斯的"愤怒"不能不说是一个非常情绪化的东西。"史诗"中的人物在展示自身性格的同时不断浓笔重彩地突出这一点，这也同时体现了作品人物自身的自由度。第二，荷马史诗中对希腊将领身处的民族和时代的全部生活都有十分鲜明生动的描写，这种对一个民族一个时代生活的面面俱到、面面精到的描写，恰恰是对一个民族特有精神的表现的保证。而在表现希腊民族独特风俗、独特精神的同时，诗人又把笔触指向更为广阔的空间地域和刻画更具共性的人物性格，从而揭示出超越于具体民族范围之外的具有永久意义的情感和精神，并由此加强和扩大了"史诗"的艺术魅力。第三，荷马史诗以描写特洛伊战争为整体构架，这个事件本身为不同民族间的战争及彼此的对立和冲突提供了最为适宜的"史诗"题材。"史诗"就是要描写战争，描写战争主要为了表现人物的英勇性格。在荷马史诗中，英勇被视为一种本能，自然的本能无疑是构成"史诗"中人物性格的重要方面。第四，在荷马史诗中，诗人始终固守故事描写的客观性，客观事件的发生和发展常常是不以人的意志为转移的，所以史诗在描写中往往牵涉进大量的偶然故事、偶发事件；偶然故事的出现又往往破坏、阻挠史诗中心人物目的的实现，从而使"史诗"自然而然地蒙上一层悲楚凄凉的色调。同时，在荷马史诗的情节发展中，不仅人间事物制约人物发展的命运，神力和神意也常常对史诗事迹发展的结局起着制约和决定作用。此外，荷马史诗还具备这样一些特点：如作品中主要人物的性格、目的以及动作和结果在故事情节发展过程中自始至终保持着完满的整一；经典"史诗"情节要求中所必须具备的起点和终点；还有"史诗"故事结束前合情合理而又自然地发生障碍，出现派生枝节，以造成事件进程的停顿、缓慢等等。①

　　上述对西方"史诗"理论本义的认识和对经典作品荷马史诗一般特征的归纳概括，很难说是全面的，笔者以为这不过举其荦荦大端而已。即使如此，也足以能够说明我们企图说明的问题了。

二

　　按照我们的理解，西方的"史诗"理论和荷马史诗的基本特征已如上述，接下来我们再来看一看《诗经》中的"史诗"。翻阅称《民生》等五诗为"史诗"者的著作，我们未见任何一位作者对"史诗"概念作过任何理论上的清理和界定。但有这样一个有趣的现象颇耐人寻味，那就是我们发现在众多《诗经》研究著作中，二十世纪之前的学者称《生民》等五诗为"史诗"的绝不见一人，而进入二十世纪，学者不称其为"史诗"者又极其罕有。这一现象大体可以说明，"史诗"一词是随着五四以后国人群起向洋、随着荷马作品的译介而进入东土的，由此我们更加坚定了"史诗"之说纯属"拿来"的看法。当然，洋为中用并不为过，况且洋为中用早已成为大家认同的事实，那么我现在的任务就是面对大家久已认同的事实，来寻求、追问同"名"之下的"实"的异与同。

　　细审《生民》、《公刘》、《绵》、《皇矣》、《大明》五诗，其基本特征可简单归纳如下。

　　首先，这五首诗都清一色地出自《诗经》中的"大雅"。关于"雅"义，宋人郑樵认为"朝廷之音曰《雅》。"② 朱熹又说："正《大雅》，会朝之乐，受釐陈戒之辞也。"③ 古人对"雅"的解释虽然不尽相同，但认为它用于典礼朝会的说法却代表了大多数人的意见。西方人把"史诗"作为一个民族的圣经，要求"史诗"传达出的是一个民族的整体精神；而周人则把祖先的事迹作为楷模加以记述，用于典礼和仪式，也用于立身和行事。

----

① 参见黑格尔《美学》三卷"史诗"部分。
② 见《六经奥论》。
③ 见《诗集传》。

这两者间的差别是很明显的。

其次,《生民》等五诗分别记述了后稷、公刘、古公亶父、王季以及周文、周武等周部族的真实祖先,诗中人物虽然有些不乏传奇色彩,如《生民》中的后稷,但更多的是历史的真实记录。因此,《生民》等五诗中所描写的人物基本上都是完美的英雄,是足资垂示后人的人格典范,这种描写与荷马史诗中显示英雄的粗野、本真,致使作品充满生活原色是极为不同的。

再次,《生民》等五诗除《公刘》和《绵》之外,其他三篇都多处写到天帝和神灵。在诗中,神灵是以高居于人间之上的神秘的命运主宰面目出现的。我们从诗篇中读出,神秘的命运主宰似乎时时都在注视着人间,但又并不对人间(尤其是君主)的一切都负有责任。这种描写具有明显的原始人道主义色彩,以天意制君的劝诫之意也是十分明显的。这与荷马史诗中人神同台、神灵人格化的描写也是大相径庭的。

又次,《诗经》中的这组"史诗",从《生民》以至《大明》,五篇作品基本上画出了周人形成和发展的大致线索,每篇记叙的事实都是周人发展壮大过程中具有决定性意义的重大事件,就具体诗篇内容来看,其中既有战争描写,也有部族迁徙的记录,更有生产和耕稼,且间有一篇之中记叙数项者,但事件的每一项之间都是平行或并列的,这与荷马史诗中以战争为描写中心,其他描写都围绕战争发展而展开的总体布局也是大不相同的。

以上所述,是我们对《诗经》中五首"史诗"的基本特点所作的简单归纳。由这个归纳可以看出,我们在接受和使用"史诗"这一概念的时候,理论上是毫无积蓄、毫无准备的。所以,"史诗"一入东土,就经历了中国化的改造过程,因而安家后的"史诗"的概念和外延都发生了较大变化,这是我们称之为"史诗"的史诗作品与西方经典史诗作品荷马史诗有着本质区别的重要原因。

三

在作了上述简单分析之后,我们对两种"史诗"的比较和追问自然就应该面对这样的问题：既然西方经典"史诗"作品与我国《诗经》中的"史诗"基本上没有什么相同之处，那么我们仍将两者放在一起比较和分析是否有其意义？对此的回答仍然应持肯定态度。这是因为：第一，荷马史诗是西方文学中最具代表资格的"正式史诗"，《诗经》中的"史诗"是在更广泛的意义上中国化了的"史诗"作品，虽然价值蕴涵不同，但两者都已获得"史诗"之名。第二，荷马史诗产生的时间大约在公元前八至九世纪之间，而《诗经》中的"史诗"大约产生于公元前十世纪左右。从产生的时间看，两者属于东西方世界中同一时期的作品，仅此一点，也就使两者具备了平行比较的基础。而且，在今天，无论是西方的荷马史诗，还是古老的中国"诗三百篇"，人们已经普遍将两者都作为文学作品来看待了。基于上述理由，我们下面再对两者作一些文学及文学意识的比较。

首先，荷马史诗与《生民》等五诗在总体风格上表现出极大的不同。我们认为，一个民族生存的文化环境和文化传统是制约、决定文学发展的根本因素。产生于地中海东部，以海岛为生存环境的希腊人，一开始就富于开放性和冒险精神，他们长于想象，有足够的精力和才能编织和叙述悠长的故事。而中国古人身处大陆型地理环境之中，他们以农耕和种植为基本生存方式，封闭而自守，以自我为中心，勤农耕而务实际，重人事而疑鬼神，重实际而黜玄想，循规蹈矩，严谨而规范。由此而影响文学创作，造成两种文学风格上的明显差异：荷马史诗描写场景开阔，故事叙述细致周详，既浪漫流动而又有章可循。而《诗经》中的"史诗"则表现为描写具体准确，语言简练实用，总体上严整有余而气势不足。据统计，荷马史诗中的《伊利亚特》全诗15693行，《奥德赛》全诗12110行，而《诗经》中五首"史诗"加在一起只有338行，这一对比结果是发人深思的。

其次，荷马史诗和《诗经》中的"史诗"都不同程度地记载保留着本民族的远古神话，但两种神话的风格和它在诗中的作用却迥然有别。在荷马史诗里，神话的插入和"史诗"情节的正常进展是自然的、交融合一的，准确地说，神话中的神灵本身就是荷马史诗中的人物之一。而在《诗经》中的"史诗"里（这里主要指《生民》），神话和叙史两两相分，非人间神灵的加入，主要是作为诗篇展开的序曲和楔子而存在的。在荷马史诗中，对神灵以及神意的描写表现出的是诗人对神圣的崇拜和信仰，作品明显透示出一种宗教情绪。而《诗经》中的"史诗"对神灵以及神意的描写出于自神其祖的目的，主要表现为诗人对神圣的敬畏和利用。尤其值得注意的是，与荷马史诗相比，《诗经》"史诗"中的神话具有更多更明显的比况意义。如《生民》中"稷"的母亲为"姜嫄"，"稷"是五谷之一，"姜嫄"则是姜水平原之意，这显然是田地生庄稼这一基本认识的形象化比喻。又比如"姜嫄"孕育的"稷"本是个大肉团，这就像带壳的五谷一样，肉团经过鸟（即玄鸟，也就是太阳神）的孵化，终于破壳而出，这又极可能是"太阳使种子发芽"这一认识的形象比喻。①

再次，荷马史诗和《诗经》中的"史诗"在语言运用上也有显著的不同。在荷马史诗里，诗人极其重视"惯用语"的使用。所谓"惯用语"，就是"固定的形容词"。使用"惯用语"，一方面是为了便于讲唱者信手拈来，易记也易讲；另一方面又是为了便于听众接受和理解（这种"惯用语"很像中国讲唱文学中的套语）。比如荷马史诗中描写阿喀琉斯时，无论他坐着、站着还是睡着，总是用"快腿的"来表现。诗中写黎明也总是"玫瑰色手指般的"，等等。而《诗经》中的"史诗"，其意并不在叙述故事，而更重视描写和赞颂人物，重表现而轻再现是其基本特征。因此，《生民》等五诗没有荷马史诗中常见的"惯用语"，却较多地运用了象声词和叠字。象声词的大量运用使板滞规范的古诗增加了描写的实感，而叠字的频繁使用又使形容语言贫乏的中国"史诗"平添了形容色彩。

作为不同民族的同时期文学作品，荷马史诗和《诗经》中的"史诗"除了存在上述不同外，两者之间也存在着相同或相似点，这其中最明显的便是人物形象典型化手段的运用。在荷马史诗中，"希腊各族人民把凡是属于同一类的各种不同的个别具体事物都归属到这类想象性的共性上去"，以致于把史诗中人物的某种性格"足够突出到能引起仍然迟钝愚笨的希腊人都注意到"（维柯语）的程度。比如《伊利亚特》中的主人公阿喀琉斯，诗人把英雄所应具有的一切勇敢属性以及这些属性所产生的一切情感和习俗，如暴躁、拘泥于繁文缛节、易恼怒和凭借武力僭夺权力等性格特征，全部集中到他一个人身上，从而使这一人物形象更具典型性、更使读

---

① 参见杨公骥《中国文学》，吉林人民出版社 1978 年版，第 58—59 页。

者难以忘。① 在《诗经》中的"史诗"里，史前英雄也经过了诗人的典型化处理，比如《生民》中的后稷，此人不仅出生奇异，而且出生之后的第一日饭食便是靠自己的力量求得，长大以后，他又不靠别人教训就发明种植出许多庄稼。此外像公刘（《公刘》）、古公亶父（《绵》）等，也无一不是笃实诚信、文武兼备的通才式英雄。在这一点上，荷马史诗和《诗经》中的"史诗"又不约而同地走到一起来了。

在我们对《诗经》中的"史诗"和荷马史诗作上述简略的比较之后，需要指出的是比较两者的不同并不是本文的最终目的。本文的最终目的无非是想通过这种比较，在澄清两者久被埋没的区别的同时，以冷静清醒的态度去审查、去追问造成这种同名不同实结果的深层文化原因。如果仅仅作一个简单的价值判断，我们认为，《诗经》中的"史诗"和荷马史诗本是产生于两种完全不同的文化背景，是两种不同价值蕴涵规范下出现的文学产品。荷马史诗作为世界"史诗"经典"具有永久的魅力"似乎已成千载不移之论，《诗经》中的"史诗"作为周人发祥和发展的可靠史料也具有无可替代的价值和意义。问题不在于研究对象存在多大差别，而在于研究者自身的心态是否能够保持平衡。我以为，文学研究中的攀比心态、争发明权心态是有碍文学研究发展的，彼举其实是掩盖在理直气壮外表下的自卑和低下心态。对于《诗经》中的"史诗"和荷马史诗的比较问题以及"史诗"的舶来问题，是否亦当作如是观呢？这倒真成了一个文化问题。

（原载《河北师院学报》1990 年第 3 期）

---

① 参见维柯《新科学》，人民文学出版社 1986 年版，第 423—424 页。

第十七章 《诗经》对中国语言文化隐喻品性形成的影响

《论语·季氏》载孔子谓伯鱼："不学《诗》，无以言。"这句当时看似普通之极的话头却谶语式地预言了《诗经》与未来中国语言文化关系的发展前景。两千多年过去，当我们今天把中国语言文化隐喻品性作为一个问题来考虑的时候，我们惊异地发现，春秋以前的古老典籍虽然并非仅有一部《诗经》，但是作为语言文本，《诗经》以外的其他任何典籍都未能像《诗经》那样对中国语言文化隐喻品性的形成产生如此巨大的影响。描述和说明这一影响关系，正是本文企图完成的任务。

一

很久以来，人们就普遍抱有先秦文史哲不分，《诗》也就是"史"的看法①，这是《诗经》学研究中以诗证史的经学传统的史学根据。《诗经》与大体产生于同一时期的《易》、《书》等语言文本共同具有记事、记录功能，无论从文字概念的考辨，还是从各文本内容的审查看，这种说法都是有一定道理的。② 但是，问题还有另外一面。如果从发生学角度看，以《诗经》为代表的中国古代早期语言文本中的诸多方面，常常与原始宗教和巫术活动相关，与王道政治，与实际生活中诸如婚配繁衍等相关，也就是说与现实的功利需求相关。《书》是古代君主重臣的言行记录，是中央

---

① 参见司马迁《报任安书》、《太史公自序》，章学诚《文史通义》。
② 参见马亚中《对〈诗〉的再认识——兼及先秦时代语言文化形态的基本特征》载《文学遗产》1991 年第 3 期。

朝廷的政令文告，其实用性及功利特征自不待言。《易》为占卜记录，占卜在当时是一项极为重要的生活内容，现实实用性功利性是《易》产生的基础。就连我们现在众口一词称之为文学作品的《诗经》，其中差不多每一首都是为了某一具体功利目的而创作出来的。没有纯粹为审美而设的文告政令和卦爻辞，同样也没有纯粹为审美而创制的诗篇。这一现象说明，产生于先秦时代的几个早期语言文本既不具有文体区别的根本意义，也不能在表现内容和表现目的上找出彼此间本质性的区别。

但是这并不意味《诗经》和《易》、《书》就是完全等同的。我们以为，它们之间的不同仍然是存在的，那就是《诗经》与《易》、《书》在表现大体相同的对象时所选择的表现方式方面存在着较大的差异，在这里，意义恰恰就存在于表达方式之中。目前通行的许多文学史类著作在谈到《书》的文学特征时，一般都要提及《书》中形象的比喻，像《盘庚》"若颠木之有由蘖，天其永我，命于兹新邑。"《微子》"今殷其沦丧，若涉大水，其无津涯。"《牧誓》"尚桓桓，如虎如貔，如熊如罴，于商郊"等。但这样的证据是否还能不加限制地列举下去，回答是否定的。再看《易》。《易》作为一部占卜之书，其卦爻辞中有时也用一些形象描述来表达某种神秘的观念，常举的例子如《明夷》"明夷于飞，垂其翼，君子于行，三日不食。"《渐》"鸿渐于陆，夫征不复，妇孕不育。"《中孚》"鸣鹤在阴，其子和之，我有好爵，吾与尔靡之"等等。但是这种明显带有比兴意味，有的几乎可以与《诗经》中的诗句乱真的卦爻辞究竟在《易》中占有多大比重，我想只要稍微细心地翻阅一遍《易》，读者就会马上得出数量极少的结论。而《诗经》在这一点上与《书》、《易》大不相同。据统计，《诗经》中明显用比的约有140多处，《毛诗》注明用兴的约116篇。此外《诗经》中"不言'如'，又非兴句，而可知为譬喻者，约一百四十多联。"① 通过这样一个简单的比较，我们就可以看出，《诗经》与其他大体同时代的语言文本相比，具有多得难以计数的蕴含隐喻的描写，量的悬殊导致了《诗经》与《书》、《易》在语言表达方式上的质的差异。由此可见，古人所谓"象之所包广矣，非徒《易》而已，六艺莫不兼之"

---

① 《朱自清古典文学论文集》，上海古籍出版社1981年版，第266页。

（章学诚《文史通义·易教下》）的话粗看起来大体不错，而一经仔细审查，便不免露出诸多不可尽信的曲折。《诗经》中大量譬喻语言的运用，是《诗经》区别于其他同时代语言文本的一个重要标志，也是它有可能对日后中国语言文化隐喻品性产生影响的重要的内在因素。

二

《诗经》中大量运用譬喻语言，其广泛程度远远超过同时代其他语言文本，这是《诗经》有可能对中国语言文化隐喻品性的形成产生影响的内因。有了这个内因，我们再看社会历史是如何提供外部条件，以促成这桩史无前例的语言婚配的。

章学诚说："夫《诗》之流传，盛于战国人文，所谓长于讽喻，不学《诗》，则无以言也。"（《文史通义·诗教上》）章氏虽然不时显露经学家眼神，但这话却说得准确实在。早在儒家开山孔子心目中就已经认定《诗经》不仅可以兴、观、群、怨，事父事君，而且"专对"的外交也离不开它。也就是说，从从政、外交，以至个体道德培养，《诗经》都是必不可少的。如果我们检讨一下春秋战国时期若干有代表性的典籍，就可以清楚地了解《诗经》对当时语言文化发展所产生的巨大影响了。

先看《左传》。《左传》用《诗》可分为两类，一为赋《诗》，一为引《诗》。据统计，《左传》所记赋《诗》，仅见于今本《诗经》的就有53篇，其中《国风》25，《小雅》26，《大雅》和《颂》各1。所记引《诗》共84篇，其中《国风》26，《小雅》23，《大雅》18，《颂》17。赋《诗》引《诗》两项相加，去其重复，《左传》用《诗》共计123篇，占全部《诗经》305篇的三分之一强①。这个数字已相当有说服力地证实《诗经》在当时流传应用的广泛和深入了。《左传》用《诗》涉及从政、外交和修身各个方面，而其中又以外交用《诗》为最多，也最具代表性。关于《左传》中记载用《诗》的具体情况，学者多有论及，此处不赘。本文所关注的是这120多篇诗何以被用？这一点向来未能引起研究者足够的重视。从

---

① 《朱自清古典文学论文集》，上海古籍出版社1981年版，第251页。

《左传》用《诗》的实际情形看，赋《诗》者或自唱或借助乐工演唱，赋整篇诗的未见一例，大多数情况是仅赋某诗的一到二章。而引《诗》所引数量更少，多不过一章，少则三两句而已，且常常是随心所欲，即景生情。用《诗》章节或多或少，对用《诗》者而言，其标准只是意足便止，"赋诗断章，余取所求"，（《左传·襄公二十八年》）"诗所以合意。"（《国语·鲁语下》）可见当时人们已经清醒自觉地认识到了这一点。但是，既然用《诗》者考虑的仅仅是己意，那么用《诗》者理解的诗意，不仅有可能违背诗人的原意，也有可能与听诗人的理解发生抵触乃至冲突。《左传·襄公二十七年》载齐国庆封在鲁国宴会上失仪，《襄公十四年》载卫献公让师曹唱《巧言》最后一章，师曹有意朗诵了一遍，因此惹出了大乱子，都是由理解的歧异引发不良后果的极典型的例子。用《诗》人赋诗，听《诗》人理解或不理解，应对成功与否，都是历史事实中的正常情况。可是我们如果细细斟酌《左传》中赋《诗》引《诗》的多数个案，就不难发现，双方对所赋所引《诗》的理解与否，能不能达成共识，真正起作用的是诗中的譬喻意义如何同眼前的现实问题相联系，也就是说怎样在诗中所用譬喻意义的基础上再引发出一种与眼前现实问题相契合的譬喻意义。有话不能直说是历史现实对问题解答提出的隐喻期待，而《诗经》中的大量比兴寄托正好有能力满足这种期待。《左传》中用《诗》诸例所显示出的就是这种历史语言文化与《诗经》的接榫，中国语言文化由此而开隐喻先河。

再看《论语》。如果说《左传》中的用《诗》主要偏重在从政、外交方面的话，那么《论语》用《诗》则多驻心于个体道德的增进和培养，这也就是后人称孔子说《诗》为"诗教"的主要原因。为了以《诗》为教，孔子一开始就给《诗经》定下了格，叫做"《诗三百》，一言以蔽之，曰思无邪。"（《论语·为政》）无邪，归于正也。正与邪在孔子心目中不仅是是与非，而且是对与错、好与坏，这无疑是个十足加一的道德标准。以《诗》为教，强调个体道德培养，孔子对《诗经》也就有了独到的说法和解法。《论语》中两处记载孔子论《诗》的例子是很有代表性的。一是《学而》篇载孔子与子贡论《卫风·淇奥》。子贡问孔子："贫而无谄，富而无骄，何如？"孔子回答："可也，未若贫而乐，富而好礼者也。"以下子贡引出《淇奥》中"如切如磋，如琢如磨"两句诗。这个引证受到孔子高度称赞，于是称子贡为"告诸往而知来者。"子贡断章引《诗》，是把自己认定和孔子教导的两种人格作为高低有别的两种人格境界，而引《诗》意在说明道德培养是一个不断增进的过程。"如切如磋，如琢如磨"在原诗中已经含有明显的譬喻意义，子贡随手拈来，以说明个体道德培养不断前进的必要和重要，这便是喻意之外又引出一重喻意了。能够用《诗》中譬喻语言以譬喻眼前所论事理，这岂不是"告诸往而知来者"吗？另一著名的例子见于《论语·八佾》。子夏问曰："巧笑倩兮，美目盼兮，素以为绚兮。何谓也？"子曰："绘事后素。"诗句出于《卫风·硕人》，本写庄姜相貌及服饰之美。那么，由"素以为绚"引发出孔子的"绘事后素"已经隐含了一重譬喻，而后子夏把"绘事后素"又通过互渗联想譬喻为"礼后乎？"这明白无疑地是在前一譬喻的基础上又引出的一重新譬喻。孔子所主张、所欣赏的就是这种联想式譬喻解《诗》法，因此盛赞子夏是给了他启发的人，也是少见的有资格和自己讨论《诗经》的人。《论语》说《诗》共计16条，并非每条都像上述两例这样典型。但它在总体上体现出以个体道德为讨论对象和借《诗》设喻两个重要特征，这是我们对《论语》用《诗》特点的一个基本断定。

春秋战国时代占主导地位的语言文体是散文，《左传》和《论语》分别代表历史散文和哲学散文两方面军。当然，历史散文中不只有《左传》，哲学散文中也不只有《论语》，但是就《诗经》在当时的流传和应用看，像《国语》主张的献诗陈志和以《诗》为教，与《左传》中的引《诗》的文化意义没有什么根本不同，甚至我以为《战国策》中大量哲理寓言的出现，也极可能与《诗经》广泛流传，经过一段时间的沉积之后，中国语言文化隐喻品性初具规模有关。在哲学散文中，特别是在孔子之后的儒家哲学散文里，断章引《诗》，譬喻说理，始终未改孔子《论语》立下的家法。因此可以说，《左传》、《论语》用《诗》，基本代表了春秋战国时代《诗经》流传和应用的大致情形。

通过上述分析，我们看到春秋战国时代《诗经》被广泛应用于从政、外交、道德培养各个方面，从重大政治历史事件，到点滴日常生活细节，各种语言操作中都保留有《诗经》譬喻语言影响的痕迹。《诗经》被泛语言化，以及由此带来的汉语言日趋隐喻化的大势开始形成。

三

《诗经》一经结集，就对春秋战国时期的语言文化产生了巨大影响。我们知道，作为汉民族轴心时代的春秋战国，几乎在一切领域都具有开创风气、奠定基础的功绩，语言文化也不例外。但从春秋战国时代文体发展并不充分这一事实看，这一时期的语言文化还没有真正成熟和定型，它仍在期待着汉以后的历史为之提供机遇和条件。因此，《诗经》对中国语言文化隐喻品性形成所施加的影响，也只有经过汉代以及汉以后才真正全方位、立体化地展示出来。

汉代经学大师董仲舒曾经说过一句极其著名的话，叫作"诗无达诂"。仅从中国诗学角度审视，董子的话差不多具有真理性。诗学发展的实践告诉人们，任何把诗当谜面，而企图挖空心思寻找出谜面下面唯一正确的谜底的做法肯定是徒劳的。正是基于对诗持有这样一种理解，《诗经》才有可能从理论到实践全面借助经学和经学家进入广阔的社会政治领域，从而发散性地影响汉代以及汉以后的中国语言文化走向。

经学是汉代语言文化中的重头戏，而在汉代经书中，《诗经》又高居首位。西汉武帝时期，齐、鲁、韩今文三家《诗》设学官、立博士。东汉《毛诗》古文经大盛，今文三家《诗》失传，今天很难了解三家解诗的原貌，但根据班固的记载，我们仍然可以窥其大概。《汉书·儒林传》载："自武帝立五经博士，开弟子员，设科射策，劝以官禄，讫于元始，百有余年，传业者浸盛，支叶蕃滋。一经说至百余万言，大师众至千余人。"政治的引诱使经师卖力说《诗》，但"一经说至百余万言"也总得有个说道，这个说道在当时就是根据个人理解挖掘"微言大义"，附会现实政治，而《诗经》中之所谓"微言大义"主要也就包含在可作多种解说、很难一言定准的大量譬喻话语中。这一做法不仅是今文三家的家法，同样也是古文《毛诗》的传统。如果说今文《诗经》在把诗篇的譬喻语言引入广泛的社会政治隐喻话语系统的方式与古文《毛诗》略有区别的话，那么这个区别仅仅在于，今文附会现实政治，而古文则附会古代历史。其实古代历史是现实政治的过去，现实政治又是古代历史的未来，两者殊途而同归。就《诗经》对社会政治语言的影响而言，《汉书·儒林传》中记载的王式的作为无疑是最具代表性的例子。王式"为昌邑王师。昭帝崩，昌邑王嗣立，以行淫乱废，昌邑群臣皆下狱诛，唯中尉王吉、郎中令龚遂以数谏减死论。式系狱当死，治事使者责问曰：'师何以亡谏书？'式对曰：'臣以《诗》三百五篇朝夕授王，至于忠臣孝子之篇，未尝不为王反复诵之也。至于危亡失道之君，未尝不流涕为王深陈之也。臣以三百五篇谏，是以亡谏书。'使者以闻，亦得减死论。"王式身为昌邑王师，他对昌邑王不采用王吉、龚遂上书直谏的方式，而是兜一个圈子，绕一个弯子，用他自己的话说叫"以三百五篇谏"，拿《诗经》当谏书，这一事实很是耐人寻味。首先，王式为何偏拿《诗经》谏昌邑王，这其中的理由还是由于《诗经》中存在大量可供后人解读的譬喻语言的缘故。因为这些譬喻意幽难明，这才使王式有可能解读出"忠臣孝子"、"危亡失道"云云。可以说王式的做法是以《诗》为兴，以《诗》作比，来暗示、启发、诱导昌邑王。其次，王式以《诗》谏君的做法，居然赢得了法官的理解和支持，最终"亦得减死论"。可见当时拿《诗经》当谏书，以隐喻方式兜售《诗经》譬喻话语，使《诗经》广泛应用于社会政治领域，譬喻话语范本堂而皇之地进入理性判断的社会政治语言之中，也是得到了社会政治包括法律和公众意识在内的广泛接受和认可的。《诗经》作为汉民族最早的譬喻话语范本堂而皇之地进入理性判断的社会政治语言之中，这是《诗经》影响中国语言文化隐喻品性形成过程中极其重要的一环。

语言文化的变迁无论如何是自上而下全民的精神活动。如果说汉代经学为了附庸现实政治，有意识地将《诗经》的譬喻语言纳入社会政治话语，使支配性语言文化在相当大的程度上由逻辑走向隐喻的话，那么散潜在民间远离意识形态的日常生活话语，作为非支配性语言文化，也在其自身的运行发展中从实用走向隐喻，与支配性语言文化不期然而然地构成事实上的呼应。论者一再提及，东汉著名经学大师郑玄家中两个婢女用《诗经》中的诗句进行交谈的一段趣话是颇费琢磨的。人与人之间的谈话，其目的无非是为了交流信息，传达情感，增进了解，正常而奏效的做法是倾心相交，直言相告，但是两婢女却"赋诗言志"，互打哑谜。历史记录下这一事实，其关注点怕是更看重经学的兴盛和繁荣，而我们从这里发现的却是一块中国语言文化隐喻品性大显露的活化石。

综上可见，汉代语言文化在继承春秋战国语言文化传统的基础上，从经学注释到日常生活，从支配性语言文化中心到非支配性语言文化的民间边缘，都以惊人的速度、罕见的方式，全方位完成语言文化中理性逻辑判断与隐喻触类旁通的亲合，从而使中国语言文化日渐向隐喻化发展。而促进两者亲合，促进这一发展的中介和动力就是《诗经》。

四

《诗经》从春秋战国到汉代末年，不断对中国语言文化施加隐喻影响。春秋战国时期各种场合下的赋《诗》引《诗》，直接导致了《诗经》的泛语言化。而在汉代，随着经学的兴盛和发展，语言渐趋泛政治化。但在政治化的语言文化中，《诗经》之所以对中国语言文化隐喻品性的形成构成影响，是和经学的繁荣昌盛有着直接的关系的。可以说，离开经学的昌盛、繁荣和发展，就很难想象一部《诗经》能对中国语言文化的发展走向产生如此之大的推动力和制约力。东汉末年，随着经学第一阶段发展归于没落，《诗经》对中国语言文化的影响也大致告一段落。自春秋战国至汉代末叶，是中国语言文化从发展走向成熟的时期，也是《诗经》对中国语言文化广泛施加影响的时期，这是我们在本文前面重点讨论这两个时期《诗经》与中国语言文化亲缘的主要理由。毫无疑问，《诗经》对中国语言文化隐喻品性形成所产生的作用和影响是贯穿中国古代社会始终的，并不仅仅被限定在春秋战国和两汉时期。但是，限于篇幅和笔者本人的能力，此处无法对汉以后各期《诗经》对中国语言文化施加影响的全貌作详尽的描述和分析，故对汉以后我们只采用抽样法评点、说明之。

朱自清先生在《诗言志辨》中曾将汉以后有比喻意义的诗（朱氏称为"比体诗"）分为四类，所谓咏史之作、游仙之作、艳情之作和咏物之作。其比意为，咏史诗以古比今，游仙诗以仙比俗，艳情诗以男女比主臣，咏物诗以物比人。从中国古典诗歌创作演进的角度看这些比体诗中使用的比喻手法，与其说来自《诗经》，勿宁说更接近楚辞，这一点自刘勰以降人们早已再三指出。但是，如果从语言文化发展和思维逻辑演进的顺序看，最初为后世比体诗奠定比喻意义基础、设置比喻意义框架的仍需追溯到《诗经》。别的不说，仅就譬喻意蕴的道德色彩而言，后世比体诗的走向也明显是经学一路。"故后妃方德"（《文心雕龙·比兴》）可以说是明白无疑地启发了艳情诗中的以男女比主臣。而"有匪君子，如金如锡"（《诗·卫风·淇奥》）也理应被视为咏物诗以物比人的不祧之祖。由《诗经》譬喻语言而及经学的附会政治，由经学释《诗》而及后世比体诗，这不能不看作《诗经》作为语言文本对后世另一语言文本发生影响作用的结果，尽管这个影响是非直接的。

初盛唐是一个青春浪漫的时代，只有这样的时代才可能出现科举考试以诗赋取士这样富有想象力的创举。在唐代，数量相当可观的诗人作家是靠"赋得"写出可打高分的诗赋文章而官至卿相的。即便狂放不羁浪漫有加如李白者，走的也是"三十成文章，历抵卿相"（《上韩荆州书》）一途，但令人费解的是，科举取士这一纯粹的政治行为，为何却以难切实际的诗赋形式来判别参赛者的高低优劣？要想给这样的问题提供明确的答案是极其困难的，而且这也并非本文的主要任务。但是我以为，诗赋取士绝非唐初统治者一时头脑发昏，即兴发挥的产物，而是有其充分的内在理由的。诗人陈子昂曾在《与东方左史虬修竹篇序》中批评齐梁诗歌"彩丽竞繁，而兴寄都绝"，主张恢复诗歌反映现实的古代传统，要求诗人在诗中表达自己的政治见解政治抱负。这种要求和提倡与先秦时代士人献诗言志、陈诗言志虽不能说如出一辙，可起码也应该说是有精神承上启下的连续性和一致性的。但是诗人在诗中、特别是在应试诗中表达政治见解、抒发政治抱负很难达到像在策论中那样的直接和犀利，以譬喻语言出之，让当政者琢磨和领会就势必成为正常和必然的表达方式。这样一来，就使纯粹政治行为的选拔官吏和浪漫之极的吟诗作赋之间终于发生了关联。因此，我以为唐人的诗赋取士是中国隐喻语言文化在新的历史条件下的创造，它虽然不能说是《诗经》直接影响下的产物，但其中隐含的隐喻文化精髓仍然应该追溯到《诗经》。基于这一理由，我们把唐代诗赋取士看作《诗经》影响下出现的隐喻语言文化的亚形态怕是不会被视为太过离谱的吧。

　　一个民族的早期语言表达方式是受这个民族的早期思维方式制约的，而这种语言表达方式一旦成型之后，就又反过来制约该民族的思维方式发展，甚至语言变化的价值认同。《诗经》作为汉民族早期的譬喻语言文本，它的产生以及它对客观事物选取的表达方式都是和汉民族早期的思维方式紧密相关的。自打《诗经》结集，先是经过春秋战国时期的泛语言化运用，然后又经过汉代经学的半强制性推广，它的譬喻语言系统便借助意识形态向社会各层面大面积蔓延，以致最终跃居社会支配性话语地位。由于它担当的特殊社会角色，楷模、标准也一起成为它的属性和功能，因此它对后世语言表达的价值规定也同时具有足够的制约作用。这一点在宋代以后风行起来的诗话文评中表现得尤为明显。古典诗文评以羚羊挂角、无迹可求，以草蛇灰线、神龙见首不见尾等等为高格，相反而视直、白、露为下品。站在语言文化学的立场上，如果我们也公平地把古典诗文评作为一种历史语言文本来看待，那么它所体现出的隐喻语言价值认同，也同样有理由被当作《诗经》影响中国语言文化发展过程产生的亚形态之一种。

　　抽样且又评点，周到细致既不可得，完整准确更不可能。但仅仅这走马观花、管窥蠡测，已经足以使人看出《诗经》对汉以后中国语言文化隐喻品性形成所施加的影响了。

五

　　笔者始终认为，《诗经》与中国语言文化隐喻品性之间的关系问题，既是《诗经》研究中的重要题目，也是中国语言文化研究中有价值的问题。因此，要想在一篇字数有限的短文中将个中关节论述清楚，几乎是不可能的。本文不揣谫陋，只是尝试着论述一二，意在抛砖引玉，以期引起方家对这一论题的关注而已。在即将结束本文的时候，笔者认为还有下列问题需进一步说明。

　　（一）中国语言文化具有明显的隐喻特征和隐喻功能，研究《诗经》对中国语言文化隐喻特征和隐喻功能形成的影响，讨论两者之间的交汇、契合关系，并非是查无实据的相似性联想。因为经秦始皇焚书和项羽咸阳放火，先秦古籍几乎丧失殆尽，只有《诗经》因便于咏诵而得以完整保存，正如班固所说："遭秦而全者，以其讽诵不独在竹帛故也。"（《汉书·艺文志》）只有保存完整的语言文本才可能真正对日后中国语言文化产生影响。因此选择这一题目予以讨论，正是对一种历史事实的郑重认定。

（二）本文使用"譬喻语言"一词以概括《诗经》中运用包括比、兴两种手法在内所造成的一切具有譬喻意义的语言，兴含比意，甚至可以说兴的意义主要应落实在比上。这在刘勰《文心雕龙·比兴篇》中已言之甚明，所谓"比显而兴隐"是也。这一说法首先被唐人孔颖达采纳。近人朱自清（见《诗言志辨》）、黎锦熙（见《修辞学比兴篇》）等均主此说。著名学者王元化先生更进一步认为，如果将比兴二字连读连用，那么比兴也就是形象之意①。联系《诗经》与中国语言文化发展关系实际，可知《诗经》运用比兴手法以创造诗篇中生动的艺术形象，而《诗经》对中国语言文化的影响主要在隐喻性一端，这种隐喻品性的核心内容正是形象性。

（三）具有隐喻品性的中国语言文化是一种高贵的语言文化，占有和驾驭这种语言，需要操作者拥有丰富的历史知识作基础支撑。否则，语言的交流就难免出现障碍，形成阻塞。正像韦勒克、沃伦所说："无知会使人把自己不熟悉的一些最早的例子看成是来历不明的。"② 因此，我们说中国传统语言文化是名副其实的贵族语言文化，大众对它的每一次占有都要甘冒奢侈的危险或付出奢侈的代价。

（原载《天津师范大学学报》1993 年第 6 期，同时收入《第一届诗经国际学术研讨会论文集》）

---

① 见王元化《文心雕龙创作论》，上海古籍出版社 1979 年版，第 157 页。
② ［美］韦勒克、沃伦《文学理论》，刘象思等译，生活·读书·新知三联书店 1984 年版，第 214 页。

第十八章　六十年来《诗经》研究的反思与展望
——以《文学遗产》刊发《诗经》
研究论文为主要讨论对象

　　作为构筑儒家思想体系的一部重要典籍，《诗经》以其经典的地位受到历代学者的重视，对《诗经》的研究也此起彼伏，由此形成了源远流长的《诗经》学史。随着社会和学术的不断推进，《诗经》学也被赋予了鲜明的时代精神，成为学术思潮发展演变的一个缩影。审视《诗经》学的发展历史，它既具有共时性的特质，也呈现出历时性的痕迹。实际上，两千多年来，关于《诗经》的各种理念、学说、派别、思想等，皆与时代密切相关。政治因素的变化、社会道德的变迁，特别是学术环境的发展，势必影响到《诗经》学所关注的问题和角度。所以《诗经》学本身的发展趋势和倾向，也同时富有学术史和思想史意义。本文即以《文学遗产》创刊以来所发表的《诗经》研究论文为主要考察和研究对象，希望借此讨论新中国成立后学术思想变革对《诗经》研究产生的影响，并在此基础上对未来《诗经》研究的发展趋势做出一定的判断。之所以进行这样的取样研究，乃是因为《文学遗产》作为国内一流学术期刊，堪称时代学术研究的风向标。据统计，从 1955 年 9 月刊发胡念贻先生的《〈诗经〉中的赋比兴》，到 2013 年第 6 期刊发吴洋《上博（四）〈多薪〉诗旨及其〈诗经〉学意义》，《文学遗产》发表以《诗经》为研究对象的论文共计 108 篇。这些论文鲜明地体现出时代学术环境、关注问题和研究方法的变化对《诗经》研究产生的影响，因此，以此刊发表《诗经》研究论文为主要讨论对象是有其代表性的。

一、文化意识的自觉追求与《诗经》研究视野的拓展

新中国成立后，百废待兴，古代文学研究也重新起步，但由于此后三十余年政治运动、学科调整等因素的影响，这一领域和其他领域一样也不可避免地受到冲击。尽管如此，仍有一批学者坚守学术阵地，尽己所能，艰难地延续着学术的慧命，因此虽然五六十年代古代文学研究整体水平不高，但其中的星星之火却足以让人感受到学术研究追求真理的那种执着和崇高。《文学遗产》即是这样一块重要的阵地。以 1959 年刊发的胡念贻先生《关于〈诗经〉大部分是否民歌的问题》（《增刊》第 7 辑①）一文为例。受五四以来学者和五六十年代主流意识形态的影响，很多研究者都认为《诗经》是周代的民歌，而胡先生则认为"《诗经》里面的诗，除《颂》和一部分《大雅》、《小雅》可能为史官之类所作外，其余都是各阶级的群众性诗歌作品，其中包含有民歌，但为数较少。"今天看来，这个观点虽然多少有些闪烁其辞，但无疑是更加准确的。能够在当时的政治环境、学术环境中勇敢地提出这样的观点，其中体现的实事求是的治学精神也同样值得后人学习和敬佩。此外，胡念贻《〈诗经〉中的赋比兴》（《增刊》第 1 辑）、《〈诗经〉中的怨刺诗》（《增刊》第 8 辑）、杨公骥《论商颂》（《增刊》第 2 辑）等也都是很有代表性的成果。不过正如前述，这一时期的《诗经》研究无论从数量还是质量上来看，都没有超越 20 世纪三四十年代，并且由于种种限制，对《诗经》的解读也多局限于所谓文学本身，而缺乏更为深入透彻的文化解读。

进入 80 年代，古代文学研究重新回归正途，研究领域更加广泛，研究角度和方法也更加多元，尤其是从文化学视角展开对古代文学现象的讨论，已经逐渐成为学者们采用的一种普遍方法。这一局面其实是伴随着 80 年代之后文化意识的重新觉醒和对闻一多等前辈学者文化学研究方法的学习借鉴而出现的。由此古代文学研究在新的时代环境中取得了更为丰硕的成绩。《诗经》研究也不例外。除传统的《诗经》训诂学、《诗经》学史

---

① 为简化行文，本文中凡出自《文学遗产》的文章，只标明发表期数。

等研究领域外，《诗经》的文化学研究成为一个热点。对《诗经》的文化解读虽然不是新鲜的论题，早在汉代初年的《韩诗外传》就以三月上巳节桃花水被除不祥的习俗来解析《郑风·溱洧》，东汉班固《汉书·地理志》也通过对《诗经》中风诗的审视，得出秦人尚武、陈人尚巫、齐风多舒缓之体、郑风多聚会之诗的结论。注重发掘诗歌的历史背景与文化习俗等因素，能够揭示《诗经》的真实面貌。而这种方法与现代的民俗学、文化学研究颇有相通之处。因此，当现代学者渐趋以平常的心态看待《诗经》，不再强调《诗经》中的"经学"内容，也不再简单重复 50 年代的民歌说，还原《诗经》以及《诗经》学所蕴含的文化意义就成为新时代《诗经》研究的一种自觉追求，从而也开拓出了《诗经》研究的新视野。

从《文学遗产》所刊发的论文来看，20 世纪 80 年代，学者们已经着意凸显《诗经》作为一种文化产物的身份，其中的一个突出表现是将《诗经》作为北方史官文化的成果与同样具有鲜明特征的南方楚文化相对照进行研究。姜亮夫、姜昆武的《〈楚辞·九歌〉"灵保"与〈诗·楚茨〉"神保"异同辨》（1983 年第 2 期），韦凤娟的《〈诗经〉和楚辞所反映的人与自然的关系》（1987 年第 1 期），都将《诗经》视为与《楚辞》一样的某种地域文化的产物。如韦文所言，《诗经》主要反映了黄河流域一带中原文化的特点，以屈原的作品为代表的《楚辞》则带有浓厚的江淮流域地方色彩。由于江淮领域与中原地区在社会生活、地理环境、民间习俗的极大不同，《楚辞》与《诗经》在表现人与自然的关系，人们对于自然美的认识，也呈现出不同的风格特点。廖群《原始与文明的交响曲——楚辞艺术形态考察，兼论楚辞与〈诗经〉的逻辑关系》（1988 年第 5 期）一文，认为从逻辑发展角度看，楚辞并非与《诗经》并列，更非在《诗经》之后，而是处于《诗经》之前的发展环节上。这些文章都试图通过辨析《诗经》所产生的文化阶段和环境特点，揭示《诗经》的文化传统与南方《楚辞》所代表的文化传统的差异。到王泽强的《〈诗经〉中楚国歌谣缺失的原因》（2007 年第 4 期），从政治、文化的角度探析楚国歌谣为何未能入选《诗经》，认为楚国虽然有着发达的音乐艺术，但楚国与周王室的关系最为疏远，而且长期与周王室为敌，因此楚地歌谣不能入选。这个结论也是在对《诗经》文本文化背景的充分讨论基础上得出的。同类型的还有刘冬颖

《出土文献与先秦时期的楚地儒家传〈诗〉》（2009 年第 2 期）一文。这些论文实际上都将《诗经》学研究置于更大更广阔的文化网络中，将《诗经》同其他具有代表性的文化成果对照研究，从而拓宽了《诗经》学研究的广度。

同时，学者们仍注重从《诗经》所特有的"经学"文化品格中发掘跨领域的课题，特别是《诗经》同其他四经所包含的文化内蕴之间的关系。将《诗经》作为经学看待，本是传统《诗经》学的本色当行，但经过几个世纪以来的反复，在当今学术氛围中，《诗经》学重新回归"经学"似乎有着"螺旋式上升"的意味。无论是《诗》、《书》、《礼》、《乐》，还是《春秋》，随着出土文献、器物的实证以及学者再次对基本文献的爬梳，都展现出更加贴近当时历史和文化的原生态面貌。刘丽文《春秋时期"赋诗言志"的礼学渊源及形成的机制原理》（2004 年第 1 期），从礼学角度论证了春秋时期政治舞台上普遍出现的"赋诗言志"现象的渊源和形成的机制原理，认为"赋诗言志"是对燕享礼仪中固有乐歌形式的模仿和意义的替换。这是兼及礼学和诗学的一种讨论。李洲良《论春秋笔法与诗史关系》（2006 年第 5 期），认为尚简用晦的"春秋笔法"是源于《诗》的比兴寄托手法和美刺褒贬精神在史书写作中的拓展和延伸，并与赋比兴有着明显的对应关系，是史蕴诗心的集中表现，这是《春秋》学和《诗经》学的跨领域研究。许继起《周代助祭制度与〈诗经〉中的助祭乐歌》（2012 年第 2 期）一文，重点考察了《诗经》中的助祭乐歌以及此类乐歌所表现的助祭内容，认为两周时期的助祭制度不仅推动了周代射礼礼仪文化的发展，完善了择士选官的政治体制，同时丰富了上古乐歌的题材形式和创作内容，礼学同《诗经》学的相关研究也进一步深入。不但如此，常森《论简帛〈五行〉与〈诗经〉学之关系》（2009 年第 6 期），从《诗经》学背景上来阐释《五行》，复现思想史的一些重要发展脉络，揭示《诗经》学在思想学术领域的巨大影响。

总之，新中国成立以来特别是 20 世纪 80 年代之后，随着文化意识的觉醒，众多《诗经》研究者认识到《诗经》首先是一种文化产物，从而开始了对《诗经》以及不同历史时期《诗经》学所代表的文化内涵的探索和追求。这种追求使得《诗经》学研究的背景更加宽广和深厚，过去人们不曾注意到的问题或角度也开始浮出水面，而这也正是《诗经》学在新世纪获得新发展的一大契机。

二、学术史研究热潮与《诗经》学史研究的发展

20 世纪 80 年代初，随着政治、经济和文化的发展，古代文学研究也呈现出复苏之势，经历了"文革"洗礼的老一代学者重回科研一线，一批年轻学者也开始崭露头角。总的来说，这一时期学术研究的主要任务是接续受政治运动影响中断了多年的学术传统，重新确立古代文学研究的方向和目标。而完成这项任务，最重要最迫切的工作就是全面系统地梳理古代文学研究的"遗产"，看一看我们的"家底"究竟有多少，然后才能谈得上在此基础上的拓展和深化。基于这种学术自身内在的驱动力，学术史研究迅速成为一个热点，出现了《诗经》学史、"楚辞"学史、《庄子》学史、《史记》学史等等一大批优秀的研究成果，以此为基础，古代文学学科也在反思自身的过程中逐渐走向成熟。值得注意的是，这种学科自省所形成的研究热潮一直持续到现在。

作为《诗经》学的一个领域，《诗经》学史研究对于梳理历代《诗经》研究成果，揭示其内在发展理路和逻辑关系无疑具有重要作用。具体而言，《诗经》学史研究主要包括历代《诗经》著述的版本、体例、内容以及古今学者的《诗经》观等方面。《诗经》研究的高峰主要出现在汉代、宋代、清代和现代，这几个时代自然就是《诗经》学史关注的重点。20 世纪 80 年代以来，这一研究领域可谓成果丰硕，并且鲜明地呈现出学术发展的时代特点，即就研究角度而言，逐渐由宏观走向微观；就研究方法而言，开始注意吸收借鉴其他领域的研究成果。这些在《文学遗产》1980 年后发表的《诗经》学研究论文中得到了很好的体现。

80 年代初期，夏传才等老一辈学者依靠自己精深的学识和开阔的学术视野，撰写了《论宋学〈诗经〉研究的几个问题》（夏传才，1982 年第 2 期）、《先秦〈诗经〉研究的几个问题》（夏传才，1984 年第 1 期）等高屋建瓴的文章，此外加上《〈诗经〉研究史概要》等著作，共同建构起《诗经》学史的基本框架，这一领域的研究对象和范围也更加明晰。其后《诗

经》学通史、断代史以及个案研究层出不穷，《诗经》学史研究也开始朝着更加微观、细致的方向发展。其中，既有对一些"老问题"更为深入细致的思考，如沈心芜《重审"孔子删诗"案》（《增刊》第 17 辑）、曹道衡《试论〈毛诗序〉》（1994 年第 2 期）、马银琴《〈毛诗〉首序产生的时代》（2002 年第 2 期）、王洲明《关于〈毛诗序〉作期和作者的若干思考》（2007 年第 2 期）。又有对以往较少被讨论的《诗》学著作和学者的个案分析，如王学泰《明代诗学伪作与〈鲁诗世学〉》（1999 年第 4 期）、徐志啸《陈子展先生的〈诗经〉研究》（1995 年第 2 期）、王长华《余冠英的〈诗经〉研究》（2000 年第 2 期），以及朱杰人、戴从喜《程俊英的学术思想渊源与〈诗经〉研究》（2007 年第 1 期）、马银琴《子思及其〈诗〉学思想寻迹》（2012 年第 5 期）等。此外，更为令人欣喜的是，以往较少被注意的一些问题也进入到学者的视野之中，如《诗经》的结集与其在战国时代的传播问题，马银琴先后撰写了《齐桓公时代〈诗〉的结集》（2004 年第 3 期）、《战国时代〈诗〉的传播与特点》（2006 年第 3 期）、《周秦时代秦国儒学的生存空间——兼论〈诗〉在秦国的传播》（2011 年第 4 期）等论文对这一问题进行了全面细致的梳理。又如汉代之后《诗经》的传播问题，聂鸿音《西夏译〈诗〉考》（2003 年第 4 期）利用出土文献考察了《诗经》在西夏的传播情况。此外，三家《诗》和《诗纬》研究也有了一定突破，如郝桂敏《〈齐诗〉的亡佚时间纠谬》（2008 年第 2 期）、房瑞丽《〈韩诗外传〉传〈诗〉论》（2008 年第 3 期）、《〈齐诗〉、〈鲁诗〉亡佚时间再辨》（2012 年第 4 期）、曹建国《〈诗纬〉二题》（2010 年第 5 期）等。

上述研究成果的取得很大程度上得益于作者吸收借鉴了其他相关领域的研究方法和研究成果，因此多能发前人所未发，如谢建忠《论〈毛诗正义〉对李益诗歌的影响》（2006 年第 1 期）以经学对文学的影响为视角，深入揭示了李益诗歌特点的思想渊源。又如韦春喜《论汉代人才培养、选拔对〈诗经〉的影响》（2011 年第 6 期）借鉴汉代教育史和制度史的研究成果，剖析汉代《诗经》学特点形成的深层次原因。上述仅是 20 世纪 80 年代以来所有研究成果中极少的一部分，但窥豹一斑，足以看出这一时期《诗经》学史研究的动向。不过令人遗憾的是，对海外《诗经》学研究成果的反映相对较少，这一方面的研究其实是亟待注意和加强的。

三、现代学术观念的建立与《诗经》训诂的新成绩

《诗经》训诂有着两千多年的悠久传统，自汉至清，学者们对《诗经》的词语、文字、音韵、名物进行了全面细致的考释，积累了大量研究成果。但由于受封建社会政治教化观念的影响，传统《诗经》训诂又存在着概念不明晰、不重视语法等诸多问题。20 世纪初至三四十年代，西学东渐，随着社会和学术思想的发展变化，现代学术观念逐渐取代传统学术观念而成为学术研究的主导精神，学者们开始有意识地汲取现代语言学术语和方法重新释读《诗经》，酝酿着向现代《诗经》训诂学的过渡，尤其是"二十世纪三四十年代，我国的传统训诂学有了重要的发展：一方面是章太炎、黄侃等学者的努力，促使传统训诂学开始走上科学化的道路；另一方面是闻一多根据'三百篇'的特点和训释的需要，创立了从文化视野解读作品的新的训诂学。"① 无论在学术观念、研究方法、治学目的乃至话语系统等方面，均与传统《诗经》训诂学有着明显的不同。然而令人遗憾的是，其后 30 余年由于战争和政治运动的影响，这一领域的研究长期停滞不前，乏善可陈。这种局面一直持续到 70 年代末期。

进入 80 年代，以余冠英、程俊英、高亨、袁梅等为代表的一批学者接续章太炎、黄侃、闻一多等前辈学者开创的传统，勇于创新，《诗经》训诂学又有了新的发展。这一时期，为适应古代文学普及的需要，大量《诗经》译注类著作开始出现，其中重要者如高亨《诗经今注》，程俊英、蒋见元《诗经注析》，余冠英《诗经选》等。《文学遗产》也应时而动，刊发了一些颇有分量的论文，如王宗石《〈诗〉难义三则解》（1985 年第 2 期），姚奠中《〈葛屦〉新说》（1987 年第 3 期）、《〈衡门〉新说》（1987 年第 4 期）、《释〈绸缪〉》（1987 年第 6 期）等。这些研究成果，就字词训释看，对传统传注和训诂择善而从，避免繁冗，同时又断以己意，凡立

---

① 赵沛霖《现代学术文化思潮与诗经研究——二十世纪诗经研究史》，学苑出版社 2005 年版，第 330 页。

新说，必有依据，不附会臆断。以姚奠中《〈葛屦〉新说》为例，其释"要"云："'要'即'褾'，衣的腰身。"释"褾"云："'褾'，衣领。"《毛传》释云："要，褾也。褾，领也。"明显可见，姚先生的释义承继了《毛传》，而且解释"要"为"衣的腰身"，较《毛传》更加清楚明白。又如对"掺掺"的训解："'掺掺'即'操操'，操劳的样子。这和惨通憯，'惨惨'，忧劳的样子，同例。不过'操操'是手劳，'憯憯'是心劳而已。"这与《毛传》"掺掺，犹纤纤也"的解释完全不同，而这也是姚先生认为"这首诗是为女工——家庭手工奴隶说话的诗"的主要依据之一。姚先生的观点虽带有浓重的时代色彩，然亦可备一说。这种立足于传统训诂学基础之上的开拓创新，也成为整个80年代《诗经》训诂的一个重要特点。尽管在研究方法上仍是对前人的承继，但这一时代的学者普遍能够立足于时代的需要，运用科学的方法且灵活运用传统《诗经》训诂学成果，在语词训释、诗意理解等方面都不乏创新之处，至今看来，仍有重要的参考价值。

此外，随着对《诗经》文学价值、文化价值认识的不断深入，《诗经》训诂出现了一些新的变化，现代《诗经》训诂学内涵也日趋丰富。这种变化体现在研究者在对《诗经》语词文学意蕴和文化含义的系统深入挖掘上，并且相较于20世纪三四十年代闻一多先生的曲高和寡，80年代之后《诗经》语词的文学研究和文化研究已经成为一种普遍的共识和方法上的自觉追求。研究者除了注重训解字词之意外，还同时注重分析字句所体现的艺术特征和文化内涵，揭示其审美意义和文化价值。如程俊英、蒋见元《诗经注析》注释《小雅·采薇》"杨柳依依"、"雨雪霏霏"时特别指出："诗人以杨柳代春，雨雪代冬，以具体代抽象，不自觉地运用了借代修辞，加上摹形迭词依依、霏霏，使读者产生形象逼真的美的享受。"[1] 既训释了字词意思，又分析了诗歌形象塑造的艺术技巧和作用。此外，由闻一多先生开创的将宗教学、历史学、民俗学、社会学和文化人类学结合起来的研究方法也得到了继承和发展，如赵沛霖《兴的缘起——历史积淀与诗歌艺术》一书揭示了鸟、树木、龙、凤、麒麟等原始物象的文化学意义，认为

---

① 程俊英、蒋见元《诗经注析》，中华书局1991年版，第468—469页。

鸟兴象具有祖先观念的意义，树木兴象具有宗族乡里观念的意义，龙、凤、麒麟等兴象具有国祚安危、祸福的意义，并由此论证了作为形式范畴的兴起源的观念本质。这种研究方法对于更加全面深入地理解《诗经》语词尤其是名物的文化含义无疑具有重要意义，因此 80 年代之后的《诗经》训诂也多采用这种方法，并由此推动了对于"比兴"和《诗经》文化内涵的研究。

毋庸讳言，80 年代之后的《诗经》训诂也存在一些需要引起我们注意的问题。比如文学研究刊物很少刊发训诂类论文，这虽然是学术研究分工逐步细化的结果，但其中也存在着画地为牢的潜在风险，也就是说文学研究工作者对新的训诂研究成果往往选择视而不见，而没有扎实可信的训诂作支撑，所谓的文学研究也只能是空中楼阁，无法拓展和深入，这是非常不利于新时期包括《诗经》学在内的古代文学研究发展的。

四、出土文献的大量面世与《诗经》研究的深化

早在 1925 年，王国维就在其《最近二三十年间中国新发见之学问》中坦言："古来新学问起，大都由于新发见。"新材料的出现往往带来学术问题探讨的深入和学术视角的更新。随着相关文献的接连出土，《诗经》这部"求之训诂则苦分歧，求之名物则苦茫昧，求之文义则苦含混"① 的古老典籍，向研究者们敞开了大门。《文学遗产》紧紧扣住学术发展的脉搏，站在学术研究的最前沿，及时遴选优秀研究文章予以发表，虽然发表的此类文章数量不多，但对《诗经》研究也起到了一定的推动作用。

与《诗经》相关的出土文献主要可分为两类，一为简帛文献，一为铜器铭文。《文学遗产》对简帛文献关注较多，铜器铭文的相关研究则多为文物考古类刊物所青睐。

近 40 年来，简帛文献出土的数量很大，《诗经》类文献主要有阜阳汉简、郭店楚简、上海博物馆藏战国楚竹书和清华简。王国维所谓"今日之

---

①　俞平伯《读诗札记·谷风故训浅释》，收入《俞平伯全集》第三卷，花山文艺出版社1997 年版。

时代可谓发见之时代",放在这一时期毫不为过。1977 年,安徽阜阳双古堆一号汉墓出土一批竹简,称为阜阳汉简。其中,与《诗经》相关者 100多枚,包括《国风》近 60 篇及《小雅·鹿鸣》、《伐木》等篇。虽然诸篇无一完整,它却是现存最早的《诗经》古本。许廷桂《阜阳汉简〈诗经〉校释札记》(1987 年第 6 期)认为,阜阳汉简《诗经》文字有很多地方优于毛诗,可以其异文作为参照系,校订今本《诗经》,从而为弄清诗义别开门径。同时,许氏用自己的校勘实践对此进行了充分说明。另外,阜阳汉简《诗经》中的《诗序》与《毛诗序》大同小异,当有大致相同的来源,故汉人卫宏作《诗序》之说不攻自破。① 1993 年,湖北荆门郭店一号楚墓出土竹简 804 枚,与《诗经》相关的有《缁衣》、《五行》、《性自命出》、《六德》、《语丛一》、《语丛三》6 篇。这批竹简公布后,大批学者投入到相关研究中。马银琴《子思及其〈诗〉学思想寻迹》(2012 年第 5期),采用郭店楚简与传世文献互证的方式,对子思著作引《诗》的主要方式及其思想特点进行了全面梳理。廖名春通过简文引《诗》用《诗》论《诗》的情形,指出"可以看到战国时期人们引《诗》用《诗》的真实情况,更可以考察先秦儒家对《诗》义及其社会功能的认识,因此还会获得对《诗经》一些篇章本旨的新解"。② 饶宗颐先生更是以郭店楚简为立论根基,写成《诗言志再辨——以郭店楚简资料为中心》③,对"诗"与"志"进行重新考虑。1994 年,上海博物馆从香港购入 1300 余枚战国时期楚国竹简,此中有关《诗经》者 31 枚,内容是对孔子论《诗》的记录,定名为《孔子诗论》。也有研究者认为是子夏或其他学者论《诗》的记录。江林昌《上博竹简〈诗论〉的作者及其与今传本〈毛诗序〉的关系》(2002年第 2 期)和郑杰文《上博藏战国楚竹书〈诗论〉作者试测》(2002 年第4 期)两篇文章分别对《诗论》的作者进行了深入探讨。《诗论》虽然在文字上与今本《诗经》不同处颇多,但其分为"讼"、"大夏"、"小夏"、"邦风"四组,与颂、大雅、小雅、国风的分法是相对应的。不管是孔子

---

① 胡平生、韩自强《阜阳汉简诗经研究》,上海古籍出版社 1988 年版。
② 廖名春《郭店楚简与〈诗经〉》,《文学前沿》2000 年第 2 辑。
③ 收入《郭店楚简国际学术研讨会论文集》,湖北人民出版社 2000 年版。

还是子夏，其序文都体现了孔子的诗教思想。《诗论》未被儒家传世典籍所载录，蕴含着大量先秦时期的《诗》学信息，涉及《诗序》形成、风雅正变等诸多公案，对研究者来说是全新的对象，随着研究的深入，定然能推动《诗经》学的快速发展。2008 年 7 月，清华大学收藏 2388 枚战国中晚期竹简，文字多为楚系。其第三批公布的《周公之琴舞》和《芮良夫毖》是两组十分重要的乐诗，分别作于西周初年、西周晚期，类似《周颂》、《大雅》。它们与今本《诗经》没有重合，却丰富了《雅》和《颂》的诗篇，蕴涵着极强的政治教化意味，为《诗经》研究提供了一个很好的参照。陈桐生《从出土文献看七十子后学在先秦散文史上的地位》（2005 年第 6 期），把郭店楚简和上博简中有关儒家的文献结合《论语》、大小戴《礼记》等传世文献，来探讨上承史官记言散文、下启诸子说理散文的"七十子后学散文"。《文学遗产》除了刊布最新研究文章之外，还以"学人荐书"的形式向学界介绍新出的重要学术著作。《马银琴推荐：楚简与先秦〈诗〉学研究》（2011 年第 2 期）一文，就把曹建国对多种与《诗经》相关出土文献的研究成果（《楚简与先秦〈诗〉学研究》）及时介绍给了同行。

以上所言是近 40 年所出与《诗经》相关的简帛文献及其相关研究，另有一种重要的《诗》学资料，亦不容忽视。1959 年至 1979 年间，在新疆吐鲁番地区的晋唐墓葬中出土了大量文书资料，中有东晋时期的古写本《毛诗关雎序》（《吐鲁番文书》第 1 册）和北魏时期的《诗经》残卷（《吐鲁番文书》第 2 册），后者包括《周南·关雎序》、《郑风·缁衣》和《小雅》残卷 5 纸 72 行。胡平生先生将残卷与今本《毛诗郑笺》对读，指出《诗经》吐鲁番写本是目前所见最早的经传合一的古写本，这种抄写形式，保留了公元六世纪《诗经》传本的面貌，以及儒家经典对西北少数民族的影响等等。[①]

六十年来，出土的铜器数量很多，其中带铭文的也屡见不鲜。这当中与《诗经》关系最为密切者，当属平山三器和鲁诗镜。平山三器是中山王

---

① 胡平生《吐鲁番出土义熙写本毛诗郑笺小雅残卷的复原与考证》，《第二届诗经国际学术研讨会论文集》，语文出版社 1996 年版。

鼎、中山王圆壶和中山王方壶三件铜器的合称，1977—1978 年出土于河北平山县的中山王墓中。平山三器出现在子夏再传弟子李克（前 435—前 395）之后，多次出现与《诗经》诗句相似的四言文字或直接引用《诗经》诗句，透露出《诗经》在中山国流传的某些消息，"李克正在魏国统治中山的时期任中山相，所以平山器铭文所反映《诗》在中山的风行，很可能与此有关。"① 同样是在 20 世纪 70 年代，湖北武汉地区出土一面东汉时期铜镜，其铭文刻《卫风·硕人》八十余字，与现行毛诗在文字上存在多处不同，经研究当为鲁诗，故定名为鲁诗镜。这一《诗经》版本文字虽然不多，但以实物的形式反映了《诗经》在东汉时期以多种形式在民间的流传。②

除以上铜器铭文之外，众多与《诗经》没有直接关系的出土器物构成了一个庞大的证据群，推动《诗经》研究深入开展。比如，《商颂》是商诗还是宋诗的问题，聚讼已久，王国维在《说商颂》中通过对甲骨卜辞的研究，认为《商颂》中出现的名物与同时期的卜辞不符，不太可能是殷人所作，此说对后世影响很大。廖群教授通过对甲骨文、金文及相关出土器物进行综合考量，用证据否定了王国维的说法，扫除了《商颂》可能作于殷商的诸多疑点，把对《商颂》产生时间的讨论重新拉回到原有的讨论空间中。③ 于省吾先生的《泽螺居诗经新证》（中华书局 1982 年版）利用金文、甲骨文校订《诗经》，早已成为此类研究中的经典著作。扬之水先生的《诗经名物新证》（北京古籍出版社 2000 年版），在传统考据学、训诂学的基础上，将《诗经》文献与出土文物有机结合，化入其散文化的笔触之中，把自己的研究娓娓道来，读之令人亲切。此书当属近年《诗经》研究中的别开生面之作。

随着与《诗经》相关的文献不断出土，对于今传《诗经》文本的校订、《诗》与礼乐关系、儒家的《诗》学思想、不同时期《诗经》的传授及流布等问题，有了更为直接的文献支撑，使《诗经》研究的老问题有了

① 李学勤《平山墓葬群与中山国的文化》，《文物》1979 年第 1 期。
② 罗福颐《汉鲁诗镜考释》，《文物》1980 年第 6 期。
③ 廖群《先秦两汉文学考古研究》，学习出版社 2007 年版。

新的解决途径。

五、未来《诗经》研究展望

纵观新中国成立六十年来的《诗经》研究，经历了从发展到冰冻，再到复苏、兴盛的过程。随着相关文献的不断出土，研究者们在传统考据的基础上，以新观念、新方法、新角度，在《诗经》文献研究、文化研究、传播研究及自身学史研究等方面都取得了长足进展，六十年的《文学遗产》见证并推动了《诗经》学的进步。不过也应该看到，就《诗经》研究而言，客观地说六十年来《文学遗产》所刊论文并不能说就完全可以代表学界《诗经》研究的全部水平，它只是全豹身上的一斑。特别是随着中国诗经学会在 1993 年的建立，和随后《诗经研究丛刊》的创刊，大批《诗经》研究成果未能在《文学遗产》展现。统筹考虑这些因素，我仍然认为，《诗经》学在今天和以后，似还有许多工作需要继续做下去。

第一是文本清理。《诗经》自产生至今，已有两千多年的时间，在这期间围绕《诗经》产生了大量的研究著作。针对这些成果，我们要尽可能全面地予以梳理，把那些学术价值较高的著作翻检、淘洗出来，通过集中影印的方式贡献给广大研究者。这个工作中国诗经学会一直在做，由夏传才先生主编的《诗经要籍集成》（学苑出版社 2003 年出版）收录《诗经》要籍 130 余种。之后，田国福主编了《历代诗经版本丛刊》（齐鲁书社 2008 年版），其收书亦达百种。近期，由中国诗经学会主持编纂的《诗经要籍集成二编》即将出版，收《诗经》要籍一百余种。随着有价值的《诗经》研究著作不断被挖掘出来，《诗经要籍集成》系列丛书还会继续编下去。除了大规模影印价值较高的《诗经》文献之外，出版社根据需要，零星影印《诗经》典籍和有计划地组织专家对重要文献进行整理、出版，也是我们当代清理《诗经》文本的一个重要途径。另外，虽然新中国成立后出土文献层出不穷，但有关《诗经》的文献呈现出种类多、数量少的特点，每一种文献单独成书的可能性不大，所以将这些散落于著作、期刊当中的《诗经》出土文献及时辑录到一起，也是很有必要的。

第二是总结过去。在做好文本清理的基础上，大量难得一见的古籍成为案头资料，搜寻文献的压力大大减轻，我们才有可能静下心来，对《诗经》学发展的历史进行全面研究。自 20 世纪 80 年代以来，与此相关的著作虽然已经出版了夏传才《诗经研究史概要》（中州书画社 1982 年版）、《二十世纪诗经学》（学苑出版社 2005 年版）、洪湛侯《诗经学史》（中华书局 2004 年版）和刘毓庆《从文学到经学——明代〈诗经〉学史论》（商务印书馆 2001 年版）等多部或通史或断代研究的作品，但距离全面梳理《诗经》学史还有很长的路要走。另外，海外《诗经》研究颇具特色，只有把他们的成果纳入到《诗经》学史的视野中，才是完整的。对海外《诗经》研究的探讨，是一个值得发力的新课题。目前王晓平先生的日本《诗经》学研究成绩斐然。我认为整个《诗经》学史是由一系列鲜活的研究者组成的，对这些个体的研究，我们已取得了不少成绩，但在其后的研究中，这仍然是研究者需要特别注意的一个领域。

第三是普及提高。《诗经》是古中国的歌，它能否为当代人所接受，就得看研究者们让其以怎样的面貌出现在世人面前。在这里，我们需要注意的是，大众的知识层次不同，所需要的《诗经》阐释文本也就注定不同，一个本子大家都看是不可能的。现在不缺《诗经》阐释的文本，缺的是针对性较强、不拒人于千里之外的研究成果。我们在这里所说的普及，是指不同知识水平的读者接受到与之相称的《诗经》信息，不论是一个词、一句诗，还是一个故事，人们乐于接受就好。

在传世文献整理和出土文献不断出现的背景下，面对《诗经》研究中的老问题，如《诗经》的产生、与孔子关系、《诗》与礼乐关系、《诗序》问题等等，不必再去重复前人讲过的话，从运用的理论到思考的角度、深度、广度上都需要重新考量，努力有所提升。而新材料带来的新问题，也要以传世文献为基础去思考，不要过度迷信作为当时抄本之一的出土文献。当然，对于新材料蕴含的新信息，我们要积极地去开掘。另外，同行之间多进行交流，互相辩驳、启发，这样有利于整个学科的提升。中国诗经学会正是为国内外的《诗经》学者搭建了一个直接交流的平台，从 1993 年学会成立，已经成功举办了十届国际学术研讨会，促进了学者之间的交流，为《诗经》研究的深入发展做出了贡献，在国内外赢得了良好声誉。学会将一如既往地搭建好这个平台，为海内外学者们服务好。

六十年以来的《诗经》研究，所取得的成绩是有目共睹的，《文学遗产》六十年来刊发的《诗经》学论文也很大程度上映照了那个时代的《诗经》学研究业绩。随着广大同人研究的深入，《诗经》学中的疑团会逐步解开，而《诗经》这部焕发着勃勃生机的古老经典也必然会被更多的人了解、接受和喜爱。在这一过程中，我相信《文学遗产》这个无可替代的刊物会起到更加重要的推动作用。

（原载《河北师范大学学报（哲社版）》2014 年第 4 期）

第十九章　关于新出土文献进入文学史叙述的思考

——以清华简《周公之琴舞》为例

长期以来，中国文学史叙述往往不如历史书写来得坚实和可靠，这不仅是史学界学人的基本看法，也是文学界大多数学者的共识。与历史学相比，考古学和考古成果对文学研究的参照优势就更加明显。这样的局面由来已久，个中原因其实也并不复杂，首要言之是学科差别，其次还有研究的方法、路径以及目标实现等问题。由以往看现在和推测将来，这样的不同不仅过去和现在存在，我想将来也还会继续存在。一般地说，考古成果与文学书写的最大区别，或者说考古学与文学研究之间最大的区别，是前者更要求做实、更真实更言之凿凿，更要求接近和还原历史的真相，而后者则是在求真的前提下更追求表达美和描述美。理想的理论层面讨论也许真的只能如此，但是一旦进入具体的操作实践层面，问题是会更加纷繁复杂的。我的问题是，基于考古学特点，考古发现在转换为新成果的过程中，文物本身是无法实现自己的客观性和真实可靠品质的，考古学者依然存在科学地还原真相，给期待新材料新发现的文学史书写提供真材实料以填补文学史空缺点的问题，当然这里面也存在不同学科学术研究的方法问题。我个人认为，就目前来看，考古成果进入文学史书写不用说是急需的，也是可能的，但如何保证考古成果特别是新出土文献客观真实、经得起反复推敲却是有话题可说和有问题可探讨的。下面试以清华简《周公之琴舞》为例，略陈管见。

《清华大学藏战国竹简》（叁）① 中有一篇文字，经清华大学出土文献研究与保护中心专家整理释读命名为《周公之琴舞》。2012 年，当这批竹

---

① 《清华大学藏战国竹简》（叁），中西书局 2012 年版。

简刚刚整理完毕而尚未正式出版之时，《文物》就刊发了李学勤先生《新整理清华简六种概述》和李守奎先生《清华简〈周公之琴舞〉与周颂》①，这是两篇最早介绍和研究《周公之琴舞》的文字，读后很受启发。

《周公之琴舞》从整体上看，正如李学勤先生所说，"是一组十分珍贵重要的乐诗"②。全篇包括十首诗。简文开篇云："周公作多士敬（儆）毖，琴舞九卒。"这明显是一句叙述性的开场白。简文随后云："元内（纳）启曰：無悔享君，罔墜其考（孝），享惟慆帀，考（孝）惟型帀。"这是开场白后面的正文，也就是简文记载的第一首诗。简文一开篇说到的"琴舞九卒"，按文意"九卒"就是"九奏"，或曰"九终"、"九成"，即"指行礼奏乐九曲"③。既然是"周公作多士敬（儆）毖，琴舞九卒"，那么下面就应该有与乐舞配合的九首诗，但简文中没有与此呼应的下文。这一情况似乎很显突兀，这个突兀的简文很容易引起学者们的猜想，所以有学者就以为此处一定应该有周公作的其他八首诗④。所谓周公作的其他八首诗到底有还是没有？如果有，那么另外八首诗在哪里？研究者当然可以见仁见智，或推测它如何亡佚，或考证现行 305 篇里某篇就是这八首亡佚诗作中的一篇。不过在笔者看来，仅就这篇简文的这一具体记载来看，我们今天对它最可靠最稳妥的理解只能有一说一，而不必做过多过于具体的推测和猜想。因此李学勤先生认为"这种情形并不意味简文周公所作缺失了八篇"，理由是"仔细分析成王作下面的九篇诗句，有的是王的口气，有的却是朝臣的口气"⑤。我认为李学勤先生的这个看法是很有见地的。

接下来，简文下面又是过渡性的两句话，曰："成王作敬（儆）毖，琴舞九卒。"随后是成王所作的第一首诗，云：

---

① 《新整理清华简六种概述》、《清华简〈周公之琴舞〉与周颂》，《文物》2012 年第 8 期。

② 《新整理清华简六种概述》。

③ 《清华大学藏战国竹简》（叁），下册，第 134 页。

④ 李守奎《清华简〈周公之琴舞〉与周颂》认为："周公之颂与成王所作其他八首今本都已失传。"

⑤ 见《新整理清华简六种概述》。李学勤先生的观点在其后发表的《论清华简〈周公之琴舞〉的结构》（《深圳大学学报》2013 年第 1 期）中发生了变化："在此不妨作一大胆的推想。《周公之琴舞》原诗实有十八篇，由于长期流传有所缺失，同时出于实际演奏吟诵的需要，经过组织编排，成了现在我们见到的结构。"

> 元内（纳）启曰：敬之敬之，天惟顯帀，文非易帀。母（毋）曰高高才（在）上，陟降其事，卑監才（在）兹。亂曰：迄（遹）夙夜不兔（逸），敬（儆）之，日就月將，教其光明。弼寺持其又肩，示告余顯德之行。

这首诗文字不多，但却包含着我们今天解读简文不能忽视的若干重要信息。首先，它明确告诉我们，是诗的作者为周成王。其次，这首诗中的文句与传世《毛诗·周颂·敬之》很是相近。再次，"亂曰"的出现十分特殊，这种情况在传世《毛诗》305 篇中从未出现过。

关于这首诗的作者，因为简文说得明确，为周成王，所以此点无需作进一步讨论。需要讨论的是这首成王所作诗与《周颂·敬之》的相似，以及由相似而引出的可供讨论的其他问题。为方便比较，我们把通行《诗经·周颂·敬之》录在下面：

> 敬之敬之，天維顯思。命不易哉。無曰高高在上。陟降厥士，日監在兹。維予小子，不聰敬止。日就月將，學有緝熙于光明。佛時仔肩，示我顯德行。

很明显，《周公之琴舞》中成王作诗与《周颂·敬之》大部分语句相同或相似，由文字两相对比，可见《周颂·敬之》较之简文更显简短而整饬。特别是《周公之琴舞》的"元内（纳）启曰……，乱曰……"先交代开场，后有总结的程式，是《周颂·敬之》中所没有的。我们在没有发现没有看到其他文献证据的前提下，似乎不宜说简短而整饬的《周颂·敬之》就是在加工《周公之琴舞》或与之相类似文献的基础上而形成的，更进一步说，我们甚至也无法作出两者大体相同就是同时期产生的判定。因为两者大体相同而毕竟还有许多不同，这许多不同的产生原因和过程我们恐怕暂时也难得而知。关于《周颂·敬之》产生的时间，古今学者看法大体相同，即认为当产生于周初①。而产生于战国时代的《周公之琴舞》竹简，其诗的作成时间理应不会早于《周颂·敬之》产生的时间。因为既认定简文产

---

① 宋人朱熹《诗集传》、清人方玉润《诗经原始》、今人高亨《周颂考释》等皆认定《周颂·敬之》作于周初，且肯定作者为成王。赵逵夫先生更把《周颂·敬之》的作成时间确定为公元前 1035 年，即周成王 8 年。见赵逵夫主编《先秦文学编年史》，中华书局 2010 年版。

生于战国，又认定诗篇的作者为周公，这本身就是存在矛盾的。如果说诗的作成时间可能更早，但流传到楚地的周王朝的集诗、乐、舞为一体的宫廷颂诗跟《周颂·敬之》产生一样早，甚至认为今日所见简文《周公之琴舞》才是全本，是原作，产生时代更早，而《周颂·敬之》只不过是保留了《周公之琴舞》组诗中的一首，那恐怕是很难想象的，如果非要这样认定，那是必须找到能够真正支持这种看法的更有说服力的先秦文献才可以。

流传至今的305篇是《毛诗》，《毛诗》各篇未见"乱曰"的出现，更未见"启曰……乱曰……"结构模式的出现。"乱者，乐节之名，《国语》云：其辑之乱，辑，成也，凡作篇章既成，撮其大要以为乱辞也。"（朱熹《楚辞集注》语）"乱曰"与诗的配乐有关，战国时代之前，我们今天的所谓"诗经"是有诗有乐有舞蹈的，一首曲子，即使是一首短曲，也会有起承转合，也有高潮和结尾。由于"乱曰"处于一首曲子的结尾，同时也是与之相应的诗的结尾，其总要之意也是很明显的。这种表现方式，由于《诗经》音乐的失传，在仅保留了文字的《毛诗》中已见不到蛛丝马迹，但类似的表现形式在产生于战国时代流行于楚地的楚辞作品中仍能看到，比如著名的辞赋作家屈原的作品中就多次出现"乱曰"。这种以文字形式留存下来的"乱曰"形式，迄今大概也只有在产生于楚地的楚辞作品中才能看到①。而战国简《周公之琴舞》的出现，使我们看到，除楚辞作品之外，"乱曰"的表述方式还存在于楚地其他以音乐为背景的作品中，我们自然就会得出如下结论："乱曰"和楚地特有的音乐语言表现方式应该是息息相关的。换句话说，"乱曰"的文本表现似仅存于楚地与音乐相关的文献当中。

与《周颂》相似的内容，融入"启曰"、"乱曰"相结合的固定程式当中，让我们有理由进一步展开讨论，战国简《周公之琴舞》中的诗篇②极有可能是由周宫廷乐师整理完成之后传入楚地，楚人按照自己的理解，在吸纳和结合了楚地音乐表现形式并进行改造之后，就成了我们今天看到的《周公之琴舞》。而不大可能相反，说竹简《周公之琴舞》是原始本、

---

① 《论语·泰伯》中虽有"《关雎》之乱"一语，但此处仅就音乐与"师挚之始"相对而言。

② 战国简《周公之琴舞》中的诗篇在传入楚地之前，是否被组织在一起并以此命名，尚无文献可考。

全本，《周颂·敬之》只是《周公之琴舞》诸篇诗中硕果仅存的一篇。所以，今本《诗经》中虽然仅保存了《敬之》一篇，远没有与之相似的《周公之琴舞》完整和丰富，但却有充分理由被认定其产生时间早于经楚人改造后的《周公之琴舞》。历史上有许多这样的情况，事件的发生是一码事，记录这个事件的文字的发生又是另一码事，后人追记前人事迹或对已有文本进行演绎，几乎是历史文本生成的一个通例。由此出发，也许还不能仅仅因为《周公之琴舞》记录了周公、成王时期的事，我们就径直认为它就一定产生于周公、周成王时期。当然，就《周公之琴舞》而言，未传入楚地，未经楚文化改造的原本肯定是有的，而那个诗作文本应该产生于周初，战国简《周公之琴舞》还没有充分的理由被认定就是那个原本。而将其看成是周朝颂诗的衍生文本也许更接近历史的原貌。

竹简下面的文字从"再启"以至"九启"，九组乐诗依次呈现，其语言风格和表现形式与前面基本一致。全篇文字十分古朴，也十分艰涩。

初读《周公之琴舞》，我们可以得出这样几个基本的认识：一、《周公之琴舞》与现存《诗经·周颂·敬之》关系密切。二、《周公之琴舞》是乐章，与《诗经》来源相同，但属于两个不同的音乐系统，二者文字繁简与用语略有差别，或许正与这两种音乐系统的不同要求有关。三、清华简《周公之琴舞》还不能直接等同《周颂》，直接拿清华简当《周颂》来讨论是有风险的。

讨论至此，还需回到我们在本文开头提出的问题。文学史研究、文学史叙述发展到今天，借助考古学成果以解决过去单靠一个学科知识企图解决而解决不了的问题已是今日学术研究的大势所趋。但是文学研究界学人的文学史叙述对考古学成果特别是新出土文献的借力并非只能被动地默认和接受，因为考古学成果本身的科学性和客观性并不是自明的，地下出土文物特别是新出土文献进入成熟的考古学成果行列是需要一段时间、一个过程的，它也同时需要运用学术研究的一般方法进行研究才可望实现。因此，考古学需要科学、审慎、细致的研究以确定文物的真实客观性，以确保包括文学研究在内其他学科使用材料的可靠。文学研究则需要科学、审慎的择取和借力考古学成果，以他山之石攻己之玉，真正解决自己所要解决的问题。

（原载《河北师范大学学报（哲社版）》2014 年第 2 期）

附录：

周公之琴舞

（为方便阅读，据清华简释文，我们对简文全篇结构略作调整）

周公作多士敬（儆）毖，琴舞九卒。

元内（纳）启曰：無悔享君，罔墜其考（孝），享惟悟币，考（孝）惟型币。

成〔一〕王作敬（儆）毖，琴舞九卒。

元内（纳）启曰：敬之敬之，天惟顯币，文非易币。母（毋）曰高高才（在）上，陟降其事，卑監〔二〕才（在）茲。亂曰：迄（遹）夙夜不兔（逸），敬（儆）之，日就月將，教其光明。弼寺持其又肩，示告余顯德之行。

再启〔三〕曰：假才（哉）古之人，夫明思慎，甬（用）仇其又（有）辟，允不（丕）承不（丕）顯，思攸亡斁。亂曰：已，不曹（造）哉！思型之，〔四〕思毗疆之，甬（用）求其定，裕皮（彼）熙不落，思慎。

参启曰：德元惟可（何）？曰淵亦印（抑），嚴余不解（懈），業業畏〔五〕載（忌），不易畏（威）義（儀），才（在）言惟克，敬之！亂曰：非天（言+金）德，繄莫肯曹（造）之，夙夜不解（懈），懋敷其又（有）悅，裕其〔六〕文人，不逸藍（監）余。

四启曰：文文其又（有）家，缶（保）藍（監）其又（有）後，需（孺）子王矣，不（丕）寧其又（有）心。孧孧其才（在）立（位），顯于〔七〕上下。亂曰：通其顯思，皇天之功，晝之才（在）見（視）日，夜之才（在）見（視）晨（辰）。日内（入）皋翠不寧，是惟宅。

五启曰：於（嗚）〔八〕呼！天多降德，滂滂才（在）下，流（攸）自求悅，者（諸）尔多子，逐思沉之。亂曰：桓稱其又（有）若，曰享答余一人，〔九〕思輔余于勤（艱），迺是（提）惟民，亦思不忘。

六启曰：其余沖人，備（服）才（在）清廟，惟克少（小）心，命不夷歇，對〔十〕天之不易。亂曰：弼敢荒才立（位），寵畏（威）才

229

（在）上，敬（警）顯才（在）下。於（嗚）呼！弋（式）克其又（有）辟，甬（用）頌（容）輯余，甬（用）少（小）心〔十一〕，寺（持）惟文人之若。

七啟曰：思又（有）息，思憙才（在）上，不（丕）顯其又（有）立（位），右帝才（在）落，不失惟同。亂曰：仡（遹）余恭〔十二〕害息，孝敬肥（非）怠荒。咨尔多子，篤其諫劭，余逯思念，畏天之載，勿請福之侃。

八啟曰：差（佐）寺（事）王〔十三〕聰明，其又（有）心不易，畏（威）義（儀）謐謐，大其又（有）慕（謨），介澤寺（恃）德，不畀甬（用）非頌（雍）。亂曰：良德其女（如）台？曰享人大〔十四〕……罔克甬（用）之，是墜于若。

九啟曰：於（嗚）呼！弼敢荒德，德〔十五〕非惰帀，純惟敬帀，文非動帀，不墜卣（修）彥。亂曰：訖（遹）我敬之，弗其墜哉，思豐其復，惟福思〔十六〕甬（庸），黃句（耈）惟程（盈）。〔一七〕

周公之琴舞 一〔一背〕　　二〔二背〕　　三〔三背〕　　四〔四背〕
五〔五背〕　六〔六背〕　七〔七背〕　八〔八背〕　九〔九背〕
十〔十背〕　十一〔十一背〕　十二〔十二背〕　十三〔十三背〕　十四〔十四背〕　十五〔十五背〕　十六〔十六背〕

第二十章 "《角枕》妇"解

上博简《诗论》第 29 简有"角幡婦"句，整理者认为："角幡，篇名，今本所无"①，未进行具体解释。许全胜推论，幡"乃枕头之'枕'之专字"，并认为"角枕"即《唐风·葛生》之别名。② 此说为廖名春的观点找到了实据③，也颇为其他研究者赞成④。

《诗论》所引《诗》之篇名与《毛诗》往往并不一致，所取篇名有无规律，或规律何在，尚待进一步研究。但据常识推测，《诗论》所引《诗》之篇名应为该诗重点或核心内容。如果这一推论成立，那么"角枕"就应该是《葛生》一诗的关键点。

为方便叙述，现将《葛生》一诗录之于下：

> 葛生蒙楚，蔹蔓于野。予美亡此，谁与独处！
> 葛生蒙棘，蔹蔓于域。予美亡此，谁与独息！
> 角枕粲兮，锦衾烂兮。予美亡此，谁与独旦！
> 夏之日，冬之夜。百岁之后，归于其居。
> 冬之夜，夏之日。百岁之后，归于其室。

《毛诗序》说："《葛生》，刺晋献公也。好攻战，则国人多丧矣。"

---

① 马承源编：《上海博物馆藏战国楚竹书（一）》，上海古籍出版社 2001 年版，第 159 页。

② 许全胜：《〈孔子诗论〉零拾》，见朱渊青、廖名春主编《上海博物馆藏战国楚竹书研究》，上海书店出版社 2002 年版，第 369 页。

③ 廖名春在 2000 年即读之为"角枕"（余瑾：《清华大学简帛讲读班上博简研究综述》，《中国哲学史》2002 年第 1 期，第 31 页），比许说早出。

④ 余蔪赞成许说（《金石简帛诗经研究》，北京大学出版社 2004 年版，第 238 页）；姚小鸥《〈孔子诗论〉第二十九简与周代社会的礼制与婚俗》将这一说法视为定论并加以引用（《北方论丛》2006 年第 1 期，第 1 页）。

《郑笺》云："夫从征役，弃亡不反，则其妻居家而怨思。"从《诗序》、《郑笺》看，这首诗有一定的政治目的，不仅仅似今人所津津乐道的"悼亡诗之祖"①。当然，《诗序》、《郑笺》多附会政治早已是不争的事实。但结合《诗论》不引首句"葛生"而引句中"角枕"作题来看，至少在这一首诗中，《诗序》、《郑笺》说法似不可轻易否定。

诗中"角枕"与"锦衾"并列出现，它们之间必然存在一定关系。这两个词的意义，《正义》具体解释如下：

> 《传》：斋则角枕锦衾。礼：夫不在，敛枕箧衾席韣而藏之。《笺》云：夫虽不在，不失其祭也。摄主，主妇犹自斋而行事。《正义》曰：《传》以妇人怨夫不在，而言角枕锦衾，则是夫之衾枕。夫之衾枕，非妻得服用，且若得服用，则终常见之，又不得见其衾枕，始恨独旦。知此衾枕是有故乃设。家人之大事，不过祭祀，故知枕衾，斋乃用之，故云"斋则角枕锦衾"。夫在之时，用此以斋，今夫既不在，妻将摄祭，其身既斋，因出夫之斋服，故睹之而思夫也。《传》又自明己意，以"礼：夫不在，敛枕箧衾席韣而藏之"，此无故不出夫衾枕，明是斋时所用，是以斋则出角枕锦衾也。《内则》云："夫不在，敛枕箧簟席韣而藏之。"此《传》引彼，变簟为衾，顺经衾文。《祭统》云："夫祭也者，必夫妇亲之。"是祭祀之礼，必夫妻共奉其事。《笺》嫌夫不在，则妻不祭，故云："夫虽不在，其祭使人摄代为主，虽他人代夫为主，主妇犹自斋而行事。是故因己之斋，出夫之衾枕，非用夫衾枕以自斋也。"故王肃云："见夫斋物，感以增思。"是也。②

《正义》释角枕、锦衾均为斋时用物，且为丈夫所有。认为诗中出现这两个意象，乃因为妻子在斋时取出丈夫的斋物，而其人却不在身边，睹物思人，加深了思念之情。这一解释几乎成为定论，不仅后世的《诗经》注本极少怀疑，而且角枕、锦衾还成为美好的意象被写入诗歌，如白居易《卧

---

① 程俊英、蒋见元《诗经注析》，中华书局1991年版，第328页。
② 《十三经注疏·毛诗正义》，卷六（二），第366页。

听法曲霓裳》："金磬玉笙和已久，牙床角枕睡常迟。"① 角枕被诗人当成做工精美的枕具，赋予了无尽的意蕴。锦衾也具有相同的"礼遇"，如李白《相逢行》："胡为守空闺，孤眠愁锦衾。锦衾与罗帷，缠绵会有时。"② 那么，这一理解是否即为《葛生》原意，尚需具体分析。

诗的前两章句式相同，首两句均描写郊外墓地景象，后两句即景起兴。第三章句式和作用亦与前两章完全相同。依正常逻辑推论，该章内容也应该与墓地情景有所关联。但是，《正义》的说法却远离墓地，转向室内，与祭祀发生关系，由目睹祭物转至思念丈夫。这种理解使该章诗意与前两章明显脱节，因为叙述视角发生了变化，而不是像前两章一样直抒胸臆。三章紧密相连，句式相同，作用相同，为什么叙述思路却发生了如此巨大的变化？唯一的答案是，《正义》的解释可能不正确。

我们看其他典籍中对这二词的理解。《周礼》卷六《玉府》云：

> 王斋，则共食玉。大丧，共含玉，复衣裳，角枕，角柶。

郑玄注：

> 角枕，以枕尸，郑司农云"复招魂也"。

贾公彦疏：

> 角枕者，所以枕尸。……释曰郑司农云"复招魂也"者，人之死者魂气上归于天，形魄仍在，欲招取其魂复于魄内。③

据此可知：一、角枕用于枕尸，乃天子大丧时所用；二、死者初亡时，用角枕招其魂复于魄内。尽管我们不清楚角枕的具体形状，不了解招魂的具体形式，但这种仪式的存在却无可置疑。《楚辞·招魂》说"魂魄离散，汝筮予之"即可证明。此外，据说直到民国时期，江西、湖南一带还残留着招魂的风俗。④

---

① 《白居易集》，卷二十六，第602页。
② 瞿蜕园、朱金城《李白集校注》卷六，上海古籍出版社1980年版，第425页。
③ 《十三经注疏·周礼注疏》卷六，第678页。
④ 董楚平《楚辞译注》，上海古籍出版社2006年版，第222页。

现在出现了一个悖论，依照《周礼注疏》的理解，角枕为天子大丧时用物，普通百姓并没有资格使用。但《葛生》中的亡者却极可能是普通百姓。天子用物出现在百姓墓穴中，是不合礼制的。这该如何理解？我们认为，宋代卫湜《礼记集说》所载延平周氏、李氏的说法可以解决这一问题。

卫湜《礼记集说》卷六十七载：

> 延平周氏曰："……士之冠而用天子之弁服可乎？夫冠、婚，人道之大。先王欲重其礼，虽士之贱亦不嫌与天子同服。故始冠而用舜弁，其犹始婚而用角枕欤。《诗》曰'角枕粲兮'，盖言新婚者也，而《周官·玉府》于王之丧则共角枕，此所以知先王欲重其礼。"①

卷一百二又载：

> 李氏曰："……《诗》曰'角枕粲兮'，角枕，天子之所服也。有婚者，枕可以同于王，而士之冠可以同于大夫，所以重婚也。"②

因为重礼，所以原本只能天子使用的某些器物，普通的士阶层也可以被赐予使用。角枕可能就是如此，本来只能为天子所用，后来演变为天子用之赏赐对国家有贡献的人，在他们去世时可以使用。需要说明的一点是，我们不赞成以角枕论新婚的理解。如果角枕在《诗》中言新婚，在《周官·玉府》言丧礼，则风马牛不相及。婚属嘉礼，丧属凶礼，同一器物出现在截然相反的两种场合，不足信。

由上分析可知，角枕为天子丧时用物，后演变为天子赐予有功于国家者丧时使用。其作用在于枕尸，以招魂复魄。

对锦衾的理解，《礼记》与《诗序》存在较大差异。《礼记·丧大记》云：

> 小敛，布绞，缩者一，横者三。君锦衾，大夫缟衾，士缁衾，皆一。

---

① （宋）卫湜《礼记集说》卷六十七，（清）纳兰性德《通志堂经解》，第十三册，江苏广陵古籍刻印社，1996年版，第70页。

② 卫湜《礼记集说》卷一百二，《通志堂经解》第十三册，第248页。

孔颖达疏：

> "布绞，缩者一，横者三"者，以布为绞。缩，纵也，谓纵者一幅，竖置于尸下，横者三幅，亦在尸下。纵者在横者之上。每幅之末，析为三片，以结束为便也。"君锦衾，大夫缟衾，士缁衾，皆一"者，谓大夫、士等各用一衾，故用皆一，舒衾于此绞上。①

可知，锦衾是丧礼小敛时裹尸用物，且只能为天子所用。其注疏中没有说明锦衾是否也像角枕一样，可以由天子赐予给臣僚或将士丧时使用，但我们从其他文献记载同时代的礼制中可以发现这一点。《新唐书·李怀远传》曰："（怀远）神龙二年卒，帝赐锦衾敛，自为文祭之，赠侍中，谥曰成。"② 也就是说，天子完全可以把锦衾赐予有功之人，以作其丧时用物。这里，锦衾的使用范围被扩大，但其作为丧时用物的基本意义却没有改变。

行文至此，角枕与锦衾的含意和用途可以完整地统一起来。它们不似后世诗人们所理解的可以与罗帷、牙床发生联系的华丽物品，也不仅仅只是《诗序》所说祭祀用品，而是天子或有功于社稷者的丧时用物，或用于枕尸招魂，或用于裹尸入敛。事实上，关于角枕与锦衾的具体用途，程俊英先生已经说得很明白，如"角枕，用兽骨做装饰的枕头，死者所用"③，"锦衾，锦制的被子，用于敛尸。同角枕一样，都是丧具"④。只可惜治《诗》者多从《诗序》，于细微之处缺乏辨析；且程先生只言结论，未出考证，今姑妄补之。

明白了角枕与锦衾的具体含义就可以发现，《葛生》一诗的写作顺序有严密的逻辑性。前两章以郊外墓景起兴，着重描写墓外草木的凄凉景象。因为荆树较为高大，首先映入眼帘，故诗首章写荆树。枣树矮小，为后见之物，所以次章写枣树。墓外描写完成后，第三章便转入墓内，以想象之辞说"角枕粲兮，锦衾烂兮"，意即丈夫亡后，为他招魂用的角枕或

① 《十三经注疏·礼记正义》卷四十四，第 1577 页。
② 《新唐书·李怀远传》卷一百一十六，第 4244 页。
③ 程俊英《诗经译注》，上海古籍出版社 2006 年版，第 275 页。
④ 程俊英、蒋见元《诗经注析》，第 330 页。

许还依旧亮丽,入敛时给他裹身用的锦衾可能还仍然鲜美。其作用既点明丈夫新亡、为时极近,又刻画出妻子内心的无尽伤痛,还形成对现实的反讽。角枕、锦衾为天子所赐,丈夫功高,得天子赐物,自己本应开心,但这些表彰又如何能够换回丈夫的生命?又如何能够抹去自己失去丈夫的痛苦?反讽手法将妻子的感情刻画得淋漓尽致。那么,丈夫为什么死亡,又为什么可以得到天子赐物?《诗序》的说法则能够作出解释:"《葛生》,刺晋献公也。好攻战,则国人多丧矣。"可推知丈夫是在晋献公的"攻战"中丧命,自然有功于社稷,得到晋献公的赏赐也在情理之中。而全诗笼罩在失去丈夫的悲痛情感中,这与赏赐构成对立,讽刺之意尽出。以这样的讽刺劝谏晋献公免于攻战,诗意尽显。第四、第五章沿第三章的思路进一步阐发,也使全诗的情感达到最高峰。

需要说明的是,在群雄并起的时代,周天子早已丧失了统治全国的能力。晋献公并非天子,不过在其辖地内仍有至高无上的权力。他完全可以像周天子一样赏赐有功将士,百姓视之为天子,亦无不妥。其所赐角枕、锦衾的意义也因此与礼仪制度相吻合。

简言之,《葛生》以丈夫之墓为中心,以由远及近、由外至内的角度步步深入,逻辑极为明显。这样看来,从《诗序》到《正义》的理解,便均有不确之处。尤其是他们认为角枕和锦衾为丈夫殓时用具,使诗意显得复杂难解,伤害了诗的逻辑性。

下面探讨《诗论》与《毛诗》所引《诗经》篇名优劣及其特点问题。前文已经提及,《诗论》所引《诗经》篇名与《毛诗》往往不一致。《毛诗》所引篇名,多为首章首句,《葛生》也不例外。《诗论》所引却往往并非如此,而是另有特点,如已有论者指出,"突而"这一形象是《齐风·甫田》叙述重点所在,故《诗论》取其作为篇名。[①] 《葛生》诗中,"葛生"是首章首句,意为"葛藤爬满树木",这不仅无法表达《诗序》"刺晋献公"之意,与全诗主旨也没有什么关系。"葛生"仅仅只是诗之起兴的依托而已。细究可以发现以"葛生"为篇名,颇有题不对文之嫌。如

---

① 姚小鸥《〈孔子诗论〉第二十九简与周代社会的礼制与婚俗》,《北方论丛》2006 年第 1 期,第 2 页。

果以"角枕"为篇名，则上述问题均可迎刃而解。角枕，枕尸所用，说明丈夫已亡；角枕又是天子所赐，天子赐物不仅不能让妻子开心，反而加深了她内心的痛苦，全诗达到了规劝天子免战的目的。因此，"角枕"确为本诗的重点，以"角枕"为诗之篇名，极为合适。当然，在本诗中，"锦衾"也有相同的功能，只是"角枕"在前，《诗论》才舍"锦衾"而取之。据此推断，《诗论》所引其他篇名，如《青蝇》、《涉溱》等也应多为该诗重点。

最后分析"《角枕》妇"的具体内涵。有论者认为，《诗论》的重要特点就是以礼论诗，如廖名春认为："'以礼说《诗》'既非始于郑《笺》，亦非始于《毛传》，早在春秋战国时代，孔子就已如此。"① 《诗论》中，"礼"共出现四次，分别见于第五、十、十二和二十五简。第五简云："敬宗庙之礼，以为其本"；第十简云："《关雎》以色喻于礼"；第十二简云："好，反纳于礼，不亦能改乎?"；第二十五简云"《大田》之卒章，知言而有礼"。② 仅仅数百字的《诗论》中，"礼"出现竟如此频繁。

古代社会女性被赋予了浓厚的伦理色彩，《礼记·郊特牲》说："男帅女，女从男，夫妇之义由此始也。"③ 又说："信，妇德也，壹与之齐，终身不改，故夫死不嫁。"④ 可知，嫁后从男，方有夫妇之义，要求女性对丈夫顺从，同时又强调妇德，认为信是妇人立身之道，是女人之德。信的内容就是当初娶时彼此期以终身，夫死之后，不能有再嫁之事，要求女性对丈夫始终如一、忠贞不改。

可见，在古代"礼"制社会，女性必须对丈夫保持顺从、忠贞，才可以被称之为"妇"。《葛生》悱恻伤痛，感人至深。前三章刻画丈夫亡后，自己形单影只，寂寥悲伤。后二章笔锋一转，忽然写到愿意死后与丈夫同居一处。夏日冬夜充满企盼与等待的是"百岁之后，归于其居"、"百岁之后，归于其室"。"生前已茫然，相见在黄泉，这是诗人思念到极点的感情

---

① 廖名春《上博〈诗论〉简"以礼说〈诗〉"初探》，《中国诗歌研究》（第二辑），2003年，第142页。
② 李学勤《〈诗论〉简的编联与复原》，《中国哲学史》2002年第1期，第5—8页。
③ （清）孙希旦《礼记集解》，卷二十六，中华书局1989年版，第709页。
④ 《礼记集解》卷二十六，第707页。

的延伸，也是哀痛到极点的心理的变态。"[1] 诗中妻子表现出了对丈夫的忠贞，与礼制"壹与之齐，终身不改"的要求如出一辙。恰如此，《诗论》才言其为"妇"。

关于对本句的理解，廖名春说："《唐风·葛生》是描写妇人怀夫，故谓之妇"[2]。这一说法是正确的，但未切中《诗论》主旨。"妇人怀夫"是言感情，《诗论》说"妇"是绳之礼仪。余苅认为："所云'妇'者，意即真正的妇人也。"[3] 此说更为突兀，《诗论》所言之"妇"为妇道、妇德之意，不可强理解为妇人。妇道、妇德之礼有是否遵从、遵从多少之说，似没有以"真正"强加诸身之道理。

总之，《唐风·葛生》中，"角枕"与"锦衾"并列出现，构成互文。二者有较为接近的意义和用法，它们都是天子或对社稷有功者丧时用物，从《诗序》到《正义》的理解均有不确之处。妇，指妇德、妇道，《诗论》说"《角枕》妇"是以礼论诗的一个具体表现。

（原载《燕赵学术》2009 年秋之卷，与赵棚鸽合作）

---

① 程俊英、蒋见元《诗经注析》，第 328 页。
② 廖名春《上海博物馆藏诗论校释劄记》，见朱渊青、廖名春主编《上海博物馆藏战国楚竹书研究》，上海书店出版社 2002 年版，第 270 页。
③ 余苅《金石简帛诗经研究》，北京大学出版社 2004 年版，第 238 页。

第二十一章　二十世纪《诗经》学"价值"的瓦解与重建

　　经学是中国两千多年政治、文化的根基，它层累式地建构并完整、绵延性地体现了中国传统社会的价值取向，其中的《诗经》因具备了经夫妇、成孝敬、厚人伦、美教化、温柔敦厚、主文谲谏及美刺等价值功能，而历代传颂不衰。正所谓"《三百篇》所以流传于今的，由于德政化。"①然而，当经学被彻底否弃，这些层累的"德政化"的价值取向便不再成为中国典籍的阐释追求，传统的价值期许和价值系统也便随之烟消云散了。

一

　　《诗》有本义、有引申义，绝大多数诗篇之本义自其结集后即渺不可逮。历代《诗》学所努力探寻的多为诗歌的引申义，不同时代的治《诗》者通过持续征引、传笺、注疏等方式，不断阐释《诗经》诗义，赋予其新的价值内涵。

　　儒家先贤在《诗三百》经典化之前，就努力发掘《诗》的使用价值。孔子云："诵《诗》三百，授之以政，不达；使于四方，不能专对；虽多，亦奚以为？"② 在外交场合委婉地表达政治诉求，是《诗》最直接的使用价值。这种风气春秋时代盛极一时。齐庆封聘鲁，叔孙氏赋《相鼠》批评其无礼。③ 申包胥乞师，秦穆公赋《无衣》以示同意出兵。④ 设若无《诗》，

---

① 蒋善国《三百篇演论》，商务印书馆 1931 年版，第 2 页。
② 杨伯峻《论语译注》，中华书局 2009 年版，第 133 页。
③ （唐）孔颖达《春秋左传正义·襄公二十七年》，北京大学出版社 1999 年版，第 1054 页。
④ （唐）孔颖达：《春秋左传正义·定公四年》，第 1558 页。

这一时期的外交场合必多剑拔弩张、刀枪相向之武事，少却许多我们今天在先秦文献中灿然可见的诗意。而此一赋《诗》言志风气对后来中华民族委婉内敛文化性格的形成无疑具有重要影响。

除肯定《诗三百》在外交场合的重要作用外，孔子还从多个角度阐释《诗》的价值和读法。一是思无邪，"《诗》三百，一言以蔽之，曰思无邪"①。二是触类旁通、敏于喻礼，《论语·八佾》载子夏问曰："'巧笑倩兮，美目盼兮，素以为绚兮。'何谓也?"子曰："绘事后素。"曰："礼后乎?"子曰："起予者商也! 始可与言《诗》已矣。"② 三是《诗》的社会作用，"子曰：'《诗》，可以兴，可以观，可以群，可以怨。迩之事父，远之事君，多识于鸟兽草木之名。'"③ 孔子通过生活日用之常极为生动地指出了《诗》的总体思想和学《诗》的具体方法以及终极目标。孔子对《诗》的理解有一个明显特点，即特别关注《诗》的引申义及引申价值，并不深究《诗》之本义。这种方式对后世解《诗》方法以及中国诗学的发展走向影响极大。

此后的孟子提出了"以意逆志"说。朱熹认为，以意逆志即"以己意迎取作者之志"④，这是一条探寻《诗》之本义的重要途径，"对春秋战国以来流行的诗说，在方法论上是一个很大的进步"⑤。然通观孟子引《诗》，除少数几则如《小雅·北山》、《大雅·云汉》等偶曾触及诗之本义外，多数释诗为断章取义。如与齐宣王谈论"好色"时，孟子引《大雅·绵》"古公亶父，来朝走马"数句，原诗只是说古公亶父率领周人迁居岐山，与姜氏一起视察屋宇建筑，并不能推导出"当是时也，内无怨女，外无旷夫"⑥ 的结论，孟子则借此发挥，实乃宣扬"仁政"思想，关注的还是《诗》的使用价值。

荀子在其著述中也大量征引《诗三百》。其用《诗》的基本模式是先

---

① 杨伯峻《论语译注》，第 11 页。
② 杨伯峻《论语译注》，第 25 页。
③ 杨伯峻《论语译注》，第 183 页。
④ （宋）朱熹《四书章句集注》，中华书局 1983 年版，第 306 页。
⑤ 夏传才《先秦〈诗经〉研究的几个问题》，见《思无邪斋诗经论稿》，学苑出版社 2000 年版，第 13 页。
⑥ 杨伯峻《孟子译注》，第 34 页。

述观点，再引诗句，后云"此之谓也"。这说明，在其思想中，《诗》的本义如何尚在其次，重要的是以《诗》为论据，可以支撑、证明自己观点的正确与可靠，着眼点还是《诗》的使用价值。如《大雅·棫朴》"追琢其章，金玉其相。勉勉我王，纲纪四方"句，本是赞美文王勤勉不懈地治理四方，与"辨贵贱而已，不求其观"不存在任何关联。但荀子大约认为这几句诗与其文中"雕琢刻镂、黼黻文章"有类似处，遂引以为证。① 这就为原诗赋予了新的含义，而新含义与诗之本义却越走越远。

时至汉代，经学昌盛。齐鲁韩三家《诗》各自立说，与汉代政治保持相当紧密的一致性联系。当此之时，习《诗》者有拜丞相，有封太尉，常不免左右时局走向，遂使得《诗》之使用价值越发彰显无遗。而此时的《毛诗》则言教化、论六义，自成一家。《诗大序》一文阐述了数个相关问题：一、《诗》具有普遍性的教化作用，二、《诗》可以反映一个时代的治乱兴衰。此二者又合而为一，可以以小喻大，由夫妇家庭而国家社会，"先王以是经夫妇，成孝敬，厚人伦，美教化，移风俗"② 是也。三、《诗》有正变之分，变风变雅的出现是由于"王道衰，礼义废，政教失，国异政，家殊俗"③，坚持的仍是《诗》反映社会治乱的观点。四、以《诗》进谏的原则，"主文而谲谏"、"发乎情，止乎礼义"，同时"言之者无罪，闻之者足以戒"④。"发乎情，止乎礼义"即《礼记》所言之"温柔敦厚"。虽然由于种种原因，《毛诗》学并未昌盛于汉世，但《毛诗》所主张的这些使用价值，后世经学仍难见超出其范围者。

汉末郑玄既作《诗谱》，又笺《毛诗》。《诗谱序》云："论功颂德，所以将顺其美。刺过讥失，所以匡救其恶。各于其党，则为法者彰显，为戒者著明。"⑤ 这是讨论《诗经》不录商诗原因的一段文字。"论功颂德"、"刺过讥失"指风雅二诗，郑玄同样认为《诗经》具有颂美、刺过之功能。又认为文武之世，德行大盛，百姓安乐，反映在《诗》中，则"其时，

---

① 王先谦《荀子集解》，中华书局 1988 年版，第 180 页。
② （汉）郑玄笺《毛诗》，四部丛刊初编本，上海书店出版社，1989 年版，卷一第 2 页 B 面。
③ （汉）郑玄笺《毛诗》，卷一第 2 页 B 面。
④ （汉）郑玄笺《毛诗》，卷一第 3 页 A 面。
⑤ （清）吴骞《诗谱补亡后订》，《丛书集成初编》本，中华书局 1991 年版，第 5 页。

《诗》有周南、召南，雅有《鹿鸣》、《文王》之属"①，此为《诗》之正经。而厉、幽之时，政教衰乱，周室大坏，反映在《诗》中，则"《十月之交》、《民劳》、《板》、《荡》，勃尔俱作"②，此为变诗。笺《诗》过程中，郑玄高度关注"德治"问题。如"裳裳者华，其叶湑兮"，郑玄认为华乃喻君，叶乃喻臣，③ 直接将诗意引向明君贤臣的政教轨道上来。整部《毛诗笺》，郑玄不仅强调求贤的重要，而且强调君王自身贤明的重要性。君王既要自修德行，还要礼待贤臣，泽被四方，臣要忠君、守节，④ 等等。如此这般的一切问题，均指向了诗之化育社会人心的使用价值，这正是《诗》的经学核心之所在。

唐代《毛诗正义》出，《诗》学完成统一。《正义序》谈及了《诗》的三个内容：一、《诗》具"论功颂德"、"止僻防邪"作用，前为美诗，后为刺诗。二、诗与政风关系密切，政治清明，则美诗多，反之则刺诗多。三、颂诗止于成、康，风雅止于陈灵公，《诗》的美刺皆有标准，取舍有度。后世研究者曾指出这三个判断均非《正义》首创，而是分别源于《诗大序》、郑玄《诗谱》和《诗谱序》、《两都赋序》。⑤ 也就是说，《正义》的观点承前人者多，对《诗》仍一如既往地关注其使用价值。

至宋代，《诗》学风气大变。宋人不用《诗序》、重定诗义、兼采三家、注重义理、注释简明等成一时风尚。作为《诗经》宋学的典型代表，朱熹《诗集传》用文学的眼光、以涵咏文本的方法解读《诗经》，颇引人注目。但朱熹关注更多的仍是《诗经》的使用价值问题：一、认为正诗乃圣人所感而生。二、认为《诗》乃孔子所删，美诗扬善，刺诗惩恶，是为诗教。三、认为《周南》、《召南》"乐而不过于淫，哀而不及于伤"，标准仍是温柔敦厚。四、认为《诗》是社会政治的反映。五、认为读《诗》的终极目的是"修身及家，平均天下"。⑥ 由此可见，朱熹的《诗》学分

---

① （清）吴骞《诗谱补亡后订》，第6页。
② （清）吴骞《诗谱补亡后订》，第6页。
③ （汉）郑玄笺《毛诗》，卷十四第5页B面。
④ 李世萍《郑玄〈毛诗笺〉研究》，知识产权出版社2010年版，第231—250页。
⑤ ［日］冈村繁著《毛诗正义注疏选笺（外二种）》，俞慰慈等译，上海古籍出版社2009年版，第15—18页。
⑥ （宋）朱熹《诗集传·序》，中华书局2017年版，第1—3页。

层大致为，初学涵咏文本，以文学的眼光欣赏《诗》文；之后则要转入理解风雅正变、温柔敦厚等诗教问题；最终达到以《诗》修齐治平的最高人生目标。由浅入深，层次分明，但每一步均着眼于《诗》的使用价值。

此后，《诗集传》成为元以下至清末科举考试《诗经》科指定教材，影响深远。而这一时段内的《诗经》研究又基本与"价值"分途而治，也就是说，这一时期的《诗经》研究对官方意识形态的影响微乎其微。如清代《诗经》汉学的代表性著作有马瑞辰的《毛诗传笺通释》、胡承珙的《毛诗后笺》、陈奂的《诗毛氏传疏》等，然这一时期科考仍多以《诗集传》为标准。道光二十七年（1847）丁未科殿试策仍有"朱子《诗》、《礼》二经弟子，其入室者何人欤"① 之问。胡适也说清朝学者"自以为打倒了宋学，然而全国的学校里读的书仍旧是朱熹的《四书集注》、《诗集传》、《易本义》等书。他们自以为打倒了伪《古文尚书》，然而全国村学堂里的学究仍旧继续用蔡沈的《书集传》"② 。学术与政教分途，是此一较长历史时段的典型特征，"足见当时名为尊经，而毫无其实，政治与经学的疏离，已经几乎到了毫不相干的地步"③ ，因此《诗集传》的价值仍然有着强势的影响。

二

自十九世纪中叶起，中国国门洞开，西方列强携坚船利炮与科学技术昂然挺进东土，士大夫阶层固守数千年的华夷之辨此刻颓然失去了价值。尽管如此，而每当国家遇到不可解之重大问题时，传统士大夫们依然习惯性地以复古的方式，从他们最熟悉的经书中寻找治国方略，这次也不例外。

魏源、章太炎可谓此一时期士人之典型代表，而从魏源到章太炎的转变，也成为《诗经》价值在进入现代门槛之际启动瓦解与重构的开端。

---

① 杨寄林等《中华状元卷·大清状元卷》（下），山西教育出版社 2002 年版，第 207 页。

② 胡适《〈国学季刊〉发刊宣言》，《胡适全集》第二卷，安徽教育出版社 2003 年版，第5—6 页。

③ 陈壁生《经学的瓦解》，华东师范大学出版社 2014 年版，第 16 页。

面对列强入侵这一千古未有之变局，清末士大夫们继汉代之后再一次选择了与社会政治关系十分紧密的今文经学，欲以此救国图强。就《诗经》言，皮锡瑞云："嘉道以后，又由许、郑之学导源而上……《诗》宗鲁、齐、韩三家。……学愈进而愈古，义愈推而愈高；屡迁而返其初，一变而至于道。"① 尊崇三家《诗》是今文《诗》学的基本准则。魏源《诗古微序》云：

> 所以发挥齐、鲁、韩三家诗之微言大谊，补苴其罅漏，张皇其幽渺，以豁除《毛诗》美刺、正变之滞例，而揭周公、孔子制礼正乐之用心于来世也。②

也就是说，魏源以三家《诗》为中心，阐明一己之微言大义，而反对《毛诗》所谓牵强附会之说，申明周公、孔子制礼作乐的真正目的是用心于来世，以此达到以《诗》救亡图存之目的。

魏源从批判《诗经》学成说入手，以反对《毛诗》的牵强附会：

> 要其矫诬三家者不过三端，曰："齐、鲁、韩皆未见古序也，《毛诗》与经传诸子合而三家无证也，《毛序》出子夏、孟、荀而三家无考也。"③

问题列出，魏氏遂"一一破其疑，起其坠"④，由外而内，最大限度地否定《毛诗》的独尊地位。之后，魏源详析"美刺"，认为《诗》既有作诗者之心，又有采诗、编诗者之心。三家《诗》多关注作诗者之心，而《毛诗》则多言采诗、编诗者之心。"美刺"实为《毛诗》晚生之意，故可弃之。此外，魏源还探讨了四家《诗》篇名、章句、训诂的异同问题。篇名以批评宋儒为主，认为"诗之篇名，有三家《诗》异于毛者，有古书所引异于毛者"⑤，许多地方毛误而三家确。章句则批判欧阳修而力证三家

---

① （清）皮锡瑞《经学历史》，中华书局 1959 年版，第 341 页。
② （清）魏源《诗古微》，《续修四库全书》经部第 77 册，上海古籍出版社 2002 年版，第 1 页。
③ （清）魏源《齐鲁韩毛异同论上》，《诗古微》，第 16 页。
④ （清）魏源《齐鲁韩毛异同论上》，《诗古微》，第 16 页。
⑤ （清）魏源《齐鲁韩毛异同论下》，《诗古微》，第 22 页。

有《七月》。训诂又以《尔雅》文字差异、群书引《诗》之韵、三家皆本字毛皆假借等，逐一批判成说，从而得出《尔雅》等书并不独尊《毛诗》而是诸家兼采的结论。而后又通过对四始、二南、王风、邶鄘卫的义例阐释，以三家《诗》的标准重新排列《诗经》次序，全方位、多角度否定《毛诗》。

在"夫子正乐论"中，魏源从三个方面力证孔子以《诗》入乐之事，以佐证周公、孔子用心于来世的观点：一诗有入乐不入乐之分，入乐又有正歌、散歌之别。孔子自卫返鲁而乐正，雅颂各得其所事中，经孔子之手的诗均为正诗。而变诗地位较低，纵使用于乐奏，也多处于乐章并不重要的后半部分，"一用于宾祭无算乐，再用于矇瞍常乐，三用于国子弦歌"①。二通过论证先秦典籍引《诗》见于《诗经》者多，亡佚者少，季札观乐不出十五国风，批评欧阳修"圣人删章删句删字"之说，力证孔子并未删诗，其功在于正乐。三通过对朱彝尊"六笙诗之序为夫子所有"、"以《貍首》采齐九夏之属皆古诗乐章"等观点的批判，得出在具体诗篇中"金奏之属是乐非诗，笙管之属是佚非删，貍骊之属非诗非乐"②的结论。

魏源以为孔子乃继周公而来，"盖欲法文王而不可得，则于周公制作中求之；欲行周公之道于东周而不可得，则寓之空文以垂来世云尔"③。又认为"明乎《诗》亡《春秋》作之义，而知王柄、王纲不可不日绝于天下，而后周公、孔子二圣人制作以救天下当世之心，昭昭揭日月，轩轩揭天地"④。由此可见，魏源实视孔子为周公学说的继承人，孔子正乐用心在来世，周公亦然。魏源就是这样站在今文经学立场上重新诠释《诗经》，从而期望"重组思想的秩序，进而透过重组的思想世界来重建生活世界的秩序"⑤，以求达到挽国势于既颓之最终目的。

值得关注的是，《诗经》新汉学的经典著作中，马瑞辰《毛诗传笺通释》刊刻于道光十五年（1835），胡承珙《毛诗后笺》刊刻于道光十七年

---

① （清）魏源《夫子正乐论上》，《诗古微》，第 24 页。
② （清）魏源《夫子正乐论下》，《诗古微》，第 33 页。
③ （清）魏源《四始义例篇一》，《诗古微》，第 47 页。
④ （清）魏源《诗古微序》，《诗古微》，第 1 页。
⑤ 葛兆光《中国思想史》第二卷，复旦大学出版社 2001 年版，第 479 页。

（1837），陈奂《诗毛氏传疏》刊刻于道光二十七年（1847），而魏源《诗古微》初刻于道光初，二刻于道光二十年（1840）。也就是说，在《诗经》古文学沿着强大的传统惯性，即将到达顶峰的时候，今文《诗》学却率先完成了弯道超越。换句话说，《诗》学领域已持续 200 年左右的汉宋之争在即将以古文学取得全面胜利的时候，今文《诗》学却迅速将世人的目光转移到今古文之争上。学术的转移、价值的取舍几乎全在瞬间完成。不过这种转变仍然是以一种使用价值取代另一种使用价值，其学术底色依然还是传统经学的。随后，国家面临三千年未有之变局，今文经学短期成为时代显学。然而随着戊戌变法的失败，今文经学救国的理想彻底破灭。之后虽有廖平、皮锡瑞的出现，但终未能在思想学术界再掀起大的波澜。

中国学术史上向来存在隔代呼应现象。今文经学救国理想破灭后，古文经学为填补学术真空曾再度短暂抬头。然时移世易，世纪之交的政治大局已大不同于以前，旧瓶装新酒或新瓶装旧酒都无力真正挽狂澜于既倒。如何改造经学以适应新形势，便成为以章太炎为代表的新一代学人的当务之急。

简言之，章太炎的学术特点就是将传统学术"以经为纲"转变为"以经为史"，而这一观念和思路正开启了对《诗经》传统价值系统的瓦解和重构。当然，"以经为史"的观点并非章太炎首创。王阳明已有"五经亦史"[①] 之言，章学诚更有"六经皆史"的著名观点。清末今文经学家们为了争取自己学说的合法性，也引入历史学的考证方法，以求证明今文经学更为古老也更为可信，无意中也"充当了以史学瓦解经学的角色"[②]。然而至章太炎，"以经为史"观念获得了几乎超越所有先圣前贤的理论明晰性和实践针对性，其云：

> 《尚书》、《春秋》固然是史，《诗经》也记王朝列国的政治，《礼》、《乐》都是周朝的法制，这不是史，又是甚么东西？……《易经》也是史。……这样看来，六经都是古史。所以汉朝刘歆作《七略》，一切记事的史，都归入《春秋》家。可见经外并没有史，经就

---

① （明）王阳明撰，邓爱民注《传习录注疏》，上海古籍出版社 2012 年版，第 22 页。
② 葛兆光《中国思想史》第二卷，第 482—483 页。

是古人的史，史就是后世的经。①

这段文字发表于 1910 年 2 月创刊于日本的《教育今语杂志》，基本上可以看作章太炎经学观念的基本纲领。之后，章太炎多次申明这一观点。1922 年在上海江苏教育会的讲演中，章氏再次强调：

> "六经皆史也"，这句话详细考察起来，实在很不错。在六经里面，《尚书》、《春秋》都是记事的典籍，我们当然可以说他是史；《诗经》大半部是为国事而作：《国风》是歌咏各国的事，《雅》、《颂》是讽咏王室的，像歌谣一般的，夹入很少，也可以说是史；《礼经》是记载古代典章制度的：《周礼》载官制，《仪礼》载仪注，在后世本是史底一部分；《乐经》虽是失去，想是记载乐谱和制度的典籍，也含史的性状。只有《易经》一书，看起来像是和史没关，但实际上却也是史。②

较之前一次仅仅粗略地指出《诗经》是记载王朝、列国政治的观点，十余年后，当章太炎再次集中表达"六经皆史"观念时，其对《诗经》的分析明显详细了许多，并具体指出"王朝"的诗实为《雅》、《颂》，"列国"的诗实为《国风》，但无论哪一方面，都无一例外地属于"史"。

1933 年 3 月 15 日在无锡国专所作题为《历史之重要》的演讲中，章太炎再次提到经与史的关系问题：

> 经与史关系至深，章实斋云"六经皆史"，此言是也。《尚书》、《春秋》，本是史书，《周礼》著官制，《仪礼》详礼节，皆可列入史部。西方希腊以韵文记事，后人谓之史诗，在中国则有《诗经》。至于《周易》，人皆谓是研精哲理之书，以与历史无关，不知《周易》实历史之结晶，今所称社会学是也。③

章氏此次讲演中讨论"六经皆史"的观点与十年及二十年前几乎未有

---

① 章太炎《经的大意》，《章太炎全集·演讲集（上）》，上海人民出版社 2015 年版，第 99—100 页。
② 章太炎《国学十讲》，《章太炎全集·演讲集（上）》，第 319 页。
③ 章太炎《历史之重要》，《章太炎全集·演讲集（下）》，第 490—491 页。

任何变化，只是这次谈论《诗经》的视角不再从王朝、列国的政治着眼，而是涉及与古希腊《荷马史诗》的比较。不过《荷马史诗》是以一部著作讲述一场战争，时间跨度涵盖不过二十余年，而《诗经》记载的内容却从周初一直到春秋中叶，所辖时间长达五百年之久，虽然所记之事并不统一，但章太炎依然从民族经典的角度将二者进行对比，进而得出《诗经》亦是史诗的结论。今日思之，这样的比较和看待是否一定程度上反映了章氏内心深处沉重的文化焦虑呢？

1935 年 6 月，章太炎在章氏国学讲习会作《论经史儒之分合》的演讲，再次提到"六经皆史"问题：

> 古无史之特称。《尚书》、《春秋》皆史也，《周礼》言官制，《仪礼》记仪注，皆史之旁支。《礼》、《乐》并举，《乐》亦可入史类。《诗》之歌咏，何一非当时史料？《大小雅》是史诗，后人称杜工部为诗史者，亦以其善陈时事耳。《诗》之为史，当不烦言。《易》之所包者广，关于哲学者有之，关于社会者有之，关于出处行藏者亦有之。其关于社会进化之迹，亦可列入史类。故阳明有"六经皆史"之说。①

这次演讲，章太炎又将两年前的"史诗"之说进一步细化，认定《大雅》、《小雅》为史诗。因为《诗经》与《荷马史诗》毕竟有着许多的不同，章太炎此处似乎担心听众不能全然明白自己所言"史诗"之意，特于此后举杜甫"诗史"之例以明之。

由上可见，在将近三十年左右的时间里，章太炎视六经为历史的观念一直坚持未变，但其论证《诗经》为史的视角却分阶段有所调整，他先是以传统观念指出《雅》、《颂》为王朝之政，《国风》为列国之政，后来则直接引入西方"史诗"观念比附《诗经》。这种论证方式对一向"严辨中西，不分今古"②的章太炎而言，是不是也表达了某种文化坚守的动摇呢？我们尚不得而知。

与反复强调"六经皆史"相映成趣，章太炎还多次论证《诗经》为

---

① 章太炎《论经史儒之分合》，《章太炎全集·演讲集（下）》，第 591—592 页。
② 陈璧生《经学的瓦解》，第 56 页。

史，其中《小疋大疋说》① 是很典型的文字。在此文上篇，章氏引《说文》"疋，足也。古文以为《诗》大疋字"一句，通过转引述论，推导出"疋"即足迹，反推之，则足迹即为"雅"。如此，《大雅》、《小雅》便均为先王足迹。原本"言天下之事，行四方之风"② 的《大雅》、《小雅》经过如此训释，便成了言先王历史的诗篇。下篇中，章太炎通过征引秦汉文献，指出"雅"与"乌"同声。周秦之声乌乌，由此知《大雅》、《小雅》均为秦声所成。章氏云："疋之为足迹，声近雅，故为乌，乌声近夏，故为夏声。"在坚持上篇"雅"为历史的基础上，通过音读转训，将"雅"与"夏"结合，"周之九夏，以钟鼓奏之，禹乐又称大夏，悉非《文王》、《鹿鸣》之俦"，从而进一步坚定《大雅》、《小雅》为周民族历史的观点。这一考证为章太炎的得意之作，其后数十年间，章氏仍反复重申这一见解。③

除论证大、小雅为"史"外，章太炎《检论》中的《六诗说》、《关雎故言》④ 二文亦同样为其视《诗经》为"史"观念的有力支撑。在《六诗说》中，章太炎不认同自孔颖达起即已成共识的"风雅颂为体，赋比兴为用"说，而是回到郑玄，认为赋、比、兴也各有诗篇，但这些诗篇在《诗三百》中均遭删除，所以后世才出现了混乱。章太炎同时肯定司马迁"古诗三千"之说，认为孔子删诗的标准为整齐篇第、合于礼乐，也就是说凡不够整齐、不合乐章的诗都在孔子汰删范围之内，而赋、比、兴恰恰就是这一类诗。这一论证，章太炎欲展现的是孔子之前诗歌的发展概况。

在《关雎故言》中，章太炎首先认为《关雎》中的"淑女"一词，毛公、《诗序》、郑玄、后世解《诗》者以及近人看法均不确，从而指出

① 章太炎《小疋大疋说》，《章太炎全集·太炎文录初编》，上海人民出版社 2014 年版，第 1—4 页。

② 郑玄笺《毛诗》，卷一第 3 页 A 面。

③ 如《訄书重订本·方言》（《章太炎全集·訄书重订本》，上海人民出版社 2014 年版，第 205 页），《国故论衡》（章太炎撰，庞俊、郭诚永疏证：《国故论衡疏证》，中华书局 2011 年版，第 403 页），《訄书》第三次重订本《检论》（《章太炎全集·检论》，上海人民出版社 2014 年版，第 416 页）、1935 年在章氏国学讲习会所作的《经学略说》演讲（《章太炎全集·演讲集（上）》，第 361—362 页）等文中均有提及，观点前后一致。

④ 章太炎《章太炎全集·检论》，第 396—405 页。

《风诗》开端所陈实为文王与商纣之事，淑女是鬼侯之女，《史记·殷本纪》和《鲁仲连列传》中的鲁仲连书均提到过这一人物。鬼侯与鄂侯、文王同为殷之三公，鬼侯献女于纣，女不喜淫，纣怒而杀鬼侯，时人称赞其女之美德，遂作《关雎》。如此，则《关雎》实为商诗，为何今在《周南》？章氏认为，鬼方处于江汉与洛阳之间，称美鬼侯女的歌谣起于南国。鬼侯女事又是周代王业兴隆的缘由，师挚录之于《国风》之首，目的在于见微知著。与《六诗说》一样，这又是一则推翻成说，将《诗》的渊源向历史前端延伸的实例。

综上，章太炎为证成《诗经》为史，从理论到实践，大胆设想，曲折求证，自可谓绵密周至，自成体系。章氏之所以如此坚定地申述这一观念，无疑与其所处时代有莫大关系。时代进入近现代之交，学术正值由古代中国的天下观念向现代中国的民族国家观念转变期。天下没有边界，古人追求的都是普遍的、恒定的知识和规律，所谓"为天地立心，为生民立命，为往圣继绝学，为万世开太平"是也。然而民族国家却有严格的国别界限，1900 年前后经过世界列强反复践踏的中国用血写的实践告诫国人，中国只不过是一个与西方诸强为相同之民族国家而已。这样一来，如何才能保持我们固有的国性不致沦丧，章太炎找到了"历史"这把钥匙。"国之有史久远，则亡灭之难"①，正是在这样的观念支配下，章太炎才反复强调《诗》为历史，二《雅》为先王足迹，再证孔子之前有赋、比、兴诗，司马迁"古诗三千"之说为实有，又证《关雎》"淑女"为鬼侯之女。在上述诸如此类问题的讨论中，章太炎均将历史向更久远处追溯，强调中国的文明历史之源远流长，且明显有别于其他民族国家，由此可见章氏的拳拳爱国救世之心。但是，在这个观念体系中，儒家先贤在释《诗》过程中一代一代层累起来的政治和伦理价值，已经不再成为他关注的对象和问题了。章太炎已无意从《诗经》的学术探讨中找寻解决政治问题的直接文化资源，而是将《诗经》作为民族国家的历史载体——无论这样的论证过程是多么曲折漫长，可见此时《诗经》服务于政治的方式已经发生了明显而重大的变化。

---

① 章太炎撰，庞俊、郭诚永疏证《国故论衡疏证》，第 422 页。

三

20 世纪 20 年代中期以前，章太炎的学说曾在一定范围内广泛传播。1923 年 10 月 10 日，胡朴安在《民国日报》副刊《国学周刊》发文云：

> 民国成立，《国粹学报》停刊，然而东南学者，皆受太炎之影响。《国粹》虽停，太炎之学说独盛。北京大学者，学术汇萃之区也……自刘申叔、黄季刚、田北湖、黄晦闻，应大学之聘，据皋比而讲太炎之学，流风所播，感应斯宏。……太炎受袁氏之拘禁，始终不屈，而士子信仰其学者，至今不绝。《国故》与《华国》及东南大学之《国学丛刊》，皆《国粹学报》之一脉，而为太炎学说所左右者也。①

照此叙述，此一时期的章太炎几成"国学"之代名词，学界地位之高，无出其右者，"假设经学不废，则章氏之学，可以成为中国现代史学正统源头，使中国史学继司马迁之后，实现再次从经学内部重新出发，建立全面的历史叙事传统"②。然而，章太炎学说的影响似乎仅仅局限于高端知识分子群体之内，放眼全国，青年人的追求却是另一番景象："以适之为大帝，绩溪为京，遂乃一味于胡氏文存中求文章义法，于《尝试集》中求诗歌律令，目无旁骛，笔不暂停。"③ 章士钊此文首刊于 1923 年 8 月 21 日、22 日的《新闻报》上，与胡朴安文章前后相隔不足两月。其虽以批评胡适为目的，言语也有所夸张，但现实依据也一定是存在的。因此可以说，在章太炎的学说还处于生机勃勃之时，以胡适为代表的新文化运动领袖就在更广泛的领域掀起了影响力更大的滔天波浪。

为什么会出现这一现象？我们认为，辛亥革命之后，民国虽然成立，但现实却并未见有根本性改变，袁世凯称帝、张勋复辟之类的历史闹剧接

---

① 胡朴安《民国十二年国学之趋势》，载刘东、文韬编《审问与明辨——晚清民国的"国学"论争》，北京大学出版社 2012 年版，第 548 页。
② 陈壁生《经学的瓦解》，第 8—9 页。
③ 章士钊《评新文化运动》，见张若英编《中国新文学运动史资料》，光明书店 1934 年版，第 229 页。

连发生。知识分子在走马灯般的政权更迭中发现，近代中国的屡次革新，都是围绕政治而进行的，而最后均以政治变革的失败而告终，由此便体悟到一个新问题，就是民智不启，一切都还是空谈。陈独秀说："不出于多数国民之运动，其事每不易成就。"① 新文化运动就这样以启蒙为目标从而拉开了历史新一页的帷幕。

此前的袁世凯称帝、张勋复辟均曾借尊孔的名义而进行，称帝复辟失败之后，孔子便自然成了反动、落后文化的代名词。因此从现实出发，新文化运动遂以否定孔子、批判传统文化为目标，翻开了二十世纪启蒙的第一页。就《诗经》学而言，既然反对以孔子为代表的封建文化，那就需要先否定孔子删诗，再抛弃尊孔的传笺疏等传统《诗》学文献。

在这一理念支配下，胡适进一步将章太炎"以《诗》为史"推进为"以《诗》为史料"，突出强调"古代的书只有一部《诗经》可算得是中国最古的史料"②。很显然此种观点完全是利用西方所谓科学方法规范中国典籍的结果，因为《十月之交》中日食的具体时间可以用科学的方法推算出来，所以"《诗经》有此一种铁证，便使《诗经》中所说的国政、民情、风俗、思想，一一都有史料的价值了"③，而无法用科学方法验证的《周易》、《尚书》等其他先秦文献简直连史料的价值都不具备了。

从"史料"定位出发，胡适认为《诗经》的价值主要就是反映了当时的社会状况。如《唐风·鸨羽》、《魏风·陟岵》、《小雅·采薇》《出车》《杕杜》、《何草不黄》、《王风·中谷有蓷》《兔爰》、《小雅·苕之华》等诗反映了公元前8—前6世纪"百姓死亡丧乱，流离失所，痛苦不堪"④的社会现实。《邶风·式微》、《旄丘》反映了当时"亡国的诸侯卿大夫，有时连奴隶都比不上"⑤。从《小雅·大东》"可以想见当时下等社会的人，也往往有些'暴发户'，往往会爬到社会的上层去"⑥。此篇与《魏

---

① 陈独秀《1916年》，见《青年杂志》，第1卷第5号，1916年1月，第4页。
② 胡适《中国哲学史大纲》，商务印书馆2011年版，第17页。
③ 胡适《中国哲学史大纲》，第17页。
④ 胡适《中国哲学史大纲》，第25—26页。
⑤ 胡适《中国哲学史大纲》，第27页。
⑥ 胡适《中国哲学史大纲》，第27页。

风·葛屦》又反映了当时"贫富太不平均"①的社会状况。胡适还用《小雅》中的《节南山》、《正月》、《十月之交》等17首诗来证明当时各国政治的黑暗、腐败。②面对这样的黑暗、腐败现状，导致当时社会产生了几大思潮：以《小雅·节南山》、《正月》、《王风·黍离》、《魏风·园有桃》为代表的忧时派；以《王风·兔爰》、《桧风·隰有苌楚》、《小雅·苕之华》为代表的厌世派；以《邶风·北门》、《陈风·衡门》为代表的乐天安命派；以《郑风·蘀兮》、《唐风·蟋蟀》、《山有枢》为代表的纵欲自恣派；以《小雅·北山》、《魏风·伐檀》、《硕鼠》为代表的愤世派。③

胡适强调对《诗》意的理解，最好"从经入手，以经解经，参考互证，可得其大旨"④。只是在对具体问题进行分析时，他又不得不借助《诗序》及传笺疏，甚至也包括《诗集传》中的成说。比如他说《唐风·鸨羽》、《魏风·陟岵》等诗反映了公元前8—前6世纪百姓死亡流离、痛苦不堪的事实，那么如何知道这些诗是公元前8—前6世纪的诗呢？那就只能借助《诗序》等经典注疏了。《唐风·鸨羽序》："昭公之后，大乱五世。"⑤晋昭公于公元前745—前739年在位，时间正处于胡适所说的公元前8—前6世纪之内。其他诸诗亦多以此法推定历史时段。但《采薇》、《出车》、《杕杜》三诗，《诗序》均认定为文王时诗，不在公元前8—前6世纪范围内，胡适则采用朱熹《诗集传·出车》注中"天子，周王也"⑥的模糊说法，视三诗为公元前8—前6世纪诗。另外《小雅·大东》传统经说有厉王朝与幽王朝之不同说法，胡适又择取幽王朝说。可见视《诗经》为史料，胡适的《诗经》研究从一开始就存在许多龃龉难安之处。尽管如此，启蒙理念促使胡适将传统的《诗经》与孔子的亲密关系一旦剥离净尽，不管其所用理论有多么粗糙，论证过程也存在诸多生搬硬扯的问题，但其与现实吻合的思想犹如肥沃田野里的一粒种子，一旦播下就迅速

---

① 胡适《中国哲学史大纲》，第28页。
② 胡适《中国哲学史大纲》，第28—29页。
③ 胡适《中国哲学史大纲》，第30—32页。
④ 胡适《诗三百篇言字解》，《胡适全集》第一卷，第230页。
⑤ 郑玄笺《毛诗》，卷六第5页B面。
⑥ 朱熹《诗集传》，第106页。

破土发芽并茁壮成长。胡适接下来要做的就是如何进一步扩大战果和放大影响了。

照胡适的设想，古籍作为史料，要做四步工作："第一步须搜集史料。第二步须审定史料的真假。第三步须把一切不可信的史料全行除去不用。第四步须把可靠的史料仔细整理一番。"① 这一设想直接促成了此后声势浩大的古史辨派的产生。

顾颉刚的著名文章《〈诗经〉在春秋战国间的地位》就是在胡适"以《诗》为史料"的理论和方法影响下完成的。顾氏在文中说："很希望自己做一番斩除的工作，把战国以来对于《诗经》的乱说都肃清了。"② 在顾颉刚看来，战国以后所有的《诗》说都是蔓草，遮蔽了《诗经》的真相，而要想弄清《诗经》的真相，首先要做的就是考察同时代人对"诗"的态度。③ 根据《左传》、《国语》等先秦史料，顾氏梳理了从传说时代到孟子的用《诗》情况，认为《诗经》中的诗"大别有二：一种是平民唱出来的，一种是贵族做出来"④。而《诗》的作用大致有四："一是典礼，二是讽谏，三是赋诗，四是言语。"⑤ 如果说胡适的在"史料"观念下研究《诗经》还在某种程度上多少发挥了"以诗证史"作用的话，那么顾颉刚的《诗经》研究就是"把这部现代以来被视为文学作品集的典籍作为历史现象来审视，看它在怎样的历史语境中产生，应和着怎样的历史需求，发挥着怎样的社会历史功能等"⑥，可见两者之间又显示出了一定程度的差异。

此外，古史辨派讨论《诗经》主要集中在这样几个主题上：一、《毛诗序》，二、《诗经》与歌谣，三、兴诗，四、包括《硕人》、《野有蔓草》、《野有死麕》、《静女》等诗的专篇讨论。这些问题中，古史辨派学

① 胡适《〈国学季刊〉发刊宣言》，《胡适全集》第二卷，第22—23页。
② 顾颉刚《〈诗经〉在春秋战国间的地位》，《古史辨》第三册·下编，《民国丛书》第四编第66册，上海书店，1992年版，第310页。
③ 顾颉刚《〈诗经〉在春秋战国间的地位》，《古史辨》第三册·下编，第320页。
④ 顾颉刚《〈诗经〉在春秋战国间的地位》，《古史辨》第三册·下编，第320页。
⑤ 顾颉刚《〈诗经〉在春秋战国间的地位》，《古史辨》第三册·下编，第322页。
⑥ 李春青《论"古史辨"派〈诗经〉研究的得与失》，《河南社会科学》2014年第10期，第18页。

人的态度基本一致，他们认为《诗经》绝不是经书，不过"与《文选》、《花间集》、《太平》、《乐府》等书性质全同"①。至于《毛诗序》更是毫无价值，必须坚决废除。这其中以郑振铎的观点最具代表性，他认为《毛诗序》只不过是后汉卫宏杂采经传附会《诗》文，与明丰坊《子贡诗传》没什么两样，"《诗序》的释《诗》是没有一首可通的"②。钱玄同也说："至于那什么'刺某王'、'美某公'、'后妃之德'、'文王之化'等等话头，即使让一百步，说作诗者确有此等言外之意，但作者既未曾明明白白地告诉咱们，咱们也只好阙而不讲。"③《诗序》遭废除之后，《诗》就一无依傍，彻底成了史料，因此古史辨派认为从歌谣的角度对之进行研究是一条十分正确的道路。顾颉刚《从〈诗经〉中整理出歌谣的意见》、《论〈诗经〉所录全为乐歌》，魏建功《歌谣表现法之最要紧者——重奏复沓》，张天庐《古代的歌谣与舞蹈》，钟敬文《关于〈诗经〉中章段复叠之诗篇的一点意见》等均为针对这一问题而做出的研究。甚至他们对《野有死麕》、《静女》发起的大讨论也与歌谣不无关系。应该说，这样的研究对此后《诗经》的白话翻译和普及工作的开展都有着重要的奠基作用。至20世纪30年代，《诗经》歌谣化一跃而成为救亡宣传的形式和话题，现实实践从一个侧面强有力地支持了古史辨派的这一理论和此一理论指导下的研究实践。

由上可见，从章太炎的"以《诗》为史"到胡适的"以《诗》为史料"，再到古史辨派的《诗经》歌谣化看待，《诗三百》的经学价值被进一步祛魅，价值祛魅的同时也意味着由《诗经》承载的价值系统的被进一步瓦解。

四

五四运动肩负着双重使命，"一个是新文化运动，一个是学生爱国反

---

① 钱玄同《论〈诗经〉真相书》，《钱玄同文集》第四卷，中国人民大学出版社1999年版，第229页。

② 郑振铎《读毛诗序》，《古史辨》第三册·下编，第401页。

③ 钱玄同《论〈诗经〉真相书》，《钱玄同文集》第四卷，第229页。

帝运动"①，概言之，也就是启蒙与救亡。值得注意的是，五四虽以救亡为直接目的，而实践过程中并未过度挤压启蒙的空间，此后数年时间里，启蒙运动仍在渐次进行中。但很快五卅运动、北伐战争、十年内战和抗日战争接踵而至，激烈的军事斗争迫使启蒙暂时退出历史主阵地，而以发动群众为目标的救亡运动得以高歌猛进。在这一过程中，《诗经》的文学化又获得长足发展的空间。

回顾历史可以发现，尽管19世纪末20世纪初中国政治风云变幻，新学反对旧学的风潮一浪高过一浪，但在1904年清政府颁行的"癸卯学制"中仍专设有"经学科"②，至民国建立，蔡元培任教育总长时才取消该科，明令"读经科一律废止"③，同时建立起文、理、法、农、工、商、医等"七科之学"。其中文科包括文学、历史、哲学和地理四门，《诗》被列入文学类。虽然此一变化与后来的救亡运动尚未产生真正直接的联系，但此时《诗经》文学化的理念已经以一种较为高调的姿态进入思想领域了。

如此则意味着，《诗经》告别经学时代之后，今人需要重新构建一套新的《诗经》价值系统。蔡元培曾回忆说："我以为十四经中……《诗》、《尔雅》已入文学系……无再设经科的必要，废止之。"④ 这一见解被写入官方文件颁行全国后，很快就得到学界学人的广泛支持。陈独秀说"讲文学可以取材于《诗经》以下古代诗文"⑤，曹聚仁说"《诗》当分入文学"⑥，陆懋德说"《诗经》为最古之文学"⑦。胡适所开"最低限度的国学书目"中，《诗经》被列入"文学史之部"⑧，梁启超"国学入门书要目"

---

① 李泽厚《中国现代思想史论》，三联书店2008年版，第1页。

② 张之洞《奏定学堂章程》，（台北）文海出版社1972年版，第220页。

③ 璩鑫圭，唐良炎《中国近代教育史资料汇编》，上海教育出版社1991年版，第597页。

④ 蔡元培《我在教育界的经验》，载高平叔编《蔡元培全集》第七卷，中华书局1989年版，第193页。

⑤ 陈独秀《新教育是什么》，《新青年》第8卷第6号，1921年4月，第1页。

⑥ 曹聚仁《春雷初动中之国故学》，载许啸天编辑《国故学讨论集·上》，上海科学技术文献出版社2016年版，第57页。

⑦ 陆懋德《中国经书之分析》，载许啸天编辑《国故学讨论集·中》，第439页。

⑧ 胡适《一个最低限度的国学书目》，载刘东、文韬编《审问与明辨——晚清民国的"国学"论争》，第449页。

亦将《诗经》列入"韵文书类"①，胡适还说："《诗经》在中国文学上的位置，谁也知道，它是世界最古的有价值的文学的一部，这是全世界公认的。"② 至 1932 年，蔡尚思甚至认为如果不将《诗经》列入文学，那将是一件不可思议的事情：

> 《毛诗》与《楚辞》、汉赋、唐诗、宋词同是一样的，而后人却要以《毛诗》为经，而以《楚辞》、汉赋、唐诗、宋词为集。如楚辞、汉赋、唐诗、宋词不应该入于经，则如《毛诗》也当然要列入于集——文学——了。如《毛诗》不应该列入于集，则如《楚辞》、汉赋、唐诗、宋词也当然要列入于经了。以集为经，也和那以子为经、以史为经是一个样的。故吾也要把《毛诗》列入于文学之首。③

可见视《诗经》为文学的观念在辛亥鼎革之后的二十年间，已由空谷足音变为学界普遍之认识了。

《诗经》为文学的观念一经改变和确立，就需要理论和实践的双重支撑。而这样的理论和实践，正是对《诗经》价值的重新建构。这一重任又一次落到了胡适肩上。胡适《诗三百篇言字解》一文完成于 1911 年，发表于 1913 年。文中提出了胡适本人总结出的以文学视角解读《诗经》的方式。解经释字本可用《尔雅》一书，但《尔雅》为释经之书，胡适认为该书成于汉儒之手，实由解经之家而来，故不足信。那么弃《尔雅》不用，该如何解经？胡适明确主张"从经入手，以经解经，参考互证"④，这就是西方学术中通行的归纳法。运用归纳法，胡适借助《马氏文通》，总结出《诗》中"言"字有三种含义：一作连词，其用法与"而"字相近；二作以状动作之时的"乃"字解；三作代名词"之"字解。胡适说，即使第三种解释不能确保正确，那前二种解释也一定是正确的。文章最后，胡适对用西学方法来解读中国典籍的前景作出了一番相当乐观的描绘，认为

---

① 梁启超《国学入门书要目及其读法》，载刘东、文韬编《审问与明辨——晚清民国的"国学"论争》，第 482 页。

② 胡适《谈谈〈诗经〉》，《胡适全集》第四卷，第 602 页。

③ 蔡尚思《中国学术大纲·序》，载桑兵等编《国学的历史》，国家图书馆出版社 2010 年版，第 431 页。

④ 胡适《诗三百篇言字解》，《胡适全集》第一卷，第 230 页。

《诗》中的式、孔、斯、载等字，都可以用归纳法进行新笺和今诂。如果这种方法得以推而广之，"是在今日吾国青年之通晓欧西文法者，能以西方文法施诸吾国古籍，审思明辨，以成一成文之法，俾后之学子能以文法读书，以文法作文，则神州之古学庶有昌大之一日"①。胡适的《诗经》研究中，归纳法是其最为热衷的方法，直到是说提出十余年后，他还念念不忘，说："有了这一个方法，自然我们无论碰到何种困难地方，只要把它归纳比较起来，就一目了然了。"②

平心而论，当章太炎古奥高深的《国故论衡》还在为部分高端学者所津津乐道之时，胡适这种简明且高效的欧美研究方法的果断提出，不啻为中国学术研究吹入一缕清风，顷刻间使人耳目一新。而他所归纳出的结论乍看上去似乎也未见有明显的龃龉突兀之处，于是大家群起而效仿之，以致影响了一个相当长的时期，是自在情理之中的。胡适这一方法之所以获得广泛流传的另一深层原因，就是民国初建，帝制废除，但政权更迭频繁，孔子屡被反动政权所操控，多言价值、主张教化而不断被利用的传笺疏皆成不合时宜之文字。抛开传笺疏的《诗经》研究是否能够经过改造而适用于新需要不提，胡适此文确实为眩晕的学界提供了方法、给出了方向，被称之为五四之后《诗经》研究的开山之作实在是一点儿都不夸张的。

然而，《诗三百篇言字解》只是关于《诗经》字词的研究，并不需要知道每首诗的背景若何，所以胡适才极为自信地说，用这种方法研究我国古代典籍，古学必有昌大之一日。只是随着研究的深入，诗意又是不能不涉及的，但由于抛弃了传笺疏，没有了入门的依据，后人遂出现竞相猜测诗意之现象，此亦是不得不引起关注之事实。

《谈谈〈诗经〉》是胡适的又一篇名文。这篇文章首先借鉴章太炎的观点，再加上自己并不算十分严谨的考证，认为《周南》、《召南》为楚风，从而拉近与普通听众之间的距离，接着就强调要用新的科学方法来研究古书，尤其是古音和古义。对此，胡适提出了四个见解：一、《诗经》不是

---

① 胡适《诗三百篇言字解》，《胡适全集》第一卷，第232页。
② 胡适《谈谈〈诗经〉》，《胡适全集》第四卷，第606—607页。

什么经典，仅仅只是一部古代的歌谣总集，它只是一堆材料，可将之用于社会史、政治史和文化史的研究。二、孔子没有删《诗》，也就是说，孔子和《诗经》的关系并不密切，前人研究孔子删诗的成果是不可信的。三、《诗经》篇章成书次序有先后，时间在六七百年左右。二《雅》中一部分为当时卿大夫所做，作为歌谣的《国风》，产生的时间大概很古，但收集的时间大概很晚。四、简要概括《诗经》研究史。胡适于此多次论及《诗经》歌谣化问题，可见《诗经》文学化的理论甫一起步，就已经具有了明显的歌谣化倾向。到 20 世纪 30 年代，伴随着救亡的日常化和生活化，《诗经》逐渐走向并几乎成为了宣传的歌谣。

《诗经》是文学，这在胡适看来已无异议。那么对文学的《诗经》应该如何展开研究呢？胡适认为主要有二：一是训诂，二是解题。训诂要用精密的科学方法来注解，解题则要大胆推翻成说，用社会学、历史学和文学的视角重新解释经典，要有新的见解。他认为清人已经懂得用比较归纳法，这一观点与《诗三百篇言字解》的看法有似有一定的出入。胡适又考查了"言"、"胥"、"于"、"以"、"维"五字的具体用法。"言"字基本复述《诗三百篇言字解》的观点，认为"胥"字为地名，"于"字等于"焉"作"于是"解，"以"为疑问代词作"何"解，"维"为叹词作"呵"解。总之，胡适认为只要掌握了文法上的知识，就可以信心十足地跨迈清儒了。《论〈诗经〉答刘大白》[①] 一文中，胡适坚持最多的就是上述这些观点。

字词问题如此理解大体可通，然而读《诗》终究还得涉及《诗》意，说《诗》意就要解题，针对这一问题提出的解决方式才真正显现出胡适对待《诗经》的观念，即文学观念。胡适说：

> 《诗经·国风》多是男女感情的描写，一般经学家多把这种普遍真挚的作品勉强拿来什么文王、武王的历史上去。[②]

视《国风》为描写男女情感的文学作品，从而批评历代经学家的牵强

---

① 胡适《论〈诗经〉答刘大白》，《胡适全集》第四卷，第 613—615 页。
② 胡适《谈谈〈诗经〉》，《胡适全集》第四卷，第 610 页。

附会。在这种思想指导下，他认为《关雎》是"男性思恋女性不得的诗"①，"完全是一首求爱诗"②，《野有死麕》是"男子勾引女子的诗"③，《小星》"好象是写妓女生活的最古记载"④，《芣苢》是一首写"一群女子，当着光天丽日之下，在旷野中采芣苢，一边采，一边歌"⑤ 的诗，《著》是一首"新婚女子出来的时候叫男子暂候，看看她自己装饰好了没有"⑥ 的诗。在全文的最后，胡适又一次指出，理解《诗》意，最好的方法只能是自己去涵咏原文。

胡适的《周南新解》是给《周南》的十一首诗做注释和题解的，其中的做法有几点颇值得注意。一、弃《传》自注，如说"雎鸠是一种水鸟"⑦，"卷耳是一种菜"⑧，"芣苢，古训为车前，又训为泽泻，不知究竟是什么"⑨ 等。二、弃《序》自说，如说《关雎》"写一个男子思念一个女子，睡梦里想他，用音乐来挑动他"⑩，《葛覃》"是葛布女工之歌"等⑪。三极力推崇姚际恒、崔述、方玉润等经学时代非主流学者的著述，十一篇新解中对姚、崔、方三人的观点几乎篇篇有涉。

由此，无论在观念上还是方法上，胡适都为《诗经》的现代转型给出了方向，做出了实践。自此以后，《诗经》的文学解读被广泛接受，胡适当年有些颇为大胆的断语也日用而不知地成为后来学界的文学史常识。以救亡为中心的社会使命，迫使启蒙运动的许多主张如自由、平等、个体尊严、个人权利等都被淡化或被抛弃，但《诗经》的现代化进程却由史料而平移为文学，平稳而顺利地一路前行。今日思之，当时之所以发生如此变化，主要是因为《诗经》的现代转型必须吻合时代的要求，它也确实吻合

---

① 胡适《谈谈〈诗经〉》，《胡适全集》第四卷，第610页。
② 胡适《谈谈〈诗经〉》，《胡适全集》第四卷，第611页。
③ 胡适《谈谈〈诗经〉》，《胡适全集》第四卷，第611页。
④ 胡适《谈谈〈诗经〉》，《胡适全集》第四卷，第611页。
⑤ 胡适《谈谈〈诗经〉》，《胡适全集》第四卷，第611页。
⑥ 胡适《谈谈〈诗经〉》，《胡适全集》第四卷，第612页。
⑦ 胡适《周南新解》，《胡适全集》第十二卷，第195页。
⑧ 胡适《周南新解》，《胡适全集》第十二卷，第200页。
⑨ 胡适《周南新解》，《胡适全集》第十二卷，第209页。
⑩ 胡适《周南新解》，《胡适全集》第十二卷，第197页。
⑪ 胡适《周南新解》，《胡适全集》第十二卷，第200页。

了这样的要求。《诗经》的史料化使人们看到了封建社会的黑暗，统治者不劳而获、残酷压迫百姓。而文学化更使人们看到《诗经》不过就是两千多年前百姓创造的歌谣，抚今思昔，群众创造历史的信心由此而更加坚定。总之，《诗经》的史料化和文学化与以发动群众为目标的救亡运动不谋而合，其现代转型遂得以顺利进行。

20 世纪 30 年代，国家形势愈加严峻，知识群体的救亡理念发生了严重分歧。针对主张重新恢复传统文化的潮流，陈序经等喊出了"全盘西化"的口号，影响甚广，胡适开创的《诗经》文学化解读由此得以成功延续。而救亡宣传中，因为具备真诚坦率、怨愤反抗、描写具体、语言朴素、自由宽松又富有节奏感等歌谣化特征，[①]《诗经》的《国风》部分得到广泛的注解、翻译和摹写，《诗经》的文学化看待和文学化定位得以进一步巩固。[②] 至 40 年代，随着闻一多借鉴西方文化人类学理论而获得的众多《诗经》研究成果的出版面世，《诗经》的文学化被彻底定型。至此，《诗经》两千年的政治伦理价值瓦解殆尽，而以文学看待《诗经》的新价值系统巍然而完整地建立起来。

与以启蒙和救亡为目标的社会转型相一致的中国《诗经》学，其现代转型的最大特点就是舍弃传笺疏，只谈《诗》三百篇之原文。现在看来，即使抛开宏观的观念不提，仅仅从具体研究的方法和结果来看，无论是将《诗经》作为历史、史料还是作为文学，这些研究及其结论也存在诸多问题。

正因为如此，20 世纪 80 年代随着新一轮西方思想、思潮的涌入，研究者一改单纯的史料看待或文学研究而转向综合研究，《诗经》文化学一时间变得时尚甚至炙手可热。但此类研究内容看似丰富多彩，而细绎之后仍感问题多多。从发生看，此一时期的古典文学中的文化研究与文学创作

---

① 李怡《中国现代新诗与古典诗歌传统》，中国人民大学出版社 2015 年版，第 99—102 页。
② 20 世纪 30 年前后出现了大量《诗经》白话翻译著作，主要有：缪天绶译注《诗经》（商务印书馆，1926）、江阴香《诗经译注》（排印本，1934）、江阴香《国语注解诗经》（广益书局，1934）、陈子展《诗经语译》（太平洋书局，1935）、唐笑我《诗经白话注解》（启智书局，1936）、王云五《诗经选读》（商务印书馆，1937）、钟际华《新注诗经白话句解》（大文书局，1939）、喻守真《诗经童话》（中华书局 1941）、洪子良《新注诗经白话解》（中原书局，1941）等。

的文化热、文化寻踪密切相关，"文革"结束，改革开放开始，半个多世纪以来丑化传统、蔑视传统、瓦解传统的历史潮流已经走入绝境，伴随着思想解放的展开，敏感的文学群体很快出现了对传统文化的怀恋与追寻，在这样的大背景下，古代文学研究界自觉不自觉地被新的文化发展大势裹挟，遂迅速将"文化"拉入古代文学研究之中。从研究结果看，未经理性认知和未经完全消化的"文化"匆忙介入古代文学研究，出现粗糙、呆板、生硬以及似是而非的研究状况和研究结果也就不足为奇，比如，将《诗经》中的敬德思想和两性关系统称为"文化"，将《诗经》的民族精神和人文精神合称为"文化"，将《诗经》反映的西周社会、宗教观念、婚恋现象、宴飨饮酒等统称为"文化"等等，其实这些内容在原来《诗经》研究中的史料看待和文学研究里都已经有大量涉及，从学术研究的整体观照和评价看似无太多的创新之处。此外，文化研究中还有一批借助西方神话学、民俗学和原型理论进行《诗经》探源的论著，今天看此类研究不少地方缺乏切实可靠的根据，强作关联者偏多，说出来似乎振聋发聩、博大众眼球于一时，但结论并不扎实牢靠。我们认为，发生在 20 世纪 80 年代的《诗经》文化学浪潮是由文学创作界发起，文学研究者追随而来的，在文化学研究中，"文化"差不多是个被虚化、被文学了的概念，抛开难以落实的"文化"名声，讨论的核心问题基本上都还是文学的。因此，这场《诗经》研究文化热的出现，其实只是此前已经流行多年的《诗经》文学化研究的继续，它所取得的成绩也只是从一个侧面加宽加厚了原来的文学研究而已。因此，伴随着真正改变《诗经》研究方式和局面的上博简、清华简等与《诗经》有关的出土文献研究的出现，《诗经》文化研究热潮逐渐冷却，一步步回归常态。

清代学者阮元云："学术盛衰，当于百年前后论升降焉。"① 《诗经》在 20 世纪前后相继叠加的历史化、史料化和文学化研究逶迤迄今已逾百年，当我们今天审视这场声势浩大、影响深远的学术变迁时，我们看到，除了取得斐然可观的成绩之外，也不可否认这个过程还存在诸多问题。如

---

① （清）阮元《十驾斋养新录序》，见（清）钱大昕《十驾斋养新录》，上海书店出版社，1983 年版，第 1 页。

何总结新学建立百年来因全盘西化而导致的学术偏差，以及由此偏差而导致我们今天冷落传统、疏离传统、迷失传统的问题，不能不引起我们认真理性地回望和反思。如果将异邦他国比喻为镜子，那么1840年之前中国没有镜子，1840年之后有了西方列强这一面镜子。而今天，除西方之外，我们还拥有很多面镜子，我们可以从更广阔的空间，更多元的角度，认认真真地审视自己。在这样的背景下，要想解决百年来《诗经》研究发生的问题和纠正出现的偏差，我们确需回到传统文化经典文本本身，回归我们自己的文化根脉和属于中华民族自己的文化语境，破除《诗经》是"中国最早的一部诗歌总集"的唯一认定，从"文学与伦理之凝合"① 的角度，来把握《诗经》精神，以期中国《诗经》学获得一个否定之否定后的崭新未来。

（载《文艺理论研究》2018 年第 4 期，与赵棚鸽合作）

---

① 钱穆：《中国文化史导论》，正中书局 1948 年版，第 56 页。

第二十二章　余冠英的《诗经》研究

　　作为一位在中国现代学术史上产生重要影响的著名学者，余冠英先生一生所取得的成就是多方面的。抛开作为学术机构领导所起的作用不谈，仅他个人生前出版的学术著作就有《乐府诗选》、《诗经选》、《诗经选译》、《三曹诗选》、《汉魏六朝诗选》、《汉魏六朝诗论丛》等多种。全面评价余先生的学术成就并非笔者的目的，本文只对余先生在《诗经》研究方面的贡献予以评述，以就正于方家。

　　余冠英先生的《诗经》研究是从诗篇的选注和选译开始的。这项工作起于1953年，那时余先生在北大文学研究所供职。1956年作家出版社出版了他的《诗经选》，《诗经选译》也几乎同时出版发行。从《诗经选译·后记》中可以看出，余先生决心从事这项工作，与他受郭沫若白话翻译屈原《九章》的影响不无关系，郭氏1922年出版的白话诗译《卷耳集》也或多或少给了余先生以启发。不过，在新中国成立后的中国《诗经》研究界，余先生的这项研究其着手是相当早的①。指出余先生《诗经》研究中的这个时间，并不是想借此说明更多的问题，而只是企图强调和肯定余先生在以注释和翻译为介入方式的《诗经》研究方面所应占据的重要地位。

　　余先生对《诗经》的注释和翻译工作不仅着手早，而且达到了高水平。金开诚先生曾认为余先生的《诗经》译文不仅"训诂上比较信实"，而且"很富于诗味"②，这个看法是很准确的。正因为如此，余先生的《诗经》研究代表作《诗经选》自问世以来，就受到学界和广大读者的热烈欢

---

① 参见李华《余冠英古籍整理成就述评》，载《文学评论》1999年第2期。
② 金开诚《诗经》，中华书局1980年版，第114页。

迎。截至 1979 年人民文学出版社的第 2 版，此书已连续 8 次印刷，印数也超过 20 万册。根据较为可靠的分析推测，到 20 世纪 90 年代中后期，《诗经选》的直接读者和间接读者事实上已经超过了 100 万人。由这一数字我们不难看出，余冠英先生的《诗经》研究在新中国成立后的 70 年学术发展史上，已经产生了重大影响，并占有引人注目的地位。

当然，仅从一部著作问世后产生影响的大小来判断其学术成就的高低和学术贡献的大小，这也许并不十分科学。但是，从传播和接受的角度看，引进"影响"因素来评价一部著作，不仅有其可行性，而且也相当可靠，它起码从一个角度一个方面反映出这部著作受读者欢迎的程度。一部距离人们日常生活十分遥远的古典文学研究著述，如果不是因为它既具有较高的学术水平，又选择了多层次读者都可接受的方式，那么如此深受读者欢迎的情形就不可能产生，这是不言自明的。首先从这个意义上，我们就有理由充分肯定余冠英先生的《诗经》研究无可替代的学术意义和学术价值。

余冠英先生的《诗经》研究之所以能够产生如此广泛的影响，最主要的是因为他的研究成果达到了很高的水平，并且具有同时代学者所不及处。

我们知道，《诗经》是一部中国早期文化的百科全书，对它的破译和研究当然可以选择不同的角度不同的方式。余冠英先生选择的是文学视角。他认为《诗经》"标志着中国文学史的光辉的起点和现实主义文学传统的源头"，"三百零五篇作品代表两千五百年前约五百年间的诗歌创造"。① 这是余先生对《诗经》的一个基本看法和定位。在此基础上，余先生"从原诗的思想性和艺术性着眼"，对三百零五篇进行检核和筛选，从中挑选出一百零六篇作品，以作为自己《诗经》研究的重点展开对象。这一百零六篇作品中包括《国风》七十八篇，《小雅》二十三篇，《大雅》三篇，《周颂》二篇。从上述篇目分布情况可以看出，余先生选篇重在《国风》和《小雅》，尤其特别看重其中的民歌和民谣。余先生说，这些民歌民谣之所以重要和宝贵，一方面因为它们是"人民以自己的声音歌唱生

---

① 《诗经选·前言》，人民文学出版社 1979 年版，第 1 页。以下凡引此文不再一一注明。

活，自己的眼光观察现实"；另一方面，余先生认为自己之所以选择这些诗作为解读和分析的对象，乃是因为"这些诗一般都具有一目了然而挹之无尽的单纯而深厚的美"。实际上，余先生坚持的前一个方面是"思想性"标准，后者则是一个艺术标准。两者二而一、一而二共同落实在了《诗经》民歌民谣的头上，这是余先生看待、研究《诗经》为自己确定的基本立场，也可以说是余先生对待古代文学遗产的一个基本态度。今天看来，仅用思想性和艺术性两者作为衡量和评判古代文学遗产的标准似乎略显简单，但是早在20世纪50年代初就明确以此为文学研究指导思想，并且率先应用于文学研究实践，这无疑是很了不起的。近半个世纪的古代文学研究历史表明，把《诗经》当作文学作品来看待、来研究，余冠英先生是功不可没的。

进入具体的《诗经》问题研究，余先生起码在以下三个方面显示出了一位《诗经》专家的深厚功力和高超水平。

首先，是对《诗经》研究史上一些重大问题的敲定。不管从哪个角度入手，只要把《诗经》作为研究对象，围绕《诗经》产生的学术史和经学史问题就成为研究者绕不过去的问题。对此，余先生或综合前人成果作出选择，或自出机杼，都做了通达而圆满的回答。这其中主要有《诗经》的成书时间、风雅颂的得名、古代采诗制度、《诗经》和礼乐的关系、儒家对《诗经》保存和流传的贡献等。比如在谈到风雅颂的得名时，余先生在前人研究的基础上，明确肯定音乐是风雅颂得名的根据。特别是在说到一向争议颇多的颂诗时，余先生先引王国维《说周颂》中的意见"颂之声较风雅为缓"，认为"声缓可能是颂乐的一个特点"。随之又将清人阮元《释颂》说颂字就是"容"字，容就是"样子"，颂乐是连歌带舞的，舞就有种种样子，因为有这一特点所以叫做颂的观点提出，然后通过辨析，指出阮说虽然影响较大，但只是一种可供参考的假说，因为"容字也有舒缓的意义，读颂为容，可以助成王说"。最终不止是一般性肯定了王国维的观点，而且引阮说佐证王说，使人们对《周颂》的理解更圆通，也印象更深刻了。另外，余先生区分三颂，说《商颂》大约是公元前八、七世纪之间宋国的诗，《鲁颂》是前七世纪鲁国的诗，二者体裁风格受《风》、《雅》影响，因此和《周颂》不同，这也是非常重要的见解。特别是余先生1963

年在《关于改诗问题》的一封信中提出，《诗经》是经过统一修改的，修改的原因是为消灭方言歧异和便于合乐，修改者是周太师和各国乐官，还有孔子。这个看法现在看来是相当新颖相当精辟的。

其次，是广泛吸纳前人成果又多含新见的注解。余先生认为自己从事《诗经》研究的目的之一"是把《诗经》里优秀的作品择要推荐给一般文艺爱好者"。而要使一般文艺爱好者能够了解这些古老的诗篇，就必须对《诗经》诗句作必要的解说。由于"《诗经》的解说向来是分歧百出的"，对此余先生主张"注释工作不能完全撇开旧说，一空依傍"。不完全撇开旧说，当然也不能完全相信旧说，"正确的态度是不迷信也不抹煞古人。正确的方法是尽可能多参考从汉至今已有的解说，加以审慎的抉择"。余先生认为，对于旧说要"辨明哪些是家法门户的成见，哪些是由于断章取义的传统方法而产生的误解，哪些是穿凿附会，武断歪曲，哪些是由于诗有异文或字有歧义而产生的分歧"。可见余先生对注释所取态度是相当审慎的，因此他把自己定位为"拘谨派"。当然，有了谨慎的态度并不等于一定会产生严谨、无可挑剔的注释实践，但是有无这个态度对于注释实践所产生的影响理应是不无区别的。

余先生在《诗经》各篇注释中确实实践了他为自己确定的原则。第一，余先生的注释是在广泛参考前人成果的基础上作出的，从不妄下结论。余先生作注以采用清代学者马瑞辰的《毛诗传笺通释》之说为多，但又不拘于马著。一般地说，余先生所下注文都很简明平实，乍看起来，似乎有些不经意。可是我们如果稍加审查就会发现，余先生的注释大多是有古注根据的。比如《周南·关雎》这首人们耳熟能详的诗，第一句"关关雎鸠"，在"关关"二字下，余先生注为"雎鸠和鸣声"。这个注释看起来简单，似也不经意，事实上"和鸣声"三字起码隐含了三条旧注：一是《玉篇》："关关，和鸣也"。二是朱熹《诗集传》："雌雄相应之和声也"。三是王先谦《三家诗义集疏》："《鲁》说曰：关关，声音和也"。有这三个旧注作根据，余先生的注释就显得很牢靠了。再比如《周南·卷耳》"陟彼砠矣"一句，余先生注"砠"为"戴土的石山"。其根据是《毛传》："石戴土曰砠"。朱熹《诗集传》注"砠"照搬《毛传》，一字未改。

不过，"砠"字也并非仅此一说，高亨先生就曾注为"山中险阻之地"①。由此可见，余先生下注不仅于古注多所参考，而且是经过认真鉴别、有所选择的。第二，余先生注《诗》虽尊重古人、多参古注，但又不一味尊古信古，而是既尊重古人坚持自己意见，在学界已有成果的基础上不断下新注出新解。比如《魏风·伐檀》第一章有"河水清且涟猗"句，其中"涟"字作何解释颇有不同意见。《说文》曰："大波为澜，澜或从连，作涟。"《尔雅·释水》也引"涟"为"澜"，谓"河水清且澜猗，大波为澜。"如果径以《说文》和《尔雅》之说为据，那么释"涟"通"澜"为"大波"就是一个既有古文字根据又简便省事的结论。但是，本诗的第二、三章与之对应的诗句分别为"河水清且直猗"、"河水清且沦猗"。照《诗经》重章的一般规律，下一章相应句中只换字而不换大相径庭之意，也即异字而句义大体相同。如此，则"直"、"沦"两字须也有"大波"或相近义方解得通。但是，此二字却自有另解，如"直，波文之直也"（朱熹《诗集传》），"水平则流直"（方玉润《诗经原始》引苏辙语），"沦，小风水成文，转如轮也"（《毛传》、朱熹《诗集传》），可见两字的意思与"大波"之说既不同也不通。这样，即有理由认定，上述两种解释中必有一方属于理扞格者。细审上下文意，三章诗的第三句均为"河水清且"如何如何，其中不变的"清"字理应是个关键。"清"在这里应释为"清静"或"平静"。如此解释在第二、三章中串连上下意思很畅通，而唯独在第一章中却讲不通，即河水既清清悠悠、平平静静，为什么又会冒出轩然大波？这实在于理难通。正是看到了这一点，余先生才果断弃《说文》、《尔雅》之说不取，而注曰："风吹水面纹如连锁叫做'涟'。"有学者曾对此提出尖锐批评，谓余先生下此注不曾细心查阅一般文字学著作②。实际上，余先生不仅细心查阅过文字学著作，如《正韵》即谓："风行水上成文曰涟"，有古文字知识作基础，而且还注意联系上下文意，不迂腐照搬，才作出了既符合古文字学字义、又符合诗歌特有韵味的解释。另外，《周南·汉广》"江之永矣，不可方思"，句中的"方"字，余先生在看到旧

---

① 高亨《诗经今注》，上海古籍出版社1980年版，第6页。
② 刘毓庆《雅颂新考》，山西高校联合出版社1996年版，第280页。

注释"方"为汭、筏、桴而与诗意不合时，毅然放弃旧说，释"方"为
"周匝"，即环绕；《邶风·燕燕》释"差池其羽"为"诗人所见不止一
燕，飞时有先有后，或不同方向，其翅不相平行"，都是余先生发前人所
未发的通达的卓识。因此，我们认为余先生在注释方面以其平实的叙述为
专业研究者和一般读者扫除了许多理解上的障碍，这个贡献在同时代学者
尤其在文学史家中是不多有的。

再次，保持原诗风味的翻译。关于如何把《诗经》原文译成白话，余
先生曾自定五点要求："一、原作如果是格律诗，译文也要是格律诗。二、
原作如果是歌谣，译文要尽可能保存歌谣的风格。三、逐句扣紧原诗的意
思，而不是逐字硬译。四、译文要读得上口，听得顺耳。五、词汇和句法
要有口语的根据。"余先生认为，这五条规定说明，译诗除要求符合自己
所理解的原诗的意思外，"还要求语言流畅可读，并且多少传达一些原诗
的风味情调"。（《诗经选译·后记》）不难看出，余先生对《诗经》的白
话翻译是经过严肃认真的思考，并一定程度上上升为理论的。不仅如此，
在翻译实践中，我们看到余先生的白话译文，其声律之严格，语言之畅
达，传达原诗风味情调之准确，即使在一流的《诗经》专家中也是不多见
的。比如《郑风·将仲子》是一首著名的情歌，历来研究者无异辞。余先
生研究此诗，不仅注释简明准确，而且白话翻译也可谓炉火纯青、臻于极
品。本诗原文读者耳熟能详，兹不另引，仅把第一章译文抄在下面："求
求你小二哥呀，别爬我家大门楼呀，别弄折了杞树头呀。树倒不算什么，
爹妈见了可要吼呀。小二哥，你的心思我也有呀，只怕爹妈骂得丑呀"。
应该说这段译文是相当精彩的。如果稍作比较，读者就会看得更加清楚。
如金启华先生将此章译为："仲子仲子听我讲，不要翻过我屋的墙，不要
把杞树来压伤。并不是为了爱惜它，怕我爹妈说闲话。仲子仲子我记挂，
爹妈的闲话，也叫我害怕呀！"[1]袁梅先生译为："仲子仲子求求你呀，莫
将我家里墙跨呀，可别踩断杞树杈呀。岂敢疼爱杞树杈呀？我怕我的爹和
妈呀。仲子仲子我想你呀，爹妈说话也可怕呀"。[2]如果能够不带偏见、平

---

[1]　金启华《诗经全译》，江苏古籍出版社1984年版，第171页。

[2]　袁梅《诗经译注》，齐鲁书社1983年版，第240—241页。

心静气，通过这个比较，余先生译文的独特高明处，读者是不难体察出来的。另外像《邶风·匏有苦叶》、《卫风·氓》诸篇，都称得上是《诗经》白话翻译的上乘之作，即使如《大雅·生民》、《大雅·公刘》这样翻译难度较大的长篇，余先生也都作了出色的处理。据中国诗经学会会长夏传才先生说，他也曾试译《诗经》中的某些诗篇，但凡余先生译过的，他一般不再翻译。他认为就《诗经》的白话翻译而言，目前学界还很难有人能够达到余先生译文的水平。

综上可见，余先生在《诗经》的选篇、注释和翻译中，自始至终都表现出一种实事求是的严谨，以及对艺术相亲相近的细腻把握。他的原诗注释是力求入于古又出诸古以求贴近实际的，他的译文则是在完满保存原诗风味情调基础上的二度创造。因此可以说，从文学角度切入《诗经》，余冠英先生的研究的确达到了他那个时代能够达到的最高水平。

作为文学史家，虽然余冠英先生的《诗经》研究只是他全部研究工作的一部分，然而，余先生以他特有的严谨求实态度和对文学的敏感的诗性把握，为新中国成立初期的《诗经》研究创造了一个制高点，这其中除了我们在前面已经讨论到的内容之外，还有两点值得今天学者们认真学习和总结。

首先，余先生为《诗经》专家普及和推广《诗经》树立了典范。虽然早在新中国成立之前余先生就已是名满学界的知名学者，但从他研究《诗经》之初，就没有以《诗经》研究专家自居，而一再强调自己研究《诗经》的目的"是把《诗经》里优秀的作品择要推荐给一般文艺爱好者"，以使这项研究"在古代文学的普及工作上有一些用处"。余先生这话是很真诚的。凡是对中国现代《诗经》研究史稍有了解的人都知道，五四以前的《诗经》研究基本上未超出经学范围。五四以后虽然有鲁迅、胡适、郭沫若以及古史辨学者等的具有扭转旧风气意义的《诗经》研究，但其研究的深度和广度并未全面伸展开来。此后，闻一多先生的《诗经》研究既开一代风气，又具有未可限量的发展前景，但闻先生英年遇难为中国《诗经》研究史留下了不可弥补的遗憾。新中国成立后，古代文学专家事实上需要承担的有两个任务：一是整理古代文学遗产；二是利用文学宣传人民、教育人民，也贴近人民。这是余先生着手研究《诗经》的时代大背景，也是他必须面对的《诗经》学界的实际状况。如果真正从学术选择的倾向性方面看，我以为余冠英先生的《诗经》研究与闻一多先生的《诗经》研究是紧相衔接的。比如说闻一多强调研究《诗经》必先读懂文字，闻一多说《诗经》是诗是文学作品①。这些正是余冠英先生后来在《诗经》研究中所反复重申的，因此可以说余先生的研究工作是沿着闻一多《诗经》研究的方向走下去的。但是，意识形态方面对学者专家接近大众的要求却是此前学者所不曾遇到和经历的新问题。这样，既要以专家身份整理古代文学遗产，又要使研究对象起到宣传人民和教育人民的作用。兼顾到几个方面的因素，余先生才把自己的《诗经》研究定位于：一是注重民歌民谣；二是从文学的视角切入。关于学术研究中普及与提高的关系问题（当然也包括《诗经》研究中普及和提高的关系）曾经是新中国成立后学术界再三讨论的话题，孰是孰非，必须历史地看待，似不应把历史当小说，随意指点，这样才可能做到实事求是。在这样的前提下，余先生的《诗经》研究既达到了学术研究的高品位，又把高层次、高水平的学术成果纳入到普及和推广之中，并做到两者的完美结合，这是很不容易实现的。当然，不以专家学术研究为高，而以研究表现底层人民生活的作品为好，把学术研究自贬与接近群众、表现人民生活结合在一起，无疑是当初余先生一个真诚的愿望。不过这个愿望并没有影响余先生《诗经》研究的高品位和高水平。在这一点上，余先生把自己与同时代许多《诗经》研究者区别开来了。正因为如此，我们有理由充分肯定余先生的《诗经》研究在现代学术史上不可替代的意义和价值。

其次，始终不渝地坚守学术立场。从20世纪50年代初开始，随着意识形态的日益强化和思想文化的日益工具化，中国文学界出现了为数不少的以某一专业领域学术权威为象征或代表的"现象"，如人们所熟知的"郭沫若现象"等。这些"现象"所表现出的共同特征是，随着思想的不断进步，学术水平却在不断退步。不用说，造成此一事实的原因主要不在学者们自己。试设想，如果当时政治上，能再稍微从容和宽松一些的话，那么学术界的情况肯定会比实际发生的要好。但是，我们似乎也有理由提

---

① 参见夏传才《诗经研究史概要》，中州书画社，1982年版，第262页。

问：当时的学者专家是否就是完全被动接受、完全违心去做的呢？显然不是。事实表明，主动而热切地追赶时代政治潮头，是那个时代许多学者的衷心愿望。恰恰由于学者自身这种主动靠拢意识形态、主动服从政治需要，才使自己在争得一点点可怜的政治发言权的同时，却放逐了自己的学术研究，甚至连学者本应视为生命的学术判断力也同时放逐掉了。这个教训是十分深刻的。

在这样的历史情境下，我们再看余冠英先生及其《诗经》研究，或许就有了非同寻常的意义。很显然，作为学者余先生是不可能超越那个时代的。因此，从态度上看，余先生对自己学术研究取的是低姿态，他未把自己的《诗》选和《诗》译抬进学术殿堂，而宁愿以古代文学的普及者和推广者自居。这固然显示了中国传统学者的谦恭和谨慎，也难以否认其中隐含有普及重于提高的价值认同。但问题在于，与同时代文学界一再发生的"思想进步，研究退步"的种种"现象"相比，余冠英先生用力甚勤的《诗经》研究并没有迷失学术，更没有追逐政治、屈从政治而失却自己的学术判断力。不仅如此，我们倒是看到余先生在他的全部《诗经》研究中从不生搬领袖语录和套用政治概念，而是自始至终、一五一十地阐述自己的学术见解。即使在许多人看来最适宜于立招牌、树旗帜的著作的"前言"和"后记"中，余先生也从不拉大旗做虎皮，说那些与学术研究无关的趋时话。时间已经过去四十多年，我们依然记得某原本与政治十分疏远的著名学者在《诗经》研究中为配合政治需要而出现极为幼稚的失误。与之形成鲜明对比，余先生一如既往、一往情深地守护着学术圣地，不逢迎、不旁骛，实在令人钦佩。当然，余先生在重获学术自由以后，也就不用去写自己否定自己、自己推翻自己的学术检讨文章。我们只要把余先生写于1955年的《诗经选·前言》，和写于1981年的《关于〈陈风·株林〉今译的几个问题》作一对比，就不难看出，余先生二十年前后的学术立场和学术风格基本没有什么变化。正因为如此，《诗》学界出现的"余冠英现象"也就没有与同时代文学界发生的其他种种"现象"相雷同。余先生坚持为文学而文学的较为纯粹的研究路向，所表现出的正是一个真正学者的品格和风范。

余先生离开我们已经三年多了，作为著名的《诗经》学家，他在《诗经》研究领域所取得的成就是很值得我们加以学习和总结的。余先生从文学的角度研究《诗经》，其在现代学术史和现代《诗经》研究史上理应占有重要地位。特别是近年来《诗经》的文化研究渐渐成为一种学术时尚，在不论研究者本人知识结构如何、所操武器齐备与否而一起奔向文化研究大道的时候，古代文学界的朋友如果重温余先生的《诗经》研究著述，肯定会不无教益的。

（原载《文学遗产》2000 年第 2 期，暨《第三届《诗经》国际学术研讨会论文集》）

第二十三章　夏传才先生的《诗经》学研究
——兼述先生的其他学术贡献

夏传才先生（1924—2017），安徽亳州人，1945 年毕业于南方大学中文系。早年投身革命，组织地下工作，历任《中原日报》记者、晋察冀边区民政处、军区民运部干事。学习工作之余坚持新诗创作。新中国成立后先后任教于北京师范大学、河北天津师范学院、河北师范学院、河北师范大学等，从事中国古代文学、古代文论的教学与研究工作。先生治学范围广泛，学风朴实，学术眼光敏锐，其学术面向涉及《诗经》学、三曹、先秦诸子和古典文论等研究领域。

一、《诗经》学研究

在先生的学术研究中，有关《诗经》的部分无疑是其大端。已出版的《诗经》学论著主要有：《诗经研究史概要》（1982 年）、《诗经语言艺术》（1985 年）、《思无邪斋诗经论稿》（1995 年）、《诗经语言艺术新编》（1998 年）、《二十世纪诗经学》（2005 年）、《诗经讲座》（2007 年）、《不学诗，何以言》（2015 年），主编有《诗经要籍集成初编》（2002 年）、《诗经要籍提要》（2003 年，与董治安先生合作主编）、《诗经学大辞典》（2014 年）、《诗经要籍集成二编》（2015 年）等。

关于先生研治《诗经》的缘起，他在自传体文章《我的治学之路》中曾经谈到。青年时期的先生原本是个写新诗的诗人，由于有感于"郭老《卷耳集》的今译多不合原意"，便萌生了自己白话译《诗》的意愿，然终因时局动荡，未能如愿。这是先生与《诗经》的最早交集。"文革"结束后，二十四年的劳改流放生涯宣告结束，先生获平反重回大学讲台，因荒废多年时间，先生内心充满紧迫感，加之考虑到当时中国的社会大环境，先生毅然选择回归古典文学研究，以完成青年时代有关《诗经》的种种夙愿。先生自 1979 年投入学术研究以来，在《诗经》学研究方面用力最多最勤，留给学界的贡献也最大。

先生的《诗经研究史概要》是现代诗经学史研究的奠基之作。早在 1923 年，胡适在《〈国学季刊〉发刊宣言》中就发起了对二千多年的《诗经》研究来一次"总清算"的倡议。然而在那个轰轰烈烈的时代，基于反传统的时代热情而响应者虽不少，但真正从学术出发且做出扎实成绩的却不多。1926 年，胡朴安《诗经学》一书问世，这是中国第一部《诗经》学史著作，初步综合了《诗经》学史研究的材料，但整体看，研究内容未能超出传统经学的范围，因此还略显单薄。半个世纪后，直到 1982 年，先生《诗经研究史概要》一书出版问世，才终于填补了此项研究的空白。《概要》既是对二千年《诗经》学术研究的概括和总结，也一定程度上为日后的《诗经》学史研究奠定了基础，指明了方向。此后，相关的《诗经》学史研究著述层出不穷，这无不有赖于先生的开创之功。

在中国古代，《诗经》作为经学的重要组成部分，是儒家政治伦理的必读教科书。进入 20 世纪，随着西方思想和学术的东渐，《诗经》更多被视为中国古代诗歌的元典。因此，《诗经》研究既受到古代经学学术思想的影响，也同时不得不伴随着现代学术转型而进行调整。基于此，先生将《诗经》研究史划分为五个时期：一、先秦时期；二、汉学时期（汉至唐）；三、宋学时期（宋至明）；四、新汉学时期（清代）；五、"五四"及以后时期。如果说，先生概述《诗经》学史的五个阶段，更多承袭传统，那么他在五阶段中明确提出了"三个里程碑"、"两个阶段"说，以及清代"独立思考派"等理论总结，就是全新创造了。

"三个里程碑"体现出先生对几千年来学术思潮的清晰认识和理性把握。就《诗经》研究而言，尽管时代已进入新纪元，但对她的研究依然脱离不开纵贯两千余年的经学研究。因此，在对古代经学发展变化的宏观把握基础之上，又结合《诗经》自身研究的特点和规律，先生大胆提出了《诗经》学史中的"三个里程碑"说，即《诗经》研究史上有三部最具代表性的著作：郑玄《毛诗传笺》、孔颖达《毛诗正义》和朱熹《诗集传》。

之所以做出这样的判断，是因为在他看来，每一个里程碑著作都是集此前数百年《诗经》研究之大成，同时又反映出当时学术研究的新水平和新境界，并且在此后仍产生相当深远的影响。先生这一理论成果在《概要》中最早提出，并在以后的《思无邪斋文钞》中进一步深化并最终成型。同时，先生在《概要》中还期待当今学界能够完成一部新的集大成著作，从而建立我们这个时代的新的里程碑。

"两个阶段说"则是针对古今《诗经》学研究性质的差异而做出的概括。先生把《诗经》研究史分为两个大的阶段，即五四以前为传统《诗经》学，五四以后属于现代《诗经》学。这一学术阶段划分标准至今仍为学界所普遍沿用。《概要》一书对传统《诗经》学和新中国成立前的《诗经》学史发展论述颇详，而《思无邪斋诗经论稿》、《二十世纪诗经学》中的《20世纪〈诗经〉研究的发展》、《现代诗经学的发展与展望》等篇章中，则对20世纪的《诗经》学作了更为详尽全面的分析和讨论，问题涉及越来越多，论证也越来越扎实周延，可以说是对《概要》的补充和完善，从中可见先生学术思考的不断追求和探索。所以，览先生《诗经研究史概要》和《二十世纪诗经学》两书，我们就能对两千多年来《诗经》研究发展变迁的基本面貌有宏观的认识。

"独立思考派"是先生对清代姚际恒、崔述、方玉润三位学者《诗经》研究特点的概括，认为他们"不带宗派门户偏见，能够独立思考，自由研究，探求《诗经》各篇本义，并且有显著成绩。"清代学术思潮始终贯穿着汉学宋学之争、今古文学之争，《诗经》各派内部也存在各种学术论争，而此三人却能不为时潮左右，摆脱门户之见，以求实的精神寻绎诗义，对各家注疏逐一辨析，穷委究源，谨言自守，又能自立新说且自圆其说，由此便开拓出有清一代《诗经》研究的新风尚。"独立思考派"的界定、述论和命名，是先生对清代《诗经》学发展清晰考证、理性辨析的结果，认为不主汉宋，无所依傍，自由研究即为这一"学派"的共同特点。尽管学界并非所有学者都能欣然同意和接受这一新说法，但此说一经先生提出，就成为后来学界不断征引和不断讨论的对象，由此足可见出先生理论创新的勇气和创新成果对学界的影响。

《诗经》研究中存在诸多公案，在《诗经研究史概要》一书中，先生就从《诗经》学的几大公案切入，如关于"三百篇"的产生时代和地域、诗是否入乐和风雅正变、风雅颂的分类、三百篇的编订、流传和应用等，梳理和评述各个时期关于上述问题的主要观点。正如先生所说，"任何科学的研究，都必须批判地继承前代的资料，了解本学科的专门史，掌握相关学科的基本理论。"梳理前人研究成果并对其进行评述，是《诗经》研究的基础，理性缜密的评述也自然会为这些古老公案的研究赋予不可或缺的当代价值。此后，上述内容又在《诗经讲座》一书中反复申述，其说可备学界研究参考之用。

传统的《诗经》学研究过多关注各种注释本，兴趣和成绩多停留在经学研究层面，而相对轻视和忽略了《诗经》的文学研究。在《概要》一书中，先生开辟《从〈文心雕龙〉到唐代诗人论〈诗经〉》一章，专门讨论从魏晋六朝到唐代文学理论著述中涉及的《诗经》学话题。如《文心雕龙》、《诗品》等文论诗论著作的相关内容以及李白、杜甫等诗人眼中的《诗经》问题。先生梳理古典文论对《诗经》艺术特点的挖掘，探讨"温柔敦厚"的诗教传统和赋、比、兴的基本表现手法，讨论《诗经》"风雅"精神和现实主义创作经验对古典诗歌的影响等。而到了明清时期，各种诗话、札记类作品大盛，先生又以《姜斋诗话》、《随园诗话》等诗话类作品为代表，讨论清代在汉学复盛的局面下，《诗经》文学性研究的历史潜存与活跃状态。

纵观先生对古代《诗经》学史的梳理，读者可以清晰地看出，即便在考据学占据主流的情况下，《诗经》的文学性研究依然没有中断。而近代以来，在西学视域下，《诗经》更多被看作是文献史料，是古典诗歌，是文学作品，其学术地位、学术性质较传统研究发生了巨大转变。这种转变如此顺利和迅速不仅与强大的西学东渐潮流有关，与五四新文化运动有关，同时也离不开对传统《诗经》学中文学性研究的愉快接受和自觉推动，一定程度上说，既是更张易辙、对经学的反动，也同时是传统一脉的逻辑延展。以上讨论，可见先生学术眼光之敏锐，对《诗经》文学性研究从古至今发展脉络把握之清晰和细腻。

此外，先生还对《诗经》的语言艺术做了大量的讨论。从历史上看，《诗经》大多数情况下都是作为儒家诗教思想的体现，从伦理角度解读远远多过关注其文学特征。即便是近代以来研究旨趣发生改变，但对于《诗经》语言艺术特点的挖掘仍然比较肤浅。因此，在《诗经语言艺术》一书中，先生做了系统而专门的讨论。先生认为，诗歌作为表情达意的有意味的形式，其语言形式表达，必定是为思想和内容服务的，因此对《诗经》语言生动性和丰富性有了更深入的认识，才能更好地把握《诗经》文学艺术的特点。《诗经》以四言为主，间及三言、五言等其他句式，句型变化参差，"在表达上活泼自然，显示出错落有致的形式美。"重章叠唱的章法和双声叠韵的用词方法，以"复沓的形式，表达了鲜明的节奏感和音乐性，从而创造了浓郁的诗意"，同时还"增强了诗的形象性，加强了语言的音乐性，为语言艺术创造了丰富的经验。"此外，先生还总结论述了《诗经》赋、比、兴的艺术表现手法，并特别谈及"赋"法，认为"赋"除了人们通常理解的"敷陈"、"直言"外，与古典文论中素有的"言有尽而意无穷"、"意在言外"的说法也有关系。他以《周南·卷耳》第一章为例，认为"其中蕴含了许多言外之意"，在路边采卷耳的妇女，因为"怀念行人而无心采撷"；把筐放在大道上，可以"想象她正在向大道的远方张望，表现出思念的殷切"。诗中虽然没有明说妇女的思夫之情，一"采"一"寘"，只是对两个动作的敷叙铺陈，"思妇的心境和形态，都在不言之中"。先生关于"赋"如此细致入微的阐释也给研究者带来很多启发。

二、学会建设与学术推动

中国读书人几乎每每心中都存有"三立"的理想，其中立德是毕生追求，立言是生命底色，而立功能否付诸行动和实现则常常因人而异，兼济或独善也完全是学者自己的选择，而先生在这方面却是兼顾的，而且取得了卓越的成就，这集中体现在"中国诗经学会"的筹办和历届《诗经》国际研讨会的成功召开方面。这些工作一方面可以见出先生身上难得的"怀天下"的胸襟和理想，亦可见出其独特的超出常人的社会活动能力。

自1979年回归学术研究，10年之后，先生在学界特别是在《诗经》研究界已经奠定了较高的地位，也积攒了相当的人脉。但先生不是独守一经的纯书斋学者，而是一个既致力于文学致力于《诗经》研究、埋头苦干的勤奋学者，又是一个有很强交际能力和组织能力的学术掌舵人。因此，1991年，先生大胆启动了"中国诗经学会"的筹备工作，并在当年夏天在国家教育委员会获得备案。1993年，中国诗经学会筹委会在石家庄成功举办第一届"《诗经》国际学术研讨会"，1994年，诗经学会最终获批正式成立，先生担任创学会首任会长。在这三年中，先生一方面为学会的成立和建设奔波忙碌，斡旋于政府相关部门之间，另一方面积极联系国内外知名学者，为中国诗经学会广泛招揽汇聚人才。最终，正如先生所愿，中国诗经学会的成立不但推动了《诗经》学术研究的繁荣，为《诗经》研究走出国门、联络世界架起了桥梁，更为重要的是，借由中国诗经学会这个平台和场域，一批又一批青年学人被吸引过来，开拓视野，得到培养，不断在学术研究方面取得新进步。

先生任会长期间，中国诗经学会成功举办了九届《诗经》国际学术研讨会，每届会后都有研讨会论文结集出版。另外，自2001年起，学会还定期出版《诗经研究丛刊》（先生在任期间共出版二十五辑），为广大《诗经》研究者提供了学术交流的阵地。同时，先生还组织学会同人编纂大型《诗经》文献集成《诗经要籍集成》丛书，作为清理《诗经》文化遗产的一项重要工程，具有重要的学术价值。

早在1993年中国诗经学会创立之初，先生就提出编纂丛书的计划，并且得到两岸三地专家的热烈响应和热情支援。《诗经要籍集成》（初编）积十年之功编撰而成，收集自汉代至民国初年有代表性的《诗经》要籍一百四十一种，每书后附有提要。由于初版印量少，该丛书第一版早已售罄，有学者因买不到而不得不前来石家庄复印全套四十余万页的这部大书，这也使得先生认识到，"此类按学科择要辑集古籍资料的大型丛书，符合发展人文社会科学的需要"，于是又将丛书续编排上了中国诗经学会的工作日程。随着近年考古新发现中《诗经》学文献的不断增多，以及其他学术资料的研究进展，中国诗经学会陆续编纂出《诗经要籍集成二编》，同时对初编本进行修订，择善本而从，删汰和补充了个别书目，重新撰写了部分提要，内容日臻完善，并重新出版。两套丛书的出版，既为学界的《诗经》研究提供了可资利用的基本文献资料，又展现了当代两岸三地和国际

《诗经》文化交流的具体成果。特别是，为了方便研究者"辨章学术，考镜源流"，丛书在编撰体例上，仿四库体例，为所选要籍撰写提要，未编选者存目亦附简明提要。2003 年，先生与董治安教授合作主编的《诗经要籍提要》一书撰成出版，极大地方便了《诗经》学者的翻检使用。

2014 年，在先生的规划设计下，他担任主编的《诗经学大辞典》也由河北教育出版社推出，这是中国诗经学会专家学者通力合作编撰而成的一部大型工具书。此项工作始于 2011 年，历时三年完成。该书总括传统、现代、世界三大部分《诗经》学的主要内容，站在时代学术前沿，充分吸收了近年来《诗经》研究的最新成果，不但对《诗经》学的基本构成、主要内容、学术流派等予以总结性介绍，同时也对散见于各种古籍中的研究资料进行了分门别类的汇总，非常便于读者查检。

《诗经》作为古老中国文明的代表性典籍，也是全人类重要的文化遗产。基于这样的认识，先生不仅关注中国大陆、港台的《诗经》研究，同时也致力于在更大更广的范围内推动《诗经》研究的发展，这些想法，早在他发表于 20 世纪 90 年代末《河北师院学报》的《略述国外〈诗经〉研究的发展》一文中就有过较为详细的论述。正是基于这样的考虑，先生又竭力推动中国诗经学会《世界汉学诗经学》丛书的编纂出版工作，丛书计划依照《诗经》在国外传播的状况分国别编辑一套丛书，丛书设计分为五个部分，即"英语国家《诗经》的传播和研究"、"法国《诗经》学"、"日本《诗经》学"、"韩国《诗经》学"、"德国、意大利、俄罗斯《诗经》学"，这套丛书的编辑出版工作目前正在进行中。

人文学科在转化为实际生产力方面具有天然的劣势，但是并非没有途径可寻。先生早年不仅是诗人，还做过大报记者，更重要的是，先生始终怀揣为人民为社会服务的理想，因此他研治《诗经》从事学术研究，并未仅将其视为束之高阁的庙堂学问。在这样的思想指导下，中国诗经学会先后配合河北河间、陕西合阳、湖北房县等地方政府，开展开发《诗经》地方文化资源的活动。先生认为，这些地方本身具有《诗经》开发和研究的天然优势，如河北河间是汉初《毛诗》的发祥地、传播地，陕西合阳是孔子弟子子夏的传《诗》地，湖北房县是《诗经》中西周诗人尹吉甫的籍里。地方政府有基础建设支持，辅以中国诗经学会的学术文化优势，一定会对当地文化建设和文化开发产生积极的推动作用。目前，三地有关《诗经》文化产业都取得一定的社会效益，这也进一步推进了《诗经》文化在大众中的传播。

三、三曹研究

20 世纪 80 年代初，中州古籍出版社为《中州名家集》丛书组稿，出版方了解到先生的三曹研究基础和研究兴趣，遂约先生完成《三曹合集》。先生当时因工作太忙，只完成了《曹操集注》，1986 年出版，余下的《曹丕集》、《曹植集》工作便停了下来。此后，在天津唐绍忠先生协助下，先生又完成了《曹丕集校注》，并于 1992 年出版。曹氏父子作为建安文学的倡导者和文坛领袖，他们和建安七子长期活动在当时的政治中心邺城，即今河北省临漳县邺城镇，文学史上遂有"邺下文人集团"这个称谓。进入 21 世纪，河北省社会科学基金项目为先生领衔的《建安文学全书》立项，利用这个机会，先生把以前的《曹操集注》、《曹丕集校注》又重新整理修订，收入全书，2013 年由河北教育出版社出版，以嘉惠学林。

曹氏父子为沛国谯（也就是今天的安徽省亳州市）人，先生与曹氏父子为故里同乡，亳州的地域文化熏陶哺育了汉末的曹氏父子，也教育培养了夏传才先生。曹操早年南征北伐，创建勋业，其后以邺城为中心，并在此创作了大量的古体诗歌、辞赋。先生早年亦走南闯北，意气风发，为心中的理想事业奔走，后期寓居燕赵，从事古典文学研究与文学创作。虽时隔 1700 余年，但曹氏父子与先生两者的境遇却有着太多的不谋而合。文治武功方面，先生自然不能与曹氏父子相提并论，但是相仿的时代境遇，相似的生活遭际，使得先生对曹氏父子产生了深切的认同感和莫名的熟稔，因此，由先生来为这熟悉的陌生人、为著名"乡贤"的诗文集作注，实在是再合适不过了。

建安文学集团中，先生更钟情于曹操。曹操其人家喻户晓，但受《三国演义》和旧戏曲的影响，历史传说中的曹操多是以"白脸奸臣"的反面形象示人，是一种脸谱化的展示，在日用而不知文化传播中，后人很难看到历史上真实的曹操。民国时期，鲁迅、郭沫若等人开始为曹操"翻案"，力图拨云见日还原出真实的曹操其人：一位杰出的政治家，一位有着浓厚的法家思想、灵活头脑、宁负天下人而不为天下人负的曹操形象，这是从历史角度给予曹操的定位。当然，曹操个人形象又不仅仅如此，作为一个大文学家，作为"改造文章"的一代"祖师"，他的文学创作也在文学史上留下了浓墨重彩的一笔。

先生的《曹操集注》就力图为我们展示一个文学家的曹操形象。在书序中，先生对曹操的文学成就总结了两点：一、"曹操是建安文学新局面的开创者"，他的作品，"开创了文学创作的一代新风"；二、曹操诗歌现存二十几首，全部是乐府歌辞，但是用旧调旧题写新内容，具有反映现实、批判现实的精神。尤其是他的四言诗创造，是"《诗经》以后四言诗的最佳作品，被称为复兴四言诗的作家。"先生在文学层面肯定曹操的贡献，为《曹操集》作注，这些工作都为后续的文学研究提供了进一步研究的基础。

曹操的诗文名篇各家注释甚多，但是对曹操全部诗文集作精校精注的，先生恐怕还是第一人。他以1974年中华书局出版的《曹操集》为底本，同时参考1979年安徽亳县《曹操集》译注小组出版的《曹操集译注》，注释过程中又参照其他版本做了细致的校勘，改动个别文字，对底本的篇目编排次序依时间先后做出调整，时间无可考者仍列后。在校注中，先生搜求诸家注说，选其菁华，注文明白畅达。曹操曾为《孙子兵法》作注，在先生初版的《曹操集注》中并未收录此书，后来，先生认为此书注在文体上类似笔记，表现了曹操关于战略战术的一些见解，也当作为研究曹操思想观念的重要资料，因此，后来出版《建安文学丛书》，就将曹操注《孙子兵法》收入《曹操集注》中。

关于《曹丕集校注》，先生的注本也是最早的、由今人编注的曹丕全集。曹丕的五七言诗创作以及《典论·论文》在中国古代文论史上的地位有目共睹。在近现代无人整理《曹丕全集》的情况下，先生欣然受邀整理。但由于事务繁忙，精力有所不逮，遂请天津唐绍忠先生协助，历时两年，查阅和辩证了多种文献，经历了多次的修改和补充，最终为学界提供了一部质量颇高的《曹丕全集》的新注本。先生的两本曹氏父子文集校注本至今仍是学界研究的基本文献资料，为学界研究提供了诸多的便利。

四、经学与古文论研究

经学研究和子学研究是先秦文学研究的大宗，先生在这两方面都有不凡的建树。先生的古文论研究书目篇目是在课程讲义和若干论文基础上修订整理而成的，就图书性质来说属大学本科教材，但是书中随处可见先生关于古代文论问题的独到看法，其学术含量远非一般教材可比。

经学研究作为传统学术的核心，具体来说就是对十三经的研究。十三经中，先生用力最多、取得成绩最大的当然是他的《诗经》学研究，但《诗经》之外从更宏观的经学研究层面切入并加以展开，讨论相关学术问题，先生也颇有斩获，这集中体现在专著《十三经概论》的写作和出版过程中。

20 世纪 80 年代中期，先生就为中文系本科生、研究生开设了"十三经概论"选修课。在先生看来，学术是需要不断更新换代的，学术著作包括教材编写也须如此。当时学界通行的十三经研究著作是蒋伯潜所著《十三经概论》、《经与经学》等，经过半个世纪，新的资料和研究成果不断出现，特别是新思想、新方法的运用，使得当下的经学理解已与 50 年前有了很多差异，蒋本中的一些内容也不再适用。同时，先生还明确意识到，经学研究著述卷帙浩繁，语言古奥艰深，涉及多门学科领域，当代读者很难通读。"对它们（经学）的主要内容，用现代的观点，以通俗畅晓的语言，简明扼要地作科学的、概括的、系统的介绍和述评"，也是极为必要的。所以先生边讲课边研究，在教学的过程中，不断吸收新资料，不断探索新问题，一点点探索推进，从初稿到成书，先生用了整整七年时间，最终撰作出版了《十三经概论》。此书饱含着先生的学术情怀："完成一部烙下我们时代印记的新的《十三经概论》，是历史给予我们当代学人的任务。"书中对由古至今整个经学体系发展脉络进行了总结和评述，可以说，这部书也实现了先生的初衷。《十三经概论》于 1996 年和 1998 年分别在台湾万卷楼图书有限公司和大陆的天津人民出版社两地出版，韩国高丽大学选作研究生教材。作为这本书的副产品，先生还写出了一部《论语趣读》，该书于 2000 年由河北教育出版社出版。

在现行的学科架构中，先秦的子学研究是作为先秦史学和先秦文学研究的重要分支而存在的。先秦子学与经学有着密切的关联，其中孔子与"六经"，孔子是否"删诗"，孟子的"诗论观"，荀子思想与与经学传授等等，都是学者必须认真对待的问题，所以先秦子学研究与经学研究绝不是双轨并行，而是处在同一方向同一脉络上的不同问题和不同节点。谈经学必定会涉及经学发展过程中的儒家人物，谈儒家人物也必定会牵出经学史上的问题。先生就是这样看待和设计自己的儒家人物与十三经研究关系的。

先生认为，孔子其人，不论是尊孔派还是反孔派，不过都是后人"改旗易帜"的靶子，所尊与所反的都不是历史上真实的孔子。先生力图在自己的研究和描述中给读者呈现一个真实的孔子，进而让后人能够正确地认识《论语》。在研究方法上，先生从基础的文本诠释入手，分门别类全面解读《论语》。在探讨《论语》中诸多精要语录时，都尽可能细致澄清近人对《论语》的误解。与艰深的学院阐释和通俗的大众解读相比，先生的《论语讲座》选择的是中间路线，即比学院阐释显得更朴实无华，深入浅出；比大众解读更富学理，丝丝入扣。

孟子是继孔子之后的又一位儒学大师，在战国中期继承孔子的思想学说并把儒学发展到新的阶段。《孟子讲座》一书是先生在为研究生及本科高年级学生授课二十余年之课堂讲录的基础上修订完成的。书中广泛吸收百家研究成果，从较少的文字原典入手，随文附有译文，分别各个门类，作系统完整的讲解。先生之书可视为学习《孟子》理想的入门读物。

先生在"文革"后恢复教学工作，从 1981 年开始，为中文系学生讲授了三年"中国古代文论"选修课，后又将当时为学生编写的讲义进行整理，补充期间所撰写的研究文章，最终以《中国古代文学理论名篇今译》为题于 1985 年由南开大学出版社出版。在先生看来，"今译和简析并非高深的研究，但古文论的今译难度大；内容分析多无定论，评述也颇为不易；因而它的学术性又较强。"书虽名为今译，但是每篇文后都附有先生的评述，可以看作是一篇学术研讨的小论文。先生在译释上颇为谨慎，搜集、参考了古今各家注疏；在内容分析方面，对于各家见解歧异纷繁见仁见智之处，以及学界的已有研究成果，均不妄加臧否，而是细心选择，谨慎结论。该书出版后颇受读者欢迎，为多所大学选为教材，并于 2007 年修订后由清华大学出版社再版，更名为《古文论译释》，满足了教学及读者的阅读需要。

五、诗歌创作与研究

今天人们每每提到先生，首先想到的就是《诗经》研究大家，这是对先生在《诗经》研究方面取得巨大成就的肯定，符合先生的治学实际，但又未能总括先生一生取得的多方面成就和兼具的多重身份。如果时钟向前拨动，回望先生那个充满理想的青年时代，我们会看到一个初出茅庐的文学青年，一个渴望叱咤文坛的诗人。只有结合 20 世纪百年波诡云谲的中国社会，先生一身所兼具的多重身份才能获得同情之理解。

先生在青少年求学期间，就积极组织文艺活动，参与民主救亡运动，也练习写新诗。抗日战争期间，他把徐州会战的经历和体验写成 360 行新诗《麦丛里的人群》（1940 年 3 月 15 日发表于《甘肃民国日报》副刊《生路》），1942 年写出 600 行长诗《在北方》（1944 年发表于《文潮》月刊），正式开启了他的诗人创作生涯。此后，诗歌创作也陪伴着他度过一个又一个黑暗的时期。先生的第一部诗集是《叶子集》（1944 年），这是一部现代诗的合集。新中国成立后又相继出版了《双贝集》（与吴奔星合著，1985 年）等。除现代诗之外，先生又创作了大量的古体诗词，这些作品收录在后来陆续出版的《七十前集》（1993 年）、《思无邪斋诗抄》（2001 年）、《思无邪斋诗抄全编》（2012 年）等著述中。

作为一个能够自由出入于古今诗体创作的诗人，先生除有感而发的诗歌创作外，他深厚的古典文学理论修养，使他对古体诗创作的章法与诗歌鉴赏都能熟稔于心。因此，先生先后编著出版了《诗词入门——格律·作法·鉴赏》（1995 年）、《诗词格律·鉴赏与创作》（2004 年），为古诗词爱好者提供入门之津筏。除此之外，先生还选编过几部古典诗词选本，如《中国古代山水旅游诗选讲》、《中国古代军旅诗选讲》、《中国古代爱情诗选讲》、《廉政反腐名诗名文选注时评》等，此外，还主编有《中国古典诗词名篇分类鉴赏辞典》（1991 年）、《先秦诗鉴赏辞典》（1998 年）等古典诗歌鉴赏工具书。这些书籍也都在学界和社会上产生了良好的反响。

六、主编文学作品集及其他

20 世纪 50 年代初，先生到大学任教，由于工作需要，一开始被安排进外国文学教研室，讲授《苏联文学》课程。虽然先生一再向领导申明自己不懂俄文，但由于当时中文系教师中基本无人真正了解俄苏文学，领导认为先生从老区来，见多识广，担任这门课教学是更合适的。无奈之下，先生只好接受下来。先生主讲俄罗斯和苏联文学，集中精力备课，编写授课讲义，以讲稿为底本的《苏联传统文学讲话》（上卷，火星出版社 1954年）就是在这样的情况下出版的。先生勤勉、敬业，即便对苏联文学没有专攻，但由于承担了这门课程，为了不辜负学生，也就勉力而为，边教边学。先生精心备课，认真授课，讲义很快正式出版。但出版不久，由于时局变化，该讲义受到《文艺报》的尖锐批评，在当时不宽松不宽容的国内学术环境下，先生的遭遇似乎又是必然的。

了解先生的人都清楚 50 年代后他个人遭遇的坎坷，那是他一生中最为宝贵的二十年，却是以最黑暗的方式度过的。20 世纪 70 年代末，先生终于得到平反，重回他热爱的大学校园。1983 年先生发起创办河北刊授学院，自编教材《大学语文》（1983 年），分为古典文学和现代文学两册，并亲自授课，培养培训省内干部职工十三万余人。而此时，全国自学考试尚未起步，先生此举，实领国内风气之先。同时，先生还主编有刊授学院中文专业配套教材读本《中国现代文学名篇选读》（上、下册，1984 年），此书出版后颇受欢迎，竟先后修订再版达四次之多。先生主编的《中国古代文学名篇选读》（上、中、下三册，1985 年），此后不断删削修订，又以《中国古典文学精粹选读》（上、中、下三册，1995 年）之名出版。先生自编的《大学语文》教材和主编的配套读本为广大自学者学习和阅读提供了诸多便利。21 世纪初，先生又邀请国内诸多名家，以"三段式"文学史分期体例主编了一套《中国古代文学名篇选读》（分先秦两汉三国六朝卷、唐五代两宋卷、辽金元明清卷），于 2001 年由南开大学出版社出版。2006 年以《文学名篇选读》之名由台湾知书房出版社出版了其中的《先秦卷》和《两汉三国六朝卷》。

先生不但能研究传统的"正统"文学，对于近代的通俗文学研究也有关注，先生主张"近代通俗文学面向广大社会群众，这个层次的文学，在近代启蒙运动中的进步作用是不能低估的。"为了向近代通俗文学研究者和爱好者提供实际的作品资料，他又组织编选了一套《近代通俗文学研究资料丛书》（1986 年百花文艺出版社），丛书收录了吴趼人、黄小配等人的小说著述六种，分五册结集出版。

专博兼具，出入古今，是先生学术研究的最大特点。不管是《诗经》学研究，三曹研究，还是子学和古文论研究，先生都试图揭示古代学术文化的真实面目和深层规律，这是他一以贯之的目标追求。以我追随先生近四十年的亲身经历看来，如果用最简单的方式总结先生平反后近四十年所从事的学术研究工作，其大体有这样几个特点：先生是坚信马列主义的，马克思主义的世界观和方法论始终都是他学术研究的指导思想；先生是才华横溢的，他的才华使他无所畏惧，可以不避艰难，轻易触碰文学行当中的几乎任何问题；先生是敏锐的，他的诗人气质成就了他对文学问题的敏感把握和细腻分析；先生是有远大学术抱负的，这种抱负使得他看待问题常常可以居高临下、举重若轻；先生的学术胸怀是阔大的，他的阔大胸怀使得他可以从容接受不同意见甚至尖锐批评，也使得他得以从容修正自己学术工作中的缺点和不足；先生是真正做到了课堂教学与学术研究相结合的，他的多数研究成果都是课堂讲授的终极产品。

金无足赤，人无完人。先生用人生后三分之一的时间做出了一生要做的学术研究和社会工作，当然其学术研究的重心始终都围绕着《诗经》。子曰："不学诗，无以言"，"诗可以兴、可以观、可以群、可以怨"，"兴于诗"，《诗》云："嘤其鸣矣，求其友声"，"如切如磋，如琢如磨"，先生一生为人与为学，庶几当之乎！

（原载《中国语言文学研究》2019 年春之卷）

附　录

《诗经》讲述：农猎情怀

农事和田猎是人类社会重要的物质生产方式，二者也共同构成了我国早期文明进步的基础。"农事"一词最早见于《左传》，襄公七年载："夫郊祀后稷，以祈农事也。是故启蛰而郊，郊而后耕。"《礼记·月令》也说："（孟春之月）草木萌动。王命布农事，命田舍东郊，皆修封疆，审端经术。""（季秋之月）申严号令，命百官贵贱无不务内，以会天地之藏，无有宣出。乃命冢宰：农事备收……"可见"农事"一词在先秦人的观念中主要指农业生产中的耕耘、管理、收获、贮藏等事宜。此外，我们认为那些采摘活动也应属于农事范畴，它是农耕活动的有机组成部分。从古至今，农业生产在我们中华民族的生活中始终具有至高无上的地位，与之相应，产生在农业文明基础之上的华夏文化也自然带上了较西方文明更为浓重的乡土情韵和淳朴意味。关于这一点，我们仅从我国早期社会产生的那些透露着泥土气息的农事歌中即可窥其一斑，比如相传为帝尧时代的《击壤歌》："日出而作，日入而息。凿井而饮，耕田而食。帝力于我何有哉？"质朴的语言反映了上古劳动者以农事为中心的生活状况和特有的朴素心态。而到了周代——《诗经》所反映的那个时代，周民族兴起于渭水中游，这一地区有着适合农耕的优越的自然地理条件，周人也以自身的辛勤劳作回报着大自然的恩赐，周始祖后稷就是长于农作物种植的种田能手，《诗经·大雅·生民》以简练生动的语言对后稷发明谷物、种植谷物进行了详细的描绘，其中对于谷物生长的描写尤为独到，"实方实苞，实种实襃，实发实秀，实坚实好，实颖实栗。"① "方"、"苞"、"种"、"襃"等一连串展示谷物情态词汇的形象运用，呈现出一幅充满生机活力的谷物生长画卷，我们想如果不是对农业生产有深切体会和细致观察者是不可能写出这样的诗句的。

再说"田猎"。《左传·襄公三十一年》云："譬如田猎，射御贯则能获禽，若未尝登车射御，则败绩厌覆是惧，何暇思获?"此举"田猎"为例，"射御贯则能获禽"意为射箭驾车熟练就能猎获禽兽，"田猎"显为狩猎之意。另外《诗经·郑风·叔于田》："叔于田，巷无居人。"《毛诗故训传》②注："田，取禽也"，亦是明证。田猎也曾是早期人类赖以生存的古老生产活动之一，在先民征服自然、开拓生存空间的过程中发挥了至关重要的作用。可以想见，在那个茹毛饮血的时代，为了获得生存必需的生活资料，先民们挥舞着各种各样的狩猎工具，是如何顽强地同大自然进行抗争的。我们今天所能见到的最古老猎歌，是保存在《吴越春秋》中的《弹歌》："断竹、续竹、飞土、逐宍（肉）。"③诗篇虽短，但通过对使用弹弓进行狩猎的形象描述，先民的智慧和勇敢得到了形象展现。随着农耕文明的兴起，狩猎活动逐渐成为一种遥远的记忆，尤其进入周代，农耕取代狩猎成为社会生产活动的重心，狩猎作为维持生存的生产活动功能逐渐弱化，而更多地带有娱乐消遣、练兵习武的性质。由此，集娱乐、健身和军事训练于一体的狩猎，成为王室贵族乃至普通士人生活中不可或缺的一项重要内容。《诗经》中的一部分诗篇就反映了周人这方面的生活。

---

① 方：谷物的种子开始露白。苞：谷种吐芽，苗将出未出时。种：谷种生出短苗。襃（yòu）：禾苗渐渐长高。发：禾茎舒展拔节。秀：禾苗生穗结实。坚：谷粒灌浆饱满。好：植物完全成熟。颖：禾穗末梢下垂。栗：犹言栗栗，形容收获众多的样子。《尔雅·释训》："栗栗，众也。"

② 西汉毛亨作，属儒家古文经著述。

③ 二言的形式，句短调促，节奏明快；"断"、"续"、"飞"、"逐"的使用，使画面富于动感。原始神话中也有反映射猎活动的作品，如《后羿射日》，但相较而言，《弹歌》更真实，更生活化。

一、农业生产的生动展示

《诗经》产生的西周至春秋时期，农业已经成为人们最主要的物质生产方式，同时也成为那个时代人们社会生活的主要内容，整个社会都与农业生产发生着直接或间接的关系，举凡政治、宗教和民俗等活动，几乎无一不是围绕农业生产而展开，《诗经》中的农事诗忠实而形象地记录了这些内容。大致说来，《诗经》中的农事诗主要包括农耕之歌和采摘之歌，前者主要反映农事活动中的耕耘、管理、收获和贮藏等，作品涉及《豳风·七月》，《小雅》中的《楚茨》、《信南山》、《甫田》、《大田》，《周颂》中的《臣工》、《噫嘻》、《丰年》、《载芟》、《良耜》等。①。后者主要反映以妇女采摘为主的劳动生活，作品包括《周南·芣苢》、《周南·卷耳》、《召南·采蘩》、《召南·采蘋》、《王风·采葛》、《魏风·十亩之间》等。

（一）农耕之歌

周代的农耕生产极为发达，这主要表现在周人在长期的耕作实践中逐渐掌握了一套较为稳定高效的耕作程序，并以农耕为中心出现了诸如庆祝、祭祀等一系列活动，《诗经》中的诗篇对此多有反映，如大家熟知的《豳风·七月》就较为全面地展现了当时农耕生活方方面面的场景，堪称古代农事诗的典范之作。全诗以"七月"、"九月"、"一之日"、"二之日"、"三之日"等时间变化为经线，以田间、桑林、织房、染房、谷场、果园等空间转移为纬线，交织成一幅全景式农耕生产生活画卷，表现了劳动者在经济、政治、人身等方面所遭受的剥削以及内心的悲伤。全诗在表现耕织劳作主体内容的同时，又收田野风光、星日霜露、昆虫草木、衣食住行、日常风俗等等于其中，具体形象而又多角度地反映了当时的社会生活。诗篇不仅真实全面表现现实，而且对社会生活的透视具有一定程度的

---

① 此取郭沫若认定的篇目，详见郭沫若《从周代农事诗论到周代社会》，载《郭沫若古典文学论文集》，上海古籍出版社 1985 年版，第 75—108 页。

历史纵深感，因此而使诗篇具有了重要的认识价值，正如清姚际恒《诗经通论》所说："鸟语、虫鸣，草木、荣实，似《月令》。妇子入室，茅、绹、升屋，似风俗书。流火、寒风，似《五行志》。养老、慈幼，跻堂称觥，似庠序礼。田官、染职，狩猎、藏冰，祭、献、执功，似国家典制书。其中又有似《采桑图》、《田家乐图》、《食谱》、《谷谱》、《酒经》。一诗之中无不具备，洵天下之至文也。"诗中凡春耕、夏耘、秋收、冬藏、采桑、缝衣、狩猎、酿酒、劳役等无所不包，"无体不备，有美必臻。晋、唐后，陶、谢、王、孟、韦、柳田家诸诗，从未见臻此境界。"（方玉润《诗经原始》）

如果说《豳风·七月》是一幅农耕全景图，那么《小雅·大田》则是一张精致的素描画，诗作主要运用白描手法勾勒了周代农耕生产的大致过程，并由此展现农耕活动中的民情风俗：

> 大田多稼，既种既戒，既备乃事。以我覃耜，俶载南亩。播厥百谷，既庭且硕，曾孙是若。
>
> 既方既皂，既坚既好，不稂不莠。去其螟螣，及其蟊贼，无害我田稚。田祖有神，秉畀炎火。
>
> 有渰萋萋，兴雨祈祈。雨我公田，遂及我私。彼有不获稚，此有不敛穧；彼有遗秉，此有滞穗，伊寡妇之利。
>
> 曾孙来止，以其妇子，馌彼南亩，田畯至喜。来方禋祀，以其骍黑，与其黍稷。以享以祀，以介景福。

全诗四章，一至三章按照时间顺序分别写春耕、夏耘、秋收的场面，层层铺叙，自然真切，宛如画境。首章写春耕，"大田多稼"写当时农业生产的多样性，"既种既戒"写春耕前已将准备工作做好，"种"是说根据土地的情况来相应地选择种子，可见当时农人已有选种经验，优选良种已成为增产的重要因素。选种等春耕准备工作完成后，就开始犁地播种，种出的庄稼长得挺直硕大，完全符合种植者的预期。次章写农活中的除草灭虫，庄稼从萌芽到结实之所以能茁壮成长，剔除莠草之外还要和虫害作斗争，要"去其螟螣，及其蟊贼"，使之"无害我田稚"。那时防治虫害的方法主要是火攻，"田祖有神，秉畀炎火"①，也就是晚上点起火把诱烧飞来的昆虫，然后用土掩埋。第三章写风调雨顺，秋天获得丰收的情景。"有渰萋萋，兴雨祈祈"，云兴雨降，雨水调和，这是丰收的重要条件。"雨我公田，遂及我私"，《孟子·滕文公上》载："《诗》云：'雨我公田，遂及我私。'惟助为有公田。由此观之，虽周亦助也。"并进一步指出："方里而井，井九百亩，其中为公田。八家皆私百亩，同养公田。公事毕，然后敢治私事。"如果孟子所言不虚，那么当时的农夫必须先为公田劳作，等公田劳动结束，然后才能耕种私田，这正是历史上所谓"井田制"的反映。末章有关丰收后祭祀祈福的描写，正与首章"曾孙是若"相呼应。

全诗构思严谨精巧，描绘细微准确，如第二章中"既方既皂，既坚既好"，"方"是谷物的种子开始露白，"皂"是谷粒开始灌浆，"坚"是谷粒变得坚硬，"好"是谷物完全成熟，细致地描写说明作者观察的细微。另外，诗作还善于渲染烘托，如第三章中"彼有不获稚，此有不敛穧；彼有遗秉，此有滞穗。"意思是说，那儿有晚熟的庄稼还未收割，这儿有没捆的庄稼散在地头；那儿丢下一把禾，这儿有穗子漏在田里。这些正是农田收获场景的真实再现，具有浓郁的生活气息，同时这样的描写又充分渲染出丰收后喜悦欢快的气氛。

如果说《大田》表现的是诗人的亲历，那么它的姊妹篇《甫田》则从旁观者的角度展现了农耕生活的情趣和农业大丰收的景象：

> 倬彼甫田，岁取十千。我取其陈，食我农人，自古有年。今适南亩，或耘或耔，黍稷薿薿。攸介攸止，烝我髦士。
>
> 以我齐明，与我牺羊，以社以方。我田既臧，农夫之庆。琴瑟击鼓，以御田祖，以祈甘雨。以介我稷黍，以穀我士女。
>
> 曾孙来止，以其妇子，馌彼南亩。田畯至喜，攘其左右，尝其旨否。禾易长亩，终善且有。曾孙不怒，农夫克敏。
>
> 曾孙之稼，如茨如梁。曾孙之庾，如坻如京。乃求千斯仓，乃求

---

① "田祖"为农神，《北史·魏本纪》记载黄帝后裔始均"仕尧时，逐女魃于弱水，北人赖其勋，舜命为田祖。"可见和后稷一样，始均也是因为自身卓越的功业，被"舜命为田祖"，其后又逐渐被神化而成为农神。

万斯箱。黍稷稻粱，农夫之庆。报以介福，万寿无疆！

全诗四章，结构安排虚实结合，具有跌宕交错之美。首章铺叙事实，写土地的主人作为农耕活动的旁观者兴致勃勃地来到南亩巡视，只见那里的农人有的在锄草，有的在为禾苗培土，田里的黍子和高粱密密麻麻地长满。他心里非常高兴，眼前仿佛出现了庄稼成熟后由田官进献时的情景。次章并未承第一章写农耕，而是笔锋一转，写人们为祈盼丰收，虔诚地举行祭神仪式。人们准备好各种各样的祭品，弹奏琴瑟擂起鼓，祈求神灵保佑他们能够风调雨顺，获得丰收。由本章描写我们可以想见上古时代的人们对于土地的那种深挚爱恋与崇敬。三章承接首章，进一步细致描绘"曾孙"、"妇子"、"田畯"和"农夫"的不同情态，"以其妇子，馌彼南亩"、"农夫克敏"以白描手法刻画了农人的勤勉质朴，语言虽朴实，但蕴涵了对农人的深挚同情。末章上承二章，专记丰收的景象及对周王的美好祝愿。到了收获的季节，田里的庄稼获得了前所未有的大丰收，不但仓中的谷物装得满满的，就连场院上的粮食也堆积如山。于是农人们为赶造粮仓、车辆而忙碌，为喜获丰收而庆贺，心中感激神灵的赐福，祝愿周王万寿无疆。这一章充满了丰收后的喜悦，让人不觉沉醉在一种满足与欢乐中。纵观全诗，一、三章侧重写实，二、四章侧重写虚，虚实结合，人神交映，充分展现了"周人尊礼尚施，事鬼敬神而远之"（《礼记·表记》）的社会风尚。

另外，周代农耕水平的发展还表现在生产工具的精良和种植作物品种的繁多上，我们由《周颂·良耜》一诗即可窥其一斑：

畟畟良耜，俶载南亩。播厥百谷，实函斯活。或来瞻女，载筐及筥，其饟伊黍。其笠伊纠，其镈斯赵，以薅荼蓼。荼蓼朽止，黍稷茂止。获之挃挃，积之栗栗。其崇如墉，其比如栉，以开百室。百室盈止，妇子宁止。杀时犉牡，有捄其角。以似以续，续古之人。

全诗仅二十三句，但和《小雅·甫田》一样，也同样写出了从春耕、夏锄、秋收到冬祭的全过程。诗作以"良耜"开篇，足见耜在当时的农耕中已普遍使用，农业已进入耜耕时代，这是农耕技术的一大发展。原始的农具——耒是木制的，没有犁头，耜的形状类似后代的锸，把它装在耒上成为犁头，耕起地来就锋利而快速了。诗中还写到用镈除草。镈，《国语·齐语》韦昭注①："锄也。"可见，后世常用的一些农具在周代农耕生产中已被广泛使用了。② 有了这些较为先进的生产工具和技术，生产水平自然也相应提高，因而也才会出现"荼蓼朽止，黍稷茂止。获之挃挃，积之栗栗。其崇如墉，其比如栉，以开百室"的丰收景象，诗人这样的描写同时也是对当时农耕水平的肯定和颂扬。另外，诗篇还写到了当时的主要农作物——黍、稷的种植和生长，"其镈斯赵，以薅荼蓼。荼蓼朽止，黍稷茂止。"除了黍、稷之外，周代农作物还有粱、菽、麦、稻、桑、麻和瓜果等，应该说后世主要的农作物在周代基本上都已具备了。如果结合《豳风·七月》中描写到的郁、薁、葵、菽等多达十余种的农作物，周代农耕活动内容和农作物种类的丰富更是可以想见的了。由《周颂·良耜》对农业生产的熟悉程度和生动描绘，可见诗人对农耕充满了一种发自内心的热爱，因此也使它有别于同列庙堂文学之林的其他颂诗。《良耜》给人的感觉是古朴而不失生动，描写细致而充满生气，全诗流溢着一种自然进取、活泼向上的乐观精神，这在颂诗中是很可贵的。

（二）采摘之歌

上述诗篇对农业生产进行了全景式展现，包括农作物的种植、收割、采摘以及丰收之后酿酒祭祖祀神等等，涉及了农业活动的各个方面，给人留下了深刻印象。此外，《诗经》农事诗中还有数量可观的采摘诗，如《周南·芣苢》、《召南·采蘩》、《召南·采蘋》、《王风·采葛》、《魏风·十亩之间》等，这些诗记录了许多美丽的采摘活动，诸如采芣苢、采蘩、采蘋、采葛、采荇菜云云，由此也形成了一个颇为引人关注的采摘母题。不用怀疑，采摘在初民社会里曾经是一项极为重要的劳动，《诗经》所反映的时代虽然农耕已占据主导地位，但采摘作为农耕生活的必要补充却仍

---

① 三国时吴国著名学者，有《国语解》。
② 农具中还有钱、铚、艾等，如《诗·周颂·臣工》云："命我众人，庤乃钱镈，奄观铚艾。"《说文》云："钱，铫也，古田器。"钱即后来的小铲子。铚，《说文》云："获禾短镰也。"艾，通刈，略似现在的剪刀。

在继续着。《诗经》中的这些采摘诗不仅真实地记录了当时的采摘活动，而且大多寓情于景，采摘者的各种情感，如女性对生子的热切祈求、思妇对远行丈夫的深切思念，以及年轻女子对爱情的深深渴望等；同时，采摘的植物和采摘活动本身也不免与宗庙供祭、郊天之礼等有着一定的关联，这些在《诗经》的采摘诗中都有不同程度的表现。我们先看《周南·芣苢》：

采采芣苢，薄言采之。采采芣苢，薄言有之。

采采芣苢，薄言掇之。采采芣苢，薄言捋之。

采采芣苢，薄言袺之。采采芣苢，薄言襭之。

这是一首描写妇女采摘生活的赞歌，作者以细腻的笔触，描绘出一幅田家女兴高采烈采摘芣苢的劳动画卷，富有浓郁的生活气息。我们知道，历史自母系社会转变为父系社会，妇女的神圣地位遭到否弃以后，女性在家庭乃至社会中的地位，就成了她们自身不得不认真思考的问题。妇女要维护和巩固自己在家庭中的地位，首先要保证自己一定能够承担繁育下一代家庭成员的任务，有子则荣，无子则废，多子多福，这几乎是无一例外的通则，女人从情感到理智的快乐与幸福无不与此息息相关，《芣苢》就是在描写妇女劳动欢乐的表层下隐潜着这样一种历史的深层内容。之所以和生育相联系，主要是因为芣苢（即车前草）的种子有医治妇人不孕的功效，更有人说，它还能使有孕者安胎。倘如此，对那些不孕而望孕、已孕而望安胎的妇女们来说，采芣苢之重要当然不下于采救命草了。所以诗中描写妇女们采摘芣苢时表现出来的欢乐情绪，只有与此联系起来考虑，恐怕才是可以理解的。

全诗凡三章，每章四句十六字。从诗的形式上看，章与章之间的区别仅是更换了两个动词，除此而外，再没有其他不同。从内容上看，三章诗连在一起，描绘出采摘芣苢的整个劳动过程，而这个过程是由"采"、"有"、"掇"、"捋"、"袺"、"襭"几个动词勾画出来的。从找寻到一颗颗捡起、一把把捋下，再到装进衣襟、兜起回家，这里寄予着多少希望和期待，又洋溢着多少欢乐与幸福。本诗语调、节奏、韵律轻快悠扬，以"采采芣苢"为主调，形成回环往复、绵绵不尽的意蕴。诗中描写的劳动场面简洁明快，形成的意境深长隽永，而且作者通过轻快、悠扬的节奏、韵律，更突出了妇女劳动场面的诗意，使全诗的意境更富深情，更具有一种难以名状的绵长情味，正如清人方玉润所说："读者试平心静气，涵咏此诗，恍听田家妇女，三三五五，于平原秀野，风和日丽中群歌互答，余音袅袅，若远若近，忽断忽续，不知其情之何以移而神之何以旷。"（《诗经原始》）

《芣苢》之外，《诗经》中还有很多与采摘有关的歌唱，据统计，《诗经》中仅涉及采桑的作品就不下十篇之多，其中多数作品与男女情爱有关，如《魏风·十亩之间》：

> 十亩之间兮，桑者闲闲兮。行与子还兮！
> 十亩之外兮，桑者泄泄兮。行与子逝兮！

这是一首采桑女子欢乐的情歌，"一群群采桑的女子，在茂密宽大的桑林间愉快地劳动着。在劳动结束时，她们收拾工具与桑叶，准备回去，有的姑娘便唱歌招呼自己的情侣一起走。"（袁梅《诗经译注》）古代中国社会，男耕女织，"女织"从广义上说也包括采桑和养蚕。周代是以农桑为本，每年王后都于季春之月在北郊举行"亲桑"和"亲缫"典礼①，贵族妇女都一律参加，以为万民做表率，这首小诗正是在这样一种历史文化背景下产生的。通过诗篇的描写，可以想见，在一片广阔的桑树林中，一群采桑的姑娘劳动了一天，就要准备收工休息了，这时其中的一位招呼自己的爱人一起回家，二人结伴而行。尽管劳累了一天，但此时此刻因为有爱人相伴，感觉当然是轻松愉快的，一天采桑的辛劳早弃置脑后了。全诗色彩鲜明，洋溢着浓厚的欢快气氛。从句法结构来看，此诗与《诗经》中多数诗篇的重章叠句一样，两章之间也只更换了很少的几个字，但由于六句诗的每句之后都用了一个"兮"字，语调被自然拖长，轻松舒缓的氛围也自然得到展现。

但也应该想到，桑林远在野外，而当时女子的社会地位又极为低下，

---

① "亲桑"，语本《礼记·月令》："〔后妃〕亲东乡躬桑。""亲缫"，见于《国语·楚语下》："王后亲缫其服。"

因而在采桑过程中遭遇意想不到的情况也是可能的，其中最令她们担心的就是被贵族、官僚、恶徒调戏，甚至虏走充做妻室，《豳风·七月》所谓"春日迟迟，采蘩祁祁。女心伤悲，殆及公子同归"① 就是明证。可见女子们的采桑劳动，不仅有春光明媚下的欢快愉悦，同时也还潜藏着一种对未知危机的担忧，对于采桑的女子们来说，此时此地的情感还有复杂的另一面。

此外，还有一些采摘诗似产生于周代宗庙供祭、郊天之礼的过程中，因为周代"公侯"举行祭祀，需要准备醇酒茗羹，② 大事铺张，于是便不得不命奴仆们到山涧、池沼、河边去采摘诸如白蒿之类所需物品，《召南·采蘩》就反映了这一状况：

> 于以采蘩？于沼于沚。于以用之？公侯之事。
> 于以采蘩？于涧之中。于以用之？公侯之宫。
> 被之僮僮，夙夜在公。被之祁祁，薄言还归。

此诗描写采蘩女子采摘白蒿的劳动场景，透露出一种淡淡的哀怨。全诗三章。第一章写一群忙于采蘩的女子，她们忙碌于池沼、洲上，寻找贵族祭祀所需的白蒿。诗中采用了简短的问答："于以采蘩？于沼于沚。于以用之？公侯之事。"有人问女子到哪里去采白蒿？回答说在池沼中、在沙洲上。又问采来何用？答曰公侯之家祭祀用。在这一问一答间，繁忙的采蘩场景瞬间浮现于眼前。也许正是由于女子忙于采蘩，无暇过多回答好奇者的询问，因而才会出现"于沼于沚"、"公侯之事"这样简洁短促的答语。第二章延续前一章的问答，根据采蘩女子的回答可知这次去的是山涧，采摘地点较前章池沼、洲上更遥远，因此其情态也更忙碌。至此，一个整日忙于采蘩而不得休息的女子形象便呼之欲出了。第三章揭示全诗主旨，发出抱怨之声。诗人引导读者将视线聚焦于采蘩女的发饰和心态上，"僮僮"、"祁祁"，袁梅《诗经译注》云："僮僮，即童童。隐蔽貌。形容

---

① 可与汉乐府《陌上桑》参读，二诗产生的文化背景是相同的，只不过《陌上桑》中的秦罗敷更具有一种反抗精神罢了。

② 按照古代礼仪，蘋、蘩、蕰、藻等都是苙牲水草，苙牲，就是把采摘的菜蔬放在祭祀用的"牲"上，或用菜杂肉为羹，即为苙羹，供祭祀之用。

高高的蓬松的大发髻很多，象车盖那样（车盖即车蓬）。实指女奴众多。"
"祁祁，众多。在此指梳高髻的女奴很多，有如云集。"诗人并未直说采蘩
女人数众多，而是借发髻的描写来间接展现，可谓匠心独运，高明至极。
我们仿佛看到成群结队的女子顶着蓬松的发髻、拖着无力的双腿，行走在
采蘩回家的路上，"薄言还归"一语正展现出她们忙碌而无奈的心境。本
诗在写作上也颇有技巧，前两章重章叠咏，描写采蘩之事，侧重写实；后
一章借形象和言语，突出心理，偏于虚写，正所谓："首二章事琐，偏重
叠咏之。末章事烦，偏虚摹之，此文法虚实之妙，与《葛覃》可谓异曲同
工。"（清方玉润《诗经原始》）

上述农事诗较为全面地反映了周代农业生产活动的基本状况，它们像
色彩、内容各不相同的风俗画，通过不同的人物和场景展示着周人丰富的
劳动生活。身处数千年后的我们，仍然可以通过这些不灭的记载触摸先民
的灵魂，感受他们内心的酸甜苦辣，体味那带有泥土气息、植物芳香的远
古韵味，这也正是农事诗的魅力所在。

二、田猎活动的真实再现

历史进入周代，伴随农耕文明的兴起，狩猎活动在获取生活资料方面
的功能逐渐弱化，此时的狩猎更多地带有了娱乐消遣、练兵习武和展示武
力的性质，也一定程度上表现了周人的尚武精神。与农事诗的平和之美相
比，描写田猎的歌唱则更多地展现人性的热烈与张扬。根据作品抒情主体
的不同，我们将《诗经》中的田猎诗粗分为两类：一为贵族田猎诗，二是
猎人狩猎歌。前者展现的主要内容是天子、诸侯的狩猎场面，作品有《小
雅》中的《车攻》、《吉日》和《秦风·驷驖》等；后者反映的内容主要
是社会下层猎人的狩猎情况，作品有《周南·兔罝》、《召南·驺虞》、

《郑风·叔于田》、《大叔于田》、《齐风·还》、《卢令》等。① 这些诗歌记述和描写了周代各社会阶层田猎活动的真实面貌，具有很高的史料价值和审美价值。

（一）贵族田猎诗

周代的田猎活动，特别是天子的田猎，娱乐消遣是其目的之一，而更重要的是天子要借出猎来检阅军队、练兵习武，《礼记·月令》云："天子乃教于田猎，以习五戎，班马政。"元人陈澔《礼记集解》释为："教于田猎，谓因猎而教之战陈之事，习用弓矢殳矛戈戟之五兵。班布乘马之政令，其毛色之同异，力之强弱，各以类相从也。"可见天子田猎的根本目的在于通过此项活动以训练军队，增强军队的战斗力，同时还可以借机炫耀王朝武力，威慑列国诸侯。因为这一活动本身带有很强的政治、军事目的，所以周王朝虽然巧妙地试图将武力宣扬寓于娱乐活动之中，但温情面纱下面掩盖的还是严酷冷漠的铁血统治。《小雅》中的《车攻》、《吉日》是这方面描写的代表性作品，两诗主要表现的是周宣王时代的田猎活动。宣王是西周后期较有作为的一代天子，《史记·周本纪》载："宣王即位，二相辅之修政，法文、武、成、康之遗风，诸侯复宗周。"周王朝在这一时期重又实现了中兴。宣王的中兴，首先表现在内政治理上，所谓"法文、武、成、康之遗风"，重新提倡、推崇礼乐教化，这对稳定内政大局无疑起到了至关重要的作用，《诗经》"二雅"中保存有不少宣王时代的政治赞美诗正说明了这一点。同时，宣王还不断通过武力征讨，以消除周边部族对周王朝统治的威胁，《诗经》对此也有反映，如《小雅·六月》，《毛诗序》云："《六月》，宣王北伐也。"《小雅·采芑》，《毛诗序》云：

---

① 张西堂认为《诗经》中的田猎诗有《国风》中的《周南·兔罝》、《召南·驺虞》、《郑风·叔于田》、《大叔于田》、《齐风·还》、《卢令》六首。参见《诗经六论》，商务印书馆，1957年版，第20页。程俊英、蒋见元注《齐风·还》时说："春秋时代，人们爱好田猎，反映在《风》诗里，有《驺虞》、《叔于田》、《大叔于田》、《卢令》及此篇。"认定《驺虞》等五诗为田猎诗，除未提及《周南·兔罝》外，其他与张西堂一致。参见《诗经注析》，中华书局1991年版，第170页。洪湛侯除举张西堂所论六诗外，还认为《秦风·驷驖》以及《小雅》中《车攻》和《吉日》也为田猎诗。参见《诗经学史》，中华书局2002年版，第667—668页。此采洪湛侯说。

"《采芑》，宣王南征也。"可见，宣王时代的周王朝仍不时面临四方部族的军事威胁，而针对四方部族的大规模军事行动也时有发生。[1] 在这样的政治情势下，具有军事练兵和物资准备意义的田猎活动就是必不可少的。《小雅·车攻》便展现了此一时期的田猎盛况：

> 我车既攻，我马既同。四牡庞庞，驾言徂东。
>
> 田车既好，四牡孔阜。东有甫草，驾言行狩。
>
> 之子于苗，选徒嚣嚣。建旐设旄，搏兽于敖。
>
> 驾彼四牡，四牡奕奕。赤芾金舄，会同有绎。
>
> 决拾既佽，弓矢既调。射夫既同，助我举柴。
>
> 四黄既驾，两骖不猗。不失其驰，舍矢如破。
>
> 萧萧马鸣，悠悠旆旌。徒御不惊，大庖不盈。
>
> 之子于征，有闻无声。允矣君子，展也大成。

全诗八章。首章总领全诗，写车马已经备齐，准备前往东方狩猎。二、三章继续描写战马的精良，猎车的坚固，队伍声势的浩大，借此以展示周王朝的军威。第四章专写诸侯的车马整齐，衣饰华美，侧面烘托宣王时代稳定的政治时局和诸侯对周王朝的拥戴。五、六章集中描写狩猎场面，参与狩猎的君王、诸侯以及随从，个个武艺高强，射箭百发百中，并且不失法度，这是明写王朝军队的军容，暗示的却是周王朝军队的强大。第七章写狩猎活动结束，狩猎大获成功，猎获了众多猎物，整首诗的气氛也由先前的激烈紧张一变而为平和舒缓。第八章写整个活动结束，赞颂周王朝军纪严明，充满喜悦之情。全诗极为生动地描述了周天子举行田猎会同诸侯的宏大规模和热烈场面。《毛诗序》云："《车攻》，宣王复古也。宣王能内修政事，外攘夷狄，复文、武之境土。修车马，备器械，复会诸侯于东都，因田猎而选车徒焉。"可见，这种看起来娱乐性极强的盛大的田猎活动，其政治目的是很明显的，甚至可以说，娱乐性的田猎只是其"表"，实现政治目的才是其"里"。因为这里有三个需要：一要为"外攘

---

① 参见许倬云《西周的衰亡与东迁》，《西周史》，生活·读书·新知三联书店 2001 年版，第 291—323 页。

夷狄"来练兵；二要通过田猎修整车马，准备战略物资；三要通过田猎活动的表现，来选拔善于驾驶战车的将士。不难想见，通过这样的田猎活动，既慑服诸侯，提升了周王朝的威信，又训练军队，选拔人才，准备了战略物资，可谓一举多得。

从艺术的角度看，全诗场面宏大，层次分明，结构完整，语言具有高度的概括性和表现力，使读者如临其境，如闻其声。程俊英、蒋见元说《车攻》"叙述描写贵族大规模的打猎场面，言简意赅"，"运用概括而浓缩的语言，绘声绘色地复现于眼前。"盛赞"作者确是一位大手笔。"（《诗经注析》）此诗对后世诗歌影响很大，如保存至今的产生于东周时期秦国的《石鼓文》①，其中表现的一个重要内容即为田猎，而且诗句如"吾车既工，吾马既同。吾车既好，吾马既阜"，明显是承《车攻》而来。另外，《车攻》第七章"萧萧马鸣，悠悠旆旌"等句也写得绘声绘色，生动形象，唐代杜甫《后出塞五首》其二："落日照大旗，马鸣风萧萧"即本此。

《车攻》之外，《小雅·吉日》也写田猎，略有不同的是，《车攻》重在展示王朝军威，《吉日》表现的则是宣王与诸侯共享田猎活动的乐趣：

> 吉日维戊，既伯既祷。田车既好，四牡孔阜。升彼大阜，从其群丑。
>
> 吉日庚午，既差我马。兽之所同，麀鹿麌麌。漆沮之从，天子之所。
>
> 瞻彼中原，其祁孔有。儦儦俟俟，或群或友。悉率左右，以燕天子。
>
> 既张我弓，既挟我矢。发彼小豝，殪此大兕。以御宾客，且以酌醴。

全诗四章，艺术地再现了宣王田猎时选择吉日祭祀马祖、野外田猎、满载

---

① 《石鼓文》唐初发现于陈仓（今陕西省宝鸡市），一说雍邑（今陕西省凤翔县），由于有十首诗分别刻在十个鼓形的石头上，故名《石鼓文》；又因诗作内容主要叙述游猎情况，故又称之为"猎碣"。其中涉及田猎内容的作品主要有《吾车》（《车工》）、《田车》、《銮车》等。参见程质清《篆书基础知识》第四章《石鼓文》，上海书画出版社1993年版，第29—56页。

而归宴饮群臣的整个过程。《毛诗序》云："《吉日》，美宣王田也。能慎微接下，无不自尽，以奉其上焉。"唐孔颖达《毛诗正义》对此做了进一步阐发，谓："作《吉日》诗者，美宣王田猎也。以宣王能慎于微事，又以恩意接及群下，王之田猎能如是，则群下无不自尽诚心以奉事其君上焉。由王如此，故美之也。"诗篇第一章写猎前准备。古代天子田猎是一件庄严而神圣的大事，仪式非常隆重，此前要做很多准备工作。因此，事先要选择良辰吉日，祭祀马祖，"吉日维戊，既伯既祷"。伯，指祭祀马祖，《尔雅·释天》："既伯既祷，马祭也。"① 郭璞②注曰："伯，祭马祖也。"然后要整治车马，登上高丘，追逐猎物。第二章写打猎正式开始。在占卜选择的庚午日，宣王率领贵族挑选马匹之后开始打猎，那里是野兽聚集的地方，有许多野鹿在奔跑，虞人（兽官）沿着漆、沮③二水的岸边将鹿群驱赶向天子所在的方向。第三章写随从们驱赶野兽供宣王射猎。眺望广袤的原野，水草丰茂，群兽出入，三五成群，或跑或行，随从们再次驱赶兽群供宣王射猎取乐。第四章写宣王射猎之后返朝宴享群臣。随从将兽群赶到周天子的附近，天子张弓挟矢，大显身手，一箭射中了一头猪，再一箭射中了一头野牛，展现了一位英姿勃发、勇武豪健的君主形象。打猎结束，猎获的野兽很多，于是天子高高兴兴用野味来宴享群臣，全诗在欢快的气氛中结束。

诗人按照事件发展的进程，有条不紊，依次道来。全诗还采用了点面结合的写作手法，大部分章节记叙田猎活动的准备过程，以及随从驱赶野兽供天子射猎的情景，间及野兽的各种状态，以作烘托，具体写天子射猎虽然诗中只有四句："既张我弓，既挟我矢。发彼小犯，殪此大兕"，但四句诗既叙述了田猎过程，描绘了田猎场面，渲染了轻松气氛，又突出了天子形象，增强了天子威严，使全诗具有很强的艺术感染力。

除了周天子的田猎活动之外，各地诸侯也在不同时期举行田猎，《诗经》展现这方面内容最突出的诗作当数《秦风·驷驖》：

---

① 我国最早的一部按事类编排的同训词典，是由儒家学者缀辑古代故训而成的专书。
② 东晋著名学者，文学家、训诂学家，著有《尔雅注》等。
③ 两条河流名，在今陕西境内。

　　驷驖孔阜，六辔在手。公之媚子，从公于狩。

　　奉时辰牡，辰牡孔硕。公曰左之，舍拔则获。

　　游于北园，四马既闲。輶车鸾镳，载猃歇骄。

　　诗凡三章，按照田猎活动的先后顺序依次写来。首章写出猎，次章写狩猎，末章写狩猎结束。关于诗篇主旨，《毛诗序》云："《驷驖》，美襄公也。始命，有田狩之事，园囿之乐焉。"① 认为此诗是赞美秦襄公田猎的。关于襄公其人其事，《史记·秦本纪》载："西戎犬戎与申侯伐周，杀幽王郦山下。而秦襄公将兵救周，战甚力，有功。周避犬戎难，东徙洛邑，襄公以兵送周平王。平王封襄公为诸侯，赐之岐以西之地。曰：'戎无道，侵夺我岐、丰之地，秦能攻逐戎，即有其地。'与誓，封爵之。襄公于是始国，与诸侯通使聘享之礼。"可见，襄公在东周的建立过程中发挥了重要作用，因而才被周平王封为诸侯，并"赐之岐以西之地"。襄公受封后，领地扩大了，政治地位提升了，田猎的档次必然也相应随之提升，《驷驖》即是明证。诗第一章写狩猎出发之时车马之盛，场面之宏大，架车的是膘肥体壮的铁青马，而赶车的则是六辔在手、运用自如的优秀御手，襄公的宠臣前呼后拥。此处没有直接赞美襄公，而是采用侧面烘托的手法来展现这位君主的英武雄健。第二章写打猎场面，野兽非常肥壮矫健，要捕获它们极其不易，而"公曰左之，舍拔则获。"② 襄公射技精湛，判断准确，即发即中，大有收获。在紧张激烈的田猎场面中，这位英武高大的国君形象更加鲜明。末章写狩猎结束，满载而归，马车轻快地慢行，佩戴的鸾铃丁当作响，连猎犬也被放在车的后面自在地休息，国君和随从们紧张田猎之后的轻松悠闲、愉悦满足仿佛呈现在我们眼前。

　　诗作全用赋体，层次井然，脉络清晰，朱守亮《诗经评释》云："首章写将狩之时，言车马之盛，使令之多，特着一'从'字。次章写狩猎之

---

　　① 《毛诗序》的这一解释深得郭沫若赞同，郭氏在《古刻汇考序》中说："阅《秦风》，《诗序》：'《驷驖》，美襄公也。'，则是与《石鼓诗》乃同时之作，诗云'游于北园，四马既闲。'盖即西畤之后苑矣。"

　　② 从左侧发箭，只伤及猎物的左体，从而保证了右体的完整。这主要与古代的祭祀礼仪有关，据《仪礼》记载，凡用于祭祀的猎物一定要精心选择，只有猎物形体是完整的，才能显示祭祀的庄重和主祭者对神灵虔诚。

时，言待狩之礼，行狩之善，特着一'奉'字。三章写狩毕之时，言劳役之节，综理之周，特着一'既'字。何等有层次秩序。"诗的风格亦颇独特，清人牛运震《诗志》称之为"古劲生动。"陈震《读诗识小录》则谓之"格发节奏意味，皆具廉峭劲悍之气，在《秦风》中亦自不同也。"吴闿生《诗义会通》更对此诗给予高度评价："旧评：作文最忌平实，此篇'公之媚子'、'公曰左之'、'载猃歇骄'等句，于无情致中写出情致。"可见，作为田猎诗的代表作，《驷驖》不仅注意到了形式的整齐和谐，而且能够在整饬的形式中自由地表现"古劲生动"、"廉峭劲悍"的气势，全诗充满耐人寻味的情致，达到了田猎诗的高水平。

（二）猎人之歌

《诗经》田猎诗中还有一些诗篇是表现猎人田猎活动的，这些诗使我们看到了更为生动更为活泼的狩猎场景。同时，猎手的狩猎才能和勇武精神成为诗人赞颂的对象，因此它也展现出了那个时代人们对于力与美的深刻认识。请看《周南·兔罝》：

> 肃肃兔罝，椓之丁丁。赳赳武夫，公侯干城。
> 肃肃兔罝，施于中逵。赳赳武夫，公侯好仇。
> 肃肃兔罝，施于中林。赳赳武夫，公侯腹心。

全诗三章，表现了猎人张网捕兔的场景，塑造了一位英勇威武的猎人形象。每章均以"肃肃兔罝"起兴，猎人们布下捕兔网，以防猎物逃跑，"肃肃"虽形容猎网的整齐严密，但由此我们不难想象和体味猎人在张网时的细心和希望能够捕获猎物的强烈企盼。三章诗接下来分别用"椓之丁丁"、"施于中逵"、"施于中林"，对猎人张网捕猎进行具体的刻画。"丁丁"摹写敲击网"椓"时发出的声响，显示所张之网的牢固有力。"肃肃兔罝"是静态的，"椓之丁丁"、"施于中逵"、"施于中林"又是动态的；既有"肃肃"之态，又有"丁丁"之声。通过这些精致的描绘，一位细心且英武的狩猎者形象便活脱脱呈现在我们面前了。接下来每一章用"赳赳武夫"表现对狩猎者的直接赞美，诗人敬佩之情溢于言表。但"赳赳武夫"并非目的，因为只有"赳赳武夫"才可能成为"公侯干城"、"公侯好仇"、"公侯腹心"，这才是诗人所真正希望和真正赞美的。然三章诗所表达的狩猎者的品质又各有侧重、各不相同，陈子展说："一章'可为公侯之干城，言勇而忠'也"，"二章'可为公侯之善匹，言勇而良'也"，"三章'可为公侯之腹心，谓机密之事可与谋虑，言勇而智也。'"（《诗经直解》）可谓深得诗人之心。全诗层层铺衬，"干城"、"好仇"、"腹心"层层推进，洋溢着一种神采飞扬的夸耀意味。然方玉润认为，此种写法远超汉代赋体，"落落数语，可赅《上林》、《羽猎》、《长杨》诸赋。"（《诗经原始》）则姑妄言之、姑妄听之可也。

另外，反映猎人田猎生活的还有《郑风》中的《叔于田》和《大叔于田》，两诗一向被视为姊妹篇。二诗中的"叔"所指到底为谁，向无定解，《毛诗序》云："《叔于田》，刺庄公也。叔处于京，缮甲治兵，以出于田，国人说而归之。""《大叔于田》，刺庄公也。叔多才而好勇，不义而得众也。"在这里"叔"被理解为郑庄公的弟弟共叔段，从而将其与《左传·隐公元年》所载之"郑伯克段于鄢"一事相联系。今人颇有不同看法，多数学者判定为赞美猎人之作，如陈子展云："《叔于田》，赞美猎人之歌。其人好饮酒乘马，方在盛年。其在当时社会，明为武士，属于士之一阶层。诗虽称叔，未可必谓其人为郑庄公之贵介弟、共叔段。"（《诗经直解》）程俊英亦谓："这是一首赞美猎人的诗。《诗经》中常用伯、仲、叔、季的表字；特别是女子，多半用它称其情人或丈夫。这是当时的习俗。这首诗，可能出自女子的口吻。诗中用了夸张的艺术手法，塑造了'叔'的美好形象。旧说此诗和《大叔于田》都是写郑庄公之弟太叔段，未必可信。"（《诗经译注》）蒋立甫也认为《大叔于田》是"赞美一个猎人勇敢且又本领高超"（《诗经选注》）的诗。可见还是将两诗理解为赞美猎人狩猎所表现出的高超本领和勇敢精神为好。先看《大叔于田》的描写：

> 叔于田，乘乘马。执辔如组，两骖如舞。叔在薮，火烈具举。襢裼暴虎，献于公所。将叔无狃，戒其伤女。
> 叔于田，乘乘黄。两服上襄，两骖雁行。叔在薮，火烈具扬。叔善射忌，又良御忌。抑磬控忌，抑纵送忌。

　　叔于田，乘乘鸨。两服齐首，两骖如手。叔在薮，火烈具阜。叔马慢忌，叔发罕忌。抑释掤忌，抑鬯弓忌。

　　全诗三章。首章描写猎手出猎，他们乘坐着四匹马驾的高车，手里娴熟地调整着缰绳，马儿们开始起步慢行，步伐整齐，就像跳舞一般，而坐在车上的猎手也必定雄姿英发，跃跃欲试。与上述《兔罝》的张网捕猎比较，此诗一开始就展现了一个盛大的狩猎场面。接着到达狩猎场所，燃起烈火，在火光的映衬下，猎手赤膊袒胸，赤手与猛虎搏斗，其英武之气跃然纸上。猎手捕猎的目的仍在于将猎物"献于公所"，以博得公侯的奖赏和重用。第二、三章又进一步用"两服上襄，两骖雁行"和"两服齐首，两骖如手"表现马疾驰的情态和猎手熟练的驾驭技巧，他们驱车追赶野兽，得心应手，回旋自如，可见狩猎活动已经进入高潮。接下来的"火烈具扬"、"火烈具阜"更是借火势之盛以展现狩猎场面的热烈，而"叔善射忌"、"叔发罕忌"则又从另外的角度说明猎手不仅有赤手搏虎的勇力，同时还擅长射箭，而且才能出众。全诗节奏热烈，格调高昂，对猎手高超的狩猎技巧，表现出毫不吝啬的赞美。

　　不仅《大叔于田》对猎手有出色的描写，《叔于田》也从一个新的角度赞美了猎手的形象，歌颂了猎手"洵美且仁"、"洵美且好"、"洵美且武"的美好品质，诗中运用对比、夸张和设问等艺术表现手法，成功刻画了猎手形象。清人陈震《读诗识小录》评《叔于田》"突奇峭快，《战国策》一派，从此开山。"钱锺书《管锥编》也注意到了此诗对韩愈文学创作的影响，他说："'巷无居人，岂无居人。不如叔也，洵美且仁。'……韩愈《送温处士赴河阳军序》：'伯乐一过冀北之野而马群遂空，非马也，无良马也。'捉置一处，以质世之好言'韩文无字无来历'者。"

　　另外，与《叔于田》相类的还有《齐风·卢令》。此诗虽只有二十四字，但写猎犬的漂亮勇敢与猎手的聪慧能干也给人留下了深刻印象：

　　卢令令，其人美且仁。
　　卢重环，其人美且鬈。
　　卢重鋂，其人美且偲。

全诗三章。每章的第一句均以实写手法写犬，第二句均以虚写手法写人。"令令"、"重环"、"重鋂"写猎犬，不仅绘其貌，而且摹其声。"环"、"鋂"是套在猎犬颈下的佩饰，使猎犬在奔跑中发出美妙的"令令"之声，这个看似不经意的道具的出现，使猎人的田猎始终伴随于优美的乐曲声中，紧张的田猎活动从而多了些许欢快，无形中也使沉寂的画面充满了动感。由此可见，清人陈继揆所谓"诗三字句，赋物最工。如'殷其雷'及'卢令令'等句，使人如见如闻，千载以下读之，犹觉其容满目，其音满耳。"（《读诗臆补》）确为中的之论。接下来看猎人，诗中赞美他"美且仁"、"美且鬈"、"美且偲"，《说文解字》："鬈，发好貌。"是说这位猎手拥有漂亮的发型和美好的容貌；《毛诗故训传》："偲，才也。"《说文解字》："偲，强也。"在夸赞猎人讲仁德的同时，又夸赞他英俊、勇敢而有才能。这样看来，诗中的猎人，无疑是个文武双全、才貌出众的人物，以致引起旁观者（包括作者）的羡慕和爱戴。诗篇没有直接描写具体的狩猎场面，但通过对猎犬和猎人的刻画，自不难引起人们的联想：一位英俊勇敢的猎人带着自己的爱犬行进在出猎途中，猎犬忽前忽后跟随在主人身旁，颈上的环、鋂发出丁当悦耳的声响，相信有猎人的智慧和勇敢，再加上猎犬的忠诚辅助，这次狩猎一定会大有收获。全诗虽只有三章，二十四字，但每句都完整描摹一个形象，简单明了，朴素概括。本诗的语言也极富特色，格式是三五言，句式自由活泼，曲调统一，反复咏唱，既有变化，又和谐整齐，错落有致。

上述田猎诗向我们展现了周人生活的另一个重要方面。尽管诗中涉及对武力的描写和宣扬，但与纯粹的崇武不同，诗人在描写田猎的同时，对田猎的主体——猎手，着重外貌和精神两方面的刻画和颂扬。凸显狩猎者内在的精神品质，关注狩猎者的道德品性和价值实现，成为这些田猎诗的不可或缺的新趋向。周人理性精神的追求和自我意识的觉醒，在《诗经》田猎诗中有着很好的表现。

（原载《诗经分类选讲》，高等教育出版社 2002 年版，与易卫华合作）

《诗》艺探微六题

一、朦胧的惆怅：说《蒹葭》

这是一首有着浓重朦胧美的情诗，写一个热恋中的痴情人的心理和感受，抒情主体是男是女，实在难以断定。

全诗凡三章。每章的前二句写景，以下六句写诗人所思对象之所在和诗人的心情。在第一章中，诗人以"蒹葭苍苍，白露为霜"发端，首先展示给读者的是一幅秋苇苍苍、霜重露浓的清秋景色，在这样的环境，这样的季节里，诗人深情地思念着他（她）倾慕和爱恋着的心上人。但此时此地，她（他）又在哪里呢？诗人仿佛看到，"伊人"就在茫茫秋水的那一边。就是这一水之隔，使一对有情人不得相会。于是诗人决意去追寻"伊人"。但路远水阔，"道阻且长"，诗人的目的无法实现。正在这无可奈何的徘徊中，诗人忽然感到心上人似乎就在前面秋水环绕的小岛上，但不知为什么，"伊人"虽然就在前面，却形象缥缈，人影迷离，可望而不可即。诗人终于无法走近"伊人"，只留下深深的惆怅。

诗人在第二、第三章里，仍然从秋水蒹葭写起，与第一章不同的只是在景和"伊人"所在的描写上更换了若干字词。字词更换后，诗在韵律和音调上有所变化，但含义却依然大同小异。应该说，三章诗都在重复渲染同一气氛，描摹同一画面，展现同一意境。但这种有意为之的重复，却在感情律动的传达上，像螺扣的旋转一样，一次次加深着，一次次递进着，这是本诗的一个突出特点。

缘情布景而又因景生情，情与景的交融合一，是本诗的另一特点。全诗三章都由秋景写起，但这不是起兴，而是传统释义中的"赋"，是一种

308

陈述，一种铺排，一种直笔。诗人把自己置于清秋凄凉的环境中，从而把衰败的秋景与委婉、惆怅的相思情感交织在一起。秋景本来就有几分肃杀气，而用诗人惆怅的眼光来看秋水，来观蒹葭，更使这肃杀景致染上一层诗人的主观感情色彩，诗人追寻恋人而不得，那心境的凄惋、怅怅然之意，恰借这幅晚秋景色得到烘托和渲染，情与景相互引发，相互生成，从而创造出情景交融、浑然一体的诗境。

本诗的再一个突出特点，就是它不但注重客观景物的描写，而且还调动非客观、非现实因素，通过想象和幻想的运用，使客观景物与想象相结合，实与虚相互生发，来创造奇幻而富有魅力的意境，加强抒情效果。如诗中先写秋水茫茫、蒹葭苍苍、霜重露浓，这是实景。这景色使人压抑、使人惆怅。然后写诗人追寻恋人而不得，正感失望之时，"伊人"却恍惚出现在眼前，"宛在水中央"。一个"宛在"，就真实而准确地道出了诗人因思之切而眼前不知不觉出现的幻觉。这一虚幻的景象与诗篇开头描写的水茫茫、苇苍苍、雾露濛濛的实境相谐调、相照应，从而使全诗的意境呈现出一种飘忽不定朦胧迷离的效果，这境界、这情调正契合着诗人此时此地向往情人又无法走近情人的可望而不可即的抑郁心境。

这首诗除了表层的忧郁和缠绵外，还有一种深刻的意义。我们看到，在诗中诗人已经把这种似乎只属于某一个体的情感提纯为一种形式，从而使这一情感表达远远超出对任何个体悲欢离合的抒写，而具有更为深广的涵盖力，具有相当深刻的哲学意味，最终不期然而然地沟通了本诗与历代读者间的感情交汇，从而使秋水蒹葭、期盼追寻成为一种具有特定和固定情意涵蕴的意象，透示出人类基本情感中永远无法填补的缺憾。这是本诗之所以诗意深厚、隽永悠长、魅力无穷的真正原因所在。

二、可见的和难见的：说《苕之华》

《苕之华》描写的是荒年饥馑的忧伤，这一说法自古以来似乎没有什么异议。但如果说本诗反映了荒年饥馑，这与指认本诗描写荒年饥馑的忧伤又有所不同。笔者以为后一说法更符合本诗实际。

全诗三章。第一章前两句先写苕华盛开，"苕之华，芸其黄矣"，三、四句随之转入诗人的内心，"心之忧矣，维其伤矣!"由身外可见世界的苕华，到身内难见世界的我心，由经验到情感，由感觉到精神，这两极的跳跃显得相当突兀。苕华盛开与心忧伤感各自隐含着什么，彼此间存在什么关系，这里没作任何交代。清人王引之说是"物自盛而人自衰，诗人所以叹也。"物盛和人衰形成鲜明对比，诗人因此而发感叹，这话只道出了本诗的部分真实。

第二章诗仍从苕华写起，"苕之华，其叶青青"，三、四句也如同第一章，照例转入诗人自己。只是这一章与上一章相比，诗人把未见世界的情感表达得更进一步、更深一层，这里已不仅仅是心忧伤感，而是抛开现实，后退一步设想："知我如此，不如无生"。早知今日，我当初还不如不生下来得好。这悲伤、这痛苦，诗人宁愿以生命来抵偿，这悲伤、痛苦的深广程度是可想而知的。

一、二两章在表达程序上是基本相同的，都是先述苕华之盛，后写己心之忧，可见世界和难见世界的对立是明显的。但这其中似乎仍有一个有待揭开的谜，即已见和未见、华盛与心忧的对立是建立在一个什么基础之上的？这是说诗者不能不追问的。而这一疑问诗人在第三章中正巧妙、象征式地给出了回答，"牂羊坟首，三星在罶，人可以食，鲜可以饱。""牂羊"者，绵羊之谓也。母绵羊本来体大而头小，但现在却头大如"坟"，那身体的瘦小便不言自明。"三星在罶"，"星"读为"鲑"，释为小鱼，"罶"，鱼笱。三条小鱼在鱼笱中，从字面来理解，是指鱼小而少。坟首之羊、罶中之鱼，诗中这两个意象，分明含有这样的意思：一是由于荒年饥馑而瘦了羊、少了鱼，荒年竟使羊瘦鱼少，那么人受灾后的情形如何，读诗者自可推想。二是荒年饥馑，本来羊、鱼可作食用，但羊瘦，鱼小而少，"人可以食? 鲜可以饱?"答案自当是显然的。全诗三章无一句明言荒年，但荒年之景毕现。全诗处处都在写诗人对境遇、命运的忧虑，其忧之重、其情之哀，让人揪心裂肺。

有论者云，可见世界和难见世界的对话就是诗，善哉斯言。这恰合中国诗评中"情景交融"的古训。由可见的身外之景，到难见的诗人胸中之情，两者之间的对立、落差，乃至最后达到"一线牵"的融合，是本诗一个突出的特点。如果说"感时花溅泪，恨别鸟惊心"是缘情布景、景由情生的正兴象的话，那么本诗苕花芸黄、苕叶青青却使诗人心忧维纷，甚至产生"不如无生"的念头，这恰恰写出了触景生情、情景交融的逆兴象。

三、家的意义：说《击鼓》

《击鼓》是一首描写卫国士兵由于戍征日久思归不得，因而对战争发动者表示不满的哀怨诗篇。全诗以出征者第一人称的口吻道出，忧思悲切，凄凄动人。

关于诗中所写史实，历来存在两种不同的看法。一种看法认为，此诗写的是鲁隐公四年夏天，宋、卫、陈、蔡四国起兵伐郑事件。另一种看法认为，诗中所写是鲁宣公十二年，宋伐陈，卫穆公出兵救陈，翌年，卫国又遭晋国讨伐的史实。以诗记史，或以史说诗，两种说法与诗中描写均难契合。因此，关于此诗与哪段史实相关，实在难考其详，这里暂且存而不论。

《击鼓》全诗凡五章。首章前两句"击鼓其镗，踊跃用兵"，一开始便浓笔重彩渲染战争气氛，使战前的空气一下子由舒缓变为紧张；随后，"土国城漕，我独南行"，又以家人筑城漕与我独行南征作对比，从而突出"我独南行"的孤独和痛苦。

第二章前两句"从孙子仲，平陈与宋"直承第一章，明确交代南行的原因和统治者的主观目的。"孙子仲"为何许人？或云为公孙文仲，或云为孙桓子，均查无确证。但从诗中内容看，此人为此次出征的行军统帅当无疑问。"平陈与宋"，"平"为平定之意，旧释为"与邻邦和好"，不确。"不我以归，忧心有忡"两句，虽紧接上面两句，但在时间上却存在一个很大的跨度，也就是说，从出征到眼前，出征者极可能经过了一段较长的时间，这应该成为"不我以归"的注脚，也同时是造成"我""忧心有忡"不宁静心情的原因。

由于出征士兵本来就不愿意南行作战，况且战事无期，长戍不归，所以从军生活的散漫和狼狈便可想而知了，诗的第三章写的正是这种情况，"爰居爰处？爰丧其马？于以求之，于林之下。"我住在哪儿？我的马匹丢失在何处？我到什么地方去找我的马？诗人士兵最后在一片丛林中发现了它。不知在何处扎营，甚至连战马也在行军途中丢失，这就足以想见当时军心涣散、斗志全无到何种程度了。

军旅生活的艰难困苦，每日每时都在激发土兵们的思乡之情，年轻的主人公更时刻刻惦记着家中无依的妻子，他不能忘怀自己曾和妻子挽手立下的生死与共、白头偕老的誓言，这是第四章。

第五章紧承前四章，主人公常常想起家乡，眷念着家中的妻子。但眼下战事遥遥无期，自己和妻子海角天涯、天各一方，夫妻不能团聚，盟誓无法兑现，无可奈何的主人公对此只能发出长长的哀叹。他诅咒统治者使自己背井离乡，远离亲人，指斥战争的残酷和持久，质问战争的发动者：你们对我太不人道，太无信义了。

综观《击鼓》，它全篇诅咒战争，表达主人公热爱和平的愿望和要求。从艺术表现上看，诗中既有出征士兵对战争不满的正面描写，同时也未放弃对这一情绪表达的侧面映衬。像第四章中通过想象和追忆，用对妻子的思恋、眷念以及夫妻盟约的被破坏，来表达主人公对战争的反感、厌恶和不满。反对战争是因为思念亲人，对亲人的眷念更激起对战争的愤恨。正面描写和侧面映衬相结合，反对战争与思念亲人相表里，是本诗的一个突出特点。

四、永恒的期待：说《汉广》

这是一首恋歌，古今说法大体相同。余冠英先生说："这是男子求偶失望的诗。"（《诗经选》）将此诗的题旨揭示得更加明白。

诗以"南有乔木，不可休思"起兴，一开头便象征性地揭开了这场男主人公求爱难得、求偶难成的序幕。有"乔木"而"不可休"还不是痛苦的真正原因所在，真正的痛苦是有"游女"而"不可求"。所以下面紧接着以"汉有游女，不可求思"明白直接地道出了造成抒情主人公痛苦的真正原因。"汉"之"游女"对于诗人来说，无疑是贤惠而又美丽的。情思对象越是不可得，则情感映象中越感到其美不可言；而越想象其美，现实中越是可望而不可即。"汉之广矣，不可泳思。江之永矣，不可方思。"那简直就像汉水一样宽不可泳，像江水一样长不可绕，求偶的希望就是这样虚幻和渺茫。

求偶无望并没有彻底摧毁男主人公继续追求的决心,现实中无法实现的理想他却要在想象中实现。所以诗从第二章开始,诗人便绕过现实中遇到的难题,以假想的现实为前提,继续描绘自己美妙的理想。"翘翘错薪,言刈其楚",杂草错综,只有荆条是我欲"刈"之物,这无疑具有某种悲剧意味。但是,男主人公的想象并未到此为止,而是进一步展开其理想设计,于是,"游女"作为新娘即将嫁进自己的家中,喂马的秣食都已为新娘准备停当。然而,想象终非现实,当想象的双翼一旦从空中落到地上,现实的残酷就又猛烈击打着男主人公的心。于是"汉广"、"江永","不可泳"和"不可方"的艰难,又把自己和那贤淑美丽的"游女"无情地隔开,诗人所有的只是对理想无法实现的深深叹息。

诗人的理想一次次被现实击碎,又一次次在难堪的现实中诞生。在第三章里,现实中无法实现的理想再次拨动了诗人那颗痴诚不渝的心弦。"翘翘错薪,言刈其蒌",诗人在错薪中又一次独钟蒌蒿,并进一步设计出"之子于归,言秣其驹"的场景。"之子于归"无疑表明诗人对自己钟情的"游女"归宿的期待,但由第二章的"言秣其马"到第三章的"言秣其驹",这由"马"到"驹"的变化,恐怕也是大有深意的。如果我们把这一变化理解为男主人公一厢情愿地对未来家庭生活的构思,那恐怕应该是一种极近情理的推测。但这种美妙的精神幻想和漫游并未维持多久、走出多远,现实的提醒又迎面而来。当诗人从幻想回到现实之后,惆怅和忧伤又笼罩了整个身心,"汉之广矣,不可泳思。江之永矣,不可方思。"全诗就在男主人公这种剪不断、理还乱的无尽忧思中结束了。

人生有许多机遇常因种种原因而失去,也常有远在天边近在眼前的理想似乎唾手可得,但锲而不舍终其一生却未得到。后者恰恰是《汉广》给我们的启示,它表达出了一种难以言状又至关重要的人类永恒性情感。

本诗在艺术表现上有两点值得一提。第一,全诗用比喻和暗示来表达难言的隐衷,"南有乔木,不可休思"是比喻,"翘翘错薪,言刈其楚"、"言刈其蒌"也是比喻,而汉广"不可泳",江永"不可方"又是暗示,本诗的比喻和暗示在表达情感上起到了很好的作用。第二,运用重叠反复,使情感表达更加凝重和深沉。全诗三章,每章都以"汉之广矣,不可泳思。江之永矣，不可方思"结尾，反复强调，反复加深，使诗中的情感表达更富有深度和力度。

五、古老的狂欢：说《溱洧》

《溱洧》是一篇叙事情诗，写三月上巳节溱、洧两水岸边少男少女狂欢的情景。诗人作为旁观者，于众男女中选取一对予以详加描绘，其风趣，其情景，一一毕见于读者前。

全诗共两章。两章诗大同而小异，讲述的是同一个浪漫而美丽的故事，展现的是同一个亲亲侬侬的场景。阳春三月，万物复苏，刚刚解冻的溱水、洧水汩汩流淌。岸上无数青年男女，他们手持香草，热烈地相聚在一起。这时，一对出众的青年男女穿过热闹的游春场面，亲密地走到一个僻静场所，从而走进诗人视野之中。姑娘深情地约请小伙子说："我们还是到热闹地方去看看吧！"小伙子说："我刚才已经去过了。"姑娘又说："还是陪我再去看一会儿吧。洧水岸边地方宽阔，可好玩儿呢？"于是小伙子答应了姑娘的请求，两人携手向如云的仕女群外走去。他们边走边互相调笑，一直走到只剩下他们两个人的静谧地方。两人说说笑笑，亲亲热热，相赠芍药，以表达彼此的爱慕之意。

这首诗虽然前后两章讲述的是同一个故事，摄取的是同一场景，但两章诗在景物描写和人物展现上又各有侧重。比如第一章"溱与洧，方涣涣兮"，以"涣涣"写水，呈现的是水的动态。而第二章"溱与洧，浏其清矣"，以"浏"和"清"写水，着重展示的是水的静态。两章诗，一动一静，动中有静，静中显动，两者共同构成了一幅完美的景致。再如第一章中写人是"士与女，方秉蕳兮"，以青年男女手持兰花突出节日特征。而在第二章中则是"士与女，殷其盈矣"，重点写游人之多，以突出渲染气氛。因此，在写人方面两章同样是各有侧重又相互衬托，共同构成完整的人物描写。可以说，有分有合，各有侧重，多角度多侧面描绘景物、展现人物，是本诗的一个重要特点。

另外，诗中不仅有直接描写，还巧妙地运用了对话。两句对话虽然简单，但它不仅使形象逼真，而且它的轻松和幽默使诗中的气氛刹那间也活跃起来。还有，诗中既有整体场景的勾勒，又有特写式的突出和强调，两者的有机结合，则使全诗疏密有致、层次清晰。

总之，这首诗写的是古老的狂欢典礼，但其中委婉的情致又使人感到自然和温馨。这就是诗人的高明处，也是诗篇的高明处。

六、劳动中的寄托：说《芣苢》

历史自母系社会转变为父系社会，妇女的神圣性遭到否定以后，妇女们在家庭乃至社会中的地位，就成了她们自身不得不认真思考的问题。然而妇女要维护和巩固自己在家庭中的地位，首先就是要保证自己一定能够承担繁育下一代家庭成员的任务，有子则荣，无子则废，多子多福，多多益善，这几乎是无一例外的规律；妇女们从情感到理智的快乐与幸福无不与此息息相关。《芣苢》就是在描写妇女劳动欢乐的表层下隐潜着这样一种历史的深层内容。

但是，由于封建思想的束缚和传统诗教的影响，历代注《诗》者又往往将此诗歪曲引申、牵强附会，把本来属于人的情感抒发的描写，和与此完全无关的政治教化联系起来，强为之解。如《诗序》就说过这样的荒唐话："芣苢，后妃之美也。和平则妇人乐有子也。"就连对《诗》研究有素的朱熹也把"妇人无事，相与采此芣苢"与"化行俗美"（《诗集传》）联系在一起。类似的穿凿之论今天看来已非常可笑，但在当时，注经者未必不是带着十分虔诚的心情来作解的。

《芣苢》一诗之所以和生育相联系，主要是因为芣苢（又名车前子）之实有治妇女不孕之功效。更有人说，它还能使有孕者安胎。倘如此，对不孕而望孕、对已孕而望胎安的妇女们来说，采芣苢当然不下于采救命草了。所以诗中描写妇女们采摘芣苢时表现出的欢乐情绪，只有与此联系起来考虑，恐怕才是可以理解的。全诗凡三章，每章凡四句十六字。从诗的形式上看，章与章间的区别仅是更换了两个动词，除此而外，再没有其他不同。从内容上看，三章诗连在一起，描绘出采摘芣苢的整个劳动过程，而这个过程是由"采"、"有"、"掇"、"捋""袺"、"襭"几个动词勾画出来的。从找寻到一颗颗捡起、一把把捋下来，再到装进衣襟、兜起回家，这里寄予着多少希望和期待，又洋溢着多少欢乐与幸福。

本篇与《诗经》中多数诗篇有相同处，就是每章四句，每句四言，重章叠句，每章仅换一两个动词。但本诗又有自己的独到之处，即它从语调、节奏、韵律的配合到场面意境的设置都别具匠心。语调、节奏、韵律轻快悠扬，以"采采苯苢"为主调，形成回环往复、绵绵不尽的意韵。诗中显示的劳动场面简洁明快，构成的意境深长隽永，而且作者通过轻快、悠扬的节奏、韵律，更突出了妇女劳动场面的诗意，使全诗的意境更富深情，更具有一种难以名状的绵长的情味，这是本诗的一个突出特征。

（原载《中国古典诗词名篇分类鉴赏辞典》暨《古今中外朦胧诗鉴赏辞典》）

《〈毛诗〉与中国文化精神》引言

应该说，到目前为止有关《诗经》研究方面的著述已经相当多了。那么一定会有人要问：既然已经有了那么多《诗经》研究的东西，你为什么还要坚持再写？我的回答是，因为它还有继续深化研究的必要。《诗经》研究中，我一直觉得有一个问题确确实实存在，但又确确实实未见学者认真明确提出来过，就是我们一向都是笼统地说《诗经》，笼统地讲《诗经》研究，而没有细加区别看似没问题而实际问题挺大的问题，比如我们在考虑文学史问题时常说到一个时代有一个时代的文学，其实学术研究也是如此，《诗经》研究当然也不能例外。《诗经》从结集、从它成为一部相对固定的典籍开始，传播和接受就开始了，它同时也就进入了研究视野，进入了学术史。按照目前通行的看法，中国学术史一般是分阶段的。就我们的话题而言，先秦时代有先秦时代的《诗经》学，先秦时代的《诗经》学和汉代以后的《诗经》学是不一样的。先秦时代的《诗三百》是作为几乎所有士人学习的文献典籍而存在的，它是如何被经典化而变成汉代儒家独尊的《诗经》的，这一问题学界在以往的研究中已经讨论的比较多比较充分了，我们在本研究中则计划不予太多的关注。本书研究的重点是，《诗三百》进入汉代，有了所谓齐、鲁、韩、毛四家诗的出现。齐、鲁、韩三家为今文学，在汉代深得政治青睐，从而得立学官居于统治地位，而《毛诗》则发之于诸侯流传于民间。但是，从实际发生的学术史来看，受政治关怀和关爱的今文三家《诗经》学并没有因在有汉一朝的得势而流传得太长太久，汉代和汉代以后三家诗渐次亡佚。倒是在汉代不大招人待见的《毛诗》不但有幸保留下来，而且汉代以后越发地日渐茁壮，最终获得一家独大的地位。其实即使在今文三家诗占据统治地位的汉代，被边缘化的《毛诗》也并非是自甘寂寞的，它一直在用自己的方式书写自己、完善自己和传播自己，发挥着汉代主流学术所未能充分发挥的文化救世和文化建设作用。而在汉代以后，《毛诗》学更成为中国学术史上唯一的《诗经》学。

说到这里顺便表达一个意思，我个人认为，汉代一朝对于中国后来的历史意义和历史作用是非常特别的，简单地说，它之所以特别是因为：一、在此之前政治是未统一的，即使说秦始皇统一了中国，但那个时间终究还是太短暂了，嬴氏和他的政权还未来得及稳固更谈不上建设就被刘汉政权所取代了；二、在此之前士人的行动是自由的，学术研究和学术传播是不受政治和地域限制的；三、在此之前思想是不受限制的，承载思想的文化典籍是散在的，没有经过统治者用一把尺子加以统一丈量和整理。但是历史进入汉代以后，这一切都被彻底改变了。有了汉代政治文化的总结和归纳，有了刘向父子对先秦文献典籍的删削整理和编辑，有了汉代"罢黜百家，独尊儒术"的政治文化方略，汉人的文化架构和文化地图甚至包括我们这个民族的文化走向就大体上被设计被描绘和被圈定了。就拿《诗经》来说，先秦时代虽然读书人都要学习它，而真正把《诗》作为学派必读典籍的其实只有儒家士人，你读和不读、信与不信、传和不传都是没什么太大关系的。既不会被它诱之以利禄，也不会因解偏说错而获罪。但进入大一统的汉代，学派和学派传授的典籍就和秦汉以前明显不同了，师有师法，家有家法。这师法和家法不但和学术传承授受有关，而且和现实环境现实政治息息相关。正是基于这样的考虑，我们通过探访一个学派、一部学派代表作在漫长中国历史发展过程中的流传和变迁，大致描述其间的曲折变化，虽然无法因此而见出中国文化发展变迁的全部，但它确实可以借此收窥一斑而知全豹之效。因此，在学界说多说透了笼统的《诗经》研究之后，我们认为把《毛诗》学单独拿出来进行探讨和研究，把署名为毛亨、毛苌在汉代初年大体定型大体完善的《毛诗》学派的经典著述《毛诗故训传》单独拿出来，作为经学时代产生的一个经典文本来研究和阐释，探讨一下历史进入经学时代后出现的经典性与可读性融为一体的一个经学样本，它究竟包含和释放了怎样的文化信息，这些文化信息是如何被汉代和以后的中国历史、中国政治传播和接受的。特别是，《毛诗故训传》这个经典文本，这个经学样本，在汉代初年被大体写定以后，文本所包含的三百零五篇《诗》、《诗》大小序和《故训传》，就一起构成了我们今天所说的《毛诗》学。不只是三百零五篇诗，不只是《诗》大小序，也不只是《故训传》，不是他们当中任何的一个，而是三者一起构成的既分又合的整体，三者共同构建起来的中国《诗经》学的第一个《诗》学系统，在汉代和汉代以后发挥了怎样的学术作用和文化建设作用，它在不同的历史时期经历了怎样的学术命运和政治命运。这些正是本书所关心、所企图探讨和企图描述的。需要说明的是，由于宋代《诗经》学研究已经非常充分，特别是此前学界有关朱熹的《诗经》学研究已经达到了很高的水平，为避免重复，我们在本书中就绕开朱熹而讨论宋代《毛诗》学的其他问题了。而清代《毛诗》学涉及的派别和问题过于复杂，考虑到在这个论题里完全展开所有的问题几乎是不可能做到的，因此我们在本书中也只是作了大致的梳理和讨论，更详细更全面的研究只有俟诸来日了。我们会把这些作为本书的一个欠账，也作为以后研究的一个计划、一个需要继续完成的任务来看待。此情此心务请同行同道谅解。

毋庸讳言，经学在中国始终是一门大学问，是一门与我们今天所说的学术史、思想史、文化史等相互交叉相互渗透的大学问。因此，讨论《诗经》就不可能不涉及经学问题。即使在中国大陆几乎所有学者对传统经学普遍感到隔膜的今天，传统经学问题也并未因学人的隔膜和冷淡而消失。因此，对探讨《毛诗》学发展和变迁中所可能涉及的经学问题，我们无法漠视，更无法回避，但可以选择。在本书的各章节讨论中，在若干可能的选择面前，我选择了学术史的理路，来讨论《毛诗》与汉代及汉代以后的文化发展和变迁之间相互接纳、相互塑造和相互推动的关系，方法上力所能及地吸收、借鉴和借用社会学和传播学中的某些东西，以求把所要讨论的问题呈现得更立体、更真实、更富理论穿透力和更富还原历史原生态的质感。毫无疑问，目标确定并不是整个研究中最难的，而通过研究过程实现目标却并不容易做到，更不要说让先行设定的目标获得完满的实现了。总之，关于研究过程，本书将竭尽全力，以求无限接近于最终的那个目标，而目标最终实现得如何，实现到什么程度，囿于作者个人的学术视野和解决问题的实际能力，尽善尽美是根本不可能的。但我坚持朝这个方向努力，并诚恳地期待方家的批评指正。

（原载《中国语言文学研究》2014 年秋之卷）

后　记

　　编完有关《诗经》的这二十几篇文章之后，还有几句话需要略作交代。回想起来，自己《诗经》研究的最早兴趣奠定于大学三年级，因为1979 年下半年，夏传才先生平反回到学校，起初先生虽然在学报工作，但在恢复工作的两年后就为中文系三年级学生开设了"中国古代文论研究"选修课，第一节课给我们讲授的就是《毛诗大序》。先生善写而不善讲，现在回忆起来，先生在课堂上讲课形式的东西不多，只是按照他当时的研究思路和研究进展娓娓道来。人们常说，外行看热闹，内行看门道。作为一个立志读书的大学生来说，这样在行而不炫耀的课程是最贴合自己的。所以饶有兴趣地听完夏先生一个学期的课，不仅与先生建立起了淳朴而深厚的师生感情，更深深埋下了此后学习《诗经》、研究《诗经》的学术志趣。在这样的志趣激励下，课余时间曾连续一个多月闷在宿舍里先后为先生摘录《孟子》引诗用诗卡片，为先生誊抄《诗经研究史概要》手稿，为先生主编的学报誊清闻一多先生有关《诗经》论著的打印稿，等等。现在想来，一个大学生能够在读三年级时就接触到与《诗经》相关的如此前沿的东西，是何其难得，又是何等幸运！

　　大学毕业后留校任教。三年助教工作之后，1985 年我成功考取了夏先生的研究生，正式成为夏先生首位入室弟子。先生那时每周为我们上一次课，就在先生家的客厅里，一次课基本上就是一个上午。我至今清楚地记得，在"诗经研究"课上，先生让我们把 305 首诗从头到尾逐一抄写注释一遍，开出的参考书大约 10 种左右，其中不仅有当代名家余冠英、程俊英、高亨的书，也包括《毛传》、《毛诗正义》、《诗集传》、《诗古微》、《诗经原始》等。课堂上有时是先生讲，我们听，有时是我们中的某一个讲，先生引导、分析和补充，常有研究生与旁听的青年教师为一句诗、一个词、一首诗的主题意见不一而争执不下，最后总是由夏先生乐呵呵地站出来为我们答疑解惑、调解纷争。34 年过去，这些美好的画面至今仍清晰地存放在我的脑海里。

1988 年我研究生毕业，硕士学位论文的选题是先秦儒家美学方面的，虽然与《诗经》相关，但毕竟不是《诗经》研究的题目。此后 20 世纪 90 年代赴上海投到著名历史学家吴泽先生门下攻读博士学位，博士论文选题是春秋战国士人与政治，依然不是《诗经》选题。当然，关心先秦思想史、关心诸子是那时自己学术追寻的一个重要面向，而与此同时，《诗经》研究的种子也从学术思考的另一侧翼逐步依次展开，收入本书中的早期的若干篇论文就是写于 20 世纪 80 年代末或 90 年代初。此后一段时间里，尽管不断写出思想史、学术史和文学史方面的论文，但《诗经》方面的论著也陆陆续续都有发表。这个习惯一直坚持到今天，即使目前自己主持的国家重大招标项目研究任务繁重，关于《诗经》学问题的思考和《诗经》学研究也自始至终都摆在个人学术研究的突出位置。再有，我曾于 2006 年获得国家社科规划基金一般项目资助，项目完成后出版了《〈毛诗〉与中国文化精神》一书，可以说一个阶段有关《诗经》特别是对《毛诗》相对系统的思考基本都包含在那部书里了。手头的这些《诗经》学论文，有几篇属于该课题的阶段性成果，而大部分文章则是对课题之外《诗经》学相关问题的思考和研究。

收入书中的部分文章是我和我的学生易卫华、赵棚鸽、刘明的合作成果，年轻的一代学人在迅速成长，在问学的过程中我和他们之间既建立了深厚的师生情谊，又坚持长期持续平等地切磋学术，真正做到了教学相长，这是这些年我最大的收获，也是从教近 40 年自我感觉最满意的地方。此外，这次结纂此书，学生李笑岩教授、刘明博士在工作繁忙、家务繁重之余，仍然不辞辛苦，无论是核对引文、查检资料，还是调整文本格式，都做了很多我力所不能及的幕后工作，让我省去了很多琐碎的麻烦，谢谢她们。对责任编辑邵永忠博士专业而负责的敬业精神，也表达我诚挚的谢意。

王长华
2019 年初夏于泉州

责任编辑：邵永忠

封面设计：胡欣欣

图书在版编目（CIP）数据

《诗经》学论稿／王长华 著．—北京：人民出版社，2019.9

ISBN 978 - 7 - 01 - 021087 - 2

Ⅰ．①诗… Ⅱ．①王… Ⅲ．①《诗经》－诗歌研究 Ⅳ．①I207.222

中国版本图书馆 CIP 数据核字（2019）第 155537 号

《诗经》学论稿

SHIJINGXUE LUNGAO

王长华　著

人 民 出 版 社出版发行

（100706 北京市东城区隆福寺街 99 号）

北京中科印刷有限公司印刷　新华书店经销

2019 年 9 月第 1 版　2019 年 9 月北京第 1 次印刷

开本：710 毫米×1000 毫米 1/16　印张：20.75

字数：335 千字

ISBN 978 - 7 - 01 - 021087 - 2　定价：75.00 元

邮购地址　100706　北京市东城区隆福寺街 99 号

人民东方图书销售中心　电话（010）65250042　65289539